PODEROSA SEDUÇÃO

J. MARQUESI

PODEROSA SEDUÇÃO

astral
cultural

Copyright © 2022 J. Marquesi
Todos os direitos reservados à Astral Cultural e protegidos pela Lei 9.610, de 19.2.1998. É proibida a reprodução total ou parcial sem a expressa anuência da editora.
Este livro foi revisado segundo o Novo Acordo Ortográfico da Língua Portuguesa.

Editora Natália Ortega
Produção editorial Esther Ferreira, Jaqueline Lopes, Renan Oliveira e Tâmizi Ribeiro
Preparação de texto Luciana Figueiredo
Revisão Carolina M. Leocadio e João Rodrigues
Capa Renan Oliveira e Layce Design
Foto capa verbaska/Shutterstock; Margo Basarab/Shutterstock e ©Magdalena Russocka / Trevillion Images

Dados Internacionais de Catalogação na Publicação (CIP)
Angélica Ilacqua CRB-8/7057

M315p
    Marquesi, Ju
        Poderosa sedução / Ju Marquesi. — Bauru, SP : Astral Cultural, 2022.
        336 p.

    ISBN 978-65-5566-230-6

    1. Ficção brasileira I. Título

22-2309   CDD B869.3

Índices para catálogo sistemático:
1. Ficção brasileira

 ASTRAL CULTURAL EDITORA LTDA.

BAURU
Av. Duque de Caxias, 11-70
CEP 17012-151 - 8º andar
Telefone: (14) 3235-3878
Fax: (14) 3235-3879

SÃO PAULO
Rua Major Quedinho 11, 1910
Centro Histórico
CEP 01150-030

E-mail: contato@astralcultural.com.br

Prólogo

O novo Tremaine

ROMA, ITÁLIA, 1848

A notícia chegou com um presságio de que tudo havia mudado na vida de Sebastian Allen. Apenas dois meses antes ele deixara a fria e nebulosa Londres em busca da alegria e do prazer que o tinham abandonado. Mas o que encontrara? Lágrimas e desilusão a cada vez que a sobriedade o abraçava.

O jovem Lorde supôs que, estando com a cabeça ocupada demais com mulheres, jogos, festas e bebidas, não sobraria tempo para pensar em tudo de que fora obrigado a se desligar, em tudo que o destino lhe havia negado com a crueldade de um anjo vingativo.

Sentia-se péssimo por estar péssimo, mas antes parou de sentir pena de si e resolveu enfrentar o futuro com a coragem que nunca havia tido para enfrentar os pais de Philomena, tampouco seu marido.

Amassou a carta com toda a força, desejando não ser o egoísta de sempre que pensava somente em si enquanto, naquele momento, seu irmão mais velho descansava na cripta da família em LincolnShire, sua terra natal.

Andou cambaleante até o decantador em cima de um móvel e praguejou quando derramou o vinho mais fora do que dentro da taça. Depois, tomou o líquido rubro de uma só vez, limpando os resquícios com as costas da mão. Apertou os lábios, franziu a testa e, sem conseguir conter, um grito dolorido lhe escapou pela garganta, enquanto seus joelhos se dobravam e o corpo estremecia.

Em sua cabeça, muitas questões, muitas memórias e o maldito "se" martelando os pensamentos com a potência de um ferreiro em uma forja. Luke estava morto, o herdeiro do ducado de Stanton, aquele que exibia, desde o nascimento, o título de cortesia de Marquês.

Tremaine estava morto!

A lembrança de seu irmão mais velho o fez soluçar como uma criança. Luke Adolphus Allen II nunca sentira um só pingo de insegurança em toda a sua existência. Sabia quem era e qual era o seu lugar naquela sociedade. Criado para ser o sucessor e educado para suportar o legado de mais de um século nas costas, nunca reclamou, nem sequer demonstrou fraqueza ou medo de se tornar o próximo retrato na galeria da casa ancestral.

Sebastian, por sua vez, era o reserva, o segundo filho varão, o terceiro de cinco crianças. Seus pais, Stanton e Lady Hyacinth, foram um casal agraciado pela fertilidade. Além do herdeiro, tiveram também, sempre com a diferença de 24 meses entre um bebê e outro, Adriana, Sebastian, Alicia e Blanchet.

Luke estava em vias de um noivado quando Sebastian deixou a ilha, dois meses antes; Adriana havia contraído bodas havia três anos, assim como Alicia, e ambas com Condes. Blanchet era ainda uma criança, restrita ao berçário, vigiada a todo tempo por sua babá.

Sebastian era apenas o cabeça de vento, libertino e imprudente. Participava de duelos clandestinos, corridas de cavalos na Rotten Road e disputas de embriaguez nos antros mais nefastos da cidade. Todavia, ele nem sempre fora assim. Uma mulher mudara sua vida, tornara-o sombrio, cheio de segredos e praticamente um monge.

Philomena Eckhart, a doce e faceira filha de um Conde falido, cujo destino a juntou a Sebastian ainda na primeira temporada de ambos. Bastou apenas uma dança e não conseguiram mais viver longe um do outro. Passeavam pelas ruas da cidade, participavam de todas as festas, bailes e saraus em que figuravam como convidados.

Eram inseparáveis. Apaixonados, estavam certos de que se casariam e viveriam felizes para sempre como em um conto de fadas. Sebastian ainda estava terminando os estudos em Oxford, mas, mesmo longe das festas, durante os meses em que passava encarcerado em uma sala de aula, comportava-se como um homem comprometido, virando chacota entre os amigos mais íntimos, acostumados às suas loucuras de um jovem bem-nascido.

— O último que achávamos que ia se deixar levar pelo coração — caçoava Drew, na época já intitulado Duque de Needham. — Ah, meu amigo, temo que nas próximas férias não o teremos mais no nosso time de solteiros.

— Certamente que não! — concordava Stephen Moncrief, herdeiro do pervertido Conde de Hawkstone.

— Lutar contra o amor é uma guerra perdida. Deixe-o recarregar as forças para a próxima batalha, ainda que saibamos que perecerá — filosofava Charles Ruddington, o falido Visconde Braxton.

As provocações não tinham fim e, no dormitório que dividia com Drew, ele passava noites e mais noites justificando o motivo de estar tão envolvido com Lady Philomena.

— Seus cabelos não são de um louro comum, os fios têm nuances de vermelho, conferindo-lhe um tom quase rosé. — Suspirava. — E os olhos azuis? Nunca vi nenhum assim...

— Parecem mais as águas de uma geleira. — Drew gostava de apontar. — Prefiro o tom dos olhos das irmãs de Stephen.

— Não há comparação! — retrucava, indignado, completamente enlevado apenas pela imagem de sua musa.

Naquele ano, as férias pareceram demorar a chegar e, quando vieram, não foram como Sebastian previra. A princípio não conseguira ver sua Lady nos bailes, pois a família dela não havia aparecido para o começo da temporada. A casa que o Conde sempre alugava havia sido habitada por outras pessoas e isso o deixou em pânico.

Disposto a ir atrás de sua amada no interior, Sebastian procurou o pai para pedir permissão para casar-se antes do irmão, o que obviamente foi negado.

— Você ainda é jovem, Sebastian. — O Duque lhe deu tapinhas nas costas, rindo. — Duvido que esta será a primeira coquete a lhe esquentar o sangue.

— Philomena não é uma...

— Eu sei, Sebastian. — Ele balançou a cabeça, parecendo já cansado dos minutos que dedicara ao filho reserva. — Ela é uma Lady, porém empobrecida, cujo pai está tão afundado em dívidas que mal consegue trazê-la para a temporada. Os comentários sobre o Conde na Câmara dos Lordes nestes dias têm sido os piores.

— Não me importo com as condições da família dela, eu a amo e...

O Duque ficou sério.

— Sebastian, não estou levando em conta o fato de você não se importar com a pobreza iminente da jovem, mas sim de a família dela se importar com isso. — Percebendo que o filho ainda não havia entendido o que queria dizer, o Duque foi franco: — Você é meu segundo filho, necessita de um bom dote, ou terá de viver com o que seu irmão for lhe conceder sem reclamar.

— Eu não me importo...

— Mas vai se importar um dia, principalmente quando ninguém mais lhe der crédito por seu sobrenome ou quando seu irmão se cansar de cobrir suas dívidas. Precisa ter seu próprio dinheiro, e nada melhor para isso do que fazer um belo investimento com um gordo dote. — O Duque sorriu friamente. — Apesar de não ter título, você herdou algo muito valioso, a aparência. Este ano duas ladies com dotes astronômicos estarão no mercado, e seria ótimo garantir uma para cada um dos meus filhos!

Sebastian apertou a mandíbula para não retrucar, contudo sentia-se gritando por dentro, entendendo que não tinha conseguido o apoio do pai para pedir a mão de Lady Philomena em casamento. Nos dias que se seguiram, mal conseguiu dormir, alternando seu humor entre a ansiedade e a esperança. Apenas no final do mês é que seu amor apareceu na cidade, acompanhada pela família do Conde de Clare.

Sebastian a viu em um dos inúmeros bailes daquela noite e mal conseguiu conter o entusiasmo diante da magnífica visão da mulher que amava. Philomena estava lindíssima, trajada como nunca a havia visto, ostentando lindas joias e exibindo um penteado moderno.

Sem pensar muito nas convenções, ele se dirigiu para perto dela, porém foi barrado por Stephen.

— Seb, precisamos conversar.

Ele tentou em vão tirar a mão do amigo de seu peito.

— Philomena está aqui e...

— É sobre isso que precisamos conversar. — Os olhos de Stephen, um verde e outro azul, estavam fixos nos dele e sua expressão estava tão sombria quanto a noite. — Venha comigo!

Seguiu-o praticamente arrastado até a entrada da grande mansão, sem entender por que estava sendo retirado do baile com tanta pressa.

— O que está...

— Ela está casada, Seb — Stephen disparou.

O jovem Lorde não conseguiu — ou não quis — compreender, por isso Stephen teve que reformular a frase.

— Lady Philomena agora é Lady Lewis. — Sebastian ainda estava paralisado. — Ela se casou com Edward, o herdeiro do Duque de Clare!

— Não... — balbuciou Sebastian. — Edward deve ser pelo menos vinte anos mais velho que... — Teve que olhar novamente na direção do salão, lembrando-se do braço de Philomena enganchado no de Edward. — Você está errado!

Stephen segurou o amigo a tempo, impedindo-o de retornar ao baile.

— Não estou. — Deu um longo suspiro. — Ao que parece, os dois já estavam comprometidos desde que a Lady era uma menina e ela debutou na temporada passada apenas para poder ter a experiência. Edward foi quem financiou a casa e o enxoval dela.

Sebastian estava incrédulo.

— De onde veio a informação? Stephen, me diga se é confiável.

O amigo deu de ombros.

— Ouvi em minha própria sala hoje de manhã, quando o Conde se dignou a conversar com minha mãe apenas para levar-lhe essa fofoca. Você sabe que meu pai não vale nada, mas que tem acesso a todos os locais desta ilha, de boa ou má reputação!

Foi então que a triste verdade se apresentou brilhante como o sol e Sebastian foi retirado do evento às pressas por seu querido amigo. Embebedou-se tanto naquela noite que, ao chegar uma carta de Lady Philomena no alvorecer, ele achou que estava delirando.

Não era delírio, ela queria explicar.

Explicou.

O destino os afastara, mas ela havia se apaixonado por Sebastian e estava sofrendo nas mãos de um marido que queria dela apenas um herdeiro e nada mais.

Começava, naquele mesmo dia, o paraíso infernal na vida de Sebastian Allen, o segundo filho do Duque de Stanton, aquele que não pôde ser o marido, mas se tornou o amante da futura Condessa de Clare.

O caso, um dos mais discretos, um segredo bem guardado entre tantos escândalos da alta sociedade, durara até dois meses antes, quando, ao anunciar que estava grávida, Philomena teve que se render aos desejos do marido e se refugiar em sua casa de campo, no norte da ilha.

A distância imposta aos dois fez com que Sebastian caísse em si e percebesse que, por mais que amasse Philomena, nunca a teria como gostaria. Longe da adrenalina do romance, caído em autocomiseração e despeito, havia decidido que precisava de um tempo longe para tentar colocar sua vida em ordem e partira para uma longa viagem pelo Continente, onde pretendia passar meses, quiçá anos.

— Ledo engano... — murmurou, deitado no chão, olhando fixo para o teto ornamentado com afrescos impressionantes de algum artista romano, mas sem conseguir perceber os detalhes da obra, tamanho seu estado de embriaguez. — O destino tripudia da minha existência mais uma vez! — Começou a rir como se tivesse perdido o juízo. — Eis que o segundo filho à casa tornará; não mais como o reserva, mas como a única opção restante. — Soluçou alto e ergueu a taça vazia ainda em sua mão, brindando ao humor satírico dos deuses. — Saudações ao novo Tremaine!

1

Espinho na carne

LONDRES, INGLATERRA, MARÇO DE 1860

Tremaine respirou fundo pelo menos duas vezes antes de segurar a argola da aldrava e forçá-la contra a imponente porta da mansão dos Ávila em Kensington Park. Gostava daquele bairro, achava-o cada vez mais charmoso, e infinitamente mais tranquilo do que Mayfair. Kim havia escolhido bem o local de sua residência em Londres, ainda que passasse pouquíssimo tempo na cidade para se queixar dela.

Quase um ano havia se passado desde que vira o amigo pela última vez, mas ainda podia se lembrar da expressão feliz do português ao desposar a brasileira Marieta da Silveira, uma das mulheres mais fortes que o Marquês teve o prazer de conhecer.

Logo depois das núpcias, o casal partiu para a América do Sul, especificamente para o Brasil, onde Marieta havia nascido. Meses após essa partida, ambos anunciaram, através de uma carta, que estavam à espera de seu primeiro filho. Aguardaram o nascimento da criança para retornarem, e apenas há alguns dias a família Ávila, agora composta de três pessoas, habitava a elegante residência na qual Tremaine se anunciava.

— Boa tarde, Milorde! — Potts o saudou assim que abriu a porta.

— Boa tarde, Potts. Os senhores estão à minha espera.

— Certamente, Milorde! A Sra. Ávila está na sala azul com o Sr. Ávila, aguardando-o. — Ele fez um sinal para que um lacaio acompanhasse o Marquês.

— Queira me acompanhar, Milorde. — O jovem empertigado caminhou até o cômodo, bateu à porta e, abrindo-a lentamente, anunciou a chegada de Tremaine, o que foi uma surpresa, pois geralmente esse era o trabalho de Potts.

— Seb! — Kim o saudou, levantando-se para recebê-lo. — Fez um excelente trabalho, Kirk! — E elogiou o rapaz, que lhe fez uma mensura antes de se retirar. — Potts está sofrendo com a perna, então o convenci a treinar um lacaio de sua preferência — justificou o português, levando Tremaine até sua esposa.

— Sra. Ávila! — O Marquês cumprimentou a belíssima mulher negra, sentada em uma cadeira, segurando um pequeno pacotinho embrulhado com mantas bordadas.

— Tremaine! — Ela o cumprimentou com a cabeça, permanecendo sentada. — É um prazer voltar a vê-lo.

O Marquês sorriu ao notar que, mesmo longe da Inglaterra, Marieta continuara com as aulas de inglês, pois sua pronúncia melhorara exponencialmente.

— O prazer é meu, senhora. — Olhou para Kim. — Parabéns por este nascimento.

Kim indicou um lugar para que seu amigo se sentasse e logo depois tomou o assento ao lado da esposa.

— Estávamos relutantes em retornar tão cedo para cá, ainda mais no inverno, porém os negócios me obrigaram a vir, como sabe. — Tremaine assentiu, pois soubera do infortúnio com um dos navios carregados de chá e especiarias do oriente. — Nosso seguro cobriu tudo, mas nunca é bom ter que lidar com banqueiros.

— Creio que não! Como foi a viagem de volta?

— Muito tranquila. — Marieta respondeu. — Eu estava tensa porque nossa pequena Mara contava com um mês de vida e...

— Mara? — Tremaine sentiu o corpo gelar da cabeça aos pés. — É uma menina?

Marieta virou-se para Kim, fuzilando-o com seus olhos claros.

— Não contou a ele também?

O português riu e balançou os ombros.

— Queria fazer surpresa, assim como fiz com Stephen e Helena.

Marieta rolou os olhos.

— É nossa menina. — A orgulhosa mãe revelou o rosto da criança que dormia tranquila. — Recebeu o nome de minha mãe.

— É um belo nome para uma bela menininha. — Tremaine tentou sorrir, mas seus demônios, guardados a sete chaves havia tanto tempo, teimavam em nublar a alegria autêntica que sentia pelos amigos. — Hawk e Helena já vieram visitá-los?

Kim negou.

— Nós fomos até Moncrief House — explicou, enquanto a governanta, outra funcionária de Kim que não conhecia, servia o chá. — Mas eles estão vindo para cá também, já devem estar chegando com Samuel.

Tremaine já conhecia o futuro Conde de Hawkstone, Samuel Moncrief, filho de Stephen e Helena que nascera havia pouco mais de seis meses. O Marquês tinha prestado seu apoio a Hawk enquanto Helena estava em trabalho de parto e passara dois dias embriagado após o acontecimento, tentando não pensar em como teria sido se ele tivesse tido a chance de estar à espera do nascimento da menina que Philomena dera à luz, sua filha.

Novamente, olhou para o bebê de Kim e Marieta e sentiu o coração apertado, calculando que sua filha natural já contava com doze anos, quase uma moça, e que nenhum deles, nessa mais de uma década, ele pôde acompanhar.

Amargava-lhe a alma pensar em Marigold crescendo com um homem como Lorde Clare e sua consciência doía todos os dias ao pensar o que sua carne, seu sangue, poderia estar passando nas mãos dele. Só que, apesar de saber do que o Conde era capaz, revelar que a criança não era filha dele poderia ser ainda pior, pois a condenaria ao ostracismo e, ainda assim, Tremaine poderia não conseguir tirá-la do homem que a registrara como legítima.

O Marquês sentia-se entre a cruz e a espada todos os dias, como se a verdade sobre aquela criança lhe inflamasse o corpo como um espinho enterrado em sua carne.

— Tremaine? — Kim chamou-o de repente, e ele se deu conta de que não ouvira nada do que o amigo estava falando. — Mari, não acha que nosso amigo está muito distraído? — Marieta sorriu e assentiu. — Será que finalmente a tal *mosca do amor* que ele tanto temia o picou?

— Preferia queimar no inferno todos os dias. — O Marquês rebateu de pronto. — O motivo de minha distração tem a ver com mulher, grilhões e ranger de dentes... — Kim gargalhou e Marieta pareceu confusa. — Casamento, querida Sra. Ávila, casamento!

O português desistiu do chá e serviu aos dois uma dose generosa de conhaque.

— Então finalmente se rendeu. O último dos solteiros do infame quarteto de Oxford.

— Talvez não, ainda temos Drew. — Deu de ombros.

— Não há nenhuma notícia sobre o Duque ainda? — Marieta inquiriu.

— Não, nada, nem mesmo Cat. Há anos, Drew não envia uma só palavra, seja de onde quer que esteja. — Tremaine suspirou. — Tenho receio de que, uma hora ou outra, a Câmara dos Lordes acabe por abrir uma investigação para saber se o Duque ainda vive.

— Eles podem fazer isso?

— Podem, Mari — Kim respondeu à esposa. — E, se não houver notícias de Drew dentro de um certo prazo, podem declará-lo morto. — Ele olhou para Tremaine. — Estive conversando com Hawk sobre isso...

— O Conde e a Condessa de Hawkstone. — Kirk apareceu à porta e anunciou o casal que tinha acabado de chegar.

Tremaine se pôs de pé para saudar Helena e ficou surpreso ao ver que não era ela quem carregava o pequeno Samuel, mas sim Stephen. Os amigos se cumprimentaram e o Marquês logo sentiu falta da mais perspicaz dama — quase solteirona — de Londres.

— Lady Lily não quis acompanhá-los?

— Minha cunhada está na casa da Viscondessa de Braxton, ajudando-a com o enxoval do bebê.

Tremaine aquiesceu, sabendo que Elise e Charles estavam à espera de mais um rebento. Sentiu-se um tanto deslocado ali, cercado de casais felizes, casados por amor, com suas crianças, e pensou que, mesmo se encontrasse a dama respeitável e do prestígio que seu futuro título exigia, não encontraria a mesma conexão que seus amigos tinham com as esposas.

Aquele tipo de cumplicidade, o sentimento profundo, só ocorria uma vez na vida de um homem e ele tivera sua chance com Philomena. Ia se casar, cumpriria seu dever para com o ducado, teria herdeiros, mas viveria uma vida em separado da esposa, quem sabe deixando-a no campo enquanto permanecia na cidade.

Sim, era isso! Nada precisaria mudar em sua vida! Pela primeira vez, estava animado com a ideia de se casar, criando mentalmente uma lista de exigências para sua futura noiva. Em primeiro lugar, no topo dos itens que elencaria ao longo da temporada: uma dama campestre, que odiasse cidades, principalmente Londres!

— Sabia que você é meu favorito? — Danna, como dizia se chamar a lascívia mulher que ondulava em seu colo, sussurrou em seu ouvido, enquanto Tremaine terminava de tomar sua dose de conhaque no estabelecimento de entretenimento sexual mais famoso da cidade.

Havia alguns anos frequentava o La Belle Marthe, um bordel nada discreto, luxuoso e caro no antro mais perverso do East End de Londres: Whitechapel. Apesar de estar em um bairro com ladrões, rufiões, putas de rua e ratos, o lugar ganhara notoriedade entre a classe *masculina* abastada por ser livre de qualquer julgamento ou moralidade.

Não havia apenas mulheres no salão, e quem se sentisse incomodado com aquilo simplesmente deveria ignorar, ir embora ou aceitar. As regras da casa eram claras quanto à natureza das relações que aconteciam ali, e quem se propunha a frequentar deveria estar ciente de que, assim como Tremaine tinha sobre seu colo uma curvilínea ruiva — talvez não natural, caso ele levasse em conta seus pelos púbicos castanhos —, outros homens poderiam ter um rapaz forte ou travestido de mulher, a gosto do freguês.

Era certo que, por ser considerado um ato ilegal, quem escolhia a prática com pessoas do mesmo sexo o fazia em salas mais discretas. Mas todos ali tinham ciência de que esses casos existiam.

A dona do bordel, intitulada madame Marthe, andava pelas mesas cumprimentando, gargalhando e soltando baforadas de seu cigarro, vestida com um diáfano *déshabillé* que, mesmo longo, não deixava nada de sua lingerie para a imaginação, de tão transparente.

No colo de Tremaine, Danna não contava com tamanha sutileza e mistério no vestuário. Trajava apenas meias de sedas com ligas que saíam do corselete, responsável por manter seus peitos em segredo, enquanto deixava à mostra o sexo com os pelos que denunciavam a tintura nos cabelos. Ela remexeu os quadris sobre os dele de novo, causando a reação natural de um pênis, porém nada ainda que o animasse a deixar a bebida para levá-la até um dos quartos no segundo andar.

Algo, então, chamou a atenção de Tremaine e ele sorriu ao ver sua parceira favorita do bordel, Sonya. Danna também a viu, pois parara de chupar insistentemente o lóbulo da orelha dele, emitindo um muxoxo de irritação.

— Podemos fazer as duas com uma taxa extra — ofereceu rapidamente quando sentiu que o Lorde pegava em sua cintura para tirá-la do colo.

Foi a primeira vez que Tremaine olhou para ela com verdadeiro interesse.

— As duas? — Ergueu a sobrancelha. — Sonya aceitará um arranjo assim?

— Sonya aceitará o que o Milorde estabelecer.

Ele sorriu e esperou que a outra prostituta se acercasse.

— Milorde, não sabia que viria hoje, senão teria reservado toda a minha noite para vossa senhoria.

— Danna me fez companhia. — Ele percebeu que a outra parou de sorrir. — Já estávamos indo para cima, contudo eu estava pensando...

— No que pensava, Milorde?

— Estou particularmente faminto hoje. — Olhou para a mulher ainda sentada sobre seu colo. — Acha que apenas Danna dará conta de me saciar?

Tremaine ignorou o olhar ofendido que recebeu e se concentrou apenas na resposta de Sonya, sua preferida, principalmente por saber trabalhar tão bem com a boca.

— Receio que não — Sonya respondeu sem pestanejar. — Quão grande está sua fome hoje?

Ele gargalhou.

— Imensurável.

Sonya estendeu a mão para Danna, que a aceitou com um sorriso malicioso, se esfregando na colega de trabalho.

— Vai continuar sentado aí, Milorde? — provocou sua favorita, acariciando o braço de Danna.

Tremaine cruzou as pernas e fez sinal para o garçom, erguendo seu copo de cristal.

— Preciso ser convencido a me mover. — Esperou que o líquido chegasse até a borda de seu copo e desafiou: — Que tal demonstrarem para mim e todos aqui o que são capazes de fazer para que eu as leve até o quarto?

O que se seguiu depois foi visto e apreciado por todos os demais cavalheiros que frequentavam o bordel. Tremaine permaneceu na poltrona, calmo, tomando seu trago e, quando a bebida acabou, levantou-se num rompante e arrastou as duas para o segundo andar.

Estavam já à porta do quarto, com a mão na maçaneta, quando ouviram um grito desesperado. Ele parou, sentindo todos os pelos de seus braços se arrepiarem sob a roupa, ciente de que aquele som nada tinha a ver com prazer.

— Milorde? — Danna o chamou, segurando firme seu membro por sobre a calça.

— Ouviram isso? — inquiriu, preocupado.

— Não é nada, Milorde. Alguns lordes gostam de usar a força, mas está tudo bem, ele pagou, tem direito a...

Novamente o grito, dessa vez seguido por um barulho oco e um pedido:

— *Socorro!*

Tremaine não pensou em mais nada, muito menos nas lascivas mulheres nuas e excitadas dispostas a tudo para agradá-lo. Saiu correndo na direção do som, olhando atentamente cada porta aberta, até que viu um homem forte pressionando algo — ou alguém — contra a parede.

O homenzarrão tinha as calças arriadas até os joelhos e, graças à pala de sua camisa, seu traseiro não estava à mostra.

Tremaine parou por um segundo, temendo interromper algum tipo de jogo, mas então viu punhos pequenos que tentavam acertar e afastar o homem e teve a certeza de que precisava agir.

Agarrou o sujeito pelo colarinho da camisa, às suas costas, e o afastou, fazendo com que se chocasse contra a parede. Não teve tempo de tomar conhecimento do ser encolhido no outro extremo, chorando e tremendo com o lábio machucado, pois teve logo que se defender do murro que vinha em sua direção.

Desviou-se com a maestria de quem praticava boxe duas vezes na semana há muitos anos, e com um único gancho de direita pôs o enfurecido desconhecido para dormir. Virou-se na direção da moça e logo percebeu que não se tratava de uma das funcionárias de salão de madame Marthe. Ela era pequena, estava malvestida, e seus cabelos estavam agarrados à cabeça, sebosos e certamente fedidos.

— Está...

— Não, por favor, não! Eu só limpo o urinol, não sou *putain*, por favor! — Ela implorou, cruzando os braços sobre o rosto, tremendo e chorando.

Apesar de alterado pela bebida e um tanto agitado por conta da adrenalina da quase luta que tivera, ele se abaixou com calma e tentou falar baixinho, para que ela entendesse que não representava perigo.

— Não vou machucá-la. Quero apenas saber se consegue se levantar sozinha e ir até alguém que possa ajudá-la.

Assim que terminou de falar, ele ouviu passos apressados, e uma das garotas que trabalhavam naquela noite surgiu esbaforida no corredor. Tremaine percebeu que ela viu o homem caído desacordado, mas que o ignorou, pulando por cima do sujeito, até alcançar a moça machucada.

— Lottie!

Ao ouvir seu nome, a menina ergueu a cabeça e abriu os olhos, parecendo aliviada.

— Linnea!

O Marquês se afastou quando a tal Lottie recebeu ajuda, mas ficou parado no corredor observando as duas até desaparecerem no interior da casa.

Um murmúrio de dor chamou sua atenção e o fez virar para encarar de novo o agressor da menina da limpeza. Sem pena alguma do homem, Tremaine deu-lhe um pontapé na lateral da barriga proeminente, antes de ameaçá-lo.

— Se voltar a machucar uma só mulher desta casa, pode acreditar que vou encontrá-lo e o deixarei bem pior do que está agora! — Sua voz soou ameaçadora, baixa e arranhada, entre dentes, pois tentava se conter para não cumprir naquele mesmo momento a promessa.

Todo o seu tesão se fora e ele não via mais motivo para continuar naquele lugar, pois novamente se encontrava inundado de sombras, lembrando-se dos hematomas no corpo de Philomena e da vontade que teve, muitas vezes, de matar o Conde de Clare com as próprias mãos.

2
A garota do urinol

A camisola de linho com fios de seda era macia e confortável, assim como seu quarto. Shanti havia acendido um defumador com algumas especiarias e o cheiro delicioso e calmante a ajudava a ter um sono revigorante. Ela caminhou pelos tapetes macios sobre o piso de madeira, sentou-se na beirada da enorme cama e passou as mãos pelos lençóis de algodão.

Respirou fundo, satisfeita com a comida do jantar e com o *chai* que tomara ao longo da tarde, cujos ingredientes a ajudariam a crescer com a pele e os cabelos saudáveis e a tornariam uma linda dama para um futuro casamento vantajoso. Deixou-se cair na cama, de costas, e fechou os olhos pensando no seu mais querido amigo e se, um dia, quando já tivesse idade para se casar, ele não gostaria de ser seu marido.

De repente, ouviu soar duas batidas fortes na porta e revirou-se na cama dura, fedida e sem lençóis. Lottie abriu os olhos, desistindo de continuar mergulhada em sonhos e de fingir que tivera uma noite de descanso. Precisava ignorar seus músculos, que doíam a cada movimento, e sua pele, que não parava de coçar devido ao número crescente de insetos no roto colchão de palha.

Preciso ser forte!, recitou mentalmente a promessa que fizera no leito de morte da mulher que a havia criado como uma filha.

Então, levantou-se, alisou a roupa que já usava havia semanas, pois a madame ainda não havia providenciado uma muda para troca, e foi até a pequena bacia de louça que, toda noite, enchia com água limpa para se assear o máximo que desse.

Ela não suportava o próprio cheiro! Sonhava com os longos banhos de banheira, principalmente os com ervas e flores, assim como morria de saudades dos óleos essenciais.

Olhou-se no pedaço de espelho quebrado, que havia tomado para si ao limpar o quarto de uma das meninas depois que um frequentador o quebrou jogando a pobre moça contra o objeto. A tristeza voltou a consumi-la ao ver seus cabelos sem brilho e sem vida.

Linnea, sua única amiga verdadeira naquele lugar, a ajudara a se livrar dos insetos nojentos que tinham se instalado entre suas madeixas havia uns três anos e, enquanto a moça cortava seus cabelos quase no couro cabeludo, Lottie lembrava-se de ouvir o choro de Shanti.

Quando finalmente se viu livre daquela praga, passara a usar um tônico fedido, feito de ervas, vinagre e alho, o único jeito de evitar que os piolhos voltassem a morar em sua cabeça. Dava certo, mas deixava os cabelos ensebados e com uma aparência desoladora.

Lavou o rosto, balançando a cabeça sem entender por que ainda conservava sua vaidade. Morava naquele inferno havia dez anos. Crescera ali, ouvindo e vendo todas as coisas que uma menina não deveria ver.

Quando Shanti ainda vivia, a jovem apenas a auxiliava com as costuras e nos cuidados com as meninas, administrando umas ervas para os períodos e outras para depois das cópulas. Naqueles anos ali, Lottie vira sua inocência, os privilégios de uma criança mimada pelo pai e seus sonhos com o futuro se desmoronarem lentamente. Sentia-se velha, cansada, bem distante da realidade de seus quase vinte anos de idade.

Franziu a testa tentando recordar quando era seu aniversário, forçando a mente para não esquecer a data nunca mais comemorada.

Não tinha mais documentos, todos haviam se perdido na viagem até aquela maldita ilha, assim como o dinheiro e as joias que possuía...

Arregalou os olhos e abaixou-se até a tocar a bainha do vestido que usava, respirando aliviada ao sentir o pequeno camafeu que costurara entre os tecidos. Recordou que deveria se lembrar de tirá-lo de lá quando sua patroa lhe entregasse outra roupa de serviço.

Roupa de serviço... como se ela tivesse outra!

— Lottie! — A voz irritada de madame Marthe soou do outro lado da porta do minúsculo quarto onde dormia, perto da cozinha. — Levante-se já, sua preguiçosa, há muitos urinóis para esvaziar e chão para limpar! Hoje será uma noite especial, se apresse!

Respirando fundo, ela tirou a cadeira, com apenas três pernas, debaixo da maçaneta e abriu a porta, arrepiando-se no corredor gelado. Tinha sorte de seu minúsculo quarto não ter janelas ou qualquer área de ventilação — pelo menos no inverno seu corpo mantinha a própria temperatura. Contudo, no verão ela se sentia assar como se fosse uma massa de pão.

Mas aprendera que era preferível suar a ficar fresca e ao alcance de mãos maliciosas. Lottie sentiu o corpo estremecer, mas não era por causa do vento gelado que insistia em entrar por alguma fresta, e sim pela lembrança da noite em que fora acossada e forçada contra a parede do corredor do segundo andar.

Já era madrugada quando uma das meninas a havia acordado para que limpasse o vômito de um dos fregueses. O homem tinha bebido demais e colocara tudo para fora assim que Hulda começou a fazer seus *trabalhos manuais*.

— Acredita que aquele porco quase vomitou nos meus cabelos?! — A prostituta estava visivelmente irritada.

Lottie se encaminhou até o quarto, munida com balde, vassoura e um pano de chão, e limpou a porcaria do homem, que roncava alto sobre a cama. Quando tentava retornar ao andar de baixo pela escada de serviço, foi impedida por um outro homem, bem-vestido, alto, gordo e careca.

— Hum... você fede, mas parece ser bem nova. — Ele havia tocado seus cabelos com nojo. — É muito bonita, criança... diga-me quantos anos...

— Com licença, senhor!

Tentou se livrar dele, mas logo se viu esmagada contra a parede, enquanto mãos grandes vasculhavam embaixo de sua saia à procura da roupa branca, que ela obviamente não vestia.

— Nua! — comemorou seu agressor, apertando seus seios com tanta força que ela foi obrigada a gritar.

Debateu-se, tinha lutado com toda a força, mas teve que assistir, apavorada, ao homem abrir o cinto e a suas calças caírem.

— Também estou nu!

Lottie sentiu a fria presença do medo, pois sabia o que ia lhe acontecer. Reuniu o resto de força de vontade para gritar bem alto:

— Socorro!

O que veio depois não passava de borrões em sua memória. Pensou ter visto um anjo — ou um deus — arremessar seu malfeitor para longe e nocauteá-lo. Não conseguiu entender o que ele lhe dizia, queria apenas sumir dali, voltar a ser criança na casa de seu pai e a pensar que o mundo lhe pertencia.

Linnea a salvou, a levou embora e cuidou dela. Não havia marcas do encontro violento em seu corpo, apenas um leve machucado no lábio inferior, que ela não sabia se havia sido causado pelo homem ou por ela mesma. Nenhuma palavra sobre o incidente foi dita, Lottie não sabia nem se haviam informado a madame sobre o ocorrido. Tudo que ela tinha em mente era que precisava sair dali.

Mas para onde iria?

Estava em Londres havia doze anos, sendo dez deles dentro daquele bordel infame. Não conhecia ninguém, não sabia sequer andar pelas ruas da cidade. O máximo que fazia todos os dias era ir até o pequeno quintal nos fundos do bordel para esvaziar os urinóis ou lavar as roupas de cama.

Shanti tinha verdadeiro pavor da cidade e transmitira para ela o mesmo sentimento. Londres era um lugar escuro, perigoso, sujo e fedido. Lottie sabia que haviam morado um tempo nas ruas, tinha flashes de memórias daquele período. Foi quando adoeceu e quase morreu. Não pereceu somente porque sua querida madrasta aceitou trabalhar no bordel de madame Marthe.

Muita coisa se apagou das memórias dela depois da febre, inclusive suas lembranças de casa, que vinham apenas em sonhos e de coisas que Shanti lhe contava. Mal sabia quem haviam sido seus pais, pois era sofrido para sua madrasta falar do falecido amor e ela não tinha conhecido a mãe de Lottie.

Estava sozinha no mundo, sem a proteção de familiares, contando apenas com a sorte para continuar viva e com seus sonhos para seguir em frente.

— Bom dia! — Linnea a saudou animada, assim que Lottie entrou na cozinha. — Já comeu algo?

— Não. — Sorriu, pois sempre era uma das primeiras a se levantar, mas só comia depois que todas se satisfaziam, geralmente lhe deixando as sobras. — Madame me chamou logo cedo, deve ter alguma bagunça feia pela casa.

Linnea fez uma careta.

— Paulette passou mal, acho que as esponjas e as ervas não ajudaram. — Linnea abaixou os olhos, mortificada. — Madame mandou vir uma mulher para resolver o problema.

Lottie fechou os olhos, sentindo um aperto no peito, pois ainda se lembrava da última vez em que madame mandara chamar a tal mulher e de todo o sangue no quarto depois.

— Susie não morreu por sorte... — comentou. — Acha que...

Linnea deu de ombros e suspirou.

— Só Deus sabe!

Lottie esqueceu-se da fome, o estômago de repente estava embrulhado como quando atravessou o oceano no navio. Andou rapidamente até a despensa, pegando o material de limpeza de que precisaria para encarar o longo dia de joelhos no chão, esfregando o piso, e despediu-se da amiga que estava responsável pela cozinha naquele dia.

Precisava sair dali!

Esse desejo aumentava a cada metro de assoalho que limpava. Sabia limpar uma casa, bem como aprendera a lavar roupas, poderia tentar encontrar um emprego em uma casa respeitável. Mas Linnea havia lhe dito que se tratava de uma tarefa quase impossível para elas, pois, além de não terem nenhuma referência de empregos anteriores, não possuíam roupas e a maioria de seus possíveis patrões eram frequentadores do lugar.

Todas naquela casa trabalhavam para terem um teto sobre a cabeça e comida. A maioria tinha vindo do interior, vendida por suas famílias ou fugida de casa. Apenas Linnea era nascida em Londres, filha de uma prostituta amiga de madame Marthe que havia sido assassinada por um cliente. Tinha sido criada pela madame e era ainda uma menina quando Lottie fora morar naquela casa, o que não impediu que, aos quinze anos, tivesse sua virgindade leiloada e o dinheiro usado para a reforma do salão principal, a fim de ajudar a melhorar o nível dos frequentadores do bordel.

As duas sonhavam em sair dali, faziam planos, sonhavam alto, mas sabiam que provavelmente aquele desejo não passaria de uma fantasia que nunca conseguiriam alcançar.

3

O passado se faz presente

Há muitos anos, quando Hawkstone fora banido do White's por causa de sua insolvência, o Clube de Cavalheiros Brook's havia se tornado a nova casa de diversão e jogos do Conde e seus amigos. Era lá que, sempre às terças-feiras, acontecia o regular encontro entre alguns pares da nobreza e um fidalgo português.

Ostentando seu título de cortesia de Marquês, Tremaine geralmente era o último a chegar. Não porque gostasse de chamar atenção, mas porque nunca levara muito a sério as regras e etiquetas e não ia terminar um encontro ou qualquer outro compromisso abruptamente apenas para chegar no horário marcado.

Além disso, poucos sabiam, o Marquês não gostava da deferência que seu título inspirava nos outros. Não nascera nem havia sido criado para exibir tal glória nobiliária, ainda que de cortesia, por isso o constrangia e entediava a excessiva atenção que alguns cavalheiros lhe davam apenas porque ele seria Duque um dia. Odiava bajuladores, interesseiros e aqueles que ficam ao redor, esperando qualquer oportunidade para lhe oferecer um grande investimento ou mesmo lhe pedir um empréstimo. Pior ainda eram aqueles que tinham filhas em idade casadoura e que praticamente as sacrificavam em troca de terem a influência de um Duque em sua família.

Não ignorava que precisaria lidar com todos esses tipos que lhe embrulhavam o estômago, ainda mais depois que anunciasse oficialmente que estava em busca de uma esposa. Teria que andar em terreno minado, desviando não só de pais ansiosos por um parceiro de investimentos, como também de matronas querendo ser mães de uma Duquesa.

As portas do clube foram abertas no instante em que pisou na entrada. Foi recebido com cortesia, teve seu casaco retirado, as luvas e o chapéu. Continuou apenas com a bengala, item que usava porque gostava de estar com as mãos ocupadas, ainda que sentisse vontade de tacá-la na cabeça de um ou outro inconveniente. Caminhou pelo salão, coluna ereta, olhar entre o tédio e o deboche, boca cerrada. O máximo que fazia enquanto passava por entre mesas ou poltronas com cavalheiros que lhe cumprimentavam era balançar a cabeça.

Ao longo dos anos desde que se tornara, do dia para noite, um Marquês, cultivou a fama de ser reservado, por vezes arredio, e certamente misterioso. Não tinha muitos amigos, apenas aqueles cuja amizade mantinha desde o tempo do colégio interno e um agregado de alguns anos.

— Ah, ele finalmente chegou! — Charles Ruddington anunciou, sentando-se à mesa onde seus outros amigos estavam.

— Ainda me pergunto se ele demora tanto assim para se vestir ou apenas para arrumar os cabelos. — Kim apontou para os lustrosos cabelos escuros de Tremaine, penteados e colados à cabeça.

— Temo, cavalheiros, que quando Seb se casar deixará a noiva esperando no altar enquanto ele se enfeita. — Hawkstone fez a mesma piadinha de sempre, cujas palavras o Marquês já havia gravado e seguia em mímica labial.

— Vocês estão ficando velhos. — Tremaine sentou-se em sua cadeira de sempre, de frente para Kim. — O que é bom, por um lado, porque assim posso treinar como lidar com as matronas do Almack's.

A gargalhada de Kim ecoou pelo salão, enquanto os dois outros nobres à mesa se faziam de ofendidos.

Um garçom serviu uma dose de conhaque para o Marquês, mas ele não fizera questão alguma de provar, esperando as cartas serem distribuídas atentamente, pois sabia que seus amigos gostavam de trapacear no jogo.

— A verdade é que quase desisti de vir hoje. — Kim, o responsável por embaralhar as cartas, voltou a conversar. — Foi a primeira vez que deixei Mari sozinha com nossa menininha aqui em Londres.

— Sei bem, para mim também é difícil deixar Helena e Samuel.

— Quanto a mim, não via a hora de poder vir para cá — Charles confessou com um suspiro, ganhando uma olhada furiosa de seu cunhado. — Ah, por favor, você sabe como sua irmã fica quando chega nesse estágio da gravidez! E dessa vez, diferente do que aconteceu quando Charlie nasceu, ela ainda está se queixando por perder a temporada.

— O que realmente é uma pena. Elise regala meus olhos com sua beleza.

— Não começa a provocar, Seb. — Charles retrucou. — Além disso, Elise não tem se sentido nada bela com todo o peso que ganhou.

Tremaine ergueu a sobrancelha.

— Talvez ela esteja realmente precisando que eu lhe faça uma visita para que...

— Seb. — Hawstone o interrompeu. — Vamos começar a partida sem que se precise apartar uma briga?

O Marquês respirou fundo.

— Charles tem pavio muito curto, sempre foi assim! — disse, defendendo o amigo, como se Kim não conhecesse a fama do Visconde.

— E você, por sua vez, gosta de incitar ciúmes, como se nossas esposas fossem pensar em trocar qualquer um de seus maridos por um dissoluto como vossa senhoria. — Tremaine bocejou ao ouvir o discurso de Charles. — Cresça, Seb! O tipo desiludido por causa do primeiro amor frustrado já saiu de moda há muitos anos. — Assim que terminou de falar, o Visconde de Braxton ficou rubro e um silêncio pesado instalou-se à mesa. Kim olhava para as cartas em suas mãos como se nunca as tivesse visto antes, e Hawkstone tinha os olhos coloridos presos em um quadro na parede do outro lado do salão.

Tremaine clareou a garganta, empertigou o corpo e bateu a ponta do indicador na mesa de madeira.

— Essa partida está demorando demais para começar. Distribua logo essas cartas, Kim, senão terei de acusá-lo de estar escondendo alguma dentro de sua manga.

— Seb, eu não queria...

— Vocês vieram para jogar ou para tricotar feito solteironas em um baile? — O Marquês interrompeu o pedido de desculpas do Visconde.

Kim rapidamente começou a entregar as cartas e Charles ficou quieto, concentrado-se na própria mão, durante toda a partida. O clima não era o mesmo de sempre, descontraído, com muita conversa e risadas. A Tremaine pareceu que, de repente, ser o único solteiro naquela mesa criara um abismo que os separava.

Jogaram compenetrados, concentrados em cada movimentação de cartas, sérios, como se realmente apostassem alguma coisa. Nunca apostavam, iam apenas ali, às terças-feiras, para se encontrar e ter um tempo entre eles. Contudo, naquela noite as coisas estavam diferentes.

Tremaine venceu a primeira e a segunda partida, e quando sugeriram a terceira ele recusou.

— Não estou querendo abusar da minha sorte. — Ergueu-se, pronto para se despedir. — Conhecem aquele provérbio que diz que quem tem sorte no jogo tem azar no amor? Pois é, eu pretendo continuar sendo azarado nessa área. — Olhou para Charles. — E nem preciso fazer tipo para isso.

— Droga, Seb! — Hawkstone levantou-se também. — Você conhece Charles e sua boca, não? — Sem dar a mínima atenção quando o Visconde reclamou do que disse, continuou: — Ele está com uma esposa irritadiça, próximo de ser pai pela segunda vez, tente entendê-lo!

Tremaine assentiu e olhou para o Visconde, que parecia realmente arrependido do que dissera, pois todos tinham um pacto tácito de não tocarem no assunto Philomena.

Charles não sabia a que ponto o romance malsucedido havia chegado, mas Hawkstone conhecia toda a história, inclusive sabia que Marigold não era filha do Conde de Clare.

— Você precisa superar isso. — Hawsktone comentou, baixinho, tocando-lhe o ombro. — Já faz quanto tempo que...

— Seis anos — respondeu, seco. — Você acha que, se perdesse Helena e Samuel, estaria recuperado em seis anos? — Hawkstone não teve reação, como Tremaine esperava. — Pois é!

— Soube que o Conde de Clare virá para a temporada deste ano — Charles falou de repente, chamando a atenção de Tremaine. — Espero que isso não seja um problema para seus planos de arranjar uma esposa.

Hawkstone gemeu e balançou a cabeça negativamente, fuzilando o cunhado com o olhar.

— Você sabia disso? — Tremaine inquiriu o Conde.

— Sabia, mas esperava que você não soubesse nem viesse a saber. — Stephen passou por trás de Charles e deu-lhe um tapa na cabeça. — Obrigado por isso, linguarudo!

— Quem é esse tal Conde de Clare? — Kim questionou, parecendo perdido no assunto.

— Ninguém importante — Tremaine respondeu, ríspido. — Apenas alguém com quem não tenho a mínima vontade de dividir um ambiente.

Kim enrugou a testa, percebendo a tensão, e voltou a se concentrar nas cartas sobre a mesa.

Tremaine encarou Hawkstone, desejando poder conversarem a sós, e o Conde, que o conhecia havia mais de três décadas, entendeu suas intenções, dando uma desculpa para acompanhá-lo até a saída. O Marquês se despediu dos outros amigos sem a mesma alegria que sentia toda vez que se encontravam e caminhou ao lado do Conde sem fazer sequer um comentário. Apenas quando chegaram na calçada é que Tremaine colocou em palavras a pergunta que lhe queimava a boca:

— E a menina?

Hawkstone deu de ombros.

— Não sei. A única coisa que soubemos, pelo administrador da casa de Clare, que por sinal é vizinha à minha, é que alguns reparos serão feitos na residência. Ele me procurou para avisar que tentarão minimizar os transtornos com a reforma, mas precisarão ser rápidos e que por isso havia tantos trabalhadores na vizinhança. Quando questionei o motivo da obra, ele contou que Clare pretende voltar à cidade para a temporada. — Tremaine aquiesceu. — Eu não tinha como perguntar sobre a menina, embora tenha tido gana de questioná-lo.

— Eu sei...

— Seb, eu não ia lhe dizer porque sei que prometeu a Stanton que buscará uma noiva este ano e, ainda que eu tema esses tipos de arranjos matrimoniais sem amor, albergava a esperança de que você pudesse encontrar alguma dama que valesse a pena.

Tremaine deu uma risada amarga.

— Temeu que eu deixasse meus planos de lado por causa da presença daquele porco? Pelo contrário, meu amigo! Agora, sabendo que Clare estará nos eventos, provavelmente atrás de alguma noiva incauta, é que meu desejo de comparecer em todos os bailes possíveis se intensificou. — Apontou um dedo contra o peito do Conde. — Se eu perceber que o desgraçado se interessou por alguma jovem, tenha certeza de que vou persegui-la com tanto empenho que ele não receberá sequer um olhar dela.

— Seb...

— Não, Hawk. Não farei isso apenas por vingança, orgulho ferido ou qualquer coisa relacionada aos brios masculinos. Farei isso por Philomena! Farei para livrar outra mulher dos maus-tratos daquele monstro. Como gostaria de tê-la livrado a tempo...

Tremaine se afastou a passos largos, indo na direção em que sua carruagem o esperava, sentindo o gosto amargo da raiva na boca, desejando apagá-lo com muito álcool, enquanto encontrava algum consolo satisfazendo seu corpo com a única coisa que tinha segurança de sentir quando estava rancoroso daquele jeito: luxúria!

— Vossa senhoria está sem apetite hoje?

Tremaine fez uma careta para a cortesã sentada ao seu lado, sem nenhuma vontade de estabelecer uma conversa com a falsa francesa. Tinha ido até o bordel para beber e foder a noite inteira, mas, assim que chegou ao local, a única coisa que o atraiu foi o conhaque, que naquele caso era legitimamente francês.

— Sonya está livre esta noite... — Madame Marthe voltou a lhe falar com seu sotaque exagerado. — Ou talvez queira experimentar algo novo.

Ele bebeu um longo gole, relaxando o pescoço, pendendo-o para trás, sem prestar atenção à interlocutora. Mas ou a mulher não tinha se dado conta de que ele não queria manter um diálogo ou simplesmente se satisfazia em fazer um monólogo.

— Daqui a alguns minutos, em uma sala privada do segundo andar, vai acontecer um evento raro, exclusivo, apenas para convidados de muito prestígio e alta estirpe.

— Não me interessa — dignou-se a responder, querendo se livrar dela o mais rápido que pudesse, arrependido por não ter ido tomar seu porre em casa.

Merda! Estou morando na residência ducal! Emputeceu-se com a lembrança. Por fim, encarou madame Marthe, que lhe sorriu.

— Sei que Vossa Senhoria tem gostos peculiares, minhas pombinhas já me deixaram a par. — Sorriu. — O que tenho a oferecer hoje é algo que todo homem deseja ter.

Ele soltou uma risada leve, duvidando, porém curioso.

— E do que se trata esse epítome do desejo masculino?

A mulher sorriu largo, deixando-o vislumbrar seus dentes amarelados pelo tabaco.

— Uma virgem!

Tremaine explodiu em gargalhadas e agradeceu mentalmente por não estar com a bebida na boca no momento em que ela revelou do que se tratava o negócio incrível que estava lhe propondo!

Uma virgem em um bordel?

Ele ergueu a sobrancelha, já imaginando que escolheram uma moça nova, provavelmente recém-chegada e pouco usada, que ainda conservava seus músculos internos apertados, com o objetivo de enganar um cliente desavisado que pagaria uma fortuna pelo "privilégio" de ser o primeiro.

— Não me interessa o mínimo. — E foi sincero.

A cortesã se surpreendeu e arregalou os olhos.

— Não? — Ele tornou a negar com a cabeça. — É uma pena, porque, além de virgem, é bonita e muito submissa.

Novamente, ele fez uma careta.

— Se quisesse uma mulher com essas características, não teria vindo a um bordel, bastava esperar a temporada chegar. — Aproximou-se da cortesã e falou baixinho e lentamente. — Quero uma puta, não uma esposa.

Ela sorriu, parecendo estar satisfeita. Tremaine imaginou que estaria, afinal o que mais havia naquela casa eram putas. Sendo assim, madame sabia que o teria como freguês por muito tempo.

— Está certo, Milorde. — Finalmente, ela se levantou. — Terei em mente que prefere as mais safadas. Quem sabe não consigo alguma novidade nesse sentido.

Tremaine ergueu o copo para ela, brindando à sua ideia.

— Nada me faria mais feliz.

Quando tornou a ficar sozinho, o sorriso zombeteiro deixou seu rosto e os pensamentos sombrios e torturadores voltaram. Sentia vontade de acertar as contas com Clare, fazê-lo pagar com a própria vida pelo que fizera a Philomena. Ele achou que tinha conseguido seguir em frente, que poderia recomeçar, encontrar uma mulher para se casar, produzir um herdeiro, enquanto se divertia com seus amigos e com quem mais lhe aprouvesse. O que não contava era sentir a raiva pela simples visita de Clare a Londres, e o que temia era saborear o desespero de saber-se tão próximo da menina e não poder estar com ela em seus braços.

Tremaine bebeu uma dose atrás da outra, consumido pelos pensamentos e as lembranças do passado. Revivia cada emoção, que julgava ter ficado para trás, como se tudo estivesse acontecendo naquele momento.

Os momentos de prazer ao lado de Philomena, após ela revelar que Marigold era dele e não de Clare. O dia em que vira a menina, com pouco mais de dois anos, pela primeira vez, e depois a emoção de acompanhar, de tempos em tempos, o crescimento de sua filha.

Foram três anos maravilhosos e, ao mesmo tempo, terríveis. Ele queria que fossem uma família, desejava estar ao lado dela, assumir Marigold, expor a todos as agressões e os maus-tratos do Conde. Insistira para que Philomena pedisse o divórcio, mas ambos sabiam que era impossível e que, ainda que houvesse como, perderiam a criança para Clare.

O tempo roubado que tinham era pouco para Tremaine. Mantinham tudo em segredo, precisavam ser discretos, apenas a criada de quarto e Stephen sabiam do caso dos dois. Então, de repente, Philomena parou de aparecer para os encontros e a notícia de que havia ficado doente chegara.

Ele se desesperou, principalmente quando soube que a família ficaria no Norte até que a Condessa de Clare se recuperasse, o que nunca ocorreu. Não pôde nem mesmo se despedir de Philomena e, para piorar, nunca mais teve notícias de Marigold.

Tremaine saiu do bordel completamente embriagado, apoiado em um dos garçons, que o acompanhou até sua carruagem. Não achou seu cocheiro e riu quando percebeu que Tom estava recebendo alguma atenção de uma das pombinhas de madame Marthe.

— Sinto muito, amigo. — desculpou-se quando seu funcionário se afastou da moça para abrir a portinhola do coche.

— Boa noite, Milorde. Para casa?

Tremaine desabou no banco, agradecendo às cortinas fechadas do veículo, antes de concordar.

— Infelizmente, Tom. — Bateu no bolso à procura de seus fósforos para acender um cigarro, mas não os encontrou. — Tem algum... — Não conseguiu concluir o pedido, porém o cocheiro entendeu o que pretendia e lhe entregou uma caixinha.

Novamente tateou os bolsos para procurar a cigarreira, mas, cansado, desistiu e cochilou com o movimento da carruagem. Torceu o nariz algumas vezes, coçando-o, pois o cheiro de perfume barato estava quase o sufocando.

— Tom, seu safado... — murmurou zonzo de sono, julgando que seu cocheiro tinha estado dentro do veículo com a prostituta.

Moveu-se e, por fim, encontrou a cigarreira. Sorriu satisfeito quando, mesmo no breu total, pegou um cigarro e o colocou na boca. Segurou firme o palito de fósforo e o riscou, causando uma pequena combustão que iluminou momentaneamente a carruagem e revelou olhos amedrontados que o encaravam em um dos cantos do veículo.

— Porra!

4

O melhor esconderijo

Lottie adorava o final da tarde, quando as meninas estavam ocupadas demais se aprontando para receber os clientes e a deixavam em paz, principalmente a madame. Quando todas entravam em seus respectivos quartos, ela corria para o pequeno quintal dos fundos para sentir a brisa do anoitecer no verão ou se trancava cedo no quarto no inverno. Poderia parecer solitário ou nada excitante, mas para ela, que passava todos os minutos do dia ocupada limpando e servindo pessoas, a solidão e a quietude do começo da noite eram perfeitas.

Trocou, então, a água de sua bacia, colocando-a sobre a outra cadeira quebrada que usava em seu quarto, e lavou o rosto, o colo e os braços. Depois, deitou-se na cama, aproveitando as poucas horas de tranquilidade antes que os sons da música e das conversas a encontrassem, vindos do salão principal. Suspirou, sentindo cada músculo reclamar depois de tantas atividades, e desembrulhou do pedaço de pano limpo um naco de pão. Sorriu para seu jantar, agradecida por, pelo menos, ter o que comer. A massa tinha sido assada à tarde, estava macia e cheirosa. Lottie amava quando era Linnea quem cozinhava!

Terminou de comer e logo seus olhos se fecharam, levando-a novamente até a terra dos sonhos, cheia de lembranças alimentadas pela querida Shanti e que ela mantinha vivas fosse acordada ou dormindo.

Em seus sonhos o pai não havia morrido e ela tinha crescido sob a proteção dele, recebendo seu carinho e cuidado. Shanti ainda falaria com ele em hindi, chamando-o de *Meri Jaan*, seu carinhoso "minha vida", o banharia com óleos perfumados e prepararia sua comida preferida. Ela teria amigos, um futuro e, quem sabe, teria um marido e filhos. Lottie sonhava com um lugar quase mágico, com muita música, perfumes, cores e texturas. Ela se vestiria de seda, usaria flores nos cabelos e muitas joias em seu corpo. Dançaria, pintaria o corpo, enfeitando mãos e pés, e dormiria ao som do sitar — instrumento do qual não se lembrava, mas que Shanti lhe garantira ser divino. De repente, se viu transportada de volta para o navio, em águas turbulentas, sacudindo-a fortemente de um lado para o outro e...

— Lottie! — O grito a fez se sentar abruptamente no colchão e chocar a cabeça contra a da pessoa que interrompia seus sonhos.
— Que merda, garota!

Teve que apertar os olhos várias e várias vezes para se situar, enquanto a realidade ia se consolidando e os sonhos, desvanecendo.

— O que foi? — perguntou com voz sonolenta à mulher que a acordara.

— Madame Marthe está chamando você — Danna informou, puxando-a para que se levantasse. — Ela está com pressa, o movimento está grande hoje, não temos tempo a perder.

Foi então que Lottie se deu conta do som alto do piano, das vozes e das risadas. Não fazia ideia de por quanto tempo havia dormido, não parecia ter sido muito, mas, infelizmente, o trabalho a esperava.

— O que preciso limpar?

— É algo no quarto de madame, venha! — Danna levou-a para fora do quartinho.

Lottie resistiu, pois antes tinha que passar na despensa para pegar os materiais de que necessitava para limpar a bagunça que certamente a esperava no segundo andar. Tentou argumentar enquanto se virava para a direção oposta à de Danna.

— Vamos logo, garota, temos muito trabalho!

Temos?! O termo não passou despercebido, o que lhe causou estranheza, pois nenhuma das pombinhas da casa levantava um dedo sequer para ajudá-la na limpeza, nem mesmo sua amiga Linnea.

Cedeu à vontade de Danna e a acompanhou até o quarto da madame, no final do corredor, de frente para a rua, no segundo andar do sobrado.

Entraram sem bater, sinal de que a dona do bordel não estava usando o quarto com algum cliente. Mais uma vez, Lottie se sentiu confusa, pois não havia absolutamente nada fora do lugar — pelo contrário, o cômodo estava do mesmo jeito que deixara depois de ter terminado a limpeza e a arrumação naquela tarde.

— Eu não estou vendo...

— Tire esse vestido! — Danna ordenou, afastando o biombo, que revelou a enorme banheira de louça e pés de cobre de uso exclusivo da madame.

Lottie sempre tivera vontade de tomar banho de imersão, mas não lhe deixavam nem mesmo se aproximar da banheira velha e encardida que as moças usavam na cozinha. Seus banhos se limitavam a jogar água sobre a cabeça e deixar escorrer até a bacia que tinha a seus pés, e apenas quando tinha roupa limpa para usar. Geralmente, ela lavava os braços, o rosto, o colo e esfregava um pano úmido com sabão nas axilas e no meio das pernas.

— Por que tenho que tirar a roupa? — perguntou sem tirar os olhos da banheira cheia de água, desejando poder usá-la.

Danna respirou fundo.

— Para tirar esse fedor do seu corpo e do seu cabelo! — Torceu o nariz. — Sei que você trabalha tirando a sujeira da casa, mas não precisa cheirar como ela!

Lottie se indignou com a ofensa.

— Como se eu tivesse como não cheirar mal! Se você não sabe, não tenho sabonete, nem banheira, e muito menos roupas limpas!

— Você é muito petulante, garota! — Aproximou-se. — Tire logo essa imundície, pois não temos tempo para ficar aqui conversando.

Novamente, a desconfiança tomou conta de Lottie.

— O que está havendo? Por que tenho que tomar banho?

Danna não respondeu e, com um forte gemido de irritação, puxou a frente do vestido puído e sujo de Lottie, rasgando-o desde a gola até a bainha e deixando a moça completamente nua.

— Hum... — Danna olhou-a como se a avaliasse, enquanto Lottie tentava se cobrir. — Nada mal.

Quando a outra avançou para terminar de tirar o resto do trapo do corpo da serviçal, Lottie recuou, lembrando-se da joia costurada na bainha.

— Pode deixar que eu termino de tirar. — gritou.

— Ótimo, você não é mais criança.

Ela tirou o vestido do próprio corpo devagar, enrolando o pano e levando-o consigo até a banheira. Sob o olhar atento de Danna, colocou o embrulho que protegia a única lembrança que tinha de sua vida passada no chão e entrou na banheira.

— Ah! — Gemeu e sorriu ao sentir a água tépida. — Está quentinha.

Danna resmungou algo, mas Lottie não fez questão alguma de tentar entender o que a outra dizia. Fechou os olhos e deixou que a mágica produzida pela água quente a alcançasse toda, relaxando seus músculos e limpando a sujeira que havia se acumulado.

— Tome isso, vai precisar. — Danna a tirou do delicioso torpor que sentia ao lhe oferecer um sabonete e uma esponja. — Você tem um quarto de hora para tirar toda essa sujeira, lavar os cabelos e me esperar enrolada na toalha, nem um segundo a mais!

Atravessou o quarto e bateu a porta, não sem antes passar a chave do lado de fora do cômodo.

Lottie não entendia o que estava acontecendo. Por que, de repente, aquela moça que nunca havia lhe dado mais do que um olhar de desprezo a levara para tomar banho — e quente, ainda por cima! — e lhe emprestara um sabonete com um delicioso cheiro de rosas?

Ela fez muita espuma com as mãos, esfregando a barra até que sumisse na cremosidade branca da espuma, e voltou a inalar a forte fragrância, com um sorriso bobo no rosto. Ainda não entendia o motivo da boa ação, mas sua mente estava perdida demais nos prazeres de se ensaboar, esfregar e limpar que não tinha tempo de avaliar com calma.

Ficou de pé na banheira, tomando cuidado para não escorregar, ensaboou o corpo e esfregou a esponja na pele até que nenhum centímetro ficasse sem sabão. Depois, pegou uma enorme panela que haviam deixado por perto e a encheu de água, jogando-a nos cabelos até que estivessem completamente molhados.

Usou o mesmo sabonete para esfregá-los, tirando toda a sujeira, oleosidade e o fedor do remédio que usava para afastar os insetos. Depois pensaria nos piolhos de novo, queria apenas se sentir cheirosa, se sentir gente de novo.

Deitou-se mais uma vez na banheira, mergulhando a cabeça, tirando todo o sabão. Não sabia quanto tempo já havia se passado, mas ela tinha noção de que o aproveitara ao máximo. Finalmente, ergueu-se e saiu da banheira, cuja água estava tomada da espuma que estava em seu corpo. Enxugou-se com a toalha macia de madame Marthe. Não conseguiu deixar de compará-la ao trapo que guardava para se secar sempre que conseguia tomar banho e riu feliz por ter tido a oportunidade de experimentar algo novo.

Tinha acabado de se enrolar na toalha quando Danna retornou com um vestido na mão.

— Espero que sirva em... — Parou de falar, parecendo assustada, com os olhos verdes esbugalhados. — Que grande filha da puta! — Começou a rir se aproximando de Lottie. — Aquela puta velha tem um bom olho, com certeza!

— Do que você está falando?

Danna balançou a cabeça em negativa e colocou o vestido sobre o encosto de uma cadeira, antes de lhe estender as roupas de baixo. Lottie não pegou as peças, ainda sem entender o que estava havendo, por que tinha tomado banho e agora precisava se vestir como...

Arregalou os olhos percebendo a intenção por trás de toda aquela bondade.

— Não! — Segurou firme na toalha. — Eu não sou uma *putain*!

Danna riu.

— Ninguém é, até precisar ser, querida. — Tentou puxar a toalha, mas Lottie agarrou-se a ela fortemente. — Conforme-se de uma vez. Será por bem ou por mal, madame descobriu que pode fazer dinheiro com você.

— Não! Eu limpo, faço tudo o que me pedirem, mas não vou fazer as coisas que fazem com os homens!

Danna respirou fundo, sem paciência.

— Pode parecer ruim agora, mas pense bem. Você terá um quarto, roupas, banhos regulares e comida. — O argumento não convenceu Lottie, que continuava negando com a cabeça, sentindo o coração disparado de medo. — Não vai mais ter que limpar sujeira de ninguém, madame arranjará outra pessoa para fazer isso.

— Eu não me importo em continuar carregando baldes de urina e fezes! — gritou, desesperada.

Danna não conversou mais, pegou Lottie pelos cabelos e a arrastou até o meio do quarto. As duas lutaram, mediram forças, a serviçal chorava e implorava que a deixasse em paz, mas a prostituta tinha um trabalho a executar e não ia falhar.

— Solta essa merda logo! — gritou antes de desferir um tapa no rosto de Lottie.

Pega desprevenida, a jovem desequilibrou-se e caiu no assoalho, soltando a toalha. Danna a puxou para que ficasse de pé e, mesmo fazendo força para não se erguer, Lottie não conseguiu manter-se caída.

— Se quiser ficar nua, ótimo! Facilitará a exibição para todos os homens que estão interessados em você, é isso que quer? — Danna a sacudia pelos ombros.

Lottie a olhou com medo, imaginando-se nua entre todos aqueles homens que frequentavam o bordel, muitos deles nojentos e agressivos.

Fechou os olhos e sacudiu a cabeça, dando-se por vencida. Sabia que não tinha como se livrar daquele destino. Shanti sempre a advertia para se manter longe dos olhos da madame, para esconder sua beleza. O problema é que ela se sentia tão feia e suja ultimamente que nunca poderia imaginar que seria pega para aquele tipo de trabalho.

Vestiu a camisa de cambraia branca, o espartilho, e percebeu que não havia calções. Já não lhe importava mais nada, por isso calçou as meias de seda sem prestar atenção na maciez e na beleza do item que nunca havia usado antes.

Danna a ajudou a colocar as ligas para manter as meias no lugar, falando sem parar sobre o quanto os homens amavam tirar as meias de uma mulher. A Lottie não importava mais se iam tirá-las ou deixá-las em seu corpo, não queria sentir nada, queria apenas morrer.

O vestido, apesar de branco, era algo escandaloso. Repleto de babados e laços, ele tinha um decote baixo que quase deixava seus mamilos de fora e uma manga pequena que mal a manteria quente dentro da casa.

— Uau! Quem diria. — Danna riu. — Acho que se prendermos seus cabelos para cima e passarmos um pouco de pó na sua cara será suficiente. — E riu outra vez. — Nada disso vai durar muito quando um daqueles homens a pegar.

Lottie fechou os olhos, tremendo da cabeça aos pés, sentindo as lágrimas escorrerem pela bochecha. Sua mente, ainda inconformada com o que acontecia, não parava de trabalhar em um jeito de se livrar daquele triste fim. Conhecia todos os cantos daquela casa, mas não imaginava como poderia se livrar de Danna para fugir.

Sentou-se na banqueta de frente para o espelho da penteadeira de madame. Seus cabelos foram presos para cima com forquilhas e seu rosto, empoado, antes de receber alguns toques de ruge sobre a bochecha.

— Acho que precisamos de algo para pintar seus lábios — Danna ponderou, encarando-a pelo reflexo do espelho.

Ela procurou na penteadeira, mas não achou nada, então foi até o armário de madame para ver se achava algo que pudesse usar.

Lottie mal conseguia respirar, tensa. Sentia vontade de gritar alto, porém sabia que ninguém a acudiria. Desviou os olhos do espelho e focou em um vidro na cor âmbar em cima do móvel, lembrando-se de ter visto uma vez a velha cortesã espirrar o perfume forte em uma das moças e lhe causar uma série de espirros. Não pensou muito, apenas agarrou o frasco e, quando viu pelo espelho que Danna estava voltando, levantou-se rápido e borrifou sem parar o perfume sobre os olhos da prostituta.

— Mas que... — Danna gritou e deu alguns passos para trás, escorregando no piso ainda molhado do banho de Lottie. Em seguida caiu de costas e bateu a cabeça com força.

Assim que a moça tombou, Lottie correu até os trapos de seu vestido, pegou-o, e ouvindo o gemido de dor, seguido de um xingamento, saiu do quarto apressada, fechou a porta e a trancou por fora.

Ia começar a correr pelo corredor quando deu de cara com Linnea, que a olhou surpresa, como se não a conhecesse.

— Por favor, não deixe que façam isso comigo!

Sua amiga não respondeu, apenas concordou com a cabeça, pegou-a pela mão e, olhando cada lugar por onde passava, desceu com Lottie pela escada de serviço e saiu pelos fundos da casa.

— E agora? — Lottie olhava para os becos, tentando decidir por onde devia ir.

— Acho que sei o que fazer. — Linnea segurou Lottie pelo ombro. — Está vendo a carruagem parada na esquina? Eu sei quem é o dono e, embora seja um frequentador assíduo da casa, é um bom homem, nunca bate nas meninas e dá boas gorjetas. Nunca foi meu cliente, mas Sonya garante que é um homem honrado.

— Eu estou com medo, Linnea.

— Eu sei, Lottie, mas, se sair pelas ruas daqui a essa hora, pode encontrar um destino pior do que o que madame havia planejado para você nesta noite. — Ela respirou fundo. — Confie em mim! Vou distrair o cocheiro e você se esconde na carruagem. Fique bem quieta. O Lorde costuma sair tarde e muito bêbado, com sorte não perceberá você lá.

O tempo estava passando e alguém poderia vir atrás dela. Então, sem pensar muito, Lottie concordou com o plano, ainda que tivesse tudo para dar errado. Se não desse e ela conseguisse uma "carona" naquela carruagem grande e chique, pararia em algum bairro rico da cidade e tentaria conseguir qualquer trabalho por lá.

Sim, é um bom plano!, pensou, rezando para que desse certo e prestando atenção quando Linnea sumiu com o cocheiro atrás do veículo. Lottie correu até alcançar a carruagem, mas abriu a porta devagar e, aproveitando os gemidos altos de sua amiga, esgueirou-se dentro da cabine escura.

Ficou lá, tremendo, de olhos fechados, receando o futuro que a aguardava. Não soube dizer por quanto tempo esteve sozinha, pareceu toda uma vida, mas assustou-se quando a portinhola se abriu e a voz enrolada, porém potente, de um homem chegou até os seus ouvidos.

— Sinto muito, amigo.

O cocheiro respondeu algo, mas Lottie não ouviu, apertando-se no canto do veículo e torcendo para que a parca iluminação da rua não a denunciasse. Tinha consciência de que os dois homens conversavam, mas estava tão ansiosa para que fechassem a porta e partissem logo que não entendia uma só palavra do que diziam.

Quando tudo ficou escuro de novo, Lottie soltou o ar dos pulmões devagar, temendo alertar o Lorde sobre sua presença se respirasse forte demais. Ficou algum tempo tensa, até que ouviu um leve ressonar e percebeu que o homem havia adormecido.

Agradeceu aos céus mentalmente, sentindo os olhos úmidos por ter conseguido escapar do inferno que vivia, ao mesmo tempo que temia estar indo na direção de outro tormento.

— Tom, seu safado... — A voz divertida e ainda ébria a alertou que sua companhia não mais dormia.

Lottie voltou a tremer e teve que travar a boca para que seus dentes não batessem um no outro. Não dava para ver absolutamente nada dentro daquele veículo, mas ela podia sentir o calor que vinha do corpo do ocupante do outro lado.

Então, de repente, ouviu um som e a luz de uma chama brilhou perto de seu rosto, apavorando-a.

— Porra!

A jovem não soube dizer o que aconteceu, apenas que sentiu como se sua alma tivesse deixado o corpo. Seus músculos ficaram moles e a cabeça, pesada demais, sem nenhum pensamento.

5

Uma noite inusitada

Tremaine não teve tempo de acender outro fósforo para certificar-se de que não havia bebido conhaque demais, pois o barulho e o peso de algo — ou alguém — caindo diante de seus pés resolveu a dúvida.

Não estava alucinando nem sozinho na carruagem!

Ele agiu rápido, abaixou-se, pegou nos braços a moça desacordada — dona do perfume que lhe atacava as narinas — e começou a bater no teto da carruagem para que Tom parasse. Os dois foram jogados para a frente devido à parada brusca. Logo em seguida a portinhola foi aberta e Tom apareceu segurando uma das lanternas a óleo que usava para iluminar o caminho.

— Milorde, o que... — Arregalou os olhos ao ver a mulher nos braços do Marquês.

— Quem é a moça, Tom? — Tremaine estava irritado. — Deixou uma das putas aqui dentro, enquanto convencia a outra a participar?

O cocheiro estava visivelmente alarmado.

— Não, Milorde, jamais faria isso! — O homem balançava a cabeça sem parar. — Ela está morta?

— Não, apenas desmaiou quando foi descoberta. — Tremaine bufou, sem saber o que fazer. — Acenda as luzes da cabine.

— Milorde, ainda estamos em uma área perigosa da cidade — informou Tom, preocupado, olhando para todos os lados. — Não acho que é uma boa ideia ficarmos aqui.

Tremaine teve que concordar, embora não soubesse o que fazer com a garota desacordada em seus braços.

— Eu não posso simplesmente jogá-la na rua.

— Muito menos levá-la para a casa de Vossa Graça, se me permite dizer.

Merda!

O Marquês respirou fundo, tentando pensar em alguma solução, já que sua residência estava alugada para a temporada e os criados do inquilino já haviam se instalado nela.

Poderia deixá-la em algum hospital ou levá-la de volta para o bordel, mas, por algum motivo, pressentiu que a jovem não gostaria de retornar para o local de onde havia saído.

— Vamos para St. John's Wood — decidiu, pensando ser o melhor local para, pelo menos, esperar que a moça voltasse a si e lhe explicasse o que fazia escondida em seu veículo.

O cocheiro rapidamente aquiesceu e fechou a porta, retomando seu posto e pondo a carruagem para andar novamente.

Tremaine ajeitou a mulher no banco à frente do seu e ficou segurando-a durante o longo trajeto até a pequena vila que mantinha para hospedar suas amantes — quando tinha alguma, claro — e que, por obra do acaso, estava vazia desde que terminara o contrato de serviço com Hanna.

Ainda se sentia zonzo por conta da bebida, e sua cabeça dava sinais de que começaria a doer, anunciando uma bela ressaca no dia seguinte. Amaldiçoou o momento em que resolveu sair de casa naquela noite, pois nada havia saído como ele gostaria.

Queria ter tido uma noite agradável com seus amigos, beber e jogar, aproveitando a volta de Kim, mas não conseguiu devido à notícia sobre o Conde de Clare. Mudou os planos para uma noite de orgias e, novamente, eles foram frustrados, pois não sentia a mínima vontade de fornicar e, muito menos, desvirginar alguém.

Olhou de novo na direção da garota desacordada, ainda que não a pudesse ver, e lembrou-se de ter visto a cor do vestido dela. Era algo realmente fora do comum uma puta vestir branco. Geralmente elas estavam em roupas mínimas ou com apenas um penhoar sobre seus corpos. Se aquela moça fosse uma das pombinhas de madame Marthe, por que estava usando um volumoso vestido branco?

Seu corpo arrepiou-se ao lembrar-se da moda que se estabelecera após o casamento de sua monarca, a Rainha Victória. Antes, a cor do vestido de noiva não importava muito, mas após o casamento real todas as damas queriam vestir branco no dia de núpcias. Tremaine xingou ao pensar que aquela mulher deitada em seu banco pudesse ser uma noiva que fugira e que, sem saber para onde ir, entrara em sua carruagem, aproveitando-se da distração de Tom com a prostituta.

Coçou o nariz novamente e repensou suas impressões, afinal por que uma noiva usaria um perfume tão forte e definitivamente barato? Bufou, cansado, sentado no chão da carruagem, ainda bêbado. Sentiu os olhos pesarem e, sem conseguir resistir, deitou a cabeça sobre a barriga da mulher, pegando no sono imediatamente.

— Milorde?

Tremaine abriu os olhos, assustado, levando alguns segundos para entender onde estava e que, infelizmente, a invasão de sua carruagem não tinha sido um pesadelo.

A portinhola da carruagem estava aberta. Encontravam-se em um local bem iluminado, que ele logo reconheceu como a cocheira existente atrás do sobrado na vila do Bosque do Apóstolo.

O Marquês se aprumou e ergueu-se o máximo que conseguia dentro da cabine para poder descer.

— E a moça, Milorde? Vamos deixá-la aí?

Merda, a mulher!

— Não, vamos tirá-la da carruagem e tentar acordá-la. Deve haver sais de cheiro em algum lugar dessa casa. — Dizendo isso, virou-se para pegar a desacordada misteriosa e então pôde vê-la toda e não apenas parte dela. — Porra!

O vestido realmente era branco, contudo não podia nunca ser de uma noiva. O corpete baixo deixava pouco à imaginação de um homem, ressaltando seios cheios, de pele macia e clara. O rosto era pequeno, fino, delicado, com malares altos, nariz afilado e uma boca carnuda que parecia implorar por beijos.

Como ela ainda permanecia desmaiada, Tremaine não conseguia ver seus olhos, mas notou como os cílios eram longos, volumosos e escuros como seus cabelos.

— Milorde? — Tom voltou a chamá-lo e ele saiu do estado de contemplação, impactado com a beleza daquela mulher.

— Ajude-me com isso, Tom.

Os dois a tiraram da carruagem, mas foi Tremaine quem a levou, no colo, para dentro da casa. Ela era pequena, leve como uma pluma, e, embora usasse meias de seda, estava descalça, o que o deixou ainda mais curioso.

O Marquês a levou para o segundo andar e a instalou em uma suíte, na enorme cama que se destacava no cômodo. Olhou-a mais alguns instantes e começou a abrir o armário e as gavetas, completamente vazios, em busca de algo que pudesse acordá-la.

Ainda não havia achado nada quando ouviu um gemido e voltou sua atenção à cama.

A mulher estava acordada e olhava em volta, assustada, até que os olhares dos dois se encontraram. Sua expressão mostrou a surpresa e o medo, seus lábios começaram a tremer, e ela se sentou na cama e dobrou as pernas, abraçando-as.

— Por favor, não! — implorou com voz trêmula.

Ele franziu a testa sem entender.

— Por favor, não o quê? — Deu um passo em sua direção, mas parou quando ela se encolheu mais ainda. — Calma, não vou machucá-la!

Certamente ela não acreditou no que ele disse, pois olhava a todo momento para a porta, como se quisesse sair correndo.

— Onde estou?

Tremaine bufou, cruzou os braços e ergueu uma sobrancelha.

— Não acha que sou eu quem deveria fazer as perguntas aqui? Afinal, foi você quem invadiu minha carruagem.

A boca sensual da desconhecida abriu-se em um "o" perfeito e, enfim, ela pareceu se lembrar.

— Eu... precisava fugir — explicou, como se aquilo resolvesse toda a questão.

O Marquês tentou não demonstrar sua impaciência nem bufar, temendo assustá-la e ter de correr atrás dela pela casa.

— Certo, mas fugir do quê ou de quem?

Ela baixou os olhos, o que a deixou ainda mais bonita, embora vulnerável.

— Do local onde o senhor estava...

— Vossa senhoria — corrigiu-a, e ela o encarou novamente. — É como você deve se dirigir a mim. Vossa senhoria ou Milorde.

Ela fez uma careta.

— Não... um Lorde! — Tampou o rosto como se fosse chorar.

Claro que Tremaine já vira muitas reações femininas quando revelava sua posição ou seu título, mas nenhuma como aquela, e isso o deixou intrigado.

— Não viu o brasão na porta da carruagem antes de invadi-la? — Pelo olhar confuso da moça, ela não fazia ideia do que ele estava falando, não o reconhecia e continuava lamentando que ele fosse um Lorde. Tremaine perdeu a paciência de vez. — Tudo bem, não importa sua ignorância sobre como deve se dirigir a mim, nem mesmo que não saiba quem sou eu. Desejo saber apenas o que fazia na porra da minha carruagem!

Ela arregalou os olhos e ele achou que a jovem fosse chorar, mas, contrariando a impressão que Tremaine teve de que se tratava de uma menina assustada, ela ergueu o queixo e, encarando-o, disparou:

— Estava fugindo do lugar que, ao que parece, *vossa senhoria* gosta tanto de frequentar! — Seus olhos castanhos brilhavam, como se, de repente, tivessem saído de uma tempestade e reencontrassem a luz do sol. — Sei que vocês pensam que podem comprar o corpo de qualquer mulher e está tudo bem se ela quiser vendê-lo, mas forçar alguém a fazer isso é...

— Forçar? — Riu ao perguntar, olhando-a detalhadamente mais uma vez. — Corrija-me se estiver errado, mas aquele lugar é um bordel e você... bem, não está vestida como uma freira.

Ela respirou fundo várias vezes e apertou ainda mais os joelhos contra seu lindo decote, protegendo-se do olhar de Tremaine.

— Eu não escolhi estar vestida assim. Tive meu vestido rasg... — Arregalou os olhos de repente e, saindo da posição defensiva, começou a procurar alguma coisa. — Onde está?

Tremaine fez uma careta, ainda sem entender nada da história daquela mulher, nem como tinha se metido naquela confusão, e achando que havia um sério risco de ele ter dado ajuda e abrigo a uma pessoa com graves problemas de loucura.

Bufou, impaciente, voltando a andar pelo quarto.

— Será que você não consegue concluir o assunto? Estou cansado, com sono e ainda bêbado, mas tentando exercer uma paciência que não tenho, nem quando sóbrio, para saber se a ajudo ou chamo a polícia!

Ela parou de se movimentar pela cama e o encarou.

— Po... polícia?

Ah, merda, ela gaguejou! Certamente está devendo!

— *Po-polícia*, sim, senhorita. — imitou-a, irritado. — Pare de surtar e preste atenção, vou tentar facilitar para seu precário entendimento! Você é uma das pombinhas do La Belle Marthe?

Ela ficou rubra e possivelmente furiosa.

— Não! — Tremaine não conseguiu conter a cara de tédio e incredulidade. — Não sou uma *putain*.

A expressão dele mudou rapidamente ao ouvir a péssima pronúncia do francês, pois chegou a lhe doer os ouvidos.

— Então o que fazia em um bordel? Ia se casar, por acaso?!

— Não, claro que não! Quem se casa em um bordel?

Ele riu.

— Acredite-me, já vi coisas que a fariam pensar duas vezes antes de se surpreender com isso! — Riu novamente, lembrando-se da oferta de madame Marthe. — É melhor você dizer de uma vez o que fazia lá, porque essa conversa já se estendeu além do que minha paciência consegue suportar.

Ela baixou os olhos de novo e ele teve a sensação de que, o que quer que ela fosse contar, era algo que a deixava desconfortável.

— Eu trabalhava lá. — Ele riu e ela o encarou séria. — Não como puta! Eu... fazia os serviços da casa.

— Conheço bem os "serviços da casa" — debochou.

— Não! — gritou com ele, o que o surpreendeu, pois ninguém jamais lhe levantara a voz. — Eu era criada, a que limpava tudo, a "garota do urinol".

Tremaine a encarou estupefato, cético quanto à história que ela lhe contava. Afinal, era difícil para ele conceber que aquela mulher bela e sensual fazia o pior tipo de serviço dentro da função de criada.

Balançou a cabeça, sarcástico, e apontou para a roupa dela.

— Esse aí é o uniforme que usava para limpar mijos e...

— Uniforme! — Ela o interrompeu, pulando da cama. — Onde está meu uniforme?

— Desisto. É melhor você não causar nenhum problema esta noite, porque não tenho mais condições de estabelecer uma conversa aqui, pelo menos não uma dessas sem sentido que estamos tendo. — Caminhou até a porta. — Amanhã, quando eu estiver sóbrio, recomendo que me conte a verdade, porque não sei se já a alertei, mas meu humor fica péssimo quando estou sem álcool e de ressaca.

— Você não entende! Eu preciso do meu uniforme... Ele deve estar na carruagem, por favor.

O desespero dela soou tão real a ele que Tremaine parou.

— Seu uniforme de criada?

— Sim... ou o que restou dele.

Ele virou-se na direção da voz triste e a viu sentar-se na beirada do colchão, parecendo frágil e perdida. A cena o comoveu, como ele odiava que acontecesse.

Então, sem dizer nada, saiu do quarto e fechou a porta, ignorando os murros que a moça — que devia realmente ser louca — começou a dar na madeira, pedindo que a deixasse sair.

Tremaine desceu as escadas da casa e encontrou Tom na cozinha, acendendo o fogão.

— Aquela mulher deve ser maluca. — comentou. — Tentei descobrir o que fazia na carruagem, mas... — Parou de falar ao ver um farrapo marrom na mão de seu cocheiro. — O que é isso?

— Um pano fedido que encontrei dentro da carruagem, Milorde. Vou queimá-lo dentro desse balde...

— Dê para mim. — Estendeu a mão a fim de pegar o farrapo.

A primeira sensação que o Marquês teve ao pegar o tecido foi nojo. O cheiro era podre, como se o pano nunca tivesse visto água antes ou como se tivesse sido usado em trabalhos com esgoto. Torceu o nariz para não sentir e, pegando-o por uma ponta, deixou que se abrisse.

Certamente era um vestido de serviço, muito velho, puído e sujo, mas sem dúvida pertencia a uma criada. O tecido era de péssima qualidade, áspero, as costuras malfeitas, e tinha algo estranho e embolado na barra.

— Por que será que ela quer essa coisa de volta? — perguntou-se.

— Quem quer essa coisa fedida, Milorde?

— A invasora de carruagens. — Ele olhou o rasgo e concluiu que alguém a provocara e que devia ter deixado, quem o estivesse usando, totalmente desnudo.

Não sou putain!, a voz ofendida da "hóspede" soou em sua memória e ele começou a calcular quanto de verdade poderia ter na história que ela estava tentando — sem muito sucesso ou lógica — lhe contar.

6

Meu nome é Charlotte

Lottie cansou de socar a porta e sua garganta começou a arder de tanto gritar. Deixou-se, então, escorregar até o chão, ainda encostada na porta, a saia branca do vestido parecendo uma nuvem de cetim à sua volta.

Que homem metido. Lembrou-se do jeito como ele a olhava e das coisas que lhe falou.

Claro que ela não podia esperar outra atitude de um nobre! Nunca conhecera de verdade um homem com títulos, mas sabia que eles eram os principais frequentadores do La Belle Marthe. Já tinha ouvido histórias horripilantes sobre como eles maltratavam as pombinhas — fosse mulher ou homem — da madame, como se tudo lhes fosse permitido. Não sabia com que tipo de nobre estava lidando, pois nunca se interessara por conhecer os títulos e muito menos tivera a preocupação de conhecer a maneira de tratá-los.

Lottie tivera pouco ou quase nenhum contato com o sexo masculino durante toda a vida! Tirando os anos que passara com o pai — de que mal se lembrava — o único e breve contato havia sido com o bruto que tentara agarrá-la semanas antes. Talvez por isso não tivesse conseguido explicar direito a razão para ter fugido do lugar onde trabalhava nem convencer o nobre de que dizia a verdade.

Uma lágrima solitária rolou em seu rosto ao se lembrar do vestido rasgado, mas não por qualquer tipo de afeto pela peça de vestuário, apenas pelo que guardava entre seu tecido na barra. O camafeu era a única recordação que havia restado de sua família e, segundo Shanti, a única coisa de valor que tinha.

Não tinha mais.

Assim como não teria um teto sobre a cabeça, um trabalho ou mesmo como sobreviver. Talvez precisasse ceder à fome e acabar virando uma ladra ou uma prostituta de rua, isso se conseguisse se livrar da polícia que o tal Lorde ameaçara chamar. Se fosse presa, poderia dar adeus a qualquer emprego respeitável. Seus sonhos seriam reduzidos a pó e ela acabaria pior do que as putas de madame Marthe.

O barulho no ferrolho da porta a fez levantar rapidamente, cambaleando. E só não a fez cair porque ela se escorou na cama.

O Lorde entrou no quarto, gigante não só pela altura descomunal, mas pela postura e a confiança que exalava. Lottie odiava ter de admitir, mas certamente aquele era o homem mais bonito que ela já havia visto, sem sombra de dúvidas!

— Por acaso procurava isso? — Ele levantou o tecido marrom que ela conhecia muito bem.

Seu coração disparou, inundando-se de esperança, até que ela temeu que o homem tivesse descoberto a joia e a tomado para si.

— Sim, meu uniforme — respondeu, serena, tentando não parecer ansiosa.

O Lorde riu.

— Chama isso — abriu as abas rasgadas — de uniforme? Está roto e fedido!

Lottie evocou calma mentalmente para lidar com aquele homem soberbo. Tinha que ser inteligente, convencê-lo de que ela não havia feito nada de errado além de invadir sua carruagem e tentar obter alguma ajuda para recomeçar a vida.

— Como expliquei antes, eu era responsável por lidar com a... sujeira da casa. — Milagrosamente, ele continuou quieto, prestando atenção ao que ela dizia. — Nunca trabalhei no salão, Milorde, apenas na faxina.

— Então como explica...

— O vestido? — Ela concluiu a pergunta por ele. — Simples. Ela tentou me vender hoje, quer dizer, tentou vender meu corpo.

Ele ergueu a sobrancelha.

— Contra a sua vontade? — A pergunta não soava totalmente sem ironia, mas ela percebia nele uma atitude diferente da que estava tendo antes.

— Sim, sem que eu soubesse. Umas das meninas, Danna, me chamou para limpar o quarto da madame, mas quando cheguei lá não havia sujeira. — Riu com amargura. — Quer dizer, acho que a sujeira era eu. — O homem concordou, torcendo o nariz para o tecido que ainda segurava. — Fiquei tão empolgada com a possibilidade de um banho que não entendi as intenções por trás da *bondade* delas. Somente quando me entregou esse vestido é que percebi que meu serviço ali naquela casa ia mudar.

— Foi Danna quem rasgou esse farrapo?

— Sim. Era a única roupa que eu tinha. — Disse isso com a cabeça erguida, olhando-o nos olhos, sem deixar que ele percebesse quanto lhe custava admitir o quão pobre e suja ela era. — Minhas opções eram vestir isso ou permanecer nua.

De repente, o Marquês desviou os olhos dos dela, como se algo o incomodasse. Talvez ele a visse tão nojenta que não conseguia nem mesmo imaginá-la sem roupas.

— Por que entrou na minha carruagem? O que pretendia?

Ela suspirou, cansada, dolorida por causa do tapa, do tombo e da briga com Danna, e triste por estar passando por tudo aquilo.

"Carma", diria Shanti para justificar o sofrimento.

— Eu não poderia fazer o que elas faziam... — Seus olhos se encheram de lágrimas. — Eu não me imaginava tendo o tipo de vida que elas tinham.

Ele ergueu a sobrancelha.

— Era melhor continuar lidando com bosta e urina?

Lottie não teve dúvida ao responder:

— Sim, era.

A jovem viu quando ele andou pelo quarto e colocou o vestido rasgado sobre a banqueta da penteadeira. Sentiu alívio, mas não totalmente, pois antes precisava saber se ele havia achado o camafeu.

— Como conseguiu fugir?

— Espirrei perfume nos olhos de Danna. — Lottie vislumbrou um sorriso, tímido e rápido, e isso a desconcertou. — Ela escorregou no chão molhado e, quando caiu, eu saí do quarto correndo.

— Como posso ter certeza de que toda essa história não é uma invenção? Que você não fugiu por ter sido pega roubando isso? — Mostrou o broche e, ao vê-lo, ela começou a chorar.

Ele ficou paralisado, olhando-a, assustado.

— Eu não roubei, senh... Milorde. — Afastou as lágrimas com as mãos. — Isso é tudo o que tenho de minha falecida mãe. Estava há anos escondido, costurado na bainha do uniforme. Eu o levava ali porque tinha medo de que alguém o roubasse.

— É uma peça valiosa demais para ter pertencido à mãe de uma criada.

— Ela não era uma criada quando nasci, nem eu, Milorde. — Voltou a olhá-lo e se perdeu nos olhos azuis dele. — Meus pais eram casados, trabalhadores e respeitáveis, porém morreram e fiquei apenas com Shanti, que era como uma mãe para mim. Passamos fome até ela encontrar trabalho no bordel, e tenho vivido lá desde então.

Ele franziu a testa.

— Como você se chama?

A pergunta a surpreendeu. Raramente falava ou ouvia seu nome, pois Shanti só a chamava pelo apelido e assim ficou conhecida no bordel.

— Charlotte, meu nome é Charlotte.

Ele não teve nenhuma reação, apenas a encarava como se quisesse ver sua alma. Lottie percebia o movimento tenso de seu maxilar e a postura rígida de suas costas, mas ele não se movia.

— Quanto anos tem, Charlotte?

Ela piscou, sem saber o que sentiu quando ele a chamou pelo nome, confusa com seus próprios sentimentos, como se pela primeira vez alguém a visse como uma pessoa.

— Tenho dezenove anos, Milorde, e sirvo à madame Marthe desde que tinha nove.

A reação dele foi estranha, como se aquela informação o tivesse afetado de alguma forma. O Lorde balançou a cabeça, parecendo aceitar tudo que ela havia contado e, sem que Lottie esperasse, devolveu-lhe o camafeu.

— Está muito tarde, Charlotte, acho que merecemos descansar.

Ela pegou a joia e a apertou na palma da mão.

— Vou dormir aqui? — perguntou, insegura, pois ainda não sabia quais eram as intenções dele.

— Sim. — Franziu a testa. — Algum problema?

— E... Milorde vai dormir onde?

Novamente ela pensou ver um sorriso rápido, mas ele logo voltou a ficar sério, clareou a garganta e apontou para fora do quarto.

— Em outro lugar.

Lottie aquiesceu, aliviada, porém temerosa. Ainda não sabia se podia confiar naquele homem, embora ele tivesse, até aquele momento, lhe dado indícios de que era de confiança.

— Obrigada, Milorde. — Tentou sorrir, mas sentiu vergonha e apenas abaixou a cabeça para demonstrar gratidão.

— Amanhã, com a mente mais leve, resolveremos o que fazer.

Ela voltou a prestar atenção nele, o coração disparado.

— Como assim?

— Amanhã, Charlotte, amanhã.

Ele saiu do quarto, mas não a trancou como antes.

Charlotte olhou o camafeu, feliz por tê-lo em suas mãos de novo, e só então pôde observar o quarto onde estava instalada. Sempre achara o quarto de madame Marthe o mais bonito do mundo, mas percebia ali, atentando-se a cada detalhe daquele cômodo onde ia dormir, que não podia estar mais longe da verdade.

Além de enorme, a acomodação possuía uma linda cama adornada com dossel. No colchão que ela já provara ser macio e cheiroso, caberiam certamente mais de três ou quatro pessoas deitadas, e tinha tantos travesseiros sobre ele que ela riu ao imaginar-se usando todos.

As mesinhas de cabeceira seguiam o mesmo estilo da cômoda, do armário e da penteadeira, com um espelho grande e ornamentado. No cômodo havia também três janelas grandes e um banco abaixo delas. Lottie imaginou qual era a vista que teria se olhasse através do vidro e se seria agradável se sentar ali para ler, caso ainda soubesse como fazer isso.

Aprendera, claro, a ler e escrever, mas havia tantos anos que não pegava em uma pena que não fazia ideia se ainda possuía aquela habilidade. Exercitava sempre a leitura, lendo qualquer coisa que tivesse letras, geralmente jornais velhos que vinham em peixes ou outras carnes que chegavam no bordel, mas nunca lera um livro e tinha uma vontade enorme de um dia poder viajar pelas histórias.

Shanti amava histórias e as contava muito bem. Aventuras de deusas e deuses, povos e animais. Ela se lembrava de cada detalhe, interpretava cada personagem de maneira diferente e criava sons engraçados para os animais.

Lottie sentou-se na cama e suspirou, desejando que Shanti pudesse estar com ela, naquele quarto, e que pudesse desfrutar, mesmo que por uma noite, do prazer de estar novamente dentro de uma casa de verdade, com conforto e segurança.

Não sabia como seria o dia seguinte nem o que o tal Milorde pretendia fazer com ela. Talvez não conseguisse dormir, embora estivesse muito cansada, esgotada depois de tantos acontecimentos marcantes.

Estava vivendo uma aventura, como as das histórias de Shanti. Se alguém lhe contasse que passaria por tudo o que passara naquela noite, Lottie diria que a pessoa tinha a imaginação tão fértil e boa como a de sua madrasta.

O dia amanheceu e, assim que o sol iluminou o quarto, Lottie abriu os olhos. Demorou um pouco para se situar, até lembrar de onde e com quem estava. Enganara-se ao pensar que não conseguiria dormir, pois bastou recostar-se nos travesseiros para ser levada para a terra dos sonhos. Contudo, diferentemente dos que tinha quando morava no bordel, ela não sonhou com seu passado, mas com o futuro.

— Esqueça isso, antes que se machuque ao desejar o que não pode ter — aconselhou a si mesma ao se levantar da cama.

Caminhou até as enormes janelas e sorriu diante da surpresa de não ver uma só casa, e sim uma infinidade de árvores. O bosque ao longe parecia ter saído de seus sonhos e ela se beliscou para certificar-se de que não estava dormindo.

Não fazia ideia de onde estava. Sempre julgara Londres uma cidade escura, fedida e cinzenta, o que não combinava em nada com o que avistava do segundo andar da casa do tal Lorde.

Ouviu uma batida à porta e assustou-se, lembrando que não estava sozinha naquele lugar. Ajeitou o vestido amarrotado o máximo que pôde e clareou a voz antes de permitir a entrada de quem batia.

— Bom dia. — Um homem completamente diferente do Milorde apareceu e ela ficou tensa. — Sou Thomas, o cocheiro do Marquês.

— Marquês? — perguntou, confusa.

— Sim, o Marquês de Tremaine, o Lorde que a trouxe ontem.

Marquês de Tremaine, seria esse o nome do Lorde?

— Ah, sim. — Sorriu nervosa. — O que o senhor quer?

Ele riu de seu jeito brusco de falar.

— Vim perguntar se não quer descer para comer alguma coisa. Milorde pediu para que eu a atendesse, enquanto ele resolvia umas coisas.

O coração de Lottie disparou.

— O Lorde não está? — A jovem recuou alguns passos.

— Não, senhorita. — Ele a olhou, curioso. — Não vai descer? Eu não vou machucá-la. Milorde me mataria se eu fizesse mal a uma moça, tenha ela a vida que tiver.

— Eu não sou prostituta! — Resolveu deixar bem claro.

Tom deu de ombros.

— Não me importa o que a senhorita é, estou apenas seguindo as ordens do meu patrão, e ele mandou que eu a alimentasse e tomasse conta de você.

Lottie sabia que era ingênua até certo ponto, pois ainda não tinha visto nada do mundo, sempre presa naquele bordel, mas, de repente, sentiu que podia confiar no cocheiro. Principalmente depois que ele afirmou que o Lorde não gostaria que ela fosse maltratada. Ademais, era melhor estar com ele fora do quarto, certamente.

— Vou descer, então.

Ele sorriu, ficando um pouco mais bonito e jovem.

— Que bom. Não costumo comer sozinho e trouxe umas coisas bem gostosas da casa do Duque. Peguei com a cozinheira quando deixei o Marquês.

Ela não sabia a quem ele estava se referindo quando disse Duque, mas seu estômago pareceu entender a parte sobre coisas gostosas, pois emitiu um som alto e constrangedor.

7

Se conselho fosse bom...

— Você fez o quê? — A expressão que Hawk exibia era de total assombro.

Tremaine pediu que baixasse o tom da voz, irritado por não ter mais sua própria casa para receber o amigo, por isso tivera que se dirigir à Moncrief House e tirar o Conde da cama, uma coisa que nunca se imaginara fazendo, já que Hawk levantava-se geralmente no mesmo horário em que ele ia dormir.

— Eu não poderia simplesmente jogar a mulher na rua.

— Mulher. — Ele repetiu com irritação, contendo a voz, pois sabia que, além de Helena na casa, havia Lily, sua irmã caçula, que tinha a fama de escutar conversas alheias. — Deus do céu, Tremaine, a moça tem a idade de uma debutante.

— Por isso mesmo. Como eu poderia tê-la deixado na rua? — Levantou-se e voltou a encher seu copo com o terrível tônico verde do valete de Hawk, que por sinal era tio de seu cocheiro, o que ficara na vila tomando conta de Charlotte. — Ela está segura lá na vila... o lugar é discreto, como você sabe.

Hawkstone ficou rubro e arregalou os olhos.

— É, eu sei, mas eu não estava particularmente preocupado com a segurança dela, e sim com a sua! Você não sabe quem é a moça e, independentemente de ser uma jovem de dezenove anos, pode ser perigosa. — Hawkstone cruzou os braços. — Não achou a história um tanto fantasiosa?

Tremaine lembrou-se de cada palavra saída da boca de Charlotte e, embora não a conhecesse bem, não conseguia ver nela um só pingo de inverdade. Claro, poderia ser uma atriz profissional ou apenas alguém que conseguia fingir muito bem. O que não faltava no East End eram vigaristas, e ela podia ser apenas mais uma.

— Pedi a um amigo nosso, da Bow Street, para que tentasse colher informações sobre a garota. Ele tem muitos contatos naquela área, muitos informantes. Se ela for mesmo quem disse ser, saberemos.

— Mas e até lá? — Tremaine deu de ombros, pois realmente não sabia o que fazer. — E depois? Caso ela esteja mentindo e seja uma vigarista, a solução é fácil, cadeia. Mas e se tudo que contou for verdade? Vai mandá-la de volta ao bordel ou simplesmente...

— Não sei, Hawk. Que inferno! Eu não pedi para ser responsável por uma mulher que invadiu a minha carruagem.

Hawkstone ergueu as sobrancelhas, destacando ainda mais seus olhos de cores diferentes.

— E por que você se sente responsável por ela?

A pergunta pegou o Marquês desprevenido. Ele ponderou por algum tempo atrás da resposta, mas não encontrou nenhuma. Não entendia por que motivo estava tão relutante a simplesmente deixar a moça seguir seu caminho. Afinal, ajudara-a a fugir, mesmo sem total conhecimento dos fatos naquele momento, e ela dissera que... de repente, soube o que dizer ao Conde.

— Ela falou que gostaria de recomeçar a vida.

— Justo. E o que você tem a ver com isso?

Tremaine respirou fundo, exasperado por ter buscado os conselhos de seu amigo sem ter pensado em todas as perguntas que ele faria. Não julgava a postura de Hawstone, faria igual se os papéis fossem inversos, mas odiava sentir-se vulnerável.

— A garota foi vítima de maus-tratos a vida toda, e tudo com que ela sonha é ter um emprego em uma casa respeitável.

— Ela cresceu em um bordel, Tremaine. Qual casa respeitável a aceitará como parte da criadagem? Talvez a minha esposa ou minha irmã, mas estamos com o número de criados no limite porque acabamos de contratar para a temporada.

— Eu também não sei se ficaria tranquilo em colocá-la na casa de um amigo — confessou. — Você tem razão ao dizer que só sei o que ela me contou e talvez nunca consiga realmente ter certeza de nada.

O Conde suspirou e reclinou-se na cadeira.

— Vou pedir-lhe um favor, não comente sobre ela com mais ninguém até seu contato da Bow Street retornar com alguma informação. Você conhece as mulheres da minha família, além de Marieta e Lady Cat, e elas se compadeceriam da história da moça mesmo sem saber se é verdadeira ou não.

Tremaine concordou.

— Por enquanto ela permanecerá no Bosque do Apóstolo. A vila já estava fechada, pois permiti que Hanna levasse toda a criadagem com ela quando seu novo benfeitor a assumiu.

— Vai deixar a moça lá sozinha? Não sei se faria isso.

— Não. — Tremaine riu. — Vou deixar Tom com ela lá e contratar mais alguém...

— A tia dele ficou disponível há pouco tempo, pelo menos foi o que Thomas me contou. Ela é uma boa cozinheira e cuidava praticamente sozinha da casa da falecida Viscondessa de Home, na Escócia.

— Ela deseja morar em Londres?

— Pelo que Thomas me disse, ela já está aqui, morando com a outra irmã, a mãe do seu cocheiro. A questão é se ela aceitará ser responsável por uma casa em St. John's Wood. A fama do lugar o precede.

— Você sabe bem que estou sem amante residindo lá neste momento e que, por causa da saúde debilitada do Duque, terei que me casar o mais breve possível. Isso garante que a casa continue sem cumprir sua função. — Ele riu. — Pelo menos até nascer o próximo Marquês de Tremaine pretendo me dedicar apenas à minha esposa.

A cara de sofrimento de Tremaine ao dizer a última frase fez com que Hawk balançasse a cabeça e bufasse alto.

— Quer mesmo seguir por esse caminho? Por que não se dá a chance de conhecer alguém e quem sabe...

— Não. Quando eu pedir minha futura esposa em casamento, ela saberá o tipo de matrimônio que teremos. Será um arranjo, um acordo apenas, e ela terá que suportar meus avanços no leito conjugal até termos a garantia da sucessão dos títulos e nada mais.

Hawk o encarava, sério.

— Lamento, Seb. Estar com quem se ama é muito melhor do que qualquer tipo de arranjo.

Tremaine soltou uma risada irônica, deixando o copo do tônico para ressaca sobre o aparador e pegando sua bengala, que havia deixado encostada na cadeira quando entrara no escritório.

— Para isso acontecer comigo, só se houver matrimônio no *post mortem*.

Ele cumprimentou o Conde com a cabeça e virou-lhe as costas para sair do escritório.

— Será, Seb? — Tremaine parou ao ouvir a pergunta. — Será que isso é realmente o que você sente ou é apenas o medo de amar outra pessoa falando?

Tremaine olhou para o amigo por sobre o ombro.

— Nunca tinha percebido o quão insuportável eu era quando jogava essas questões no ar para vocês. — Fez sua conhecida careta de deboche. — Obrigado por me mostrar o quão piegas eu fui e peço-lhe desculpas por isso, não voltará a acontecer.

Tremaine entrou na residência ducal em Park Lane, endereço dos Allen em Londres havia quase dois séculos. A majestosa mansão de três andares ocupava o quarteirão inteiro, com seus jardins perfeitamente cultivados nos quatro cantos da propriedade e suas janelas enorme viradas para o Hyde Park.

Ele crescera ali, pois raramente seus pais ficavam no campo. O Duque, Luke, não gostava do ar puro do interior, dizia que lhe atacava os pulmões, mas a verdade é que seu pai sempre tinha sido um amante da agitação da cidade, além de notívago — odiava acordar cedo.

Apenas o herdeiro — ou aquele que deveria ter sido — nascera em Stanton Palace, em Lincolnshire. Os outros eram londrinos, pois seus pais se negaram a se isolar no campo por tantos meses como haviam feito quando o primeiro filho nasceu. Ademais, o que importava era o futuro Duque vir ao mundo na cama ducal, onde todos os anteriores nasceram.

Só que eles não contavam que o herdeiro morreria e o filho reserva assumiria!

Tremaine cumprimentou Emott, mordomo da família havia mais de trinta anos, assim que entrou na casa e passou direto pelo hall até chegar às escadas, que esperava subir sem ser visto.

— Seb!

Ele bufou ao ouvir a voz de sua irmã caçula, Blanchet, a única que permanecia na casa com ele e os pais. Continuou a subir os degraus, fingindo não a ter ouvido, embora a adorasse, porque necessitava de umas horas de sono. Sentia-se um verdadeiro caco humano.

— Seb, Lady Lily veio nos fazer uma visita — Blanchet continuou. — Não quer almoçar conosco?

Ele parou, virou-se devagar e meneou a cabeça, cumprimentando a jovem irmã do Conde de Hawkstone.

— Como vão, Miladies? — Ensaiou um sorriso. — Adoraria acompanhá-las, contudo temo não ser boa companhia.

Sua irmã franziu a testa, enquanto a melhor amiga da menina sorriu.

— Vossa senhoria é sempre ótima companhia! — Lily argumentou. — Mas entendo que esteja cansado. Afinal, o vi logo cedo em Moncrief House.

Tremaine teve ganas de xingar alto, percebendo o brilho matreiro nos intensos olhos azuis de Lady Lily. Sabia que a jovem dama era perigosamente astuta e curiosa, e o fato de ela ter aparecido naquele horário na casa ducal não podia ser mera visita.

Lily estava atrás de mais informações!

Ele cruzou os braços, sorriu torto e debochado e desceu vagarosamente.

— Querem saber? A companhia de belas damas é tudo de que preciso para relaxar! — Blanchet ficou rubra, mas a atrevida Lady Lily manteve o sorriso. — Além disso, preciso me inteirar sobre o conteúdo do número da semana do *Weekly Ladies Diary*.

Lady Blanchet ficou visivelmente encantada pelo interesse de Tremaine no jornal que algumas damas estavam publicando semanalmente, exaltando o poder feminino, a liberdade de escolha e destacando mulheres que eram exemplos em suas carreiras. Mas Lady Lily não pareceu muito convencida.

A jovem irmã de Hawk era responsável por escrever uma das colunas mais polêmicas do jornal, sobre os direitos da mulher moderna. Sob a proteção de um pseudônimo, ela ressaltava a igualdade entre homens e mulheres — se não a supremacia feminina — em discursos acalorados que geravam muita discussão nos clubes de cavalheiros na semana em que a publicação saía. Ninguém fora do círculo de confiança sabia quem eram as responsáveis pela circulação do periódico nem como ele chegava às mãos das damas. A publicação do semanal começara de forma silenciosa, porém, com quase um ano de edições ininterruptas, já causava tumulto naqueles que não gostavam de pensar que suas mulheres eram mais do que propriedades.

Tremaine, Hawkstone, Kim e Charles eram os únicos homens envolvidos no projeto de Lady Catherine Sanders, a Viscondessa de Talbot, e sua fiel amiga Lady Anna Spencer. Mas eles não trabalhavam diretamente na redação nem tinham poder de decisão sobre as matérias: eram meros colaboradores que só eram acionados quando a "presença" masculina se fazia necessária.

Os três se encaminharam para a sala de refeições íntima da família e Tremaine não disfarçou o divertimento ao perceber que o convite para o almoço não fora feito de última hora, pois seu lugar já estava preparado à mesa.

Que astuta. E sentou-se em frente à irmã.

— Como estão indo as reuniões para a pauta da próxima edição? — perguntou assim que serviram a entrada e Blanchet dispensou os criados.

— Muito satisfatórias. — Sua irmã respondeu. — Fiz uma enorme pesquisa sobre o que estará em alta nesta temporada e vou começar as matérias falando sobre os tecidos da moda.

Sorriu, contente com o interesse da irmã pelo universo feminino. Nunca tinha achado Blanchet uma moça fútil por se interessar por roupas, calçados e joias, pelo contrário. A jovem dava dicas incríveis para as ladies que necessitavam reformar suas roupas ou reaproveitar as de outras pessoas, e isso fazia diferença em um mundo que desprezava as jovens que não tinham poder aquisitivo para renovar o enxoval a cada ano.

— E Lady Lily, sobre o que pretende falar?

O brilho nos olhos dela não passou despercebido.

— Vou começar uma série de matérias sobre a liberdade sexual das mulheres.

Tremaine tinha colocado uma garfada de comida na boca, por isso se engasgou e começou a tossir ao ouvir o assunto que a irmã de Hawkstone ia abordar em sua coluna.

— Esse tema foi aprovado?

— Por que não seria? — Ela bebericava sua água como se estivesse falando de um tema discutido à mesa todos os dias. — As mulheres têm sido vistas como objetos de desejo desde que o mundo é mundo, porém são impedidas de ter conhecimento sobre sua própria "arma".

Tremaine riu, imaginando a apoplexia que Hawkstone teria ao ler a primeira matéria.

— Seu irmão vai...

— Hawstone está ciente... — Ela riu. — Quer dizer, mais ou menos ciente, Milorde.

Blanchet riu também, dividindo com sua melhor amiga algum segredo que ele temia só de imaginar sobre o que se tratava. Tinha consciência de que Lady Lily não ia usar meias palavras para falar sobre a tal liberdade sexual feminina e ele tentava imaginar se o conhecimento da dama era teórico ou prático.

— Espero que isso não lhe traga problemas, Lily — falou com sinceridade, por isso mesmo usou o primeiro nome dela.

— Não trará. Minha coluna está toda baseada em exemplos, inclusive bíblicos, sobre mulheres que usaram muito mais do que seus corpos para conseguir o que queriam. O importante é salientar que, embora os homens sejam fracos e manipuláveis com relação ao desejo, nós podemos nos valer dele com inteligência.

Blanchet abaixou a cabeça, rindo da expressão assombrada do irmão. Pela primeira vez, Tremaine se via sem palavras.

— Sua coluna vai abordar a arte da sedução?

Lily deu de ombros.

— Não é um dos meus assuntos favoritos, mas percebi que é necessário.

— E como pensa em abordá-lo? Tem experiência para tal?

— Seb. — Blanchet lançou-lhe um olhar apavorado. — Lily, perdoe meu irmão, ele tem esses modos...

— Tudo bem, já o conheço o suficiente, querida Blanchet. — Lily o encarou. — Estou tendo ajuda e penso obter muito mais...

Tremaine se sentiu tentado a descobrir se a "ajuda" estava partindo de um homem ou de uma mulher, mas não ousou perguntar para não ofender Blanchet novamente. Conhecia bem a ousadia de Lady Lily e sabia que, se ela havia colocado na cabeça que escreveria sobre aquele tema, ninguém a impediria. Só queria estar perto de Hawk quando ele recebesse o periódico.

Talvez conseguisse estar, era só lhe fazer uma visita.

O restante do almoço transcorreu bem, sem muitos sobressaltos por parte de Blanchet e nenhuma provocação de Tremaine. Ele adorava ver as duas amigas juntas. Sentia que Lily fazia bem à sua irmã, por vezes tão retraída e solitária.

Quando finalmente conseguiu ir até o quarto para descansar, mal tirou a roupa e ouviu seu valete no cômodo anexo.

— Albert! — Tremaine o chamou. — Estou pensando em passar uns dias fora.

— Certamente, Milorde. Bagagem formal ou casual?

— Não, apenas umas três mudas formais, o casual já tenho no armário de lá. — Albert assentiu, provavelmente entendendo para onde o Lorde iria. — Vou descansar um pouco agora, depois gostaria de um banho.

— Mandarei preparar, Milorde.

O Marquês saiu do quarto de vestir e deitou-se em sua cama, mas sem conseguir relaxar. Estava ansioso por notícias de Jeffrey Cunnings, seu contato dentro da agência de investigadores de Londres, sobre a história de Charlotte.

Charlotte... Percebeu, então, que a moça não havia lhe dito um sobrenome e franziu a testa, questionando-se o que ela escondia.

8

Dia de descobertas

Ela nunca se imaginara em um lugar como aquele. Tudo parecia um sonho e Lottie tinha muito medo de acordar e se descobrir novamente no La Belle Marthe, dormindo em um catre cheio de insetos, fedendo e com os cabelos emplastrados na cabeça. Tinha saído do quarto onde havia dormido e não conseguiu andar rápido, mesmo com muita fome, atentando-se a cada detalhe daquela construção magnífica. Parecia que estava em um dos grandes palácios que Shanti havia mencionado nas histórias de sua infância.

O assoalho brilhava mesmo sob uma camada de poeira e era coberto de tapetes tão macios que lhe davam a impressão de que pisava em nuvens feitas de algodão. Havia quadros nas paredes e mesinhas ao longo do corredor, com vasos e esculturas. O andar não tinha tantas portas quanto o bordel, ainda assim eram muitas. Embora estivesse morrendo de curiosidade para descobrir o que havia atrás de uma e outra, conteve-se e desceu os degraus. Nenhum deles rangeu, parecendo não terem problemas como os da antiga casa onde funcionava o bordel. O corrimão era de uma madeira ricamente trabalhada, sem nenhuma farpa ou quina para machucar a mão quando a deslizasse por ele.

Quando finalmente chegou ao piso inferior, Lottie foi obrigada a suspirar de puro prazer. Havia uma enorme sala, com muitos móveis — a maioria coberta com lençóis brancos — e várias janelas, o que a deixava esplendidamente iluminada, sem nem precisar da ajuda do enorme lustre no centro do teto decorado. Ela caminhou devagar, seus pés tocando o assoalho firme, seco, sem nada que melasse ou que grudasse, como acontecia no salão do bordel. Odiava comparar aquela linda casa com o lugar horrível em que vivera, mas infelizmente ela não tinha outra referência, pois não se lembrava da casa de seu pai, tinha só fragmentos de lembranças avivadas pelas histórias de Shanti.

Passou por um vão enorme que se fechava com duas pesadas portas de correr entalhadas e pôde divisar o que seria a sala de jantar, com uma enorme mesa, também protegida com tecido, e umas dez cadeiras, pelo que pôde contar. Um móvel lindamente trabalhado estava disposto na parede próxima, com várias portas, gavetas e um tampo magnífico que, se lustrado, devia brilhar como um espelho. Acima do móvel, algo que tinha uma moldura de bronze estava coberto. Também havia um lustre semelhante ao que tinha visto na sala principal e um enorme tapete sob a mesa e cadeiras.

Ela seguiu até uma porta fechada que descobriu dar para um corredor de serviço que a levava até a cozinha, nos fundos da construção. O caminho estava escuro, mas ao fundo podia ver a claridade advinda das vidraças das janelas.

— Meu Deus. — Não conseguiu se conter ao ver o lugar, imaginando aquela cozinha tão linda em pleno funcionamento, com cheiro de pão fresco, torta de rins e um delicioso chá.

— Bom dia novamente.

Daquela vez, ela não se assustou e virou-se na direção do jovem cocheiro que tomava uma xícara de café quente e segurava um pedaço do que parecia ser um bolo.

— Bom dia — cumprimentou-o Lottie.

— Há chá, café e creme. — Apontou na direção do fogão. — Na mesa temos pão, manteiga, um bolo de cenoura e naquele pacote — seu dedo indicou um embrulho perto da pia — há bacon e ovos frescos, caso queira um desjejum completo.

Bacon? Ovos frescos? Aquilo parecia um sonho, pois todos os anos em que vira, dia após dia, a madame comer bacon e ovos, Lottie só tinha conhecido o aroma da iguaria, nunca o gosto.

— Posso mesmo comer o que eu quiser?

Ele pareceu estranhar a pergunta, mas assentiu.

— Tem uma frigideira pendurada perto do fogão e...

O rapaz não pôde continuar a falar, pois Lottie correu até o outro lado da cozinha, avivou o fogo do fogão, colocou a frigideira para aquecer e, voltando até a mesa, cortou um pedaço da manteiga e a deixou derreter no fundo do utensílio de ferro. Cortou o bacon em fatias generosas e as fritou, deixando-as douradas e crocantes, como vira Linnea fazer inúmeras vezes.

Depois, aproveitando a gordura que restou no fundo da panela, frigiu os ovos e os removeu assim que ficaram firmes e cremosos ao mesmo tempo. Dispôs o que havia preparado em dois pratos de louça — coisa que ela nunca havia visto antes — e levou-os até a mesa, oferecendo um deles para o cocheiro.

— Para mim? Hum, obrigado, senhorita — Ele sorriu animado. — Confesso que estava sonhando com ovos e bacon, mas não sabia como fazer.

Ela se sentou à mesa, pegando um grande pedaço de pão macio.

— Eu nunca havia feito, mas já vi minha amiga preparar várias vezes — explicou, antes de dar uma garfada. — Esqueci de colocar sal, mas o sabor do bacon se misturou com o dos ovos.

— Sim, está delicioso, senhorita.

Ela parou, respirou fundo, fechou os olhos e tornou a abri-los. Não estava sonhando, era mesmo verdade que estava provando, pela primeira vez, o sabor daquilo com que sempre fantasiava, e não estava decepcionada, pois era exatamente como havia pensado que seria. Serviu-se de uma generosa xícara de chá, colocou creme e provou — raras vezes a madame tinha esse privilégio, geralmente no Natal, mas Lottie a vira misturar os dois. Achou tudo aquilo uma experiência divertida e reveladora.

— É muito bom! — elogiou, cobrindo a boca e seu sorriso.

— Prefiro café, já tomou? — Tom inquiriu, servindo um líquido preto e quente em outra xícara. — É mais amargo, mas é uma delícia, além de dar mais disposição para o trabalho.

Lottie não se fez de rogada e aceitou de pronto a bebida oferecida, um gole pequeno e depois um outro mais longo, apreciando o sabor.

— Não lembra nada os chás. — Riu e voltou a beber. — É muito gostoso também. — Olhou para o creme sobre a mesa. — Será que se misturar fica bom?

O cocheiro deu de ombros e ela tentou, misturando o café com o espesso creme de leite. Depois, experimentou-o vagarosamente para avaliar o gosto.

— E aí?

Lottie parecia ter feito uma grande descoberta e seu sorriso — com um belo bigode de creme que ela não sabia ostentar — foi enorme.

— Uma delícia! Você devia tentar.

Tom fez exatamente o que a moça lhe sugeriu, mas não se impressionou tanto, preferindo o café puro. Os dois começaram a falar sobre comida e ele ficou bem surpreso por ela conhecer tão poucas coisas.

— Mas isso existe mesmo? — Ela arregalou os olhos numa expressão desconfiada.

— Sim, existe. Não sei como fazem, mas é incrível.

— Como é o nome mesmo?

— Sorvete. É gelado, cremoso, doce e tem de vários sabores.

Os dois ficaram um bom tempo sentados à mesa, conversando, até Tom se levantar e anunciar que precisava voltar ao estábulo e cuidar dos animais, pois teria que ir ao encontro do seu senhor mais tarde.

— Há quanto tempo trabalha para o Lorde? — perguntou ela, levando a louça suja para a pia.

— Para o Marquês? Já faz uns dez anos. Eu era menino ainda, aprendiz de cavalariço.

Ela sorriu, sem fazer ideia do que se tratava.

— Você parece gostar do seu patrão. — Olhou-o de soslaio. — Ele é um homem bom?

Tom ficou tenso, não respondeu rapidamente, mas, para o alívio de Lottie, disse:

— É um homem justo. — Despediu-se com um aceno de cabeça e saiu pela porta que dava acesso ao jardim que ela avistava de sua janela.

Sozinha e sem ter o que fazer, Lottie decidiu que poderia, em agradecimento à estada, organizar melhor a casa. Lavou então toda a louça que tinham usado e abafou a chama do fogão, sem saber se teria que preparar algo para o almoço. Depois, limpou o chão da cozinha, que por sinal estava bem sujo, e lustrou a mesa de refeições. Fez o mesmo com a sala de jantar, descobrindo que o móvel com portas e gavetas abrigava uma infinidade de louças e talheres finos, que ela teve medo de tocar. Limpou a mesa enorme, lustrou-a e voltou a cobri-la. Em seguida varreu o tapete, limpou as cadeiras e o piso. Na sala, emitia sons de apreciação a cada móvel que revelava e que limpava, tirando a poeira acumulada pelo tempo sem uso.

Era intrigante ter uma casa como aquela e não a usar, porque certamente ela já havia percebido que o tal Lorde não residia ali. Na direção oposta à que seguiu de manhã, ainda ao lado da sala de visitas, encontrou o que parecia ser um escritório junto a uma biblioteca.

Os olhos de Lottie brilharam ao ver a quantidade de livros, assim como os papéis e as penas sobre a escrivaninha. Espanou tudo com cuidado, lendo devagar a lombada de cada obra ali, mas sem realmente fazer ideia do que se tratavam. Talvez, se lhe fosse permitido, poderia melhorar sua leitura usando um dos livros para treinar à noite. Aquele foi o cômodo onde ela mais demorou e foi meticulosa na limpeza, só saindo de lá depois que tudo estava brilhando e cheiroso. Renovou as achas de lenha na lareira, mas não a acendeu, pois não sabia se o Lorde usaria aquele espaço. Apenas a deixou preparada.

Subiu para o segundo andar, descobrindo mais quartos e uma saleta íntima. O cômodo que ela usara para passar a noite era ligado a outro quarto por um lugar que a deslumbrou. Era como se fosse um imenso quarto de banho. Tinha uma banheira maior do que a da madame, perto de uma das grandes janelas com vista para o jardim, e uma lareira. No chão havia um tapete macio e sobre ele um banco. Na parede oposta à da janela, um armário aberto com toalhas dobradas e pequenos embrulhos em papel. Havia também uma cadeira engraçada, pois possuía, no lugar do assento, uma linda e decorada bacia de louça e, ao lado dela, um toucador com bacia e ânfora da mesma louça que reinava no meio da cadeira.

Lottie passou a mão em uma das toalhas e suspirou ao sentir a maciez. Se na noite anterior tinha achado um luxo usar a toalha de madame Marthe, nem poderia descrever como seria usar aquela. Ainda curiosa, pegou um dos pacotes nas mãos, mas logo o soltou, pois parecia estar cheio de areia. Viu outro, mais firme, apertou e levou até seu nariz, sorrindo ao perceber se tratar de um cheiroso sabonete.

Foi então que a ideia surgiu. A princípio foi apenas um leve imaginar, uma imagem fugaz passando por sua mente. Depois, ela fechou os olhos e, inalando o aroma floral agradável, deixou-se divagar e deliciar-se com o que poderia fazer, enquanto estava sozinha ali naquela casa. Primeiro, precisaria esquentar água e levá-la até a banheira, mas isso não seria problema, estava acostumada a carregar baldes pesados.

Então, abrindo os olhos rapidamente, correu escada abaixo para começar a realizar sua fantasia: banhar-se sem demora, até que a água esfriasse, e ficar cheirosa como uma rosa!

Lottie abriu os olhos de repente, assustada, alerta. Tudo estava escuro; a casa, em silêncio, e seu corpo doía levemente por ter dormido encolhida no banco sob a janela do quarto.

Deliciara-se no banho à tarde — passara tanto tempo debaixo d'água que se assustara quando percebeu que sua pele havia ficado enrugada. Ela já tinha visto aquilo acontecer com as mãos, quando lavava roupas, mas não sabia que podia ocorrer com seus pés também. Rira, extasiada, secando-se com a enorme toalha que lhe cobria o corpo todo. Vestira a camisa de cambraia branca, mas não tinha colocado o espartilho nem as meias, contudo. Ao se ver no espelho, soube que não poderia descer, embora estivesse com fome.

Não tinha almoçado, ocupada com a faxina da casa, nem ia jantar, pois não tencionava colocar o vestido branco novamente e não podia aparecer na frente do cocheiro vestindo apenas aquela transparente camisa. Foi então que se sentou na poltrona e, como havia acendido a lareira, o calor do quarto a fez relaxar, seus olhos ficaram pesados e adormeceu ali mesmo, olhando a paisagem.

Ela se levantou quando voltou a ouvir um barulho e, de repente, um clarão tomou conta do quarto quando alguém acendeu uma lamparina.

— Assustei você? — O Lorde estava de volta e a encarava. — Não foi minha intenção, queria apenas iluminar o quarto e...

— O que faz aqui? — Ela o interrompeu.

O Marquês franziu a testa.

— Como assim, o que faço aqui? — Riu de jeito que não parecia ser de felicidade. — Esta é a minha casa e...

— Eu não sou sua. — Lottie tremia ao dizer aquelas palavras, com medo de que ele pudesse lhe cobrar pelo acolhimento como todo e qualquer homem que já havia conhecido o cobraria. — Eu posso ir embora agora mesmo se...

Começou a procurar seu vestido, mas ele a segurou pelos ombros, fazendo-a parar. O toque a desconcertou porque, embora ainda o temesse, não sentiu nenhum tipo de violência nele.

— Acalme-se. Subi apenas para saber se já havia jantado. Não vou lhe fazer mal, dou minha palavra.

Ela estremeceu, concentrada no azul dos olhos dele. O homem, até então, havia se portado de forma respeitosa com ela, e Tom, o cocheiro, tinha afirmado que seu patrão era justo. Podia lhe dar aquele voto de confiança, já que estava grata por tudo que ele havia proporcionado a ela até aquele momento, mesmo sem saber.

— Ainda não — respondeu Lottie, baixinho.

O Marquês ficou em silêncio, e ela podia ouvir sua respiração.

— Não tem fome? — perguntou antes de soltar um longo suspiro e se afastar dela, virando-se de costas.

— Eu não quis descer... — Ela arregalou os olhos e olhou para si mesma, lembrando-se do traje mínimo que vestia. O Lorde devia ter visto todo o seu corpo e, em vez de se aproveitar disso, estava de costas, preservando-lhe a decência. — Oh, Deus. Eu, eu não tenho...

Ele saiu do quarto, apressado, passando pela porta que ligava o cômodo à área onde havia a banheira. Lottie correu e puxou a colcha da cama, mas era enorme e muito pesada, e ela não ia conseguir sustentá-la por muito tempo.

— Vista isso.

Ela pulou ao ouvir a voz alta e grave dele. Olhou em sua direção e viu um tecido brilhante na cor azul.

— O que é...

— Apenas vista. Agora!

Notando que o Lorde parecia estar aborrecido, correu até ele, pegou o tecido e o vestiu o mais rápido que pôde. Juntou as duas abas na frente e deu um nó no cinto de tecido que havia na cintura.

Respirou aliviada quando percebeu que nada mais estava aparente, embora sobrasse tecido do robe para todos os lados.

— Espero-a lá embaixo para jantarmos. — Ela assentiu. — Não demore.

Somente quando o Marquês virou as costas e fechou a porta ao sair é que ela voltou a respirar normalmente. Ao inspirar, no entanto, fez uma constatação que a assombrou, aqueceu sua pele e arrepiou seu corpo ao mesmo tempo. Um delicioso perfume se desprendia do vestuário que usava e ela sabia que era o mesmo aroma que sentia quando o Lorde estava por perto.

9

Sebastian Allen

Tremaine havia dormido pouco. O tônico de Charles não curara totalmente sua ressaca, e ele ainda tivera que lidar com as perguntas de sua mãe ao sair de casa.

— Separei uma lista de ótimas damas que debutarão este ano — tinha dito a Duquesa, enquanto ele caminhava para fora da mansão. — Achei que as debutantes deveriam ser as primeiras a serem consideradas, pois são novas, as chances de concebem rápido e terem saúde para muitos filhos são bem maiores do que as das damas que tiveram outras temporadas.

Ele apenas meneara a cabeça.

— Entendi, a senhora prefere uma nora jovem para poder moldá-la do jeito que desejar.

— Não seja cínico, Tremaine. — Ela o repreendeu.

— Não sou cínico, Vossa Graça. — Beijou-a na bochecha. — E nem sou hipócrita. Tenha uma boa tarde!

Seguiu direto para a cafeteria que seu amigo Jeffrey havia indicado no bilhete que chegara minutos antes, acordando-o do sono que finalmente conseguira ter.

Tremaine nem tinha tentado voltar a dormir, simplesmente se levantara para avisar Albert de sua partida e, assim, seguir para o encontro.

— Milorde, que prazer reencontrá-lo. — Jeffrey Cunnings o saudou parecendo contente ao vê-lo. — Tenho aqui comigo todas as informações que me pediu.

— Sobre a tal Charlotte?

— Certamente, Milorde. — Pediram um café com conhaque e, quando foram novamente deixados a sós, Jeffrey voltou a falar:

— A moça era serviçal da casa e, segundo a própria madame contou a alguns frequentadores, fugiu depois de roubar-lhe algo e ainda atacou uma das suas pombinhas.

Tremaine lembrou-se do camafeu e sentiu raiva ao pensar ter sido feito de bobo.

— Contudo, uma mulher afirmou coisa diversa. Linnea, uma funcionária do bordel, afirmou que "Lottie" seria leiloada naquela noite, sem seu conhecimento, e por isso fugiu. — O café foi entregue, mas ele não parou. — Pelo que ela contou a um dos meus informantes, a garota foi criada no bordel, mas nunca manifestou desejo de seguir com a vida, por isso, quando sentiu que a madame ia obrigá-la, não teve alternativa a não ser a fuga.

Sim, aquilo condizia com o que Charlotte lhe havia dito. Tremaine ficou mais aliviado por não estar abrigando uma ladra.

— Conseguiu mais alguma informação sobre ela? Família, sobrenome ou algo que possa ajudar-me a saber para onde levá-la?

— Nada, Milorde. — Ele parecia tão frustrado quanto Tremaine. — Tudo o que se sabe sobre a moça é que chegou ainda criança no bordel, acompanhada de uma imigrante que não souberam me dizer de onde era, e a tal Linnea demorou a relacionar o nome Charlotte à sua amiga, pois sempre a chamaram de Lottie.

O Marquês agradeceu pelo trabalho do amigo, pagando-lhe uma pequena fortuna pelas informações. Despediu-se dele e foi encontrar Tom, que já estava à sua espera. Antes de ir à cafeteria em um coche alugado, havia deixado um bilhete em Allen Place avisando o rapaz sobre onde encontrá-lo.

— Tudo certo na vila? — perguntou ao fazer menção de entrar na carruagem.

— Tudo, Milorde. A moça parece ser uma boa pessoa.

Tremaine ergueu a sobrancelha, encarando-o com seriedade e não gostando nada que seu cocheiro tecesse comentários acerca de Charlotte.

— Espero que ambos tenham se comportado bem.

Tom rapidamente ficou rubro.

— Certamente que sim, Milorde, com todo respeito. Apenas conversamos um pouco pela manhã, quando a chamei para o desjejum.

— Está certo, Tom. Sempre confiei em você e espero manter essa confiança.

— Pode ter certeza de que a manterá, Milorde.

Tremaine assentiu e finalmente entrou na carruagem, pensando no motivo que o fizera sentir-se tão possessivo em relação a uma mulher que nem era sua amante. Ainda que fosse, nunca havia se sentido tão protetor com qualquer uma delas. Bom, talvez fosse por isso, afinal. Charlotte não era sua amante, apenas alguém que parecia precisar de ajuda e que, por algum motivo, ele queria ajudar. Uma menina criada em um bordel, mas que não virara uma... *Será?* De repente, lembrou-se da conversa de madame Marthe sobre o leilão de uma virgem.

Ainda que Charlotte não tivesse sucumbido à tentação de se tornar cortesã, isso não garantia que continuasse pura. O bordel, ele sabia, era um antro de luxúria e de um sem-fim de pecados. Alguém estar ali, sem ser corrompido era a mesma coisa que ver uma rosa branca nascer no meio do lodo.

Pensou em Charlotte durante todo o caminho até a vila e, quando chegou na casa, estranhou encontrá-la totalmente às escuras. Entrou apressado, subiu direto as escadas para ver se seu instinto tinha falhado e ela havia fugido. Entrou no quarto, mas não a viu imediatamente. Apertou a vista várias vezes para se adaptar à penumbra, então conseguiu discernir algo deitado no banco perto da janela. Aproximou-se, porém o delicioso perfume de sabonete feminino o fez respirar fundo, acordando seus hormônios.

Merda.

Buscou a lamparina que ficava em cima da mesa de cabeceira e com o fósforo que ficava ao lado, acendeu-a, o que fez Charlotte se levantar assustada e o deixar com a deliciosa visão de seu corpo por baixo de uma fina regata branca. Ele sentiu ímpetos de xingar, xingar muito para extravasar o tesão que sentiu. Era absurdo sentir-se assim com aquela garota, impossível até, pois não era o tipo de mulher de que gostava. Então, não fazia sentido algum seu corpo responder daquela forma a apenas sua silhueta aparente.

É linda.

Tentou conversar com ela, que parecia ofendida por ele ter entrado no quarto, esquecendo-se de que tudo ali lhe pertencia.

— Eu não sou sua.

Aquela afirmação dita em tom de evidente revolta foi o que faltava para que sua ereção se tornasse completa. A escolha das palavras, o jeito com que o olhou, o biquinho que fez ao terminar a frase... absolutamente tudo o excitou, espantando-o.

— Posso ir embora agora mesmo se...

Não esperou que ela concluísse a ameaça e a segurou pelos ombros para tentar acalmá-la. Charlotte parou de olhar em volta à procura de alguma coisa e o encarou, aumentando ainda mais o fogo que ardia dentro dele.

— Acalme-se. — Teve vontade de rir, sem saber se estava dizendo aquilo para ela ou para si mesmo. — Subi apenas para saber se já havia jantado. — Disse a primeira coisa que lhe veio à cabeça, pois jamais admitiria que tinha ido até lá para saber se ela ainda estava na casa ou se havia fugido. — Não vou lhe fazer mal, dou minha palavra.

Sentiu quando ela estremeceu e desejou que não fosse de medo. Tremaine nunca havia maltratado uma mulher em toda a sua vida e não começaria naquele momento, ainda que ardesse de desejo por Charlotte.

— Ainda não. — Ela respondeu, baixinho, fazendo-o se arrepiar quando passou a língua pelos lábios sem perceber o que fazia.

Um mantra tocava em sua cabeça, lembrando-o de que não deveria sucumbir aos seus desejos, pois não eram recíprocos. Estava difícil manter-se longe, sereno, e resistir à vontade de tomar aqueles lábios carnudos e beijá-los até que implorasse por mais.

Concentre-se, Sebastian.

— Não tem fome?

Somente quando fez a pergunta notou o quanto ela pareceu maliciosa aos seus ouvidos. Ele estava morrendo de fome, praticamente implorando para que ela o deixasse saciar a vontade de devorá-la inteira, ali mesmo. Respirou fundo impaciente com seus rompantes e virou-se de costas a fim de limitar a visão que tinha dos bicos escuros de seus seios que pareciam querer furar o tecido fino e da sombra escura logo abaixo de seu ventre.

— Eu não quis descer... — Tremaine percebeu que ela titubeou para terminar a frase e ia se virar para saber do que falava, quando ela se desesperou, percebendo que vestia apenas a roupa de baixo.

— Oh, Deus! Eu, eu não tenho...

Tremaine não pensou muito, apenas agiu. Atravessou a casa de banho, que, pelo perfume, havia sido utilizada recentemente, e entrou em seu quarto para pegar algo que a cobrisse. Encontrou um roupão na mala que Albert havia preparado, pegou-o e entregou a ela.

— Vista isso.

Falou rápido, erguendo a peça em sua direção, tentando não cair na tentação de voltar a olhar seu corpo pela última vez.

— O que é...

Quase olhou para cima, achando inacreditável aquela mulher sempre questionar tudo que ele mandava fazer.

Ficar ali com ela estava virando uma tortura.

— Apenas vista. Agora!

O Lorde perdeu a paciência e a irritação surtiu o efeito desejado, pois Charlotte correu até ele, pegou o roupão e o vestiu rapidamente. Tremaine pensou que já estava a salvo, por isso voltou a olhá-la. Só não contava em gostar de vê-la em seu roupão.

— Espero-a lá embaixo para jantarmos. Não demore!

Fugiu como um desertor em plena batalha, mas sem sentir nenhuma vergonha disso. As imagens que se formavam em sua mente não eram nada calmantes — pelo contrário, estavam excitando-o ainda mais. Ver Charlotte com algo que ele usava nu o deixou com a sensação de que seus corpos estavam se tocando e o fez criar fantasias sobre o ato sexual com aquela mulher que ele mal conhecia e que parecia ignorar os efeitos que causava nele.

Tremaine chegou na cozinha e encontrou Tom arrumando os embrulhos com mantimentos que ele havia pedido que comprasse, pois sabia que a despensa estava vazia desde que Hanna deixara a residência. Sentiu um cheiro agradável de comida e viu uma cesta sobre a mesa.

— Pediu à cozinheira de Allen Place para preparar algo? — O Marquês investigou o conteúdo.

— Sim, Milorde. Imaginei que seria bom, porque a senhorita não almoçou hoje e vossa senhoria viria para passar a noite.

Tremaine o encarou e assentiu.

— Fez bem, Tom, transmita meus agradecimentos a ela. — O cocheiro meneou a cabeça visivelmente orgulhoso de sua presteza. — Pode deixar as coisas aí que mais tarde dou um jeito de ajeitar.

— Tem certeza, Milorde? Posso colocar tudo...

— Está dispensado, Tom, tenha uma boa-noite.

O Marquês não o esperou sair da cozinha: pegou a cesta com a deliciosa comida da senhora Crown, levou-a até a sala de jantar e encontrou Charlotte.

— Nosso jantar. — Ergueu a cesta para lhe mostrar o conteúdo. Ela franziu a testa.

— Pensei que íamos comer na cozinha. Onde está o senhor Tom?

Ele respirou fundo.

— Tom se recolheu para descansar, uma vez que trabalhou o dia todo. — Suas palavras soaram ríspidas por algum motivo que ele ignorava, ou achava melhor ignorar. — E eu não me sento à mesa da cozinha.

— Por que não?

Novamente, ele respirou, irritado por ter de dar explicações.

— Porque não sou um criado. — A resposta era óbvia demais para ele.

— Mas eu, sim.

Ele parou de puxar o lençol que cobria a mesa e a encarou.

— Não, você também não é. Pelo menos não enquanto estiver aqui.

Charlotte cruzou os braços em uma atitude defensiva.

— Então sou o quê?

— Uma hóspede. — Ela não parecia muito convencida de que ele a via assim, mas Tremaine não estava mais com vontade de justificar seus atos. — Podemos jantar?

Ele colocou os itens sobre o tampo incrivelmente polido da mesa, mesmo depois de dias sem uso, e sentou-se à cabeceira, esperando ser servido. Riu de si mesmo ao lembrar que não havia lacaios na casa e que ele mesmo precisava fazer seu prato. Não tinha costume de trinchar a carne, pois na residência do Duque era ele quem tinha essa incumbência nas recepções, por ser o anfitrião, e, quando estava jantando em família, era o mordomo quem tinha o privilégio.

— Posso ajudá-lo com isso?

Sorriu, olhando-a.

— Por favor. — Fingiu humildade para se livrar da tarefa inglória, antes que desperdiçasse o pernil deliciosamente assado.

Acompanhou Charlotte enquanto fazia seu prato, colocando um pouco de salada de batatas e um generoso pedaço de carne. Agradeceu-lhe com um aceno e esperou que ela se servisse para comerem juntos.

— Ah, precisamos de um vinho.

Rapidamente foi até a cozinha e, abrindo uma pequena porta, desceu para a adega, escolhendo uma bebida que, em sua opinião, combinaria bem com o jantar simples. Retornou e pegou duas taças na cristaleira, tirando a rolha com maestria, antes de servir a bebida aos dois.

— Espero que goste do vinho que escolhi. — Charlotte ficou vermelha, sentada no final da mesa, no último lugar antes da cabeceira, bem longe dele. — Não quer se sentar mais perto? Facilitaria para mim na hora de servir mais vinho.

Ela parecia indecisa, mas o atendeu, pegando o prato e se sentando ao seu lado direito. Nunca houve regras naquela vila e ele gostava disso. Agradava-o o fato de ter um lugar como aquele, onde podia se comportar como queria, ser apenas ele mesmo, Sebastian Allen.

10

A proposta

Lottie não queria sentar-se tão próxima a ele, mas não teve como negar o pedido, embora não entendesse por que alguém que não queria se sentar à mesa da cozinha e escolhia uma outra com o dobro do tamanho queria estar perto dela. A verdade é que não entendia o Lorde. Mesmo assim, ele a intrigava como nenhum outro homem.

Às vezes, a jovem tinha a sensação de que ele estava bravo com ela, mesmo que não tivesse feito nada para que o zangasse. Outras vezes, parecia alguém que apreciava sua companhia e lhe sorria tão... *Não, Lottie, não comece a sonhar acordada.* E interrompeu aquele pensamento.

O fato é que não entendia o Marquês e achava os gestos dele pomposos e engraçados. O homem não sabia cortar uma carne! Teve que segurar o sorriso ao se lembrar do desastre que o Lorde estava causando ao pernil de porco. *Hum, que por sinal está maravilhoso.* Ela se deliciou, fechando os olhos enquanto mastigava, inebriada com o tempero da carne e a suculência... Abriu os olhos de repente, quando ouviu o Lorde pigarrear.

— Confirmei sua história hoje.

— Minha história? — Seu coração disparou. — Voltou ao bordel? Contou à madame onde estou?

Charlotte sentiu medo ao imaginar que o Lorde a havia denunciado, o que não era de todo impossível, pois ele era um frequentador assíduo, segundo o que pôde constatar, e devia conhecer bem madame Marthe.

Seu corpo estremeceu ao se lembrar de uma das meninas, que havia se apaixonado e decidiu fugir, pois seu amor não tinha dinheiro para comprá-la da cafetina. Madame Marthe possuía muitos aliados que, por conveniência, eram bandidos e, embora ela jurasse que não tinha tido nenhum envolvimento na morte do jovem casal, era consenso no bordel que a ordem de execução partira dela. Todos naquele lugar a temiam, ou às suas conexões, e Lottie temia que algo de ruim pudesse acontecer com Linnea, caso descobrissem que a amiga a havia ajudado a fugir.

— Claro que não. Agi discretamente, um amigo meu conhece pessoas que conhecem pessoas. — Piscou sorrindo, e o coração dela pareceu dar um pulo, não de susto ou medo, mas por outro motivo que ela não conseguia identificar. — A história original contada por Marthe é que você roubou algo, agrediu uma de suas pombinhas e fugiu...

— Eu não roubei nada — protestou, indignada.

— É o que parece. Uma das moças falou a seu favor e contou a mesma versão que você havia me dito. — O Lorde a olhou de maneira estranha, deixando-a constrangida e ciente de que estava à mesa vestida apenas com um roupão *dele*. — Sua história me convenceu mais do que a da dona do bordel, pois ela mesma havia me convidado a participar do leilão a que você se referiu.

Lottie arregalou os olhos, bochechas ardendo apenas por imaginar que aquele homem poderia tê-la comprado por uma noite.

— O senhor... — O sorriso debochado dele a fez corrigir o tratamento. — Milorde ia participar?

Ele ficou sério por um bom tempo, encarando-a como se tentasse enxergar além do que conseguia divisar diante de si.

— A madame não soube fazer a propaganda da maneira certa. — Lottie não entendeu e, antes que pudesse fazer a pergunta, ele respondeu: — Não tenho interesse por virgens e foi isso que ela me ofereceu. — Ele riu. — Foi um belo tiro na água.

Charlotte tentou sorrir, mas por algum motivo não pôde. Madame Marthe sabia que ela nunca tinha estado com homem algum, mesmo naquele lugar onde tantas coisas aconteciam e tanto conhecimento sobre as práticas sexuais lhe foi dado desde a tenra idade. Era realmente inacreditável que Lottie tivesse chegado aos quase vinte anos sem ter sido violada ou utilizada como moeda, mas acontecera. Então, saber que aquela vil mulher não só a teria obrigado a se entregar a um desconhecido, como os atraíra utilizando-se da inocência dela, doía-lhe muito. Mas não tanto quanto saber que, para um homem como aquele que estava à sua frente, sua pureza não fazia diferença, pois ele não a desejava.

— Achei que todos os homens se interessassem por virgens... — balbuciou.

— Talvez alguns, não eu. — Deu de ombros. — Já é demais para mim saber que terei de fazer esse "serviço" quando me casar com uma dama. Não desejo ter esse inconveniente com uma mulher com quem quero ter prazer.

Mulheres como Sonya. Ela se lembrou do que Linnea tinha dito sobre a prostituta preferida dele. O Lorde gostava das experientes na hora do prazer e das puras para casar, como ela deduziu do que ele mesmo declarara. Olhou-o longamente, observando-o enquanto comia, ereto, refinado, mastigando de boca fechada e limpando os lábios a cada garfada, e concluiu que, sem dúvida, um homem fino como ele não precisava ir até um bordel no East End para ter uma mulher em sua cama.

Por que ele frequentava o La Belle Marthe, então?

— Milorde ainda não é casado? — perguntou verdadeiramente curiosa, tentando entendê-lo.

Ele franziu a testa, surpreso com a pergunta pessoal, e apontou para o prato quase intocado de Lottie.

— Não gostou da comida? — Pegou sua taça de vinho e deu um gole. — Nem mesmo do vinho?

Ela suspirou e fitou a bebida rubra em seu cálice. Imitou o jeito como ele pegou a bebida, levou-a até a boca, devagar, encostando o líquido em seus lábios para que pudesse sentir o sabor antes de efetivamente beber. Secou a área molhada de vinho com a língua e sentiu-se inebriada com aquela nova descoberta.

— É gostoso! — Sorriu e tomou coragem para beber, porém assustou-se com a leve ardência que não tinha notado antes. — É forte.

O silêncio dele a incomodou, bem como o modo como a encarava. Lottie colocou a taça no lugar, repreendendo-se por ser tão direta com as coisas que sentia. Deveria ter bebido o vinho quieta, mas não. Precisava ter emitido opinião, mostrado a ele que era, sim, uma simplória moça que nunca havia provado a bebida.

"A garota do urinol nunca vai perder o cheiro de mijo." A lembrança da frase, dita tantas vezes por algumas das garotas do bordel, a fez baixar os olhos e fingir que estava concentrada em comer, embora não restasse mais nenhum apetite.

— Eu não sabia o quanto era satisfatório ver alguém descobrindo as coisas...

— Milorde, eu... — começou a se desculpar, mas ele a impediu de continuar, tocando sua boca com o dedo indicador.

— Não há nada para se envergonhar, Charlotte. Queria eu poder sentir algumas coisas como se fosse a primeira vez. — Respirou longamente. — Mas não é possível simplesmente apagar o conhecimento da cabeça, é? Você realmente gostou do vinho? — Ela assentiu. — E nunca tinha provado um como esse?

— Nunca havia provado nenhum — confessou.

Ele sorriu, servindo-lhe mais.

— Só tenha cuidado para não ficar embriagada. Seu corpo não conhece os efeitos da bebida e, acredite em mim, a pior coisa que alguém pode fazer é exagerar na quantidade de vinho. A dor de cabeça é certa.

Ela sorriu com ele, sentindo-se mais relaxada com o fato de serem tão diferentes. Ali naquela mesa de jantar, um nobre e uma ninguém estavam ceando juntos e conversando como ela nunca poderia imaginar que aconteceria.

    Gostava dele, Lottie percebeu. Sentia-se segura ao seu lado, não tinha medo de falar com ele como acontecia com os demais homens. O Lorde a tratava bem, era atencioso e parecia se preocupar. Isso renovou suas esperanças sobre a realização de seu sonho de ser uma criada em uma casa de família, um lar respeitável, totalmente diverso do lugar de onde havia saído.

    — Agora que Milorde sabe que não menti e que não sou ladra, poderia me ajudar a recomeçar a vida? — perguntou à queima-roupa. — Sei que não conhece meu trabalho, mas juro que sou boa no que faço e não tenho medo de me esforçar ao máximo para atingir as exigências de...

    — Charlotte — fez sinal para que ela parasse de falar —, veja bem, sua situação é complicada, pois, mesmo que eu conseguisse recomendá-la a alguém, seu passado ainda seria um problema.

    Ela sentiu um frio na barriga.

    — Meu passado?

    — Sim. Mesmo não exercendo o ofício na cama, somente o fato de ter trabalhado em um bordel a desqualifica para a maioria das casas respeitáveis. — Lottie sentiu os olhos se encherem de lágrimas, e ela odiava chorar. — Sei que podemos inventar uma história, mas o que acontecerá se alguém a reconhecer? Você transitava pelo bordel enquanto ele estava cheio de clientes, não?

    — Sim...

    Ele respirou fundo e pegou a mão dela.

    — Sinto muito por destruir seus sonhos assim, mas não poderia alimentá-los sabendo que não há uma remota possibilidade de concretizá-los. — Ela aprumou o corpo, negando-se a parecer abatida, e anuiu. — Por isso, ao vir para cá, pensei em um modo de ajudá-la e decidi lhe fazer uma proposta.

    Agindo por puro reflexo, por pura autodefesa, ela puxou a mão de debaixo da dele, quebrando o contato. Seus olhos brilharam com receio, o coração tamborilava no peito, temendo o que quer que ele pudesse lhe propor. Sua razão dizia que não seria nada ligado ao ato sexual que as garotas praticavam no bordel, pois ele mesmo dissera não ser atraído por virgens. Mas poderia ser para outra pessoa, um amigo, ou mesmo algo ilegal que não tivesse a ver necessariamente com sexo.

A verdade é que Lottie estava tão acostumada com a sujeira do mundo que não imaginou qualquer alternativa boa para a tal proposta. Pessoas jovens e tão calejadas como ela não tinham uma boa relação com a bondade, algo tão raro no lugar de onde ela saíra, onde todos precisavam lutar pela sobrevivência, ainda que das piores maneiras.

Ela tentou se acalmar antes de fazer a pergunta, querendo desesperadamente dar o benefício da dúvida, agindo contra suas experiências ruins pela primeira vez.

— Que tipo de proposta?

Pela reação do Lorde, ela entendeu que ele soube o que passava em sua cabeça e logo arregalou os olhos, expondo ainda mais suas íris azuis antes de explodir em uma gargalhada alta.

— Deus! Não é esse tipo de proposta!

Sim, Lottie sentiu alívio, mas também não gostou da postura dele ao descobrir que ela imaginara que ele ia querer algum favor sexual em troca. Novamente, a baixa autoestima, cultivada cuidadosamente pelo tempo que havia passado vivendo como um pequeno rato de esgoto, e a insegurança de não ser uma bela mulher que pudesse atrair um homem como ele a machucaram.

— Eu não... — Apertou as mãos sobre o colo, olhando para baixo, envergonhada, desejando que um buraco se abrisse no chão e a tragasse para sempre.

Foi então que ela sentiu o toque que a assustou. Quando o Marquês ergueu seu rosto, apoiando a mão sob seu queixo e obrigando-a a encará-lo, ela sentiu-se alguém diferente da imagem que tinha gravada na memória, a suja e desprezada Lottie.

— Charlotte, você é uma mulher linda, mas que tipo de homem eu seria se me aproveitasse da situação para levá-la para a cama?

Ela sentiu o corpo inteiro aquecer e visões impróprias toldaram sua razão, fazendo-a desejar que ele fosse exatamente aquele tipo de homem que dizia não ser. *De onde veio esse pensamento?!* Lottie balançou a cabeça de leve, como se para espantar o que quer que a estivesse levando a ter aquelas vontades, e se esforçou para prestar atenção nas palavras do Lorde.

— Não sei se percebeu, mas esta casa está vazia — continuou. — Não tenho intenções, por agora, de utilizá-la, mas sei que não pode permanecer sem alguém que cuide dela. — Lottie começava a entender em que consistia a proposta. — Irei contratar mais criados, claro, mas, por ora, gostaria que fosse a primeira a aceitar o encargo.

Foi tomada por uma frenética alegria ao ver que ele estava lhe propondo um emprego digno de criada para tomar conta daquela casa magnífica, coisa que já havia começado a fazer naquele mesmo dia e que lhe dera muita alegria. Mal podia esperar para ver a residência brilhando e... sua fantasia se desvaneceu ao lembrar-se do que ele havia dito sobre seu passado e como isso a impossibilitava de conseguir um emprego decente.

— Sua família não vai se importar? — perguntou, e ele não respondeu, visivelmente confuso com a questão. — Meu passado, Milorde! Sua família pode ficar sabendo e aí não irão querer frequentar a casa ou o farão me despedir...

Ele sorriu e balançou a cabeça em negativa.

— Pode ficar sossegada quanto a isso, minha família não frequenta esta casa. — Acariciou de leve o queixo dela. De repente, no entanto, afastou-se em um sobressalto. — O que me diz?

Lottie ponderou sobre a oferta, que parecia deveras vantajosa. Afinal, teria um teto, comida e uma casa praticamente vazia para cuidar. Mas havia aquele homem e tudo que ele a fazia sentir. Certamente, ele continuaria frequentando a casa e ela teria que cuidar dele quando estivesse na residência. Como seria? O Lorde já havia demonstrado que a respeitava e que, pelo menos até aquele instante, não intencionava ter nenhuma intimidade com ela, mas e se a própria Lottie quisesse ter intimidades com ele? E o pior. E se ela entregasse seu coração a ele? Aquilo era um dos piores erros que uma mulher poderia cometer, como as garotas do bordel sempre diziam entre si.

— Charlotte?

Ela sorriu, como tinha vontade de fazer toda vez que ele a chamava pelo nome.

— Eu aceito, Milorde — respondeu, exultante, desejando que não estivesse cometendo um desatino.

O que, percebeu a jovem assim que ele abriu um enorme sorriso que pareceu iluminar tudo em volta, aquilo certamente era.

— Uau. — Linnea exclamou assim que pisou na cozinha arejada, organizada e iluminada da casa onde Lottie era agora uma criada com salário. — Este lugar parece saído de um sonho!

Ver sua amiga tão deslumbrada por algo era uma novidade para Lottie. Linnea aprendera a ser dura, assim como a vida era com ela, e poucas coisas a faziam sorrir ou mesmo chorar. Por isso, colocar um belo sorriso nos lábios dela era uma honra que a jovem nunca ia esquecer.

— Parece mesmo, não é? — concordou, puxando uma cadeira da mesa da cozinha para que sua amiga se sentasse. — Vou lhe servir um café.

— Café? Que chique! — Sentou-se, mas continuou irrequieta, olhando tudo nos mínimos detalhes. — Quando o cocheiro do Marquês apareceu no mercado e me abordou, quase caí dura.

Lottie sentia-se feliz por tê-la ali consigo, principalmente porque não tinha sido uma tarefa fácil convencer o senhor Tom de ir ao encontro dela.

Depois da noite incrível que tivera ao lado do Marquês, regada a uma deliciosa refeição e uma taça inteira de vinho, Charlotte tinha dormido como nunca dormira em sua vida. Relaxada, não havia sonhado com as histórias de Shanti sobre seu passado, mas com seu futuro ou aquele que gostaria de ter. Era uma mulher respeitada, bem-vestida, segura e, o mais importante, amada. Lottie ainda se constrangia com as fantasias criadas por sua mente um tanto embriagada de vinho e felicidade, mas o sonho com o Marquês tinha sido ótimo.

Acordara cedo, como sempre, descera e descobrira que a cozinha estava cheia de mantimentos espalhados por sobre todas as bancadas e pela mesa. Guardou-os, animada com sua tarefa como criada da casa, mas não sem antes espiar cada item que estava ali. Teria que se esforçar muito para provar seu valor, principalmente se esperavam que ela cozinhasse, porque tudo o que sabia tinha sido aprendido por observação.

Arriscou fazer um pão simples, que vira Linnea fazer tantas e tantas vezes, mas seu intento revelara-se um verdadeiro desastre. Livrou-se da experiência malsucedida e, em vez de desistir, adaptou a receita e acabou por obter biscoitos dourados e amanteigados.

Não sabia como era feito o café, pois nunca vira ninguém fazer, então tinha feito chá, além de ter fritado ovos e bacon. Logo, Tom apareceu, atraído pelo cheiro, e, para a alegria de Lottie, ensinou-a a coar o café.

— Vou pegar uma bandeja — anunciou o cocheiro, saindo de perto dela.

— Bandeja? Para quê?

— Para o Marquês. Como Albert não está com ele aqui, acho melhor alguém levar-lhe o café no quarto.

Lottie ficou imóvel.

— No quarto dele? — Tom concordou. — Quem é Albert?

— O criado de quarto do Marquês, seu valete. É um tipo bem metido por causa disso, simplesmente porque cuida das roupas e da *toilette* de Vossa Senhoria.

— O trabalho dele também é levar a bandeja do café da manhã?

— Sim, claro. — Ele entregou a bandeja e a ensinou a arrumá-la de maneira aceitável. — Ah, não esqueça o jornal.

Lottie se assustou.

— Sou eu quem vai levar?

— Certamente. Não posso ir ao quarto do Marquês com as botas que uso no estábulo. No dia em que fui levar você até lá em cima, estava sem as botas, não percebeu?

— Não... — respondeu no automático, pois estava verdadeiramente preocupada em levar o desjejum para o Lorde.

— É melhor ir, porque ele me recomendou estar pronto cedo, pois vamos sair.

Concentrada na tarefa, Lottie subiu as escadas devagar, trajando o volumoso vestido branco, temendo derrubar tudo. Teve que bater à porta com a ponta dos pés, pois não tinha coragem de soltar uma das mãos.

— Entre, Tom.

Com cuidado, apoiando a bandeja no batente, ela girou a maçaneta e se pôs dentro do quarto.

— Bom dia, Milorde.

A surpresa dele não passou despercebida por Lottie, que ficou rubra por ver o Marquês apenas de calças compridas, sem nada sobre o tronco. Era certo que nem se vivesse cem anos ela se esqueceria daquela cena, muito menos daquele corpo.

A jovem correu, então, até uma mesinha que avistou, colocou a bandeja e saiu do quarto o mais rápido que pôde.

— Lottie?

A voz de Linnea a despertou das lembranças do que havia acontecido mais cedo naquele dia e, percebendo que estava parada com o bule de café na mão, a garota riu e despejou a bebida em uma xícara.

— Prove com creme — recomendou ao entregar o café à amiga, apontando a cremeira.

— Quem diria que fugir naquela noite ia ser a melhor coisa que podia lhe acontecer. — Linnea riu antes de pôr a xícara na boca. — Puta merda, que coisa gostosa.

Lottie sentou-se ao lado da amiga, divertindo-se quando ela verteu todo o conteúdo da xícara sem se importar que estivesse quente, e pensou que aquela mesma sensação prazerosa ao ver o contentamento de Linnea era a que devia ter sentido o Marquês ao vê-la provar vinho pela primeira vez durante o jantar.

— Como estão as coisas por lá? — perguntou, já temendo a resposta.

— Uma bagunça. Danna está bem, só tem um galo na cabeça, o que é bem feito. — Riu. — Já a madame... insiste que vai achá-la.

Lottie estremeceu.

— Ela deve estar furiosa.

— Está, mas não poderá fazer nada contra você. — Sorriu, maliciosa, e empurrou Lottie com o ombro. — O Marquês de Tremaine, hein? Já começou em alto estilo!

Lottie concordou, sentindo-se privilegiada por ter sido contratada como criada de um nobre, principalmente um como o Marquês, tão cortês, tão lindo e forte, com músculos... Fechou e abriu os olhos com força para não se lembrar do dorso nu de seu patrão.

— Ele é incrível, Linnea — confessou, suspirando.

— Ah, Lottie, fico feliz ao saber que encontrou um protetor que sabe cuidar de uma mulher. — Chegou mais perto. — Doeu muito ou ele foi gentil?

Lottie não entendeu a pergunta.

— Do que você está falando?

— Ora, da sua primeira vez. — Novamente, Lottie não entendeu do que sua amiga falava e isso fez Linnea rolar os olhos. — Doeu perder a virgindade?

Ela levantou-se, assustada e rubra.

— Eu não... quer dizer, o Marquês e eu... não...

Linnea franziu a testa.

— Vocês ainda não fizeram sexo? — Lottie arregalou tanto os olhos que pareciam querer saltar das órbitas.

— Não. Por que faríamos isso?

— Ora... — Olhou em volta. — Você está em uma vila no Bosque do Apóstolo. — Dando-se conta de que Lottie ainda não tinha entendido, Linnea foi objetiva: — Está em uma casa de amante.

— O quê? — Lottie voltou a se sentar lentamente, pois não confiava em suas pernas para mantê-la de pé. — Amante?

— Sim, Lottie. Essas casas são mantidas para abrigar as amantes de homens importantes, como o seu Marquês. Você não sabia? — Lottie negou. — E não é esse o arranjo que vocês têm?

— Não... ele... eu sou uma criada.

Sua cabeça estava confusa, os pensamentos acelerados, sem saber o que deveria pensar, muito menos como agir. Lembrou-se de que o Milorde afirmara que sua família não frequentaria a casa. O lugar não estava em uso, o que significava que o Lorde não tinha uma amante morando ali, por ora.

— Criada! — Linnea suspirou.

— Foi esta a proposta que ele me fez, mas agora não sei se devo ficar aqui. — Doeu-lhe admitir aquilo, mas não gostava da possibilidade de ter de servir a uma mulher que teria o Marquês em sua cama, e isso a deixava consternada, afinal era um bom emprego. — Talvez fosse melhor eu seguir com o plano original e tentar ser criada em outra casa.

— Por quê? — Linnea tomou suas mãos. — Lottie, sei que você é virgem e que fugiu exatamente para se manter assim, mas preste atenção no que vou lhe dizer. — Sua amiga tinha toda a sua atenção naquele momento. — Essas pessoas abastadas não contratam gente como a gente. Sabia que nem mesmo as meninas honestas de Londres são contratadas? As garotas vêm do interior. Os nobres têm medo da nossa conexão com a bandidagem e não confiam, imagine uma moça que cresceu em um bordel em Whitechapel?

— Sim, o Marquês disse o mesmo.

— Pois é. É bonito termos esse sonho respeitável, mas ele também pode se tornar um pesadelo. Os patrões, eu ouvi dizer... eles costumam se aproveitar de algumas moças bonitas da criadagem. — Lottie arregalou os olhos. — Se não eles, os filhos ou os amigos deles. Foi assim que minha mãe parou nas ruas, depois de ter sido usada e abusada em uma casa respeitável, até o patrão se cansar dela e a despedir.

Lottie tomou fôlego, sentindo-se enjoada.

— O mundo não é um lugar seguro para as mulheres — Linnea continuou. — Principalmente mulheres sozinhas como nós. A proposta que o Marquês lhe fez é ótima, mas talvez haja uma contraproposta ainda melhor.

— Contraproposta?

Linnea riu, assentindo.

— É uma palavra que aprendi na vida, negociando meu preço. — Piscou. — Quando um nobre me oferece um valor, mas eu sei que ele pode pagar mais e me quer muito, peço outro valor ainda maior.

— Ainda não entendi. Acha que devo pedir aumento do salário?

Linnea gargalhou.

— Não, querida amiga, acho que deve pedir mais do que ser criada. — Lottie arregalou os olhos. — Lorde Tremaine é um homem bonito, não?

— Sim, mas o que...

— Gentil? — Lottie concordou. — Desejável? — Ela não precisou responder, o rubor deixou claro qual era a resposta. — Você é linda, jovem... Aposto que ele concorda comigo.

Entendendo o ponto no qual sua amiga queria chegar, revelou:

— Ele não gosta de virgens. Não quis nem participar do leilão de madame Marthe.

— Você não precisa agir como uma virgem, Lottie. — Sorriu. — Pode seduzi-lo.

— Não! — Lottie agitou-se. — Eu não conseguiria isso.

— É... não a vejo fazendo joguinhos de sedução. Ainda assim, você é tentação demais para se ter debaixo do mesmo teto.

Aquilo fez Lottie pensar nos abusos que Linnea disse que os patrões cometiam contra suas criadas. Ela gostava e admirava Lorde Tremaine, mas não o conhecia o suficiente para confiar que ele não agiria daquela forma.

Nem em si mesma para dizer não.

— Acha que ele tentará... — Não conseguiu completar a frase, envergonhada, dividida entre receio e ansiedade.

— Não sei, nunca o conheci. — Deu de ombros. — Sei que é um bom homem, porque havia uma certa disputa para estar com ele e não apenas por conta dos seus... — olhou sem graça para a amiga — dotes masculinos, mas porque era generoso com a gorjeta.

Lottie sentiu uma sensação estranha, como se algo a picasse, uma comichão que a fazia sentir algum tipo de ressentimento contra as pombinhas de madame Marthe que conheciam os dotes masculinos do Marquês. Talvez, se o destino a tivesse transformado em uma *putain*, ela também soubesse que dotes eram esses.

O mero pensamento fez com que retivesse o fôlego por um segundo ao se imaginar dividindo a cama com o Lorde, deixando que ele fizesse com ela as coisas que acabara vendo naquele bordel... O medo tomou conta dela, pois não gostaria de ser tratada daquela forma.

— Eu não posso fazer isso, Linnea.

Sua amiga suspirou e sorriu, triste.

— Então, que seja uma boa criada para o Lorde e que, quando uma nova amante aparecer, ela não veja em você competição, porque isso poderia lhe custar o emprego.

Lottie estremeceu diante daquelas palavras, não apenas por temer perder o emprego, mas também por não querer testemunhar outra mulher conhecendo os *dotes* do Lorde. *Que sentimento estranho era aquele, afinal?*

11
Tudo se resume a contratos

Ele não conseguia tirar Charlotte da cabeça, e admitir aquilo, para um homem lógico e frio, como Tremaine se definia, era frustrante. Claro que já tivera algumas mulheres marcantes ao longo dos anos, desde que seu romance com Philomena cessara, e algumas delas habitaram seus pensamentos por alguns instantes, mas nunca — nunca mesmo — antes de terem uma noite de sexo.

Talvez fosse esse o problema! Ele sabia que, mesmo muito excitado com sua nova *criada*, não ia tocá-la, ao menos não sem permissão, e não via Charlotte aceitando qualquer tipo de acerto entre eles. A moça ruborizava com apenas um toque dele ou ao vê-lo semidespido! Riu ao recordar a reação da moça mais cedo, quando entrara em seu quarto levando seu desjejum. Charlotte tinha ficado da cor de um tomate ao vê-lo sem camisa e andou tão rápido até a mesa que quase não havia café dentro da xícara quando ele foi tomar a bebida.

Era divertido tê-la por perto, embora dolorido também. A ereção o impedia de dormir à noite, fazendo sua mente criar várias fantasias com a moça. Ao chegar na casa de sua família, Tremaine pedira para prepararem seu banho, e mesmo imerso na banheira teve que ficar encarando a evidência do desejo que sentia, larga e dura, apontando para o alto como um dedo acusador. Sentia-se mal-humorado, mais do que o normal, e acabara cedendo para a vontade, tocando-se até encontrar o alívio de que seu corpo e sua cabeça tanto precisavam. Foi depois daquele episódio que decidiu não se torturar mais e não retornar à vila até que um pouco de sua sanidade fosse restaurada. Precisava de um tempo longe daquela mulher que mexia com seu corpo como há muito tempo amante ou puta alguma fazia.

— Ei, Tremaine, sua vez — Braxton gritou, saindo do ringue, suado. — Kim voltou do Brasil ainda melhor, por isso mantenha a guarda alta.

— Obrigado pelo conselho não solicitado, Braxton. — Bateu no ombro do amigo e entrou no ringue, encarando Kim. — Soube que voltou com um truque na manga.

Kim riu.

— Não sei se percebeu, Tremaine, mas estamos sem camisa.

O Marquês gargalhou, ainda que odiasse a mania de Kim sempre se livrar de suas provocações. Mas o que poderia esperar de um homem que lidava com a incerteza dos mares? Claro que um capitão não poderia ter pavio curto, senão na primeira viagem naufragaria.

Colocou-se em posição, mantendo os pés separados, joelhos levemente flexionados, cotovelos dobrados e punhos na altura do rosto. Esperou o juiz dar o sinal e começou a se movimentar, notando que Kim parecia mais ágil naquele movimento gingado.

— Andou tendo aulas de boxe no Brasil? — perguntou, entre um soco e outro.

— Não, capoeira — respondeu o português pouco antes de acertar o lado do rosto de Tremaine.

— Que merda é "capoeira"? — O sotaque dele, imitando a palavra em português, foi sofrível. Era o único que não falava o idioma, nem mesmo minimamente, e isso era outra coisa que ele detestava, porque o deixava em desvantagem.

— Ei, vocês vão ficar conversando? Isso é boxe, não tricô.

Kim distraiu-se para olhar na direção de seu primo Hawkstone, e Tremaine aproveitou a oportunidade e encaixou um cruzado de direita bem em seu queixo, fazendo o amigo cambalear. O ginásio onde treinavam foi à loucura, pois Kim era considerado quase uma lenda, um exímio boxeador, e vê-lo tonto foi a epítome da vingança para quase todos os presentes. Não houve nocaute, contudo, e Kim ainda venceu Tremaine por pontos, mantendo sua fama e invencibilidade. Cumprimentaram-se, saíram do ringue e seguiram para o reservado, onde se asseavam e se vestiam para ir embora do clube.

— Você poderia ter ganhado hoje, Seb, mas estava muito distraído — Kim comentou.

— Pelo menos deixei uma marca no seu rosto, já é ótimo — brincou o Marquês. — Além, é claro, de não ter sido nocauteado, como nossos outros amigos.

— Eu tinha mais coisas a pensar — justificou Hawkstone.

— E eu estava preocupado com a hora, não gosto de deixar Elise sozinha por tanto tempo — Braxton emendou, já se despedindo. — Nos vemos na próxima semana?

Todos concordaram.

— Bom, depois de tanto esforço, nada melhor do que uma rodada de bebidas. — Tremaine terminou de se arrumar animado.

— Hoje não posso. — Kim desculpou-se. — Mara anda com dores na barriga e eu gostaria de ajudar a cuidar dela.

— A mesma coisa comigo, mas com Samuel são os dentinhos. — Hawkstone estava orgulhoso e sorridente ao falar do filho. — Quando passa uma fase, vem outra...

— Vocês não têm babás? — Tremaine questionou, sem entender por que homens estavam envolvidos na missão de cuidar de bebês, se nem mesmo sua mãe o fizera. As crianças Allen sempre tiveram um séquito de babás.

Ambos assentiram.

— Helena faz questão de ser ela a cuidar do nosso filho, a babá só a ajuda.

— Marieta age da mesma forma e, como não fez nossa menininha sozinha, penso ser minha obrigação dividir o cuidado com ela.

Tremaine ficou olhando de um para o outro, enquanto perguntava a si mesmo o que havia acontecido com seus amigos. Tudo estava mudado e, ainda que estivesse feliz pelos dois, começava a perceber que talvez não se adequasse mais à vida deles. Quando estavam reunidos e surgia o assunto sobre a paternidade e a vida de casado, ele ficava à margem, apenas como um observador, já que não tinha esposa nem bebê em casa.

O Marquês temia que esse isolamento custasse a amizade que tinham e não gostava nem de se lembrar do tempo em que ficara sem falar com Hawkstone e Braxton. Estava magoado por causa da chantagem, sem entender por que seu amigo não havia simplesmente lhe pedido um empréstimo, o que ele daria, ainda que estivessem há tempos sem se ver.

Sentira falta deles durante todo aquele tempo e, quando finalmente se deu por vencido, admitindo que não conseguia manter-se distante, deu um jeito de se aproximar, aproveitando que Hawkstone estava pajeando uma debutante estrangeira, Helena. Quando a amizade entre o Conde, o Visconde e ele se restabeleceu, ganhou de bônus outro grande amigo: Kim. Estava feliz e satisfeito com aquele grupo seleto, embora sentisse falta de Andrew, Duque de Needham, outro amigo de infância com quem perdera contato.

Temia que sua condição tão diferente, de solteiro, acabasse os afastando, já que não encontravam mais temas comuns para discutir com ele. Mesmo quando falavam de esporte, política, mercado e investimentos, a conversa acabava em família, filhos queridos e esposas amadas. Tremaine tinha consciência de que isso fortalecera o argumento de seu pai para que arrumasse logo uma esposa e fizera com que sua ordem de participar da temporada fosse algo irrefutável.

Terminaram de se arrumar e cada um seguiu para sua própria residência, deixando-o um tanto perdido, sem saber para onde ir. Ainda era cedo para ir a qualquer clube de jogos, e não pensava em retornar ainda ao La Belle Marthe, talvez então precisasse frequentar um bordel mais conservador, como os que havia em áreas mais civilizadas do que Whitechapel.

Antes, porém, decidiu que seria melhor passar na casa do Duque para descansar um pouco e se arrumar melhor, decisão essa da qual se arrependeu assim que pisou no grande hall e se encontrou com sua mãe e Blanchet descendo as escadas.

— Ah, Tremaine, que bom que chegou! — A Duquesa não disfarçou sua satisfação. — Blanchet e eu estamos indo ao escritório para analisar umas listas.

Ele franziu a testa.

— Obrigado pela informação — agradeceu, irônico. — Façam um bom trabalho.

Piscou para a irmã caçula, pretendendo subir até seus aposentos.

— Eu gostaria de sua presença enquanto trabalhamos. — Ele riu, sem entender, negando com a cabeça. Mas, antes que dissesse que já tinha planos, sua mãe explicou: — São as listas de jovens damas que classificamos como potenciais Marquesas.

Ele paralisou ao ouvir que existia uma *lista*! Como não havia pensado que sua mãe, tão meticulosa como era, faria todas as pesquisas necessárias para manipulá-lo a cortejar exatamente quem ela queria? Claro que Vossa Graça usaria a desculpa de que estava apenas facilitando a vida dele, porém ele a conhecia muito bem para saber que, por trás de sua boa intenção, havia também interesse.

Enquanto seu pai estivesse vivo, sua mãe era a Duquesa, mas, quando Tremaine herdasse o título, seria sua esposa a comandar a casa e os criados, e Hyacinth Allen queria ter poder sobre ela para não ser deixada de lado.

— Sinto muito, mas terei que negar esse honroso privilégio de ler tal lista com inegáveis primores da nossa sociedade. — O sorriso sarcástico, ele sabia, não passaria despercebido por nenhuma das duas damas da casa. — Acabo de voltar da academia, não estou apresentável para fazer-lhes companhia.

O rosto sério da Duquesa tornava quase impossível conter o riso, mas Tremaine manteve-se o mais sério e sereno possível, ainda que estivesse se refastelando por dentro.

— Acho melhor deixá-lo se assear, mamãe — comentou Blanchet, e ele lhe deu um olhar apreciativo e grato. — Acho que consigo sentir daqui o cheiro que o exercício bruto deixou nele!

Tremaine fez uma careta ofendido e sua irmã sorriu, demonstrando que o deboche era algo que estava impregnado no sangue dos Allen, pelo menos no dos membros mais inteligentes da família!

— Está dispensado, Tremaine! — A Duquesa balançou a mão, como se estivesse mandando-o desaparecer de suas vistas. — Acho mesmo melhor selecionarmos, Blanchet e eu, os melhores partidos. Homens tendem a ser seres irracionais quando o assunto são as mulheres, nem sempre pensam com a cabeça certa!

Tremaine ficou assombrado, paralisado, de boca aberta no sopé da escada ao ouvir o que sua mãe havia dito.

— Como assim com a cabeça certa, mãe? — Caminhando ao lado da Duquesa, sua irmã questionou: — É uma figura de linguagem?

— Não, mas um dia você vai descobrir o que é e concordará com sua mãe. Por enquanto vamos ajudar seu irmão a...

Não pôde ouvir mais, pois as duas entraram no escritório e fecharam a porta. Ele voltou a subir os degraus, ainda sem acreditar que a mãe pudesse ter cometido tal indiscrição perto de sua irmã. E o que mais lhe deixava boquiaberto era saber que Hyacinth Allen sabia ser sarcástica. Tremaine sempre havia se questionado de onde tinha surgido aquela característica tão marcante nele e, pasmo, começou a pensar na possibilidade de tê-la herdado de sua mãe.

Você está fazendo merda, Sebastian.

Foi o que pensou quando entrou na casa da vila, mas o pensamento desapareceu assim que notou a diferença no ambiente. Nenhum tecido cobria os móveis, que brilhavam e ostentavam objetos de decoração e flores do campo nos vasos. A casa estava cheirosa, uma mistura de cera e alguma outra coisa que ele não conseguia identificar, mas que era agradável ao seu olfato. Conferiu todos os cômodos do térreo, impressionado com o que Charlotte havia conseguido fazer em apenas alguns dias.

Mantivera-se distante o máximo que havia conseguido, mas tinha tido notícias da moça, levadas pelo cocheiro, todos os dias. Tom dissera que ela havia limpado a casa e que deixava pronta sua refeição, por isso não era necessário mais levar comida da cozinha de Allen Place.

Inalando o delicioso aroma de pão fresco, ele percebeu que seu cocheiro dizia a verdade e que, se o cheiro fosse uma prévia do sabor do alimento, estaria maravilhoso. Seguiu para a cozinha, mas não a encontrou, apenas utensílios e mantimentos que provavam que ela estivera por ali, trabalhando.

— Charlotte? — Não ouviu resposta alguma de volta.

Saiu para o pátio dos fundos, protegendo seus olhos da luz intensa do sol e procurando-a pelo jardim e pelo bosque mais à frente. Nada, nenhum sinal da moça que havia povoado seus sonhos mais eróticos e tirado sua concentração nos momentos mais inapropriados.

— Olá, Milorde.

Ele se assustou com a voz dela e olhou para cima, encontrando-a pendurada em uma janela, limpando a vidraça pelo lado de fora. Arregalou os olhos, impressionado e ao mesmo tempo irritado por ela se colocar em risco daquele jeito.

— Está louca? Desça já daí.

Charlotte riu.

— E como vou limpar o vidro?

— Não limpe! Desça já, antes que caia daí, quebre o pescoço e me faça perder o dia dando explicações aos detetives.

Charlotte ficou parada no peitoril da janela, então recolheu os materiais que usava, jogou as pernas para dentro do quarto e sumiu. Tremaine entrou em casa sem o mesmo prazer de antes e subiu os degraus de dois em dois, chegando rápido ao segundo andar e encontrando-se com a moça no corredor.

— Não quero mais vê-la naquela janela! — ordenou, aborrecido.

Ela respirou fundo.

— Eu não ia cair.

— Você não pode afirmar isso. Acidentes acontecem, sabia? Quando as vidraças estiverem sujas, chamarei alguém para limpá-las, mas você está proibida...

— Perdoe-me, Milorde, por tentar fazer o meu trabalho da melhor forma possível.

A voz era contrita e baixa, mas as palavras não soaram nada arrependidas. Ele bufou diante daquela petulância de ainda esfregar na sua cara que estava dando o melhor de si para agradá-lo. *Pois bem, ele não precisava ser agradado.*

— De agora em diante as janelas do segundo andar não fazem mais parte da sua obrigação. — Ela o olhou surpresa, e aborrecida, e logo depois assentiu. — Vim até aqui para ver como estão as coisas.

— Está tudo bem, Milorde.

— Mesmo? — Ele não entendia por que estava insistindo. A única explicação era apenas a vontade de puxar assunto.

— Mesmo. O senhor Tom tem comprado tudo de que preciso para a limpeza da casa, além dos mantimentos para a alimentação.

— Quem está cozinhando?

Ela franziu a testa.

— Eu, Milorde. — Uma sombra de sorriso apareceu. — Não há ninguém além de mim nesta casa.

Tremaine teve vontade de se dar um tapa pela pergunta idiota. *O que estava acontecendo com ele?*

— Tenho recebido algumas indicações de criados para vir fazer parte do serviço da casa, mas ainda não consegui montar toda a equipe. — Olhou em volta, notando que a parte de cima estava tão bem-cuidada quanto a de baixo. — Há muito trabalho aqui para uma só pessoa.

— Eu dou conta, Milorde.

Tremaine a encarou, admirando sua beleza tão flagrante, o rosto tão bem desenhado em forma de coração, a combinação perfeita de seus olhos grandes e amendoados, seu nariz arrebitado e a boca sensual. Mesmo sem maquiagem, suada e um tanto empoeirada, aquela era uma linda mulher, digna de ser imortalizada em uma tela. Ele não resistiu e afastou um cacho de seus cabelos que escapara da touca e estava caído sobre os olhos. Tremaine sentiu que ela ficou surpresa com o gesto mas não recuou nem desviou os olhos dos dele.

— Vejo que o uniforme lhe serviu — comentou, lamentando que ela estivesse trajando aquele vestido grosso, sem forma e marrom.

— Serviu, sim, Milorde. — Sorriu. — Nunca tinha visto nada tão bonito.

Nem ele, e não era no vestido horroroso que pensava.

Afastou-se dela, recriminando-se por desejar alguém que estava sob sua proteção, uma criada, que dependia dele e que, por isso, talvez não o colocasse em seu lugar, ainda que não suportasse seus avanços indesejados.

— Fico contente que tenha gostado. — Passou por ela sem dizer mais nada e entrou em seu quarto. Jogou a cartola e a bengala de lado, libertando-se da formalidade de ser um Marquês.

Tremaine frequentava a vila não só quando queria o alívio que uma amante podia proporcionar, mas, principalmente, quando necessitava de espaço para voltar a ser ele mesmo. Naquele lugar, podia passar os dias lendo ou cavalgando. Sempre pensava em comprar um piano para a casa, pois adorava tocar, ainda que odiasse fazê-lo em público.

A música era para ele um desabafo, suas melodias contavam muito da sua alma, e ele não gostava de ter seu interior exposto a ninguém. Era por isso que não tocava em público, nem desde que alugara sua casa com todos os móveis dentro, inclusive seu piano. Seria um bom momento para colocar em prática a ideia de comprar um instrumento para aquela casa, pois já que estava sem amante e... Foi impossível para Tremaine não pensar em Charlotte e isso o deixou aborrecido.

Sentou-se em uma poltrona e descalçou as botas, questionando-se por que toda vez que pensava em ter uma mulher em casa a primeira pessoa que via era Charlotte. *Ela é sua criada.* Sua consciência repetia o lembrete. *Criada, não amante, lembre-se disso.* O Marquês nunca havia se envolvido com ninguém do serviço doméstico, nem mesmo no auge da juventude, com seus hormônios em ebulição e a vontade louca de praticar sexo — ou qualquer ato libidinoso — em todas as horas do dia. Recordou-se de ter ficado com a mão treinada e o pulso doendo, achava inclusive que seu antebraço direito era mais forte que o esquerdo por isso. Mas nunca se engraçara com uma criada.

— E não vou começar agora depois de velho. — Riu de si mesmo, sentindo o peso de seus 34 anos bem vividos.

O Duque nunca o deixava esquecer que com aquela mesma idade ele já tinha três filhos, incluindo o próprio Tremaine. A cada vez que iam conversar sobre o título e a possibilidade de que o Marquês o herdasse a qualquer momento diante da delicada saúde de Stanton, seu pai trazia à tona a vida de solteiro que ele levava.

— Ninguém disse que precisa mudar sua vida, Tremaine — ressaltava Stanton. — A casa da vila do bosque pode continuar, assim como suas idas aos bordéis de Londres. Não precisa perder nada disso. A diferença é que, além disso tudo, terá que incluir a inconveniência de uma esposa e, pelo amor aos céus, um herdeiro ou dois. — Suspirava, inconformado com a resistência do Marquês em cumprir seu desejo. — É uma soma, não uma subtração, não entendo o porquê da resistência.

Tremaine nunca respondia com sinceridade, sempre brincava, fazendo piadas ou apaziguando o Duque com tiradas sarcásticas que não chegavam nem perto da verdade. Ninguém além de seu pai e seus amigos sabia que, um dia, ele quisera se casar. Antes de Braxton, Hawkstone e até de Kim, que conhecera depois, ele foi o primeiro a desejar passar a vida toda com apenas uma mulher. Stanton soube de Philomena na época, mas provavelmente achava que Tremaine a havia superado, tinha esquecido a paixão da juventude. Não poderia estar mais longe da verdade.

Se Philomena e ele tivessem ficado juntos, teriam um casamento como os de seus amigos, cheio de amor e cumplicidade.

Considerando que não havia mais a mulher que amava, que desejava honrar por toda a vida, Tremaine postergara ao máximo a decisão de se casar, porque sabia que aquela união seria fria e vazia, apenas um contrato de prestação de serviços, como o que ele fazia com suas amantes.

Sim, transformaria uma dama em Duquesa, ela teria acesso aos luxos e ao conforto de sua riqueza e, em troca, lhe daria o herdeiro para continuar a linhagem dos Allen no ducado. Sinceramente, ele não via diferença entre um contrato de casamento de conveniência e o de proteção a uma amante.

12

A culpa é do bigodinho

Lottie ficou um bom tempo parada no corredor, mesmo depois que o Marquês se afastou dela e se encerrou no quarto. Seu coração parecia querer sair pela boca e suas bochechas queimavam, e nada disso tinha a ver com o fato de ter ficado sentada no peitoril da janela, com o corpo pendurado para o lado de fora, limpando vidraças o dia todo. O motivo de seu coração bater descompensado ultimamente era Tremaine.

Lottie suspirou, desejosa por saber o nome dele, já que Tom havia revelado que Tremaine era o nome do título, mas não o que a mãe do Lorde lhe dera quando tinha nascido. Havia ficado curiosa sobre por que ele tinha nomes diferentes e, por mais que o cocheiro tivesse tentado explicar-lhe, a jovem não conseguira compreender.

— É complicado mesmo, não se chateie por não entender. — Tom sorriu, compreensivo. — Os nobres têm essas coisas estranhas. — Aproximou-se para falar baixo. — Sabia que um homem pode ser pobre, sem um tostão no bolso, mas, se tiver um título alto e antigo, ele continua sendo respeitado e se portando como se estivesse nadando em dinheiro? É normal. Eles ficam falidos, mas não perdem a pose.

Lottie relaxou um pouco depois da conversa, percebendo que, se nem Tom, que trabalhava toda a vida naquele meio, achava aquela coisa sobre títulos fácil, por que ela deveria entender com uma só explicação?

Na verdade, ela nem se preocupou em prestar atenção à toda a hierarquia existente na sociedade inglesa, pois só queria saber qual era o nome de batismo de Tremaine e nada mais.

Se quisesse entender melhor sobre os nobres, talvez pudesse pesquisar entre alguns títulos que vira quando havia limpado a biblioteca no escritório. Seria bom para ela saber como funcionavam as coisas entre aquelas pessoas abastadas que, no futuro, poderiam lhe empregar.

Shanti sempre lhe dizia que o conhecimento era a maior riqueza que uma pessoa podia ter, pois era infindável e, uma vez conquistado, não se perdia. Por isso mesmo, em sua terra, os sábios eram os mais venerados e aqueles no topo da hierarquia. Lottie suspirou e, finalmente, se moveu, descendo as escadas para conferir os pães que havia deixado no forno e começar o preparo do jantar, algo que tinha pensado em não fazer naquela noite, mas que, com a chegada do Lorde, tornou-se necessário.

Verificou os pães e, vendo que ainda tinha algum tempo, saiu para o quintal dos fundos à procura de ingredientes para o jantar. Na vila, além do belo terreno coberto de árvores, os jardins e o estábulo, havia também um pequeno galinheiro, onde Lottie colhia ovos todos os dias, e uma horta que estava precisando de atenção e que consumira um dia inteiro de trabalho para que todas as ervas daninhas fossem retiradas.

Primeiro, ela pegou o restante dos ovos que as poedeiras haviam colocado depois do desjejum e colheu algumas ervas e legumes para fazer um assado. Lembrou-se de umas maçãs que Tom havia trazido e que ela não tinha comido, pegou-as na despensa e as cortou para que se tornassem o recheio perfeito de uns doces que Linnea nunca pudera fazer, mas cuja receita vivia recitando na cozinha do bordel. O preparo da refeição a manteve ocupada a tarde toda. Lottie limpou a cozinha, cortou, temperou e assou alimentos. Tudo sempre com muito cuidado, pois sabia que a refeição precisava ficar perfeita para agradar o patrão. Estava cansada, enquanto trabalhava na sobremesa, mas o cheiro que invadia a cozinha fazia seu estômago roncar alto, protestando por ainda estar vazio.

— O que você está fazendo?

A voz do Marquês a fez pular de susto e rapidamente virar-se para respondê-lo com um sorriso animado:

— O jantar. — O sorriso morreu quando se deu conta de que ele estava arrumado demais para permanecer em casa. — Milorde não vai jantar aqui?

Ele ficou em silêncio por um tempo, antes de respirar fundo e negar com a cabeça.

— Tenho um compromisso. — Lottie não soube o que dizer, sentia-se frustrada por ter se esmerado para agradá-lo em vão. — Tom também não jantará, pois vai me levar e ficará me aguardando.

Ela pensou na quantidade de comida que havia preparado e um misto de raiva e tristeza se acumulou em seu peito.

— Deveria saber que Milorde não ia cear em casa. Perdoe-me pelo meu erro de não o ter consultado.

Tremaine arqueou as sobrancelhas, talvez percebendo a repreensão disfarçada de pedido de desculpas.

— Não há problema. Afinal, você precisará jantar, não é?

O olhar dele era um desafio para que ela retrucasse, para que mostrasse as garras, contudo Lottie respirou longamente e sorriu:

— Certamente, Milorde.

Ela resolveu, então, voltar para os delicados doces de maçã, que estava cobrindo com a massa e apertando nas bordas para que o recheio não escapasse durante a cocção. Ficou de costas para o Marquês, porém atenta a cada movimento dele. *Não ouviu nenhum!*

O silêncio a intrigava, pois não sabia se ele continuava ali na cozinha ou se tinha ido embora sem fazer som algum, silencioso como um predador. Lottie sentia vontade de virar-se novamente para onde ele estava, a fim de conferir quais das duas opções era a certa, mas continuou fazendo seu doce calmamente.

— Isso é de maçã? — falou ele, tão próximo dela que a jovem podia sentir a respiração quente dele em sua orelha.

Suas mãos paralisaram e seu coração ficou a ponto de explodir, de tão apressado que batia. Anuiu apenas com um balançar de cabeça, enquanto tentava retomar o fôlego que havia perdido com o susto.

O homem se move como um gato na noite. Irritou-se.

— O cheiro está... — Lottie sentiu quando ele inalou fortemente sobre seu ombro, fazendo todo o seu corpo arrepiar — incrível. Tem algum tipo de tempero?

Ela não sabia como estava conseguindo não tremer, talvez por estar encostada na bancada e com as mãos firmemente apoiadas no tampo.

— Especiarias — respondeu. — A receita pede canela.

— Hum... não estou vendo uma receita por aqui.

Era incrível que, mesmo sem vê-lo, ela o sentia e sabia quando o Marquês se movia e para que lado olhava, por exemplo. Seu corpo estava alerta, mas não da mesma forma como ficava quando tinha medo. Era diferente, como se uma ligação tivesse sido criada apenas pela proximidade entre os dois.

— A receita está na minha cabeça, Milorde. Eu a ouvi muitas e muitas vezes, enquanto limpava a cozinha do La Belle Marthe. — Olhou-o de soslaio. — Achei que Milorde já tivesse ido para seu compromisso.

Ele riu e Lottie sentiu um aperto estranho no ventre, uma antecipação que não entendia e a deixava com vontade de algo que não conhecia.

— Deveria. — Novamente ela sentiu a respiração dele em seu pescoço. — Tom está me aguardando lá fora. — Um calor a invadiu e Lottie tinha certeza de que se seus corpos ainda não estavam se encostando era porque havia milímetros os separando. — Mas acho que vou ficar em casa esta noite.

Sem poder resistir mais, ela se virou para encará-lo. Encontrou um brilho intenso nos olhos azuis do Marquês que dispendeu nela uma energia absurdamente forte, suficiente para deixá-la com as pernas bambas.

— Vai? — perguntou sem pensar, e ele aquiesceu. — Por quê?

Tremaine riu, fazendo uma careta que ela já o vira fazer algumas vezes.

— Sou um homem fraco, Charlotte. — Acercou-se mais dela. — Não sou bom em resistir a tentações.

— Tentações? — Ela mal conseguia respirar. Seu corpo ardia. Sentia um calor descomunal e ao mesmo tempo um frio na barriga. — Que tipo de... tentações?

Novamente teve aquela sensação de presa e predador. O jeito como ele a olhava a fazia se sentir prestes a ser devorada e, por mais que devesse sentir algum medo, ela estava ansiosa por saber como ele o faria.

— Doces... — sussurrou. — Seu doce de maçã perfumado me convenceu a ficar. — Sorriu, malicioso. — Espero que ele esteja quente, molhado e macio quando eu o colocar na boca.

Lottie estremeceu, fechou os olhos e agarrou-se na bancada, sem entender direito o que se passava com ela. Tinha vontade de apertar as coxas e gemer como se estivesse com dores, mas sem estar sentindo absolutamente nenhuma. Estava quente, mas não com calor, e sentia como se houvesse milhares de borboletas voando em sua barriga.

Abriu os olhos, de repente, para dizer ao Lorde que não se sentia bem, e ficou surpresa ao perceber que ele já não estava ali. Olhou em volta tentando se certificar de que não estava louca e que realmente o Marquês tinha estado na cozinha com ela, que aquilo tudo não havia sido fruto da sua imaginação fértil.

Ouviu, então, o som da carruagem se movendo contra o calçamento de pedras do pátio da frente da casa e, curiosa, correu até a sala para saber se Tom a conduzia para fora ou para dentro da propriedade. Seu coração descompassou ao ver o veículo se afastando da casa.

Será que havia apenas sonhado acordada?

Lottie voltou resignada para a cozinha, terminou de fechar os doces, colocou-os em uma assadeira e os levou ao forno, marcando o tempo para que pudesse tirá-los quando estivessem prontos. Não tinha fome nem vontade de comer sozinha, por isso preferiu aquecer água para que pudesse se banhar antes de dormir e aproveitou-a para fazer um pouco de café, que misturou com creme, e o bebia calmamente, esperando a fornada de doces ficar pronta.

— Sabia que dá para sentir este aroma delicioso lá de cima?

Ela se engasgou com o café e começou a tossir.

Mas que homem dos infernos. O Marquês estava ali, apenas em mangas de camisa, parecendo assustado com ela.

— Respire — disse ele ao chegar perto e bater de leve em suas costas. — Se acalme e respire.

— Eu... estou... — tossiu — tentando.

A última palavra soou tão raivosa que ele parou de bater em suas costas e começou a rir.

— Já vejo que se recuperou, voltou a rosnar.

Lottie fuzilou-o com o olhar.

— Eu. Não. Rosno.

Tremaine riu ainda mais.

— Ronronando é que não está! — Piscou e ficou encarando-a como se estivesse curioso. — Acho que você realmente não rosna, mas ruge.

— O quê?

— Rugir, sabe? — Ela balançou a cabeça em negativa. — É o que os grandes felinos fazem. As leoas, tigresas... rugem. — Tocou seu rosto e Charlotte ficou paralisada, ansiosa, sem saber o que estava havendo entre os dois. — Os gatos amam creme. — Mostrou o dedo coberto com a espuma branca e ela arregalou os olhos ao descobrir que estava com um bigode de leite. — Confesso que eu também.

Ele colocou o dedo sujo na boca e Charlotte emitiu um gemido baixo, constrangedor, enquanto seu corpo parecia receber aquela lambida, fazendo-a invejar e desejar... *O que estava acontecendo com ela?* Fechou os olhos, consternada pelos pensamentos lascivos, antes de se sobressaltar ao senti-lo tocar novamente a parte superior de seus lábios, porém daquela vez de forma diferente. Mesmo sem ver, ela podia sentir o calor, não só do rosto dele bem próximo do seu, como o da língua que limpava o bigodinho de leite que restara sobre sua boca.

Deus do Céu, ele está me lambendo.

Ela arregalou os olhos e teve a comprovação do que havia sentido e perdeu o fôlego de vez, necessitando buscar ar com a boca.

Tremaine se afastou devagar, sem tirar os olhos dos dela, parecendo querer ver algum sinal, qualquer coisa que o autorizasse a prosseguir. Lottie sabia que deveria se afastar, mas, contrariando todos os pensamentos coerentes que a mandavam não se envolver com o patrão, fechou os olhos e inclinou levemente a cabeça para trás, esperando seu primeiro beijo. Um beijo com sabor de doce de maçã com canela, café e creme de leite.

13

Uma ressalva e tanto

Não deveria se aproximar dela de novo, muito menos provar seus lábios ou enfiar a língua dentro da boca saborosa de Charlotte. Era certo que aquilo tudo estava errado. Tremaine não deu ouvidos à sua consciência e a segurou firme pela nuca, beijando-a com fome, esquecendo-se de toda a lista que havia enumerado antes de descer para o jantar, dos motivos que tinha para não se envolver com sua criada. *Sua criada.* O pensamento o alarmou, contudo não foi suficiente para que ele desgrudasse a boca da dela. Como deixar de saborear uma coisa pela qual havia ansiado e desejado desde o começo? Ele, um homem cheio de vícios e de conduta não exemplar, certamente não tinha um caráter tão forte para resistir àquela tentação.

Era por isso mesmo que tinha decidido não permanecer na casa, sozinho com Charlotte, naquela noite. Aquela mulher representava um mistério, nela havia algo que o atraía, e não era o que Tremaine desejava sentir por alguém a seu serviço. Arrumara-se para sair e ter uma licenciosa noite em um clube qualquer, um bordel mais conservador que o La Belle Marthe, mas onde ele poderia fazer aquilo com que estava acostumado: pagar para aliviar a vontade da carne. Colocaria para fora toda a excitação que sentia por sua criada, mas sem a corromper, muito menos se impor a ela.

Charlotte estava sendo paga para cuidar da casa, não dos desejos libidinosos de seu patrão. Era com esse pensamento que havia descido as escadas para encontrar-se com Tom, que o aguardava para levá-lo ao clube de jogos — algo que havia combinado com o cocheiro durante o trajeto para a casa do bosque —, e avisá-lo de que tinha mudado de ideia, pois preferia passar a noite fodendo alguma cortesã. O erro dele, no entanto, foi ter querido dar uma espiada na cozinha, local de onde emanava um aroma inigualável, e ter caído na tentação de ficar na casa, a fim de acompanhar Charlotte e experimentar a deliciosa comida que ela havia preparado.

Pelo menos foi essa a desculpa que dera a si mesmo. Não queria decepcionar sua criada, que havia despendido um tempo considerável para servi-lhe um jantar agradável, muito menos irritá-la. Sim, porque a resposta dela ao seu anúncio de que não ia jantar na casa aquela noite demonstrou bem sua irritação. Era a primeira vez que ela o recebia ali, e Tremaine não queria que ficasse aborrecida, achando que ele era um patrão desconsiderado. Riu de si mesmo, desmontando-se de seu traje de noite, ficando apenas com a camisa e a calça postas.

Voltou a descer, pensando em ir até a adega, escolher um bom vinho para a refeição promissora, conversar um pouco com sua companhia e depois, discretamente — e sem pensar bobagens — voltar até seu quarto, terminar de ler algum livro e dormir. Não seria a noite mais esplendorosa de sua vida, mas ele podia suportar algo tão "doméstico" como aquilo tudo. Novamente seus planos foram todos por água abaixo quando encontrou Charlotte tomando café com creme e com um lindo bigodinho branco sobre os lábios carnudos.

Sua reação foi instantânea e incômoda. Pensou em recuar, em voltar para o quarto, e... andou até estar próximo dela quando a jovem começou a tossir, visivelmente engasgada. Tentou acalmá-la e aquilo serviu para acalmá-lo também, um pouco, pelo menos até Charlotte abrir a boca, retrucando, irritada com algo ou com ele. *Ah, a gatinha sabia rugir.* Ficou excitado ao imaginar se na cama

Charlotte respondia daquela forma às provocações e como seria delicioso provocá-la até sentir suas garras arranharem-lhe as costas.

Um pensamento levou a outro, que culminou em uma ação impensada, resultando naquele doce beijo que o estava tirando do prumo, aquecendo seu corpo, fazendo o coração bombear tão forte que ele poderia jurar que estava perto de explodir. Nunca um beijo havia mexido tanto com ele. Talvez fosse a falta de costume, afinal fazia sexo com putas, na grande maioria das vezes, e só trocava beijos quando tinha uma amante.

Amante... A palavra reverberou no pensamento dele como um sino, insistente e alto, acordando a vontade de ter alguém à sua disposição novamente. Tremaine apertou Charlotte ainda mais contra si, assumindo que não queria qualquer uma como amante, queria a ela. Saboreava devagar sua boca, conduzindo os movimentos do beijo que ela correspondia com fervor. Suas línguas se tocaram e o Marquês percebeu que ela esperava que ele tomasse a iniciativa, mas logo o seguia, aceitando e acompanhando o que queria fazer. Chupou levemente o lábio inferior de Charlotte, sugando-o como gostaria de fazer com as partes íntimas dela, e se sentiu satisfeito quando um gemido incontido ressoou pela cozinha, deixando claro que aquilo a excitava. Tirou as mãos de sua nuca e colocou-as na cintura, apertando-a contra a própria ereção, delirando de vontade de livrá-los dos tecidos que a impediam de sentir o calor da pele dele, que o impediam de sentir o cheiro de mulher pronta para ser devorada, adorada, levada aos céus.

De repente, a mesma mulher que lhe correspondia com doçura ficou tensa, e ele abriu os olhos, encontrando os dela bem arregalados. Respirou fundo, reuniu sua força de vontade e se afastou. Charlotte estava com o rosto afogueado e a respiração pesada. Nenhum dos dois disse algo, ficaram apenas ali, trocando olhares, voltando à realidade e a vislumbrar o grande abismo que os separava. Tremaine sabia que deveria falar alguma coisa, desculpar-se, mas nunca foi homem de dizer aquilo que não sentia e, em nenhum instante, lamentava o que havia acontecido.

— Acho que... — Charlotte começou a falar, olhando em volta, e fixando seus olhos castanhos em um ponto além dele — a sobremesa está pronta.

Ele não se moveu quando a viu ir até o forno, conferir o doce que havia preparado e tirar a grande assadeira de dentro dele. Então, andando rapidamente, a alcançou e, com a ajuda de um pano, ajudou-a com a forma pesada e quente, colocando-a sobre a bancada de madeira.

— Estão incríveis — elogiou. — Você parece ser uma mulher talentosa na cozinha. — Charlotte ruborizou de novo e ele logo imaginou o que ela havia pensado, afinal ela quase pôde demonstrar outros talentos para ele naquele cômodo. — Posso comer?

Charlotte arregalou os olhos e o encarou.

— O quê?

Você! Riu com o pensamento, mas explicou:

— O doce.

Ela sacudiu a cabeça em negativa.

— Estão quentes demais, além disso... — suspirou — há o jantar antes.

— Verdade. — Riu. — A sobremesa vem depois do jantar. Que idiota eu sou.

Ela sorriu, pois talvez concordasse com aquela colocação.

— Se desejar comer agora, posso preparar seu prato e...

Como é difícil não responder com malícia. Mas ele se controlou, embora pensasse em muitas respostas provocativas.

— Não vai me acompanhar? — Foi o que decidiu perguntar.

— Odeio comer sozinho.

Coçou o nariz ao dizer aquilo, um pequeno cacoete que fazia toda vez que mentia e que o denunciava quando blefava. Tremaine nunca se importou em comer sozinho, pelo contrário. Em muitas ocasiões, agradava-lhe não ter ninguém falando ou requerendo sua atenção durante uma refeição.

— Eu... — Ela abaixou a cabeça, envergonhada, e isso o deixou alerta. Não queria tê-la ofendido com o beijo, apenas aconteceu.

Se isso fizesse com que ela se sentisse constrangida ao seu lado, seria melhor que conversassem e ele teria de mentir novamente, desculpando-se. — Não estou apresentável para acompanhá-lo.

Tremaine franziu a testa sem entender. Charlotte usava um dos vestidos mais feios que ele já tinha visto — coisa que teria de conversar com sua mãe, a fim de mudar aquele uniforme tenebroso — e mesmo assim não parecia, mais cedo, se importar com o tom de excremento que o tecido tinha. Então por que de repente estava cheia de melindres?

— Pensei que estava se sentindo confortável com a roupa que...

— Ah, sim, estou — apressou-se em dizer. — O vestido é um dos melhores que já tive, não é isso.

A careta dele se intensificou ao ouvir o elogio àquela peça disforme e áspera, mas ele tentou suavizar a expressão para conseguir entender qual era o problema de Charlotte.

— Então por que não me acompanha no jantar?

Ela suspirou de novo — um tanto impaciente, o que o deixou instigado como antes — e olhou para o chão.

— Trabalhei o dia todo, Milorde, não posso me sentar à sua mesa desse jeito.

Tremaine então percebeu a pele brilhosa, resultado de ter estado horas dentro daquela cozinha quente, assim como os resquícios de farinha no rosto e no avental, e se sentiu um parvo por não ter entendido que ela desejava tomar um banho antes da refeição, o que ele também adorava fazer. Notou a chaleira enorme em cima do fogão e entendeu que se banhar já estava nos planos dela.

— Sempre tomo um aperitivo antes de cear e, geralmente, leio alguma coisa. — Inventou a desculpa naquela mesma hora. — Não vou comer agora, posso esperar você se trocar.

— Não é necessário eu...

— É uma ordem, Charlotte — disse, sério, não querendo discutir a possibilidade de ter de jantar sem ela. — Vou para o escritório tomar uma dose ou duas de conhaque, vou escolher um vinho também e, quando você retornar, podemos comer.

Ela não parecia convencida. Tremaine quase podia ouvir seus pensamentos em busca de argumentos, mas quando Lottie respirou fundo ele sabia que havia ganhado aquela pequena batalha.

— Prometo não demorar muito. — E pegou a chaleira.

Ele sorriu.

— Leve o tempo que achar necessário. Eu não ia jantar por agora, no clube sempre ceamos mais tarde.

Charlotte assentiu e desapareceu de sua vista, encaminhando-se à casa de banho que os quartos principais da casa dividiam. Tremaine tinha entrado nele mais cedo e visto alguns itens que mostravam que alguém o usava com frequência, então se surpreendeu ao ver o quarto onde ela havia dormido na primeira noite vazio e supôs que a mulher havia se mudado para uma das dependências dos criados. Franziu o cenho sem ter ideia da existência ou não de uma banheira nos quartos perto da cozinha.

Dando de ombros, decidiu tornar real a pequena mentira — colecionara muitas naquela noite — e foi até o escritório. Procurou atentamente pelo que gostaria de ler e, quando selecionou o título, riu de si mesmo por ser uma novela gótica que havia lido alguns anos antes e que o deixara impactado, pensando sobre a vida. Serviu-se de uma generosa dose de conhaque e, contrariando tudo que um futuro Duque não deveria fazer, acendeu a lareira, sentando-se em uma confortável poltrona de couro com o livro em uma mão e o copo em outra.

A narrativa o prendeu desde o início, fisgando-o como um anzol com uma isca saborosa. Gostava dos detalhes, mesmo os mais estranhos para o conhecimento de uma mulher da época em que fora escrito, e da imaginação fértil que fez com que parecesse tão real dar vida a partes de pessoas mortas. A primeira dose de conhaque tinha acabado, assim como alguns capítulos do livro, quando ele ouviu passos no assoalho e uma batida à porta.

— Milorde?

Charlotte apareceu na fresta da porta, os cabelos úmidos e soltos, caindo com um belíssimo véu negro pelos ombros e sumindo atrás de suas costas. Ele foi atingido pelo aroma do banho, o cheiro maravilhoso de frescor e limpeza, mesclado com a sedução da lavanda. Ergueu-se da poltrona, deixando o livro sobre ela, e foi encontrar-se com aquela musa que, infelizmente, não trajava nenhuma veste etérea e transparente. Charlotte encarou-o, contendo a respiração quando Tremaine tomou uma mecha de seus cabelos longos e deslizou os dedos até a ponta, na metade de suas costas.

— São suaves como o cetim. — Sorriu. — Você cheira a um dia ensolarado no Sul da França.

Ela riu.

— Espero que seja um bom cheiro, nunca estive lá.

Tremaine gargalhou.

— Parece o paraíso — confessou, lembrando-se dos campos de lavanda da Provence. — Bonito aos olhos e aos sentidos, como você.

Charlotte ficou séria e ruborizada.

— Não está com fome?

Tremaine balançou a cabeça, negando, mas se contradisse:

— Estou faminto.

Não tinha a mente na comida, e sim em Charlotte. Todos os seus pensamentos estavam concentrados nas formas como poderia dar prazer a ela naquela noite. Imaginou sua roupa de cama perfumada de lavanda, suas vestes espalhadas pelo quarto, os gemidos ecoando pela casa. Não compreendia por que aquela garota mexia tanto assim com ele e com suas fantasias, mas o fato era que aquilo estava realmente o afetando e não parecia ser algo que ia passar depressa. Por mais que Tremaine nunca tivesse se envolvido com uma criada, percebia que a relação entre eles não iria atrapalhar a realização do desejo de tê-la em sua cama.

Era necessário que fizesse algo urgente. Deveria afastar-se da criada ou afastá-la daquele posto. O único porém, no entanto, era que havia decidido que não tomaria uma nova amante antes de casar-se com uma dama e produzir o herdeiro que sua família tanto o pressionava a ter. Afastou-se de Charlotte, colocou o copo sobre o aparador e, tentando manter-se à margem das emoções que aquela mulher lhe despertava, disse:

— Está na hora de descobrir se o cheiro combina com o sabor. — Ela arregalou os olhos e ele amaldiçoou-se baixinho, constatando que, mesmo quando se propunha a agir com seriedade, suas palavras o traíam e saíam permeadas de duplo sentido. — Estou falando da comida que preparou.

Charlotte sorriu, abaixando os olhos, soltando um longo suspiro quando Tremaine tocou-a de leve na cintura, fazendo com que se movesse. Andaram lado a lado, indo para a cozinha, e somente quando estavam a uma distância segura um do outro é que ele desistiu de ser aquilo que não era e disparou:

— Vou provar a comida, mas deixo a ressalva de que gostaria de estar provando você. — Charlotte virou-se para ele, surpresa, e ele gargalhou. — O que vamos fazer sobre isso?

A pergunta, claro, foi retórica e ele nem esperou pela resposta, indo até a adega para procurar uma garrafa de vinho para beber inteira, até perder a consciência e dormir. Seria o único jeito, ele sabia, porque seria impossível não se sentir tentado a visitar as dependências onde nunca nem mesmo havia pisado.

14

Situações inéditas

O jantar estava delicioso, e ela o surpreendeu mais uma vez. Tremaine conseguiu se concentrar na refeição, mesmo com Charlotte ao seu lado na mesa, mastigando com aquela boca sexy bem fechada ou bebendo o vinho devagar, lambendo os lábios ao terminar e recolhendo cada gota da bebida.

A comida, embora simples, estava saborosa, bem temperada, com sabor de "casa", por mais estranha que aquela definição fosse para ele, pois em Allen Place sempre houve um chef responsável pela cozinha e, até mesmo quando era criança, nenhuma refeição tinha sido simples como aquela que Charlotte lhe servira.

— Gostou? — perguntou a moça ao ver que ele havia comido tudo o que estava no prato.

Tremaine sorriu e assentiu.

— Uma das refeições mais deliciosas que já provei.

Charlotte não pareceu convencida.

— Mesmo? — Sorriu, enfim. — Sabia que eu nunca havia cozinhado antes de chegar aqui?

Aquilo o intrigou.

— Nunca foi criada de cozinha no La Belle Marthe?

Ela ficou um tempo em silêncio, depois olhou para o prato à sua frente e negou.

— Não. — Suspirou e Tremaine não entendeu a resposta. — Não acho que era tratada como criada, Milorde. Eu limpava a casa, sim, mas nunca tive salário ou dignidade. — Encarou-o. — Nunca tinha saído do bordel até entrar na sua carruagem.

Ele sentiu um aperto no peito e um frio na barriga ao pensar que a cortesã havia mantido aquela mulher linda e inteligente presa dentro da casa, trabalhando sabe-se lá quantas horas por dia.

— Como nunca tinha saído de lá?

Ela deu de ombros e bebeu mais um longo gole do vinho.

— Cheguei ainda menina, como contei antes, e, a princípio era Shanti, minha madrasta, quem trabalhava limpando e servindo madame Marthe. Ela tinha verdadeiro pavor da cidade e me proibia de sair sozinha. Depois que ela adoeceu, assumi suas responsabilidades e continuei após seu falecimento, até...

— Fugir — concluiu ele, e Charlotte assentiu. — Você não tem mais ninguém no mundo?

— Acho que não. — Tremaine notou o semblante triste. — Era pequena quando minha mãe morreu e fui criada por Shanti. Anos depois meu pai faleceu, ficamos sem ter para onde ir, porque a família de minha madrasta não a aceitava mais por ter se unido a um inglês, então ela pensou que seria melhor se nós duas viéssemos à procura de algum familiar dele. — Suspirou. — Acho que Shanti não tinha ideia do tamanho de Londres, nem de todas as maldades da cidade.

Tremaine não tinha dado muita atenção à história dela quando a conheceu, mas naquele momento sentiu-se curioso.

— Vocês viviam onde antes de virem para Londres?

— Papai era oficial da Companhia das Índias Orientais, em Bombaim[1]. Nasci lá, mas não me lembro de muita coisa, apenas das histórias que Shanti contou.

Tremaine surpreendeu-se mais uma vez, imaginando as dificuldades que a madrasta devia ter enfrentado para chegar até

---

[1] (N. A.): Bombay – ou Bombain, em português – era como era conhecida na época a hoje Mumbai, a maior e mais importante cidade da Índia.

Londres. Os casamentos entre ingleses e indianos não eram tão bem-vistos, e provavelmente o pai dela enfrentou alguns problemas por causa disso no exército da Companhia. Ele sabia como aquela empresa funcionava e como, com seu exército particular, haviam avançado e conquistado mais e mais territórios indianos, até que, anos antes, estourou uma rebelião que pôs fim ao governo da Companhia e colocou grande parte da Índia sob a administração direta da Coroa Britânica. Charlotte provavelmente não tinha sabido de nada daquilo que acontecera na terra que a viu nascer, presa dentro do bordel, trabalhando de sol a sol e sem direito a nada.

— Seus pais eram ingleses? — questionou Tremaine, e ela concordou. — Sabe alguma coisa sobre a família deles aqui?

Encontrar algum parente vivo de Charlotte seria o melhor que ele poderia fazer, antes de pensar em lhe propor qualquer coisa. Deveria dar a ela a chance que não teve quando desembarcou em Londres, apenas com uma indiana como companhia e sem saber para onde ir.

— Não. Quando mamãe morreu eu ainda era um bebê, não me lembro dela, sei apenas seu nome, Victoria, como a Rainha. — Aquela informação era uma gota em um oceano sem um sobrenome ou mesmo o local de onde a tal Victoria viera. — Papai chama-se Gerald e Shanti o chamava de capitão G.

Ela sorriu como se aquele apelido, dado a seu pai pela madrasta, significasse algo que somente elas entendiam. Tremaine sentia-se de mãos atadas, pois nem o nome do pai nem o da mãe dela o ajudavam.

— Charlotte, qual é o seu sobrenome?

Ele percebeu quando ela respirou bem fundo e seus olhos se encheram de lágrimas.

— Shanti e eu fomos assaltadas ao chegarmos na cidade e tudo se perdeu. Eu adotei, então, o sobrenome dela: Kapadia. Nunca precisei usar — sorriu sem graça — e nem saberia como.

Quanto mais descobria sobre Charlotte, mais ele ficava abismado. Aquela mulher crescera dentro das paredes do bordel, sem família, sem documentos, sem saber nada sobre si mesma.

Como poderia ajudá-la?

Ficou sentado, enquanto ela recolhia os pratos, sua mente trabalhando fervorosamente em busca de uma solução. Talvez ele pudesse acionar os serviços de Jeffrey novamente e pedir que investigasse a existência de um oficial chamado Gerald no exército da Companhia Real das Índias Orientais há uns vinte anos. Não sabia se a informação seria fácil de ser achada, visto que a Companhia se dissolvera depois dos levantes dos soldados indianos, mas poderia ainda ter algo sobre o pai dela em algum arquivo. Se encontrasse alguma coisa, poderia ajudá-la a reconstruir sua vida, caso houvesse algum parente responsável. E, por isso mesmo, deveria agir com cautela. Não desejava impedir que ela seguisse para onde quisesse depois que já tivesse se familiarizado com a cidade, nem ser um obstáculo para que a jovem pudesse aceitar as oportunidades que surgiriam.

Além do mais, Tremaine havia prometido ao pai que se casaria naquela temporada e por isso tinha rompido seu contrato com Hanna, a fim de se concentrar na futura esposa. Tomar outra amante naquele momento não estava nos planos dele. *Como também não estava planejando encontrar alguém que mexesse tanto comigo!* Um enorme sorriso brotou no rosto dele quando ela entrou na sala de jantar, trazendo, em pratos decorados, o doce de maçã.

— Espero ter acertado a receita. — Suas faces estavam coradas e ela tinha um sorriso deslumbrante. — Polvilhei um pouco de açúcar por cima, mas se quiser...

— Está ótimo assim, obrigado! — Tirou uma garfada do doce e colocou-o na boca.

Imediatamente, lembrou-se do beijo que haviam trocado pouco antes: o sabor da canela misturado com a saliva dela, o creme que lambeu de seus lábios, a resposta frenética de seu corpo. Ergueu a cabeça e a pegou encarando-o, paralisada, quase sob hipnose, com o olhar fixo em sua boca. Lambeu os lábios como ela fazia, sentindo as partículas do açúcar que ela tinha colocado de cobertura.

— Não vai me perguntar se gostei? — provocou-a.

Charlotte suspirou e aquele pequeno gesto disse tudo sobre como ele também mexia com ela. Seu corpo aqueceu, seu membro tornou-se duro entre as pernas. Teve que se esforçar para não se levantar, pegá-la pela cintura e deitá-la sobre aquela enorme mesa, comendo-a no lugar do quitute.

— Está gostoso, Milorde?

A voz dela o atingiu como fagulhas de uma chama descontrolada, lambendo tudo por onde passava, fazendo-o suar e desejar o alívio de seu interior molhado. Fechou os olhos novamente unindo forças para dissipar as imagens eróticas que sua imaginação criava, principalmente aquela em que ela aparecia de joelhos, com o membro dele inchado na mão, molhado com sua saliva, e perguntava, olhando-o faceira: "Está gostoso, Milorde?"

— Milorde?

Tremaine balançou a cabeça, voltando à realidade, e sorriu.

— Uma delícia, Charlotte. — O rosto dela ficou da cor do carmim, como acontecia toda vez que ele a elogiava. — Tudo que você faz é muito bom.

— Ainda estou aprendendo. — Mordeu de leve o lábio inferior. — É minha primeira vez como responsável por uma casa inteira.

Tremaine franziu a testa, percebendo que ela tinha razão. Charlotte estava cuidando da casa, cozinhando e mantendo tudo em ordem sozinha. Mesmo aquela casa não sendo tão grande e majestosa como Allen Place, ela funcionava antes com cerca de oito pessoas, incluindo a governanta e a cozinheira.

— Vou começar a contratar mais pessoas para ajudá-la — comentou, voltando a comer a sobremesa.

— Achei que... — Charlotte titubeou. — Achei que estava gostando do meu trabalho...

Merda, Tremaine. Constatou que realmente não tinha jeito para falar as coisas.

— Eu estou, Charlotte. Acontece que esta é uma casa muito grande para uma pessoa só cuidar, não quero que trabalhe o tempo todo como antes. Precisamos discutir seu dia de folga e...

— Folga? — Pela expressão dela, a palavra parecia ser um xingamento ou uma ameaça. — Eu não preciso de folga.

— Claro que precisa. — Riu. — Todo mundo precisa de um dia para descansar, passear, visitar pessoas, namorar... — Quanto mais ele falava, mais ela parecia estarrecida. — Não gostaria de ter um dia só seu? Ir a um parque, talvez, ou a um museu, teatro...

Tremaine se calou, percebendo que estava dizendo bobagens, afinal ela mesma havia contado que nunca tinha saído do bordel. Charlotte não conhecia nada daquilo que ele estava enumerando, assim como não tinha ninguém a visitar e... Olhou detalhadamente para a mulher linda, de cabelos longos e sedosos, vestida de marrom. Sim, definitivamente ela não tinha como fazer nada daquilo vestida daquele jeito e sem companhia. Adoraria vê-la em um vestido bem cortado, com tecido especial, feito pelas mãos de uma habilidosa modista. Obviamente, por ter "encerrado" seus dias lascivos com as amantes, ele não poderia ir até a *maison* onde costumava manter conta para suprir as necessidades de suas queridas.

Ele bufou, achando toda aquela história de ser um homem casto e casadouro um verdadeiro incômodo. Sabia que poderia ser o mais depravado dos lordes que ainda assim nenhuma mãe seria capaz de recusá-lo como genro. Afinal, em um futuro distante — ele esperava — seria um Duque, o sonho de 99,9% das matronas da sociedade. Contudo, fizera uma promessa, depois de ludibriar seus pais por vários anos, de que renunciaria à vida de libertino e se concentraria apenas e somente em uma dama com quem se casaria no final daquela temporada.

Maldita promessa!

Tremaine e Charlotte terminaram de comer a sobremesa e depois degustaram um delicioso café preto que ela aprendera a coar exatamente como ele gostava. Ao final, pensando em ir até a biblioteca e tomar mais um trago antes de subir ao quarto para continuar a ler o livro de Mary Shelley, o Marquês desistiu ao pensar que ela ia passar um bom tempo sozinha, lidando com a louça do jantar que eles haviam compartilhado.

— Deixe-me ajudá-la. — Ergueu-se de supetão, assustando-a quando pegou as xícaras de café da mão dela.

— Não há necessidade disso, Milorde.

— Eu quero — disse, enfático, para que ela soubesse que não teria contra-argumento que o convencesse.

Ouviu quando ela suspirou, talvez de frustração ou, quem sabe, de cansaço, mas seguiram juntos até a cozinha, sem discutir ou mesmo conversar.

Tremaine não se lembrava se alguma vez em sua vida carregara a louça suja de alguém. Provavelmente aquele era um fato inédito, mas que o deixava sentindo-se um tolo, pois era um gesto cortês e que não exigia nada dele. Colocou os itens na pia e ficou observando-a bombear a água — que ainda não era encanada como em algumas partes da cidade — a fim de lavar os pratos, talheres, taças e outros aparatos usados no jantar daquela noite.

— Milorde vai ficar aqui na cozinha? — perguntou ela, ensaboando as xícaras.

Tremaine teve vontade de rir ao pensar que estaria incomodando a jovem com sua presença.

— Sim, mas não gostaria de estar parado. — Ela parou de lavar para olhá-lo. — O que posso fazer?

— Nada — respondeu, séria. — É meu trabalho e, se Milorde acha que não faço bem-feito, pode...

— Ei, eu não disse isso — interrompeu-a. — Só não estou acostumado a dormir cedo assim e não gosto de me manter inerte.

— Já disse que não prec...

— Já disse que eu quero! — insistiu e se aproximou, sentindo o fogo daquela pequena rusga avivar o desejo intenso entre eles. — É bom deixar claro uma coisa desde agora, Charlotte. — Desviou uma mecha do cabelo dela e a prendeu atrás da orelha. — Quando eu quero algo, persigo até o fim para conquistar.

O clima na cozinha estava diferente, uma atmosfera densa e elétrica parecia pairar sobre os dois, e ele conseguia sentir através dos arrepios em sua pele e a contração dos músculos do seu abdômen. Queria aquela mulher, a despeito de quem ela era e da ligação que tinham como patrão e criada. Não a forçaria a nada, mas sentia que não precisava, Charlotte estava totalmente entregue ao poder da atração que compartilhavam.

Seus dedos, que inicialmente estavam acariciando o lóbulo da orelha dela, sem nenhum ornamento, desceram para o pescoço, acariciando a pele sedosa, que ia se eriçando por causa do toque. Ele lamentou quando tocou o tecido áspero do vestido, mas seguiu com a exploração até senti-la novamente, no antebraço, e então chegar à mão.

Charlotte olhou para baixo, para os dedos dos dois entrelaçados. Sua pele ainda estava úmida do serviço doméstico, mas Tremaine não se importava; pelo contrário, fazia-o imaginar em que outras partes dela encontraria umidade semelhante — porém quente, ele esperava. Suspirando longamente, ela perguntou num fio de voz:

— E o que Milorde deseja fazer?

Tremaine estremeceu.

— Beijar você inteira. — Ela corou com a declaração, mas não se afastou ou mesmo deu qualquer sinal de que não desejava o mesmo. — Tocar cada pedaço seu... — Encostou-se nela e sussurrou ao seu ouvido. — Comer você com toda a fome que tenho sentido desde que nos encontramos.

Quase não pôde acreditar quando ela gemeu baixo, um ronronar, como se fosse uma gata preguiçosa, sentindo prazer ao ser acariciada. Tremaine se afastou, segurou o delicado rosto de Charlotte com as duas mãos e esperou por algum sinal que o autorizasse a beijá-la como tinha feito antes, porém sem pensar em parar daquela vez.

— Você quer isso, Charlotte? Sente a mesma vontade? — Ela não respondeu, e ele temeu ter entendido mal. — Veja, isso não faz parte do seu trabalho e eu entenderei se me disser não, nada mudará.

Ela desviou os olhos.

— Não é isso. — Tremaine queria muito provar seus lábios novamente, mas pediu-se calma para que ela tirasse suas dúvidas e, talvez, negociassem um acordo. — Eu não sei bem o que fazer.

Ele respirou fundo e a deixou livre, mas sem se afastar totalmente.

— Você não precisa decidir agora. — Tentou ser racional. Afinal, se realmente fossem para a cama, deveriam antes ter um contrato que a protegesse e o resguardasse futuramente. — Eu gostaria muito de tê-la em minha cama, Charlotte, e tudo que preciso saber agora é se você também gostaria de estar nela.

Ela tentou não rir, mas não conseguiu, o que o deixou mais aliviado.

— Eu quero... Só não sei bem... — Mordeu o lábio. — Eu tenho medo, sabe?

— Medo do quê?

Assim que acabou de perguntar, percebeu o desconforto dela em dar a resposta.

— Do que acontece em uma cama. Vi muitas coisas que não deveria ter visto naquele lugar, ouvi gritos e...

— Eu não sou esse tipo de homem, creia-me. Nunca a machucaria.

Ela assentiu como se realmente acreditasse na palavra dele.

— Mas todas dizem que a primeira vez sempre dói, não tem como escapar disso. Linnea disse que tem a ver com...

Tremaine não conseguiu ouvir mais nada do que Charlotte disse, apegado a apenas um ponto daquela conversa: primeira vez. Ele arregalou os olhos e se lembrou do convite de madame Marthe para que participasse de um leilão para deflorar uma moça nova no bordel. De repente, sentiu a garganta seca, o coração acelerou e ele até ficou um pouco tonto. Não sabia se aquilo era algo verdadeiro ou algum tipo de jogo que ela fazia com ele, embora tivesse a impressão de que Charlotte não era alguém dada a dissimulações. *Será ela virgem realmente?* A pergunta ficou martelando em sua cabeça, mas ele não conseguia traduzi-la em palavras.

— Está tudo bem? — Ouviu Charlotte inquirir preocupada. — Milorde?

Tremaine esfregou o rosto, cansado, um tanto abatido, e, tomando fôlego — e coragem —, ouviu-se fazer a pergunta:

— Charlotte, você realmente nunca se deitou com alguém?

A moça ficou mais vermelha que um tomate e nem precisou se expressar para que ele tivesse a certeza daquilo que nunca imaginou que aconteceria. *Lorde Tremaine estava atraído por uma virgem.*

15

Detetive da Bow (Bond) Street

Apesar da noite insone, o humor de Tremaine não estava de todo ruim naquele dia. Era verdade que ainda não tinha se encontrado com ninguém para corroborar com seu pensamento sobre seu estado de espírito, mas, pelo menos, não estava falando pelo canto da boca como costumava fazer.

Tinha chegado em Allen Place em horário indecente, antes das dez da manhã, assustando as criadas que deveriam ser invisíveis e que, por esse motivo, trabalhavam nas áreas sociais da casa apenas quando seus patrões estavam dormindo. Duas delas, vestidas com aquele ridículo vestido marrom, ficaram paralisadas quando o viram a caminho do escritório do pai. Tremaine foi até lá preencher um bilhete urgente para ser entregue no endereço mais famoso da Bow Street, sob os cuidados do detetive Jeffrey Cunnings.

Tremaine requeria outro encontro o mais pronto possível para discutir novas informações acerca da mulher que havia investigado anteriormente. A história de vida de Charlotte o havia impressionado demais, tanto que, se a contasse a qualquer uma de suas amigas, teria sua privacidade de cavalheiro desconsiderada e sua casa no bosque invadida. Helena, Marieta e, principalmente, Lily colocariam sua criada sob a proteção do grupo e a manteriam a salvo até que alguma resposta chegasse.

Ele entendia que esse era o melhor caminho a ser percorrido, ainda mais depois de ter visto a verdade nas palavras de Lottie. Uma virgem não estava nos seus planos de prazer, apenas por obrigação. Sabia que a mais pura castidade seria requerida da dama que o desposasse e, ainda que isso não o agradasse, não ia reclamar, afinal era uma maneira de assegurar que, pelo menos até a boda, não estava assumindo filho de outro homem.

No fundo, Tremaine achava toda aquela supervalorização da castidade uma bobagem, pois Philomena não ser virgem na primeira vez dos dois não havia alterado em nada o amor que ambos sentiram e não fez também que ela amasse e desse um filho legítimo ao homem que a havia desvirginado. Contudo, assim era a sociedade, hipócrita até a raiz dos pelos íntimos, e ele não estava se importando com nada daquilo. Queria somente cumprir seu papel e seguir com a vida como bem lhe aprouvesse.

O que nunca passou por sua cabeça foi que uma virgem despertasse aquelas sensações tão pungentes que Charlotte o fazia sentir. Era inconcebível que ela tenha conseguido manter sua inocência conservada depois de viver anos presa dentro de um dos bordéis mais liberais de Londres. Por isso, ele tinha passado a noite em claro, debatendo-se sobre como deveria agir naquela situação. Se, por um lado, seu cavalheirismo e, por que não, bom senso mandavam que ele ignorasse o desejo que sentia pela moça e buscasse o apoio das damas que conhecia e que poderiam ajudá-la, por outro, sua carne protestava a vontade de tomá-la, exigia que ele a fizesse descobrir como poderia ser o prazer compartilhado entre duas pessoas que verdadeiramente se desejam, nada parecido com o que ela presenciara ou ouvira naquele bordel.

E foi ainda com esse embate na cabeça que ele seguiu até a sede da empresa de Kim, onde encontraria com seus amigos para uma rápida reunião de negócios no horário do almoço.

— As esposas de vocês os liberaram para estar aqui neste horário? — Chegou debochando, cumprimentando Hawkstone, Braxton e Kim.

— Elas estão almoçando juntas hoje — informou Charles. — Vão ajudar Elise nos últimos ajustes do berçário antes que nosso segundo filho nasça.

Hawkstone riu.

— Braxton tem tanta certeza de que virá outro varão que quase torço para nascer uma menina. — Ele recebeu uma olhada repreensiva do cunhado. — De qualquer forma, minha torcida está para que a criança venha com saúde, seja de qual sexo for.

Tremaine tomou assento à mesa redonda que usariam para conversar sobre possíveis investimentos e, claro, para fazer a refeição.

— Como estão as crianças? — questionou, interessado, pois se importava com Charlie, Samuel e Mara.

— Estão bem e reunidas hoje — informou Kim com um sorriso de orgulho. — Charlie prometeu que ia ajudar a cuidar dos bebês.

— Meu filho é um cavalheiro, faz tudo para agradar as damas.

— Braxton riu.

— Por falar em damas... — Hawkstone olhou diretamente para Tremaine. — Soube por Lily que há uma lista preparada para ajudá-lo a escolher uma esposa.

Tremaine fez careta.

— Minha mãe e Blanchet não têm o que fazer e inventaram essa história para ocuparem-se até que a temporada comece. — Deu de ombros. — Particularmente não estou nada ansioso para que isso aconteça.

— Nem eu — Seus três amigos responderam ao mesmo tempo.

Tremaine levantou a bengala como se fosse um copo.

— Um brinde a essa comunhão de ideias. — Olhou em volta. — Por falar em brinde, cadê aquele maravilhoso conhaque que ficava aqui?

Kim chamou uma senhora que trabalhava havia anos com ele, a princípio em sua residência, mas, desde que ela se mudara com o marido, passara a trabalhar na empresa.

— Maude, por favor, poderia nos trazer um decantador e copos? — Ela anuiu saindo e Kim gritou antes que desaparecesse:

— Quando Gil chegar, peça a ele para entrar, precisamos saber umas informações que somente ele tem.

— Ela não era sua cozinheira?

— Governanta — retificou Kim a Tremaine. — Achamos mais prático que trabalhasse aqui na empresa, comigo e com Gil, seu marido, depois que eles saíram de minha casa para terem suas próprias coisas.

— Você fez bem. Maude tem se mostrado muito útil e prestativa. Ela me ajuda mais do que meu antigo secretário quando estou trabalhando aqui — pontuou Hawkstone.

— Sem contar que ganhamos muitos pontos com nossas esposas por empregarmos uma mulher em uma vaga que geralmente é preenchida por homens — explicou Braxton. — Ouvimos constantemente o discurso sobre a igualdade feminina em casa, mas pouco o aplicamos em nossas vidas.

Tremaine riu.

— Vai tomar parte nos protestos, Braxton?

— Como se você já não o fizesse, Tremaine. Pensa que não sabemos a respeito dos insumos para o jornal e o pagamento das gráficas?

Merda! Isso deveria ficar em sigilo. Respirou fundo, contrariado.

— Não se aborreça, todos nós ajudamos quando elas deixam. — Kim bateu em suas costas. — Agora mesmo estão pensando em promover educação profissionalizante a jovens que vivem situação de vulnerabilidade social e estão ameaçando panfletar no East End de Londres.

— Somente depois que conseguirmos garantir a proteção delas. — protestou Hawkstone. — Tirar jovens da rua vai gerar prejuízo a pessoas que podem representar perigo. — Ele voltou a encarar Tremaine. — Alguma notícia sobre a invasão de sua carruagem?

Tremaine parou de respirar, emputecido, e descobriu que não estava de tão bom humor quanto julgara mais cedo.

— O quê? Invadiram sua carruagem? — Braxton parecia ter ouvido falar na chegada da república na Inglaterra, tamanha sua perplexidade.

— É um assunto já superado — respondeu Tremaine, seco.

— Tem certeza? Conseguiu informações sobre o invasor?

A vontade de torcer o pescoço do amigo até que os dois olhos dele ficassem da mesma cor foi grande e tentadora. Contudo, Tremaine sabia que, se reagisse mal, Kim e Braxton perceberiam que havia muito mais naquela história do que uma simples invasão.

— Sim, consegui e já resolvi. — Ouviu barulho na porta da sala e sentiu-se aliviado quando Maude entrou com uma bandeja cheia de bebida. — Finalmente!

— Milorde, chegou um bilhete para vossa senhoria. — Gil, que tinha acabado de chegar, entregou-lhe o cartão, antes de sentar-se à mesa.

Tremaine agradeceu ao braço direito de Kim na empresa de transportes navais e apressou-se em ler a missiva que apenas confirmava o encontro para dali a alguns minutos.

— Preciso ir — anunciou, já se levantando.

— Ainda não almoçamos! — protestou Braxton.

— Algum problema? — inquiriu Kim, preocupado.

Hawkstone tinha aquela maldita sobrancelha direita erguida e um olhar de falcão sobre ele.

— Não, assuntos pessoais que necessitam de minha atenção com certa urgência. — Pegou seu chapéu e a casaca, antes de despedir-se novamente. — Perdoe-me, Gil, mas depois eu me informo do que foi tratado.

— Sem problema, Milorde.

Tremaine caminhou rapidamente até o local onde havia marcado com Jeffrey, bem próximo do escritório de Kim, e assim que chegou avistou o detetive em uma mesa almoçando.

— Milorde! — Parou de comer e pôs-se de pé assim que o viu.

— O horário é péssimo, eu sei, contudo precisava passar algumas informações e solicitar um novo serviço.

— Sobre a tal Charlotte do bordel?

Tremaine não gostou da forma como ele se referiu à Charlotte, mas não quis repreendê-lo, pois demonstraria o nível de interesse que tinha pela moça.

— Sim. Lembra que ela não tinha nenhum passado conhecido, além de ter crescido naquele lugar? — Jeffrey assentiu. — Pois bem, o que sei é que nasceu em Bombaim, há uns dezenove anos, e seus pais eram ingleses. Ele era oficial do exército da Companhia na época e se chamava Gerald.

— Nenhum sobrenome?

— Não. Nem da mãe, que era Victoria. — Coçou a barba. — Sei que não é muito, mas talvez consiga achar algo sobre ele nos registros da Companhia.

— Posso tentar. Não sei o que vou achar. Milorde sabe que a Companhia era uma empresa independente e seu exército, particular. Eles não estão no registro do Ministério.

— Eu sei, por isso mesmo preciso dos seus serviços, pois confio que, se há alguém que possa achar o tal Gerald, esse alguém é você.

Tremaine soube que havia acionado um gatilho para que o detetive se esmerasse mais do que o normal naquela investigação ao fazer tamanho elogio. Não fora uma mera cortesia, mas, sim, uma estratégia, pois sabia que Jeffrey ia vasculhar toda a Inglaterra, quiçá Bombaim, atrás de informações que provassem que realmente seu trabalho era primoroso.

A conversa entre eles demorou mais algum tempo e o Marquês resolveu fazer companhia ao detetive no almoço. Quando terminou a refeição, saborosa, porém não tanto quanto o jantar feito por Charlotte, ele teve uma ideia inusitada.

Aproveitando que não corria riscos de encontrar com nenhum de seus amigos, uma vez que eles ainda deveriam estar em reunião, Tremaine tomou um coche de aluguel e dirigiu-se até Bond Street, uma famosa rua cheia de lojas e ateliês de costura, pensando em como seria agradável ter uma refeição com Charlotte vestida com uma roupa que a valorizasse.

Certamente, a *maison* que havia escolhido não era a que ele usaria para prestar serviços a uma amante. Ao contrário das falsas francesas daquela cidade, madame Dubois era autêntica, não só no sotaque como nas confecções do vestuário feminino, sempre lançando moda entre as damas, segundo ouvira dizer.

Hanna, sua última amante, havia praticamente implorado para que ele lhe abrisse uma conta no ateliê. Mas, sabendo que Helena, Elise e Lily utilizavam os serviços daquela senhora, Tremaine tinha achado melhor não misturar as coisas e negara o pedido. Charlotte não era sua amante e talvez nunca o fosse, então sua consciência estava limpa em envolver a costureira de suas amigas com a moça. *Será só um vestido e nada mais!* Entrou no estabelecimento e alegrou-se por, naquele horário, o ateliê estar quase vazio.

— Milorde, que prazer! — A própria modista o recebeu, seguida de suas auxiliares. — Em que posso ajudá-lo?

Ele coçou o nariz rapidamente.

— Quero fazer uma surpresa para minha irmã e necessito de um vestido.

Ela arregalou os olhos.

— Lady Blanchet? — Bateu palmas. — Será um prazer ajudá-lo, conheço bem o gosto dela. — Fez sinal para suas assistentes. — Por que não se senta enquanto mostramos as melhores opções?

Merda. Ele não fazia ideia de que sua irmã também usava os vestidos feitos por ela e certamente ele não queria nenhum dos vestuários de Blanchet em Charlotte, pois simplesmente não iam combinar. Sua intuição provou-se certa quando ele viu as recomendações de madame Dubois. Não queria nem os cortes de tecido e muito menos os designs que ela havia mostrado salientando serem exatamente como sua irmã gostava.

Tremaine estava a ponto de desistir da ideia quando o sino sobre a porta do estabelecimento soou e ninguém mais, ninguém menos que Cecily Moncrief adentrou.

— Milorde! — Riu, surpresa. — Que bela coincidência nos encontrarmos aqui.

Ele bufou.

— Não posso discordar, Milady. — Cumprimentou-a e à sua companhia. — Como estão?

— Vamos bem. — Olhou curiosa para as coisas que ele tinha diante de si. — Hum, Lady Blanchet não comentou nada comigo sobre um vestido novo. — O sorriso no rosto dela não o enganava, sabia que Lily desconfiava que ele estava usando a irmã como desculpa. — E nem é aniversário dela, mas aposto que o vestido é para sua irmã, acertei?

Maldita intrometida. Riu internamente, admirado por ela ser uma das pessoas mais perspicazes que ele conhecia.

— Em cheio!

Lily se aproximou, como quem avaliava profundamente algo, e balançou a cabeça.

— Não creio que nada disso sirva para o que a ocasião pede — falou, direto, com a modista. — Que tal mudarmos, apenas desta vez, o estilo de Lady Blanchet?

— Lady Lily, não creio que...

— Tudo bem. — Ela o interrompeu antes que ele a dispensasse. — Eu guardo segredo, sou boa nisso, pode perguntar por aí. A descarada piscou para ele e depois começou a mexer nos catálogos de desenhos e nas amostras de tecido.

— Ela precisará apenas do vestido, Milorde? Acho que, com esse tipo de mudança que estamos fazendo, seria ideal que fosse refeito todo o enxoval, incluindo roupas brancas e acessórios.

Tremaine arregalou os olhos e, sorrindo para disfarçar, tocou no braço de Lily, pedindo a ela que se afastasse um pouco das assistentes da madame que anotavam tudo, para que pudessem falar em particular.

— Lily — chamou-a pelo primeiro nome como estava acostumado a fazer quando estavam a sós —, certamente sabe que essa roupa não é para minha irmã, inclusive ela nos mataria se a fizéssemos vestir algo tão diferente de seu estilo.

Lily riu.

— Não se preocupe com isso, mas... sabe... as portas lá de casa são um pouco finas e ocas... — Tremaine xingou, entendendo o que ela estava tentando lhe dizer, mas sem dizer: que estivera escutando atrás da porta do escritório de Hawk quando ele contou sobre Charlotte. — Acho que ela vai precisar de mais coisas e, como está aqui e não na madame *Le Fleur* — fez um carregado sotaque no falso sobrenome da falsa modista francesa que fazia as roupas de suas amantes —, é sinal de que quer algo sofisticado, mas decente, o que me leva a crer que sua pupila é especial.

Ele não sabia se ria ou se dava uns puxões de orelha naquela dama tão ousada e corajosa.

— Você deveria trabalhar na Bow Street — resolveu dizer.

Lily gargalhou.

— Meu irmão morreria de desgosto, mas não seria má ideia.

Piscou e voltou a conversar com a modista, encomendando todo um enxoval igual ao de uma dama que participaria de sua primeira temporada, deixando um Tremaine perplexo, intrigado e, acima de tudo, curioso para ver a reação de Charlotte diante das coisas que a estilosa e bem-vestida Cecily Moncrief encomendara para ela.

16

Se a banheira falasse

Lottie nunca tinha se sentido tão feliz em toda a sua vida, essa era a verdade. Trabalhava na casa com um sorriso de satisfação, cantava enquanto executava as tarefas, não precisava fazer nada correndo e o melhor de tudo: não havia ninguém interrompendo seu trabalho, chamando-a de minuto em minuto, como acontecia no bordel. Apesar de sentir falta de Linnea, a única que a tratava bem naquele lugar, ela não sentia um só pingo de vontade de voltar. Sentia-se livre naquela casa linda, silenciosa e com... Suspirou ao pensar no Marquês.

Lottie encostou a mão sobre os lábios e sentiu quando eles se abriram novamente em um sorriso bobo. Já havia sido beijada antes, à força, pelo brutamontes que queria abusar dela, e tinha a percepção de que beijo era uma coisa suja, por isso as pombinhas de madame Marthe nunca beijavam seus clientes. Não podia ter estado mais errada.

Fechou os olhos lembrando-se do delicioso beijo de Lorde Tremaine, o jeito como ele a fez se sentir preciosa e, ao mesmo tempo, desejada. Lottie não pensava que pudesse desfrutar tanto daquele contato como havia feito. Além das carícias, a maneira como as mãos dele a apertavam, como se estivesse desesperado por mais dela. Certamente ela quisera mais dele.

Seu corpo se aqueceu com a mera lembrança. Sentiu a ardência em seu rosto, sinal de que estava corada como se tivesse ficado um dia inteiro lavando roupa no quintal de casa. Não conseguia mais mentir para si mesma sobre o desejo que sentia pelo nobre. Já não confundia o sentimento com admiração ou gratidão, ela o queria. Não tinha sido fácil dormir na noite anterior com as lembranças do jantar tão especial. Gostava da conversa entre eles, dos elogios que ele fazia às coisas que ela preparava e, claro, tinha gostado de sentir e ouvir o quanto ele a desejava.

Lottie tinha dezenove anos e em pouco tempo completaria duas décadas de vida, mas até a véspera não havia se visto como uma mulher adulta. Sabia que tinha muito a conhecer do mundo ainda, passara dez anos praticamente encarcerada dentro daquele bordel. Tinha medo da cidade, lembranças terríveis das ruas de Londres e um passado nebuloso, sem as informações mínimas que pudessem ajudá-la a conseguir localizar alguém de sua família.

Tivera vergonha de dizer ao nobre que não sabia nada, que era uma ninguém, sem sobrenome, sem ideia de onde a família de seus pais vinha e nem mesmo por que haviam saído de sua cidade natal para passarem por tantos desgostos em Londres. Temera que, ao revelar aquele aspecto de sua vida, o nobre fosse desprezá-la, ou pior, sentir pena dela, mas nada daquilo que lhe contou pareceu mudá-lo. Pelo contrário, ele acabou por oferecer ajuda.

Lottie estava terminando de limpar o chão da cozinha quando ouviu a carruagem adentrando o pátio da frente da propriedade. Seu coração parecia sair pela boca. Ela correu até o espelho da sala de jantar, onde verificou se estava penteada e limpa, antes de esperar pela chegada de Tremaine.

— Srta. Charlotte? — Ouviu Tom chamá-la na cozinha.

Andou ansiosamente até o cômodo, achando que o Lorde pudesse estar junto com o cocheiro, mas apenas Tom a aguardava com muitos pacotes na mão.

— Milorde pediu para que eu reabastecesse a despensa — explicou ele, desempacotando farinha, sal, açúcar, chá e muitos legumes e frutas. — Parece que ele tem a intenção de jantar nesta casa de agora em diante.

Foi impossível para ela não sorrir ao pensar que teria a companhia dele todas as noites.

— Não os vi sair hoje cedo — comentou, ajudando-o. — Nem pude preparar o café da manhã.

Tom deu de ombros.

— Milorde estava com pressa, tinha algumas coisas a resolver, por isso nem fizemos o desjejum aqui. Eu comi em Allen Place.

Ela franziu a testa confusa.

— O que é Allen Place?

— A casa dos pais do Marquês. — Sorriu. — Lembra-se de que eu expliquei que o Lorde é filho de um Duque? — Lottie anuiu. — Allen Place é o nome da propriedade do Duque de Stanton em Londres. Fica na Park Lane, perto do Hyde Park.

— Não faço ideia de que lugares são esses — confessou. — Não conheço muita coisa dessa área da cidade.

Na verdade, não conhecia nada da cidade, mas ela não precisava ser tão específica com Tom.

— Muito normal, a maioria das pessoas não conhece. É uma área de nobres, só gente com muito dinheiro frequenta aquele lugar.

Lottie assentiu, ainda que não soubesse que havia uma área apenas para os nobres, separada da pobreza e da violência que ela conhecera, mas não achava difícil. Certamente, um homem como o Marquês não morava em condições tão precárias como os vizinhos do bordel. Bastava ver a casa onde estava vivendo para entender que existiam duas realidades naquela cidade tão grande.

E, se aquela propriedade linda era realmente uma casa destinada a abrigar as amantes do Lorde, Lottie não podia nem imaginar como seria a casa onde ele viveria com sua família... com sua esposa. Sentiu um aperto na barriga, algo que não sabia identificar e, de repente, sem pensar muito, fez a temida pergunta:

— Lorde Tremaine é casado?

Tom ficou tão surpreso quanto ela havia imaginado que ficaria.

— Por que a senhorita quer saber?

Ela não esperava uma pergunta em resposta, por isso levou alguns segundos para pensar em uma explicação convincente e que não denunciasse ao cocheiro seu interesse pelo patrão deles.

— O Marquês é meu patrão e eu não sei nada sobre ele. — Tom franziu a testa, parecendo ainda intrigado com a curiosidade dela. — Quer dizer... ele virá aqui sempre sozinho ou um dia uma Lady ou...

Ele gargalhou.

— Pode ficar tranquila que nenhuma Lady frequentará esta casa. — Balançou a cabeça, como se a mera ideia fosse um absurdo. — Milorde permanece um homem solteiro, mas ouvi rumores de que ele não tardará a conseguir uma dama para se casar e ter filhos.

Lottie foi tomada por uma estranha sensação de lamento. Sentiu seu humor mudar, como se, de repente, nuvens cinzentas obscurecessem o brilho da alegria que sentia desde o jantar passado. *Nenhuma dama frequentará essa casa...* Se ainda tinha dúvida sobre a destinação do imóvel, não tinha por que ter mais. Ficou claro que, apesar do que estava acontecendo entre os dois, ela nunca seria vista como uma possível esposa e mãe dos filhos dele.

Não era e nunca seria uma dama.

Terminou de guardar os mantimentos, separou o que ia preparar naquela noite e subiu para limpar o andar de cima. Apenas o Lorde estava utilizando um dos quartos, já que Lottie havia se mudado para a área dos criados. Mas ela continuava a usar a banheira e todos os itens de *toilette* que o quarto de banho possuía. O Marquês parecera não se importar, porém seria melhor começar a pensar em como se banhar no andar térreo. Quando surgisse outra amante para ocupar aquela casa, não lhe seria permitido mais usar o andar de cima.

Entrou devagar no quarto que o Lorde usava, mesmo sabendo que estava vazio. Arrumou a cama, controlando a tentação de descobrir o cheiro dele entre os lençóis, e guardou as roupas que ele tinha deixado espalhadas pelo cômodo, como se não soubesse como pendurá-las em um cabide e colocá-las no armário. Riu ao pensar que certamente ele não sabia, pois deveria ter crescido cercado de pessoas para atender a todas as suas demandas, mesmo as mais básicas. Pegou o robe de seda que ela havia usado na primeira vez em que tomara banho na casa e não resistiu a cheirá-lo profundamente. Encostou-o no rosto e estava lá, não só o perfume masculino de Tremaine, mas também algumas notas do sabonete que ela havia usado.

Saber que o Lorde estava usando a peça ainda com o cheiro dela foi algo que a emocionou e a deixou afogueada, sentindo algumas contrações estranhas na parte baixa de seu ventre. Lottie apressou-se em colocar o robe de volta em cima da cama — agora arrumada — e pôs-se a varrer e arejar o quarto, para que quando fosse utilizado naquela noite estivesse limpo e cheiroso.

Demorou mais do que o normal, pois parava a todo momento para observar algum detalhe deixado por Tremaine, como as abotoaduras em cima da mesinha de cabeceira, um pente com algum tipo de pasta sobre o toucador e a roupa dele ainda dentro da mala. *Deus do Céu, que homem bagunceiro.* Retirou as peças, separando as que deveria passar antes de colocar no armário das que já poderiam ser penduradas.

Quando, finalmente, estava tudo em ordem, entrou na casa de banho e a limpou. Assim que sua tarefa terminou, no entanto, sentiu o desejo de se banhar, então desceu para buscar água quente.

Muitas pessoas poderiam achar estranha essa constante mania de banho de Lottie, mas ela não achava exagerado. Passara anos acumulando sujeira em seu corpo, banhando-se em tão raras vezes que até tinha esquecido a verdadeira cor de sua pele debaixo de tantas camadas de poeira e suor. O ato de se lavar, para ela, ia muito além de ter uma higiene pessoal perfeita. Era como se fosse a comprovação de que seus dias de pesadelo dentro daquele bordel tinham acabado.

Adoraria tomar banho em um rio ou um lago, mergulhar, deixar que a água corrente levasse embora todos os anos que passara naquelas condições, sendo devorada por insetos e dividindo espaços com ratos e outros animais nojentos. Não sabia se era possível fazer isso naquela cidade e, apesar de já ter explorado um pouco a área da propriedade, até o limite do bosque, ainda temia sair às ruas e encontrar-se com os tipos e com as coisas sobre as quais Shanti lhe contara.

 Lottie terminou de encher a banheira e, atendendo ao apelo de sua curiosidade, despejou um pacotinho que tinha visto no armário na primeira vez em que explorara a casa de banho. Um aroma delicioso se espalhou no ar, saindo junto ao vapor, enquanto ela equilibrava a temperatura misturando à água quente um pouco de água fria. Tirou sua roupa, dobrando cada peça com cuidado e apoiando-as no banco que estava sobre um tapete em um dos cantos do cômodo. Nua, testou a calidez da água com a ponta do pé, entrando depois por completo e soltando um gemido de prazer ao sentir os músculos cansados pelo trabalho doméstico relaxarem imediatamente. Usou o sabonete e a esponja para se lavar e garantir que não trazia consigo mais nenhuma mancha de poeira. Mergulhou na água, molhando seus cabelos, antes de ensaboá-los e enxaguá-los com o restante de água limpa em um balde.

 Fechou os olhos, pensando na noite que teria, montando seus castelos de ilusão sobre um jantar perfeito com um cavalheiro. Ela, sendo uma dama, fazendo-lhe companhia e conversando antes de se encaminharem ao quarto onde dormiriam juntos, planejando uma família. Lottie deixou-se levar pela imaginação, esfregando um pé no outro, sentindo-se cada vez mais relaxada, o aroma suave ajudando-a a se desligar de tudo o que era real, transportando-a para a terra onde até mesmo a garota do urinol podia se casar com um futuro Duque.

 A terra dos sonhos.

 Nela podia ouvir o Marquês lhe dizendo coisas belas, mostrando-lhe a Londres na qual tinha sido criado, com seus parques, museus, teatros e tudo o que ela nunca pensara em ver um dia. Podia sentir o toque das mãos dele em sua pele nua, desfrutar dele sem ter vergonha alguma, os dedos fortes apertando seus ombros, balançando-os devagar e sua voz, chamando seu nome baixinho, cheia de desejo e...

— Charlotte, a água já está fria.

Abriu os olhos de repente, perdida dentro do cômodo praticamente escuro, e encontrou o objeto de seus sonhos a poucos centímetros de si mesma, sorrindo. Lottie piscou várias e várias vezes para comprovar que realmente ele estava ali e que não era fruto de sua imaginação fértil e romântica. Então, quando ele caminhou até o armário e pegou uma toalha, deu-se conta de que não só ele estava ali em carne e osso, como ela estava dentro da banheira, molhada e nua.

— O que aconteceu? — perguntou, se encolhendo toda, abraçando os joelhos a fim de cobrir suas partes íntimas.

— Você dormiu aí e já deve ter sido há um bom tempo, pois eu cheguei, procurei-a por todos os lugares e, quando a encontrei aqui, a água já estava fria. — Tremaine colocou a mão dentro da banheira, mas não a tocou. — Não está sentindo?

Ela assentiu, ainda perdida, sem noção de por quanto tempo ficara ali adormecida.

— Eu só quis tomar um banho e...

— Devia estar cansada — comentou o Marquês, abrindo a toalha. — A casa está mais cheirosa do que estava ontem. — Ela não conseguiu ficar feliz com o elogio, ainda espantada por ter dormido tão profundamente e por tanto tempo. — Vamos, saia daí antes que se resfrie.

Lottie arregalou os olhos.

— Sair? Com Milorde aí? — Negou. — Estou nua.

Ele riu. Então ficou sério.

— Estou ciente disso. — Suspirou. — Bem ciente.

— Não vou sair daqui.

Tremaine bufou.

— Eu fecho os olhos para conservar sua modéstia. — Fez exatamente o que disse. — Saia logo, antes que eu vá tirá-la.

Lottie se ergueu rapidamente, saindo da banheira tremendo de frio e caminhando até o homem que segurava a toalha bem aberta à sua frente. Ela postou-se no meio do tecido macio e puxou as pontas para se enrolar, contudo acabou movendo junto as mãos e os braços dele, que a prenderam em um abraço.

— Hum... — sussurrou o Marquês em seu ouvido. — Posso abrir os olhos?

— Po-pode... — gaguejou, o corpo novamente aquecido, a toalha não a impedindo de sentir os músculos rijos do Marquês às suas costas.

Ele a apertou mais contra si e Lottie o sentiu estremecer. Compartilhavam um abraço diferente, íntimo, e ela se sentia envolvida não só pelos braços dele, mas por todo o seu corpo, que parecia estar tão quente quanto o dela.

— Não sei se eu quero... — disse Tremaine. — Fico de olhos fechados e a vejo nua novamente, entregue ao sono, coberta de água... Se eu abrir, terei de me contentar em vê-la coberta com a toalha.

Ela ficou sem fôlego, com o coração acelerado e uma parte entre suas pernas, que nunca tocara, parecendo implorar por um toque, por qualquer coisa que lhe trouxesse alívio.

— Eu não entendo o que acontece comigo quando Milorde está perto — confessou.

Ouviu quando o Marquês respirou fundo.

— E o que acontece?

Lottie se virou dentro do abraço da toalha e dos braços dele, encarando os olhos azuis que estavam escurecidos por conta da parca iluminação do cômodo, e resolveu abrir seu coração:

— Meu corpo parece desejar algo que não sei o que é. — Tremaine gemeu entre dentes, balançando a cabeça e apertando-a mais. — Ele arde e algumas partes parecem pulsar como o meu coração.

Ele fechou os olhos e ela ficou insegura, sem saber se tinha ido longe demais ao confessar-lhe o que sentia, se o havia desagradado saber que sua presença causava todas aquelas reações nela. Por isso, tentou se afastar, mas, em vez de Tremaine liberá-la, ele soltou a toalha no mesmo momento em que ela se agitou, fazendo o tecido cair, embolando-se aos pés dela.

As mãos grandes e fortes do Marquês se espalmaram em seus quadris e ela sentiu tantas comichões que foi impossível respirar pausadamente. Lottie derretia, sentia as coxas úmidas, do banho e talvez de algo mais. Seus seios estavam mais sensíveis; os mamilos, eriçados, como se sentissem frio, mesmo estando quase em ebulição.

— Se continuarmos assim, podemos ingressar em um caminho sem volta, você entende? — perguntou ele. — Você me disse que era virgem e, se eu a tocar, pode ter certeza de que não conservará mais essa condição.

Ela sabia muito bem como as coisas aconteciam. Mesmo sem nunca ter feito, conhecia a dinâmica e nunca quisera provar nada daquilo que as meninas do bordel lhe contavam, por isso se manteve à margem, escondida, temendo entregar aquela parte de si para alguém que não tivesse alguma importância em sua vida. O que, obviamente, já não era mais o caso.

— Conservei poucas coisas a minha vida toda, Milorde, e esta é uma que sabia que teria de perder em algum momento. — Ele a encarou. — O momento chegou no dia em que nos conhecemos.

17

Inesquecível

Tremaine não conseguia crer no que tinha acabado de ouvir, por isso não reagiu de imediato, esperou, digeriu as palavras dela para ter certeza de que tinha entendido certo e que Charlotte acabava de dizer que o queria também.

Titubeou, lembrando-se de quem ela era e o que havia prometido sobre não tomar para si mais nenhuma amante até depois de estar casado e com um herdeiro encomendado. Mas logo mandou toda a racionalidade às favas e baixou o rosto, tomando os generosos lábios de Charlotte com ferocidade. Não tinha mais condições de ir devagar, a sorte estava lançada, não dava mais para recuar depois daquela jogada. Por mais que houvesse tentado não se envolver com ela, as circunstâncias não lhe favoreceram e ele a encontrou nua e cheirosa, dormindo em sua banheira. Não havia como virar as costas para o destino, principalmente depois do que ela havia dito sobre como se sentia.

Tremeu inteiro quando ela passou os braços em volta de seu pescoço, pendurando-se nele e esticando-se toda para não romper o contato do beijo. Tremaine a devorava sem nenhum pudor, desejava que ela soubesse o quanto ele a queria, o quanto ardera por ela todas aquelas noites desde que a jovem fugira do bordel. Sugou sua língua com força e ela gemeu, seu corpo relaxado grudado no dele.

Queria livrar-se logo de suas roupas, mas, enquanto não podia senti-la por inteiro, ia explorando cada curva de seu corpo, maravilhando-se a cada descoberta e concluindo que realmente nada do que a vira vestir tinha lhe feito jus. Charlotte era perfeita! Era magra, mas tinha mais carne exatamente nos lugares de que ele mais gostava. A curva dos quadris era acentuada, a cintura tão fina que podia circundar com as duas mãos, e os seios do tamanho certo para que pudesse colocá-los na boca e chupar seus mamilos até que ela estivesse pronta para recebê-lo. Arfou ao sentir seu membro responder àquele pensamento, em uma fúria contida apenas pela calça cujas costuras, certamente, estava prestes a arrebentar.

Moveu a língua dentro da boca de Charlotte como se estivesse estocando, entrando e saindo, lambendo os lábios às vezes, até voltar a se enterrar até a entrada de sua garganta. Ela parecia gostar daquilo, apertava-o, seu corpo ondulava, e sua boca enchia-se mais ainda de saliva, tornando o beijo ainda mais molhado. Ele não queria esperar mais, nem ficar parado dentro daquele cômodo por nem mais um segundo, por isso a tomou nos braços, erguendo-a do chão, e marchou para fora da casa de banho, entrando em seu quarto que — pela aparência — havia recebido a atenção dela mais cedo.

Perfeito. Deitou-a sobre a colcha e olhou-a de cima, gravando na memória cada detalhe daquele corpo sedutor e, ao mesmo tempo, tão doce. Os olhos atestaram aquilo que seu tato já havia descoberto. Charlotte parecia ter sido esculpida por um habilidoso artista, dono de um cinzel preciso. Nada estava fora do lugar para os padrões de que ele gostava, embora a moda pudesse ditar um padrão diferente. Ela era linda, sua pele macia e cheirando a lavanda, os cabelos escuros combinavam perfeitamente com os mamilos e com o que ele conseguia ver na divisão de suas coxas.

Tocou reverente os lábios inchados por causa da força do beijo que trocaram e contornou o inferior com o indicador, gostando de como Charlotte se contorcia com seu toque. Ela não o olhava, mas estava resfolegando, gemendo baixo, delirante como se estivesse ardendo de prazer. Ele desceu os dedos pelo pescoço dela, passando a mão, já aberta, pelo vale dos seios, vendo cada mamilo se intumescer e a pele arrepiar. Inclinou-se mais sobre ela e tomou um dos bicos entre os dentes, fazendo com que Charlotte se assustasse a princípio e depois gemesse quando ele o sugou levemente, molhando-o com sua saliva. Fez o mesmo com o outro mamilo, lambendo-o e chupando-o com força, enquanto suas mãos seguravam a cintura dela e a mantinham no lugar. Seguiu a exploração com a boca, adorando ouvir os gemidos de surpresa quando ele fazia algo de que Charlotte gostava. Era uma experiência nova e, até o momento, deliciosa para ele também. Estava acostumado a mulheres que sabiam o que esperar e o que fazer a cada toque dele, mas com aquela tudo fazia parte de uma descoberta, e ela não escondia ou aumentava suas emoções. De Charlotte não era esperada uma performance, ela não estava fazendo nada para agradá-lo, tudo era produto do que de fato sentia, e isso o deixava ainda mais excitado.

Beijou toda a sua barriga, arrastando a língua, os lábios, e brincando com o umbigo. Olhava para ela algumas vezes, deliciado com suas expressões, com o sorriso no rosto e com as caretas quando ela não estava aguentando de tanto prazer. Temendo, então, assustá-la demais se continuasse o percurso, Tremaine decidiu explorar seu sexo com a mão, sorrindo malicioso ao encontrar a área completamente molhada, pronto para descobrir os segredos de mulher de Charlotte. Acariciou devagar, correndo o dedo em círculos, tateando as dobras, a entrada e a protuberância que guardava o ponto que ele sabia que ia lhe proporcionar seu primeiro contato com o êxtase. Charlotte estava quieta, quase não respirava, e ele a encarou quando nivelou seus rostos para que pudesse beijá-la, enquanto a fazia experimentar o gozo.

— Já se tocou aqui alguma vez? — perguntou-lhe sem parar de mexer a mão.

Ela negou, corada, mas sem desviar os belos olhos dos dele.

— Eu não sabia que... — Não conseguiu concluir, gemendo quando ele colocou apenas uma parte do dedo dentro dela. — É... desesperador.

Ele gargalhou.

— Não era bem a palavra que eu esperava ouvir... — Subiu os dedos e concentrou os movimentos sobre a junção de seus lábios, no ponto escondido, mas que já estava rijo e pronto para ser estimulado.

— Não consigo... — Fechou os olhos e se contorceu, mordendo o lábio — Eu preciso...

— De quê, Charlotte? — Aproximou-se do ouvido dela. — Diga-me do que precisa e eu lhe dou.

Não deixou que ela pedisse, apenas aumentou o ritmo dos movimentos, fazendo-a arfar até que a viu urrar de prazer, arqueando o corpo, buscando ar como se estivesse sufocando, contraindo-se inteira sob o corpo dele.

Tremaine sorriu, massageando a carne encharcada e febril. Afastou-se para desnudar-se sob o olhar minucioso de uma mulher ainda se recuperando de um poderoso orgasmo. Sorriu quando ela colocou as mãos sobre o rosto, tampando-o e rindo.

— O que você fez comigo?

Tremaine tirou a calça e balançou a cabeça, não querendo conversar, mas usar sua boca de outras maneiras muito mais proveitosas naquele momento.

Puxou Charlotte pelos pés até a beirada da cama e ajoelhando-se no assoalho de madeira, abocanhou o mesmo local que tinha acariciado antes. Ela gritou e tentou se afastar, mas ele a impediu, segurando-a no lugar, lambendo-a devagar, saboreando o gosto do seu prazer.

— Oh, meu... — Arfou. — Isto não poder ser... — Gemeu.
— Certo.

Ele riu entre as coxas dela, mergulhado no seu sexo, passando a língua pela pele sedosa de sua intimidade a fim de colher cada gota que o orgasmo havia feito brotar. Sentiu quando Charlotte, finalmente, relaxou e começou a se mover seguindo o ritmo de sua língua, esfregando-se em seu rosto, ajudando-o a ter mais espaço para explorá-la internamente. E foi isso o que fez.

Primeiro, esticou toda a língua e a inseriu nela, gemendo ao sentir o delicioso aperto de seu interior quente e molhado. Depois, substituiu a língua por um dedo, entrando devagar, esperando algum sinal para parar, caso a machucasse. Charlotte parecia querer mais dele, em cada gemido e cada mexida que dava contra sua mão. Tremaine estava faminto, tinha descoberto a delícia que era tê-la em sua boca e, como um viciado, já não queria mais deixar de prová-la. Ainda com o dedo dentro dela, estocando devagar, sugou o ponto exato que sabia que lhe traria mais um orgasmo e foi presenteado, momentos antes que ela explodisse em gozo de novo, por um delicioso aperto no dedo que o fez perder todo o controle e desejar não ter que esperar mais para enterrar seu membro nela.

Charlotte terminou de gemer com a boca de Tremaine pegada na sua, exigindo um beijo profundo, compartilhando com ela a descoberta do delicioso néctar que tinha em suas partes íntimas. Os dois se beijavam loucamente, ela puxava os cabelos dele e ele abria suas pernas ao máximo para que pudesse se colocar entre elas e posicionar-se para penetrá-la.

— Ah, porra! — Estremeceu quando a ponta de seu membro encontrou a entrada encharcada. — Olhe para mim! — solicitou, falando com os dentes travados uns nos outros. — Se não der para continuar, avise-me. — Ela assentiu. — Não quero machucá-la, Charlottte, mas talvez...

— Eu sei. — Sorriu e o beijou, incentivando-o a prosseguir.

Tremaine sabia que era um homem grande, não só na altura, e que ela, por ser virgem, estaria muito apertada, mesmo pronta depois de ter gozado duas vezes. Precisava ter calma, ir sem pressa, vencendo cada centímetro e... Os pensamentos lógicos o deixaram quando penetrou apenas a cabeça do sexo dela. Vibrou como se a terra tivesse tremido toda e teve que se concentrar para não se afundar de uma só vez nela.

Ele suava, arfava e, às vezes, rugia como um bicho, tendo seu corpo impactado com tamanho prazer apenas na penetração. Não sabia como iria se sentir quando começasse a estocar, nem quanto tempo duraria após isso. Ele não queria desapontá-la, muito menos lhe mostrar algo insatisfatório, por isso reuniu todas as suas forças para que pudesse ir até o fim apenas depois que ela alcançasse as estrelas.

Respirou fundo quando sentiu a resistência e quase retrocedeu quando Charlotte arregalou os olhos. Era uma barreira palpável, forte, firme, que teria que romper, e ele temia que isso a magoasse e lhe desse memórias ruins sobre aquela primeira vez dos dois. Foi por isso que lamentou não ter experiência com mulheres castas, porque, assim como ela, não sabia o que ia acontecer depois que se forçasse contra aquilo que o impedia de mergulhar completamente em seu interior.

— Não terá volta, Charlotte — avisou-a pela última vez. — Se eu continuar, nada será como antes...

Ela suspirou.

— Já é assim, não percebeu? — Sorriu. — Não pare, por favor.

Tremaine a beijou para se calar, para não ceder à tentação de dizer a ela que morreria se parasse. Nunca tinha experimentado algo semelhante e, não querendo aprofundar-se demais naquela sensação, presumia que era resultado de ser o primeiro homem na vida dela. Ele respirou fundo e, quando soltou o ar, deixou que seu peso se encarregasse de romper a barreira que a mantinha virgem. Charlotte fez uma careta de dor, arranhou-lhe as costas com força e ele desmoronou por dentro por fazê-la passar por aquilo.

— Perdoe-me... — sussurrou antes de beijá-la e começar a se mover lentamente, esperando que seus movimentos trouxessem de volta a excitação que ficou subjugada pela dor.

Ele mexia os quadris levemente, quase sem tirar o membro de dentro dela, apenas estimulando seu interior. Beijou seu pescoço, voltou a tomar seus seios na boca, enquanto ondulava mais e mais, de acordo com os gemidos que Charlotte soltava. Somente quando teve a certeza de que ela estava entregue às sensações prazerosas do ato é que Tremaine começou a estocar com mais força, indo do profundo à entrada do sexo dela, fazendo a cama que ele tinha usado, até aquele momento, somente para dormir, ranger como se fosse quebrar.

Ela era sua. É o que seu corpo dizia a cada movimento, fazendo nascer nele um estranho sentimento de posse, algo primitivo e nunca antes sentido, que o fazia avançar mais e mais em seu interior.

Charlotte gemia alto, sem controle, sem máscaras. Tudo o que era e sentia estava ali, à mostra, desnudado tal qual seu corpo. Tremaine adorava ver cada reação dela, a deliciosa entrega ao prazer que o excitava mais e mais, deixando uma vontade louca de nunca pôr fim àquela experiência. Contudo, quando percebeu que Charlotte ia se lançar ao êxtase novamente, não conseguiu continuar com o propósito de nunca parar e se viu acompanhando-a loucamente em uma busca incessante pelo gozo.

Tremaine, que tentava sempre ser um parceiro responsável, lembrou-se no último instante de que eles não usavam algum método para impedir a concepção, então rolou para o lado, recebendo em sua própria barriga todo o produto daquela viagem incrível que fizera com Charlotte e achando difícil ter outra experiência daquela em sua vida.

Cansado, ainda resfolegando e suado, não se importou com nada daquilo e a puxou para seus braços, beijando-lhe o topo da cabeça quando ela se deitou sobre o peito dele.

— Obrigado — agradeceu, sentindo-se sonolento. — Foi inesquecível.

O relaxamento em seu corpo foi tanto que logo adormeceu, cessando o carinho constante que fazia nas costas de Charlotte. Não sonhou, nem soube dizer por quanto tempo esteve dormindo, mas acordou de repente, com uma sensação estranha. Não conseguia enxergar muito dentro do quarto, mas distinguia as formas da mulher que ressonava ao seu lado e, já com a cabeça fria, sem o entorpecimento da paixão, avaliou o que tinha acontecido.

Charlotte lhe dissera a verdade sobre nunca ter se deitado com um homem. Ele fizera sexo com uma mulher virgem, contrariando tudo o que sempre havia dito, e tinha gostado de cada instante do que compartilharam. Ela o recebeu com paixão, correspondeu a cada movimento dele, vibrou, gozou e o fez ver estrelas.

E agora?

Lembrou-se de que não deveria ter espaço para uma amante, ainda mais uma como Charlotte, que, definitivamente, nada tinha de semelhança com as que já haviam passado por sua vida. Suspirou, rejeitando qualquer ideia de não repetir aquela noite várias e várias vezes. Levantou-se da cama devagar, foi até o banheiro, onde, usando a água limpa que estava em uma jarra, umedeceu uma toalha e limpou o sêmen que havia secado sobre sua pele. Através do espelho, viu a banheira ainda cheia da água que ela tinha usado para se banhar, e todo o tesão que tinha sentido quando a vira ali regressou com força, acordando seu membro e acelerando sua pulsação.

— Não! — ordenou a si mesmo, forçando-se a deixar a excitação ir embora antes que retornasse ao quarto.

Ele a queria de novo, mas precisava deixar Charlotte descansar, principalmente depois da dor que havia sentido. Talvez estivesse dolorida, machucada, e ele não queria se sentir mais bruto do que já se sentia.

Retornou ao aposento somente quando seu corpo se acalmou, levando consigo a bacia com água e a toalha que usara para se limpar, e a viu dormir encolhida como se sentisse frio. Deitou-se, então, ao lado dela, abraçando-a pelas costas, algo que provavelmente não tinha feito com mais ninguém, nem mesmo com suas amantes, pois preferia sempre dormir sozinho, motivo pelo qual havia dois quartos contíguos naquela casa. Só queria aquecê-la um pouco... foi o que disse a si mesmo antes de voltar a adormecer, sentindo-se confortável e em paz.

18

Adeus, monotonia

Lottie acordou como nunca havia sonhado despertar: entre beijos. Esticou-se sentindo-se lânguida, levemente dolorida, mas descansada depois de uma noite bem dormida em um colchão confortável e com um homem quente abraçado a ela.

Recebeu um sorriso assim que abriu os olhos e suspirou de alívio ao perceber que não havia sido um sonho, realmente fizera amor com Lorde Tremaine. *Tremaine...* Aquele título ainda a confundia, e a vontade de saber qual era o nome dele era enorme, mas não se atrevia a perguntar.

— Bom dia. — O Lorde quebrou o silêncio. — Sente-se bem?

— Muito bem — respondeu, tentando não suspirar como uma boba apaixonada. — E Milorde?

Ele riu, arrastou o dedo sobre o nariz dela, detendo-o sobre seus lábios.

— Como um anjo — disse, com uma expressão nada angelical. — Está com fome? Ontem esquecemos do jantar.

Lottie arregalou os olhos, lembrando-se da carne que havia deixado mergulhada em temperos e nos legumes descascados e cortados.

— Meu Deus! Sinto muito, eu deveria ter me lembrado de...
— Tentou se levantar da cama, mas ele a impediu.

— Não tem por que se desculpar. Se alguém deve um pedido de desculpas por isso, sou eu. — Acariciou o rosto dela. — Fui eu quem decidiu saciar outros apetites primeiro.

Ela corou.

— Eu também saciei esses apetites, então não há culpado para que haja pedidos de desculpas.

Ele sorriu e assentiu.

— Confesso que agora me sinto faminto... — olhou-a descaradamente — por comida e estou tentado a descer e pegar qualquer coisa que já esteja pronta.

— Eu posso preparar algo e...

Novamente ele a impediu de sair da cama.

— Charlotte, não quero que prepare algo para eu comer — disse, sério. — Não quero vê-la ocupada naquela cozinha hoje.

— Mas...

— Sem mas. Vamos ver o que tem pronto e nos satisfaremos com isso. Hoje, você e eu vamos tirar o dia de folga.

— Folga? E o que faremos o dia todo?

Tremaine gargalhou e ela tampou o rosto, rindo também da pergunta um tanto idiota.

— Vamos começar o dia assim. — Tocou o seio dela e prendeu seu mamilo com o polegar e o indicador, fazendo-a arfar. — Primeiro, descemos, procuramos o que comer, esquentamos água e depois tomamos um longo banho juntos. O que acha?

O coração de Lottie acelerou e ela não conseguiu conter a felicidade que sentia, traduzindo-a em um enorme sorriso.

— É um ótimo plano.

— Ótimo. — Tremaine saiu da cama, completamente nu, e ela sentiu a garganta seca e o corpo molhado, apenas pela visão de seu corpo desnudo.

Trazia na memória todas as coisas que haviam feito na noite anterior e, embora não soubesse como tivera coragem para deixá-lo beijá-la daquela maneira, ela não podia deixar de reconhecer que tinha desfrutado e muito daquelas carícias.

Nunca tinha ouvido nenhuma das meninas falarem sobre aquele tipo de coisa. Geralmente, as ouvia conversar sobre o jeito que um cavalheiro colocava suas "coisas" dentro delas — ou onde colocava — e até mesmo sobre quanto tempo duravam ao longo do ato. Elas também avaliavam e comparavam a anatomia de seus parceiros, elogiando ou debochando do membro de cada cliente.

O olhar de Lottie foi levado até aquela parte do corpo de Tremaine e ela suspirou, sem imaginar como aquilo poderia ter cabido dentro dela, pois mesmo em descanso parecia grande e grosso, um tanto assustador. Então, como mágica, viu o sexo dele se movimentar sozinho e começar a crescer.

— Se continuar encarando assim, não vamos ter tempo, de novo, de fazer uma refeição para recuperarmos as forças.

Lottie sorriu sem jeito e se sentou.

— Eu não tinha visto um... — Tentou achar algo que pudesse descrevê-lo.

— Homem nu?

Ela sacudiu a cabeça em negativa.

— Já vi alguns homens nus, infelizmente. Principalmente uns bêbados gordos e peludos. — Riu ao se lembrar de uma vez que encontrara um tipo desses dormindo, completamente apagado, do lado de fora do quarto de uma das moças e tomara um susto enorme, ficando enjoada o dia todo. — Mas nenhum como você.

Tremaine ficou sério e ela temeu tê-lo ofendido.

— Gosta do que vê em mim? — Lottie assentiu e ele se aproximou. — Porque eu gostei demais de tudo que vi em você.

Ela corou e olhou para baixo, notando, pela primeira vez desde que tinha acordado, umas manchas agarradas às suas coxas. Tocou nelas, sem saber o que eram, intrigada.

— Deixe-me limpá-la.

Tremaine se abaixou e, sem conseguir impedi-lo, ela permitiu que passasse uma toalha úmida onde estava sujo do que parecia ser sangue seco. Fechou os olhos quando se deu conta de que se tratava da prova de sua inocência.

Não me interesso por virgens. Lembrou-se das palavras dele e sentiu um aperto no coração.

— Eu posso... — disse ela, tentando tomar a toalha da mão dele.

— Tudo bem, já está feito. — Tocou-a na coxa e a encarou com seus olhos azuis tão brilhantes que Lottie perdeu o fôlego. — Foi uma noite incrível, Charlotte.

Ela não conseguiu não sorrir para ele, adorando o modo como ele dizia o nome dela, soando como se ela fosse uma mulher forte e não alguém que cresceu encolhida em meio à sujeira do East End de Londres.

Charlotte, não Lottie.

Tremaine beijou-a suavemente e depois estendeu a mão para que ela se levantasse da cama e a ajudou a vestir o mesmo robe de seda que ela havia vestido ao chegar naquela casa, enquanto ele colocou apenas calças compridas. Desceram juntos, sem falar, talvez pela tensão de encarar à luz do dia o que tinha acontecido naquela noite. Ela titubeou ao entrar na cozinha, temendo que Tom estivesse por lá e que adivinhasse o que havia se passado entre o Lorde e sua criada. Suspirou aliviada quando encontrou o cômodo totalmente vazio e as coisas que tinha deixado para preparar a refeição noturna ainda sobre a bancada. Correu até lá para verificar as condições da carne fresca e sentiu alívio por ainda estar fazendo frio em Londres, o que a ajudou a se conservar.

— Como acende o fogão? — Ela se assustou com a pergunta de Tremaine.

— Quer acender o fogão?

Ele ergueu uma chaleira.

— Preciso ferver água.

Lottie o encarou como se, de repente, houvesse se transformado em um ser irreconhecível. Provavelmente, o Marquês nunca tivera que preparar seu próprio chá ou café e, naquele momento, queria acender o fogão para ferver água. Ela foi até o enorme fogão de ferro fundido e mostrou a ele como era o processo de acendê-lo, ainda que não o imaginasse fazendo aquele tipo de trabalho sozinho.

— Acho que vou preparar uma fornada de pães...

— Ainda temos aqueles biscoitos que fez? — Ele a interrompeu.

— Sim, mas...

— Podemos sobreviver esta manhã com biscoitos, talvez uns pedaços de queijo e chá. — De repente, sorriu feito uma criança. — Ou quem sabe, já começar o dia com uma garrafa de vinho.

Lottie balançou a cabeça, indo até a despensa ver o que mais havia pronto, pensando em como ia fazer a carne para o almoço. Achou, além do queijo, um maravilhoso pedaço de presunto defumado e geleia. Constatou, pelo tamanho do sorriso de Tremaine, que tinha acertado na escolha do acompanhamento para o café com biscoitos. Ele ficou hipnotizado enquanto ela coava a bebida de que tanto parecia gostar e o aroma tão único se espalhava pela cozinha. Lottie estava concentrada na tarefa, colocando a água quente devagar no coador, quando o sentiu abraçá-la pelas costas.

— Sabe o que pensei? — perguntou ele, liberando seu pescoço dos cabelos soltos e emaranhados que haviam secado enquanto ela dormia. — Você deve ser tão deliciosa no café da manhã quanto foi no jantar.

A pulsação dela disparou e a jovem achou prudente colocar o recipiente com água quente sobre o fogão. Fechou os olhos e arfou quando sentiu algo melado sendo passado no lóbulo de sua orelha e depois sugado ritmicamente, da mesma forma como ele tinha feito com suas partes íntimas. Gemeu e se moveu contra ele quando suas mãos invadiram o robe pela fenda da frente e massagearam seus seios, enviando arrepios por toda a sua pele. *Como amava o jeito como ele a fazia se sentir.* Entregou-se sem reservas às carícias de Tremaine, sentindo a respiração pesada dele no ouvido, o corpo rijo encostando em suas costas, sem deixar nenhuma dúvida do que ele queria. Lottie também queria. Também o desejava, mesmo sem saber bem como agir para demonstrar-lhe como se sentia.

De repente, ele a virou de frente, colocando a boca na dela. Lottie correspondeu ao beijo com entusiasmo, pois adorava a maneira como seu corpo se aquecia e pulsava com aquilo. Tremaine abriu o robe e deslizou o tecido fino pelos ombros e braços dela, deixando-a novamente nua. Lottie não conseguiu conter o rubor de ser olhada por inteiro à luz do dia. A cozinha estava iluminada pelos raios do sol que entravam pela vidraça da janela, e isso a deixava mais exposta do que na noite anterior. Tentou se cobrir, mas foi impedida quando o Lorde segurou suas mãos, levantou-as até a altura de seu rosto e as beijou.

— Você é linda, Charlotte. Sua nudez é um espetáculo aos olhos, não tem por que ter vergonha.

Sorriu diante do elogio, mas ainda assim se sentia tensa.

— Está de dia, Milorde.

Ele sorriu.

— Eu sei e gosto de vê-la assim, iluminada pela luz do sol. — Acariciou seus cabelos. — Na verdade, gostei de vê-la na luz e no escuro. — Piscou. — Mas ainda resta uma curiosidade.

— Qual? — Ela mal conseguiu responder, pois a mão dele abandonou suas madeixas e a acariciavam na cintura, descendo perigosamente para uma área que ele já provara saber tocar.

— Quero te ver no ápice do prazer aqui. — Sem esperar mais, a ergueu e a colocou sobre o balcão ao lado do fogão. — Quero ouvir seus gritos de prazer dentro desta cozinha e sentir o cheiro da sua satisfação se misturar com o do café.

Lottie não teve tempo para dizer nada, muito menos compartilhar sua preocupação sobre serem interrompidos por Tom, pois o Marquês tomou seu seio na boca, enquanto acariciava suas coxas. Tinha certeza de que, depois daquela manhã, nunca mais poderia entrar naquele recinto sem se lembrar do que haviam feito. Muito menos da forma como ele beijou a parte interna de suas pernas e a puxou para a beirada da bancada, momentos antes de beijar seu sexo como tinha feito na noite anterior. Jamais poderia esquecer o modo como seu corpo respondeu ao beijo íntimo, a maneira como ondulou contra a boca dele e, principalmente, a sensação incrível de segurá-lo pelos cabelos enquanto gozava. Contudo, o que certamente ficou gravado para sempre no seu coração foi o abraço que Tremaine lhe deu enquanto ainda tremia de tanto prazer que havia recebido.

— Quero você de novo, Charlotte — sussurrou em seu ouvido. — Mas não quero machucá-la.

— Não vai — respondeu ela, mesmo sem saber se realmente não ia se machucar se o recebesse dentro de si de novo. Tudo que sabia era que também o queria.

Ele a beijou com carinho e ela pôde sentir o quanto tremia.

— Vamos levar o desjejum para cima e matar nossa fome.

Ela sentiu o rosto queimar, mas não resistiu à pergunta:

— Qual delas?

Pelo sorriso que o Lorde lhe deu, ela sabia que ele tinha gostado da provocação.

— Todas.

— Vamos, não seja tímida, me mostre — pediu Tremaine, enchendo as taças de vinho novamente, mas Lottie negou. — Como posso saber se consegue se você não demonstra para mim?

Ela ficou vermelha diante da expressão maliciosa que o Marquês tinha. Então resolveu ser corajosa e mostrar a ele que podia, sim, fazer o que havia dito, ainda que não tivesse muita prática. Enrolou-se na manta que os cobria e, caminhando sobre o felpudo tapete da biblioteca, foi até uma prateleira, escolheu um livro a esmo, abriu-o e leu, vagarosamente e concentrada ao máximo, o parágrafo inteiro. Assim que terminou, olhou para Tremaine e sentiu o corpo aquecer ao ver os olhos dele brilhando de satisfação.

— Você lê bem! — Ele não escondia a surpresa em sua voz. — Quando ofereci contratar uma professora, achei que, talvez, não tivesse sido alfabetizada.

— Aprendi a ler em casa — contou ao sentar-se ao lado dele. — Acho que foi com meu pai, mas não me lembro bem. — Deu de ombros. — No bordel, toda oportunidade que tive de continuar lendo, praticando para não esquecer, eu aproveitei. Lia principalmente os jornais que embrulhavam carnes e peixes.

— Sua madrasta não continuou com sua educação?

— Não... Shanti não sabia ler em inglês, apesar de falar nosso idioma perfeitamente.

Tremaine beijou seu ombro nu.

— Pode praticar a leitura o quanto quiser aqui nesta casa. — Lottie sentiu o coração acelerar de alegria. — Fique à vontade para ler e reler todos os livros que há aqui.

Ela sorriu.

— São muitos livros, não sei se terei tempo para ler e reler todos. — Os olhos dela passavam por cada lombada existente nas prateleiras com admiração, ainda que não conseguisse enxergar os títulos, por causa da pouca luminosidade que o fogo da lareira conferia ao ambiente. — Qual deles Milorde me indica para que eu comece?

Percebeu, então, que ele a fitava com a testa franzida.

— Por que acha que não terá tempo para ler?

— Porque tenho meu trabalho — respondeu o que para ela era óbvio. — Apenas depois que terminar meus afazeres, ao final do dia, é que poderei me dedicar à leitura.

— Ah... — Tremaine a puxou contra si, de forma que ficasse recostada em seu peito, e pegou o livro que ela havia tirado da estante. — Não recomendo começar por esse, é um tanto monótono.

Lottie sorriu, sentindo-se segura e confortável entre os braços dele.

— Monótono?

— Sim. Monótono, parado, chato, sem nenhuma emoção.

Ela suspirou.

— Era como a minha vida... monótona.

Fechou os olhos, agradecendo por tudo o que tinha acontecido, até mesmo pela ideia de madame Marthe de vendê-la. Se nada daquilo tivesse ocorrido, ainda estaria dentro do bordel, suja, maltrapilha e sem conhecer Lorde Tremaine. Sentiu quando ele a abraçou mais apertado e ergueu a cabeça, virando-se para trás, a fim de olhá-lo, mas não conseguiu cumprir seu intento, porque Tremaine teve uma ideia melhor. Ele a beijou com carinho, o que fez seu coração ficar mole tal qual manteiga. Mesmo depois de terem passado o dia inteiro fazendo amor em todos os lugares da casa, Lottie não protestou quando ele a deitou sobre o tapete, afastou a coberta que tinha enrolada no corpo e começou a espalhar beijos por todas as partes de seu corpo.

Definitivamente, sua vida não tinha nada de monótona.

19

O legado

Albert terminou de vesti-lo e, como sempre fazia, passou a escova por trás do casaco do smoking de Tremaine, de modo a garantir que estivesse totalmente impecável. O Marquês ajeitou os cabelos no espelho, conferindo se os fios estavam bem penteados, e, em seguida, aplicou seu perfume favorito, feito especialmente para ele por um perfumista francês havia muitos anos, quando passara uma temporada em Paris. Aquele aroma já fazia parte dele, tanto que muitas pessoas ficavam sabendo de sua presença em algum local exatamente por sentirem o cheiro de seu perfume.

— Está com ótima aparência para esta noite, Milorde — disse Albert.

Tremaine assentiu, embora não pudesse fingir que estava feliz por ter mais um compromisso social naquela semana, o que o impedia de ir até a casa do bosque para visitar Charlotte.

Bufou de frustração, ganhando um olhar assustado de Albert.

— Já estou cansado desta rotina infernal de começo de temporada — confessou. — Acompanhei o Duque em todos os compromissos políticos desde a abertura do Parlamento na semana passada.

— Veja que, finalmente, os bailes começarão hoje e Milorde poderá se divertir um pouco.

Ele fez uma careta, mas não contrariou a positividade de seu valete acerca do que o esperava a partir daquela noite. Sua mãe havia preparado uma lista com os melhores bailes, *soirées* e jantares aos quais a família poderia conceder a honra de comparecer. Além, claro, de eventos como peças teatrais e óperas. Tudo escolhido com cuidado para permitir apenas as melhores conexões entre Tremaine e as damas que ela havia aprovado previamente. Para completar, a Duquesa tivera a excelente ideia de marcar o baile dos Stanton, um dos mais aguardados de toda a temporada, não para o começo nem para o final dos eventos, mas sim no dia do aniversário dele, em pleno mês de abril.

— Um baile no auge da primavera é do que precisamos para mudar um pouco as coisas — comentara, rindo, ao informar a alteração da data. — A Duquesa de Needham abrirá a temporada com seu baile de extremo mau gosto e, depois de anos sem promover nenhum evento, o Duque de Wentworth fechará a temporada com um baile ao ar livre. — Ela tinha sorrido e tentado, em vão, cochichar com Blanchet. — Dizem que eles têm um anúncio a fazer.

Tremaine não se concentrou no assunto de Wentworth, embora tivesse acompanhado toda a história e torcido para que tudo acabasse bem. Mas de longe, visto que não eram amigos chegados, pois ele era da idade de seu falecido irmão mais velho e possuía um círculo de amizades muito restrito e antigo. Sua cabeça estava mais preocupada com o baile no dia do seu aniversário, o que o deixava muito desconfortável. O Lorde tentara argumentar e, em vão, convencer a mãe de que a ideia era péssima. Contudo, tinha sido explicitamente ignorado e todos os preparativos começaram à sua revelia.

Então parou de remoer questões que não podia resolver naquele momento e saiu do quarto para encontrar o Duque no corredor.

— Boa noite, pai — cumprimentou-o e ele sorriu, balançando a cabeça como se apreciasse o que estava vendo.

— Nunca imaginei chegar o dia em que sentiria que, de verdade, você tomou posse do seu título e do lugar que ele lhe confere em nossa sociedade. — Tocou o ombro do filho. — Estou feliz com sua postura durante esses dias que passamos juntos, Tremaine.

O Marquês teve que segurar a língua para não ser mordaz e lhe dizer que não ligava a mínima para seu título e para a sociedade. A única coisa naquilo tudo que realmente importava era cumprir com seu papel de nobre e produzir um herdeiro para que, quando chegasse a hora, o Duque pudesse descansar em paz, sabendo que seu amado título permaneceria na família. Ele nunca quis e nunca pensou em ter um lugar na Câmara dos Lordes, mas isso acontecera e seria leviano de sua parte se não assumisse os compromissos que seu irmão, aquele que tinha nascido como Tremaine, levara tão a sério.

— Que tal uma dose de conhaque antes do baile? — ofereceu ao Duque para mudar o assunto. — Soube que as bebidas de Needham são péssimas.

Stanton gargalhou.

— Há quantos anos não frequenta um baile dos Needham, Tremaine?

Ele deu de ombros, descendo as escadas ao lado do pai.

— Não faço ideia.

— Pois bem, sinto lhe informar que nada mudou. — Ele reconheceu a própria expressão debochada no rosto do Duque. — Deus do Céu, aquela mulher ostenta em tudo, mas é mesquinha no essencial. Siga meu conselho e coma porções pequenas do jantar.

Entraram rindo no escritório, mas, assim que Tremaine olhou para a lareira acesa, lembranças do último dia que passara com Charlotte lhe voltaram à memória, principalmente do corpo dela iluminado pelas bruxuleantes luzes do fogo. Ele ardia na mesma intensidade que as labaredas, desejando estar com ela.

No entanto, por mais que estivesse tentado a jogar tudo pelos ares para vê-la, resistia e se forçava a seguir com os planos acertados antes de encontrar-se com ela. *Tinha feito uma promessa.* Dessa forma, ia honrar o nome e o legado do irmão e ser um bom herdeiro para seu pai, que, por mais exigente e distante, sempre fora um homem que levava seu título e, principalmente, os deveres do ducado a sério.

Sentou-se em uma poltrona e agradeceu a taça de conhaque que o próprio Duque havia lhe servido, ainda pensando em Charlotte e em como ela estava nesses dias todos em que tinham estado separados. Tomou um longo gole de sua bebida favorita e lembrou-se das últimas notícias que Tom havia trazido, informando que a moça estava bem, ocupada com os afazeres da casa, e que tinha começado a recuperar o jardim, aproveitando que logo entrariam na primavera.

— Ela pretende fazer jardinagem também? — perguntou sem conseguir conter o riso. — Será que acha que não tem trabalho suficiente dentro da casa?

Tom deu de ombros.

— A senhorita Charlotte tem cuidado da área externa pela manhã e começado o serviço da casa depois do almoço. — Ele não disfarçou o olhar questionador. — Disse que assim conseguia preencher bem o dia e a noite.

Fora naquele momento que Tremaine decidira encerrar a conversa, antes que o cocheiro finalmente perguntasse a respeito da natureza da relação entre Charlotte e o Marquês. Sim, porque era óbvio, depois de os dois terem passado um dia inteiro e uma noite enfurnados dentro da casa, que algo havia mudado entre eles, e Tom não era bobo. Tremaine ainda não sabia o que fazer nem como agir com relação a Charlotte. A única coisa de que tinha certeza era que, depois dos momentos que haviam tido, era impossível voltar a vê-la como uma criada.

Ela era sua.

— Você precisa mudar sua expressão, senão vai terminar essa temporada tão encalhado como eu.

Ele não precisou se virar para saber quem era a *encalhada* que tentava lhe dar conselhos.

— Fui o mais galante que podia ser, mas a dama com quem dançava não conseguia concluir uma só frase — defendeu-se.

Lily entrou em seu campo de visão, sobrancelha erguida, o rosto perfeito demonstrando que não acreditava nem um pouco no que ele havia dito.

— E qual era o nome da dama? — inquiriu à queima-roupa.

Tremaine abriu a boca para responder, mas se calou. *Não sabia*. Havia dançado com tantas debutantes naquele baile lotado dos infernos que já tinha perdido a conta e, como era de esperar, não se lembrava mais de nenhuma delas. Sua mãe ficaria frustrada quando fosse analisar com ele as de que gostara mais e descobrisse que nenhuma conseguira chamar sua atenção.

— Este baile está muito cheio! — comentou, olhando em volta, odiando a mania da Duquesa de Needham de querer quebrar recordes de convidados a fim de esbanjar o dinheiro que tinha. — Alguém precisa pôr freio nessa mulher.

Lily o fuzilou com os olhos.

— Olha, Deus sabe que eu não sou fã de Vossa Graça, mas por que ela deveria ter freios? Só por que manda e desmanda sem ter um homem a avalizando o tempo todo?

Tremaine rolou os olhos.

— Milady, não estou dizendo isso por ela ser mulher, mas olhe em volta. — Fez um gesto. — Ter tantas pessoas assim em um salão deveria ser proibido.

Ela finalmente cedeu e concordou.

— Acho que ela paga uns atores para se fingirem de nobres só para ter o baile cheio desse jeito. — Riu.

Tremaine concordou.

— E, como sabemos que nossa querida *Duquesa* adora causar um escândalo, não duvido nada que seja capaz disso. Ela sabe muito bem que está levando as pessoas a cometerem um crime fazendo-se passar por aristocratas.

Lily concordou e apontou para os músicos que estavam voltando do intervalo e se colocando em seus lugares no palco.

— Acho melhor verificar com sua irmã quem é a próxima *sortuda*. — Olhou-o de esguelha, rindo, mas então ficou séria. — Ah... falando em sua irmã, parte do enxoval que encomendou ficou pronto.

Tremaine deu total atenção à irmã caçula de seu melhor amigo, interessado mais em saber dos vestidos que comprara para Charlotte do que em uma possível futura esposa.

— Rápido assim?

Lily sorriu.

— Confesso que cedi minha vez para que adiantassem esse pedido especial. — E falou baixinho: — Acho que ela deve estar precisando, não?

Tremaine riu e balançou a cabeça, achando-a impossível.

— Vou pedir a alguém que retire as peças prontas qualquer dia desses. — Suspirou, puto. — Tão cedo não conseguirei me livrar dos compromissos.

— Se quiser, posso levar até ela. — Ele negou de pronto, mesmo conhecendo a teimosia de Lady Lily. — Uma assistente de costureira precisará fazer os ajustes necessários, não se esqueça de que foram usadas as minhas medidas e creio que algumas peças possam ficar...

— Compridas — completou ele. — Você é bem alta.

Lady Lily riu, pois a altura era uma característica que todos de sua família possuíam em comum, até mesmo as mulheres.

— Vê? Levo a ajudante até ela e ficamos todos na maior discrição.

— Já disse que não. — Ele foi incisivo. — Seu irmão me come vivo se imaginar que eu a deixei ir até...

— St. John's Wood? — Tremaine a encarou, assustado por ela conhecer o nome do lugar. — Em que planeta vocês acham que eu vivo? Eu tenho ouvidos, sabiam?

Ele assentiu, sério.

— Sabia. E eles funcionam bem demais.

Lady Lily sorriu como se recebesse um elogio, ainda que soubesse bem que não era a intenção do Marquês ser lisonjeiro com ela.

— Então não se preocupe. Hawk não vai saber, mesmo porque ele não é o Moncrief mais atento daquela casa. — Deu uma piscada.

— É com esse Moncrief que me preocupo — disse instantes antes de Lady Blanchet chegar para levá-lo até sua próxima parceira de dança.

Ele respirou fundo, implorando por paciência para aguentar mais conversas sem sentido, e seguiu a irmã até uma Lady alguma coisa que tinha chegado de algum lugar.

— Lady Lauren? — Blanchet chamou a moça que exibia intensos olhos azuis e uma cabeleira da cor de um castor, um castanho intenso, mas que possuía algumas mechas mais claras que se destacavam no penteado. — Acho que meu irmão é sua próxima dança.

— Ah... — A moça olhou o cartão em seu pulso. — Oh, sim. Marquês de Tremaine. — Fez uma reverência. — Vossa Graça, a Duquesa de Stanton, nos apresentou mais cedo.

— Lady Lauren, como vai? — Tremaine a cumprimentou novamente, ainda que não se lembrasse dela de quando fora apresentado a uma enxurrada de moças casadouras. — Posso ter a honra?

Estendeu a mão para ela e os dois seguiram para a pista a fim de dançar uma valsa.

— Adoro valsas — comentou a moça. — Gosto da cadência do ritmo e quando danço me imagino tocando junto.

— Milady toca qual instrumento?

Ela sorriu abertamente, sem nenhum tipo de joguinho, olhando-o nos olhos.

— Violino — disse, animada. — E sou boa! — Ele levantou a sobrancelha e ela riu um pouco mais alto. — Não tenho por que ser modesta se estou sendo sincera. Sou muito boa mesmo tocando violino.

Ele sorriu, gostando do jeito como ela pensava e achou que a dama tinha muito em comum com sua amiga intrometida e sincera com quem tinha acabado de falar. Dançaram toda a música conversando, o que rendeu muitos olhares reprovadores dos que observavam, mas que nem a Tremaine e nem a ela pareceram importar.

— Vi que conversaram animados — cochichou Lady Blanchet quando ele voltou para a margem da pista de dança, a fim de se servir de mais um trago da adulterada bebida da Duquesa de Needham.

— Podemos considerá-la?

Ele ponderou, irritado, pois, sim, havia gostado da moça, da autenticidade e da energia, do mesmo modo que gostava de Lady Lily. A diferença, claro, era que só a havia conhecido porque tinha que encontrar uma maldita noiva.

Bufou.

— Está na lista de mamãe? — perguntou de volta.

— Sim, senão você nem teria sido apresentado.

— Então considere.

Lady Blanchet sorriu, satisfeita, e ele bebeu o conteúdo de seu copo de uma só vez, detestando aquilo mais do que tudo e desejando poder fugir dali e passar o resto da noite com Charlotte.

Precisava resolver sua questão com ela urgentemente.

20

Amante ou amada?

Saudade. Era nisso que pensava enquanto terminava de colocar biscoitos na assadeira. Lottie já tinha experimentado o sentimento que traduzia aquela palavra várias vezes. Sentia saudades do pai, de Shanti, do que se lembrava da vida que tinha antes de chegar à Inglaterra e agora sentia saudades do Marquês. Ela se mantinha ocupada o dia todo e à noite se entregava à leitura até adormecer, mas muitas vezes acordava no meio da madrugada sentindo falta do corpo firme e quente perto do seu.

Estava se sentindo desanimada e, se não fosse por Tom — que continuava dormindo no quartinho sobre o estábulo —, ela nem se daria o trabalho de cozinhar mais. Ele era a companhia que estava tendo naqueles dias e sua única ligação com o Marquês, já que ia ao encontro do Lorde na cidade todos os dias.

— Os compromissos políticos dele voltaram, senhorita Charlotte. — Tinha explicado quando ela questionou a ausência de Tremaine. — Esta é a época mais movimentada da cidade, não só os Lordes voltaram de suas casas de campo para se ocuparem da política, como também trouxeram suas famílias e suas filhas para conseguirem bons casamentos.

Lottie assentira, pois o primeiro livro que verdadeiramente lhe chamou a atenção na estante do Lorde foi um que explicava como a aristocracia funcionava. Foi através da leitura dele, todas as noites, que descobriu que existiam dois tipos de Duque — os com ligação com a realeza e os que foram agraciados com o título por causa de algum grande serviço prestado para à Coroa — e que eles estavam no topo da nobreza, seguidos por Marqueses, Condes, Viscondes e Barões. Ela não tinha entendido bem como funcionava o título de Tremaine, mas sabia que ele o usava apenas enquanto o pai estivesse vivo, pois herdaria o Ducado de Stanton.

Aprender aquilo tudo foi bom para que ela conseguisse entender melhor como as coisas funcionavam naquele país e perceber que não era tão diferente do que ocorria no país onde nascera, na terra de Shanti. Toda vez que reclamava do serviço no bordel, sua madrasta dizia que, se estivesse em casa, nunca faria aquilo, pois havia pessoas específicas que nasciam para aquele tipo de serviço.

— Cada um nasce com seu lugar já determinado pelo Deus Brahma — dizia. — Um Xátria não nasceu para ensinar, mas para governar ou guerrear. Assim como um Sudra não nasceu para fazer contas ou ser vendedor, e sim para servir e para os trabalhos manuais. Este serviço é tão indigno de mim quanto este país!

Na maioria das vezes, ela achava que Shanti inventava as histórias que contava, mas não as sobre seu povo. Lottie sabia que, ao se juntar a um inglês, a família dela havia lhe dado as costas, e por isso as duas tinham acabado ingressando em uma viagem totalmente insana para um país que não conheciam, atrás de pessoas que nem sabiam que elas existiam.

Naqueles dias sozinha na casa de amante do Lorde, Lottie pôde voltar a colocar os pés no chão e entender seu lugar na vida de Tremaine. Os dois haviam se entregado ao desejo, mas certamente para ele fora apenas isso e nada mais. Por isso, ela precisava proteger seu coração. Suspirava por ele, sentia sua falta todos os dias, esperava que aparecesse a qualquer momento. Enquanto isso, o Marquês seguia com sua vida, seus compromissos e, quem sabe, cultivando o afeto de uma das damas que tinham chegado na cidade, como Tom havia contado.

Charlotte seguia sendo uma criada e estava feliz com o trabalho e as condições na qual vivia desde que havia chegado ali. Não tinha sido forçada a se deitar com seu patrão, quisera aquilo mais do que tudo — e continuava querendo. Só não podia deixar que seu coração ingênuo e romântico começasse a ver possibilidades onde não havia nenhuma. Eram de mundos diferentes e, embora ele transitasse e conhecesse bem o dela, Lottie não conseguia nem se imaginar no dele.

Ela colocou a assadeira de biscoitos no forno e pôs-se a lavar os utensílios que usara para fazê-los. Há dias não fazia pão nem outra coisa para acompanhar o chá da tarde, visto que apenas Tom passava rápido pela cozinha e se servia de uma xícara de café, isso se estivesse em casa naquele horário. Naquele dia, o cocheiro fez uma refeição com ela, mas avisou que sairia logo depois do almoço para buscar umas coisas que o Lorde havia encomendado.

— A despensa está cheia, não precisamos de mais nada.

— Acho que não se trata de comida, mas de outra coisa. — Ele rira. — Finalmente terá alguma ajuda, senhorita Charlotte.

Ela enrugou a testa sem entender.

— Do que está falando?

— Milorde contratou criadagem, pelo que eu soube. — Lottie arregalou os olhos. — Inclusive minha tia virá assumir o posto de governanta.

Lottie anuiu, entendendo que seus dias de silêncio haviam acabado. Com novas pessoas na casa, seguiria as ordens da governanta e não poderia transitar nem fazer o que queria como estava fazendo havia semanas.

Ela respirou fundo para parecer animada.

— Que bom!

Tom tinha saído há algumas horas e foi então que ela decidiu fazer biscoitos. Caso tivesse que receber alguém naquele mesmo dia, não ia fazer feio oferecendo apenas chá ou café.

Foi até a despensa no porão para conferir a manteiga e o creme, separou uma porção de cada e levou-as consigo de volta à cozinha.

Escolheu um pote bonito para colocar os biscoitos e lavou xícaras e pires para esperar por seus novos colegas de trabalho. Esperava que a governanta — tia de Tom — fosse tão simpática quanto ele e que gostasse do trabalho de Lottie. Linnea sempre lhe disse que eram elas as responsáveis por contratar e dispensar criadas, e isso lhe dava um pouco de medo.

Charlotte ouviu barulho de carruagem adentrando o pátio da frente da propriedade, arrumou seu uniforme e se colocou em uma postura perfeita antes de ouvir uma batida inesperada.

Toc-toc... A aldrava da porta da frente? Lottie ficou surpresa, pois imaginava que os serviçais entrariam com Tom pelos fundos. Confusa, não se moveu até ouvir novamente o som metálico inconfundível do objeto de cobre pregado na madeira da porta de entrada do sobrado. Correu até a frente da casa e, antes de abrir a porta, deu uma espiada pela janela para não ser totalmente pega de surpresa. Viu uma moça muito bem-vestida, acompanhada de outra mais simples, que segurava enormes embrulhos. Não reconheceu nenhuma das duas e isso a deixou tensa.

Abriu a porta segundos antes de a moça alta tornar a usar a aldrava.

— Pois não? — Atendeu-as como achava que se fazia, porque era a primeira vez que recebia visitantes na casa.

Não pôde deixar de reparar na perfeição dos traços da moça loira e de olhos azuis tão intensos que pareciam ser um pedaço de um céu iluminado pelo sol. A jovem a avaliou de volta, sorrindo e reparando em cada detalhe seu, da cabeça aos pés.

— Boa tarde. — cumprimentou-a, de repente. — Sou Lady Cecily Moncrief, e você deve ser Charlotte, estou certa?

Lottie arregalou os olhos ao se ver diante de uma verdadeira Lady e quis que um buraco se abrisse no chão para que pudesse sumir. Reparou na postura, na fala e nas roupas — sim, as roupas dela pareciam um sonho. Lady Cecily usava um vestido de fundo creme com florezinhas em tom amarelo. A saia ampla contava com babados na barra, e as mangas compridas deixavam o traje quente, além de lindo. Ela levava um pequeno chapéu sobre os cabelos perfeitamente penteados e presos, e luvas de pelica no mesmo tom creme do vestido.

— Podemos entrar? — voltou a falar, olhando para uma Lottie paralisada sem saber como agir. — Vim trazer algumas encomendas feitas pelo Marquês de Tremaine.

— Ele pediu para que Milady viesse entregar aqui? — inquiriu em dúvida, pois tinha ficado claro na cabeça dela que damas não frequentavam aquele tipo de casa.

— Pediu, sim. — Sorriu. — Ele tem andado ocupado com a temporada, sabe? E eu estava louca querendo conhecer você.

Mais uma vez Lottie arregalou os olhos.

— Conhecer a mim? Por quê?

Lady Cecily apontou para o interior da casa.

— Podemos entrar? Eu sei que o inverno já está acabando, mas ainda está frio aqui fora.

— Claro. — Lottie abriu a porta e deixou-as entrar na sala de estar.

Lady Cecily olhou tudo à sua volta, sem nem mesmo disfarçar a curiosidade, enquanto a moça que a acompanhava permanecia parada, olhando para o chão.

— Aqui é muito agradável — elogiou. — Confesso que estou surpresa.

— Não tanto quanto eu... — Lottie falou, baixo, mais para si mesma do que para qualquer pessoa. Contudo, a Lady ouviu.

— Ah, imagino que esteja, mas não se preocupe, vim para ajudá-la.

— Ajudar-me?

Viu quando ela pegou o pacote da mão da moça que viera junto e, colocando-o sobre o sofá, o abriu, revelando várias peças de roupa cuidadosamente dobradas.

— Lorde Tremaine queria encomendar umas roupas para você e eu o ajudei, então espero que seja tudo do seu agrado. — Ergueu um vestido de tecido leve e alegre, tão lindo quanto o que ela mesma usava. — Há ainda muitas coisas a serem entregues, mas com esses você conseguirá ter duas trocas de roupa por dia.

Lottie arregalou os olhos e, dando um passo vacilante, aproximou-se da enorme trouxa de roupas, sem poder acreditar em tudo que havia dentro dela.

— Essas coisas são... para mim?

— Sim. — A Lady pegou outra peça, dessa vez algo tão indecente que, imediatamente, Lottie reconheceu como sendo roupa de dormir, daquelas que não se usava para dormir, e ficou vermelha. — Não são lindas?

Concordou, parecendo hipnotizada.

— Parecem um sonho.

Lady Cecily pegou sua mão.

— São reais e são suas. Beth trabalha para o ateliê que fez essas maravilhas — apresentou a moça que a acompanhava — e nós vamos precisar que você experimente tudo para que ela possa marcar e fazer a barra.

— Agora? — Lottie balançou a cabeça em negativa, pois estivera ocupada a manhã inteira do lado de fora da casa e se sentia suja, tinha medo de tocar aqueles tecidos lindos, não podia vesti-los.

— Sim! — A Lady bateu palmas. — Podemos começar já, não é, Beth?

A moça apenas assentiu, ainda sem olhar para Lottie.

— Eu estava trabalhando e posso sujar alguma...

— Bobagem! — Lady Cecily escolheu um lindo traje na cor lavanda. — Vamos começar com esse.

Aconteceu tudo tão rápido que Lottie não sabia dizer como foi que, em um piscar de olhos, estava sem seu vestido de trabalho, sendo enfiada dentro de um vestido cujo tecido era tão macio que parecia feito das nuvens do céu. Usaram o espelho da sala de jantar para que ela pudesse se ver e foi impossível não chorar diante da imagem nele refletida. Não havia ali mais nenhum vestígio garota do urinol; tudo o que ela podia enxergar era uma moça bem-vestida e com um sorriso brilhante.

Lembrou-se dos sonhos infantis de retornar à casa de seu pai e se vestir com as sedas de que Shanti tanto falava. Seus olhos se encheram de lágrimas quando se deu conta do quanto gostaria de ter sua madrasta ali, assistindo àquele momento.

— Você é uma jovem linda, Charlotte. O vestido só enalteceu sua beleza, não é, Beth?

— Sim, Milady.

Lottie passou a mão pelo tecido, consciente de sua delicadeza, e imaginou em que momento do dia poderia usar algo tão maravilhoso assim. Certamente não enquanto estivesse fazendo jardinagem, pois o mancharia de terra; nem quando estivesse na cozinha, pois corria o risco de sujá-lo com algum preparo; e, muito menos quando estivesse faxinando a casa... Riu de si mesma.

— Eu não posso usar algo assim. — Foi sincera com a Lady.

Lady Cecily se assustou.

— Não gostou?

— Sim, gostei muito, Milady, mas é que... — Olhou de esguelha para a outra moça, notando suas vestes simples, e sorriu sem jeito. — O vestido não combina com meu trabalho.

Cecily não respondeu, e Beth se afastou das duas, terminando de marcar a bainha e indo buscar outro traje.

— Por que não?

— Eu sou uma criada, Milady. — Lottie a olhou de frente, deixando a imagem no espelho de lado. — Alguma criada que conheça usa roupas assim?

— Não... — falou lentamente. — Mas foi Lorde Tremaine quem ordenou que fosse feito um enxoval assim para você.

Lottie prendeu a respiração.

— Eu não entendo... — Desviou os olhos, porque, no fundo, entendia e cabia a ela decidir se era o que queria ser na vida dele. — Milorde não me disse nada.

— Ele pretendia fazer uma surpresa e, talvez, eu o tenha atrapalhado um pouco. — Pegou sua mão. — Charlotte, eu sei que ouvir atrás da porta é uma coisa reprovável, mas não posso dizer que já não o tenha feito algumas vezes. — Riu e Charlotte arregalou os olhos diante da sinceridade dela. — Meu irmão e Tremaine são amigos desde crianças, e eu ouvi quando o Marquês falou para ele sobre você.

O coração de Lottie tamborilou.

— O que... o que ele contou?

— Como vocês se conheceram e sobre o lugar de onde veio.

Ela fechou os olhos e sacudiu a cabeça.

— Eu não sou uma put...

— Eu sei. — Lady Cecily a interrompeu antes que dissesse o palavrão. — Se você fosse, eu não poderia estar aqui. — Sorriu de novo. — Quero ajudá-la a ficar ainda mais bonita e, quem sabe, poderemos ser amigas.

Lottie estava desconfiada. Achava bondade demais aquela dama fina e chique lhe oferecer amizade.

— Por quê? O que você espera de mim?

— Sua amizade de volta? Ah, Charlotte, quando ouvi Tremaine falar de você, na hora percebi que precisava conhecê-la. — Beth voltou com outro traje tão lindo quanto o primeiro. — Vamos pensar onde usar os vestidos depois, primeiro vamos ajustá-los.

E foi o que fizeram durante toda a tarde. Lottie experimentou mais dois vestidos vespertinos e muitas roupas brancas e acessórios, inclusive sapatilhas! Tomaram o chá juntas enquanto a costureira finalizava as barras dos vestidos e das camisolas que haviam ficado compridas, e ela pôde conversar um pouco mais com Lily — apelido que a Lady insistiu para que ela usasse — e descobrir que ela era irmã de um Conde e que esse Conde era o melhor amigo de Tremaine. Estavam já se despedindo quando a pergunta que sempre esteve martelando a cabeça de Lottie se formou em seus lábios:

— Qual é o nome de batismo do Lorde?

Lily aproximou-se dela e cochichou como se fosse segredo.

— É melhor perguntar a ele, Lottie! — Riu. — Se conto isso a você, ele é capaz de me matar!

— Por quê?

— Porque uma das coisas que os Lordes mais gostam é de ouvir o próprio nome da boca de sua amada. — Piscou. — Meu irmão fica todo derretido!

Lottie ficou vermelha e tentou não dar vãs esperanças ao seu coração.

— Não sou amada de Lorde Tremaine. — Encarou a Lady com ar sério. — Talvez seja sua amante, mas não sua amada.

Lily ficou séria.

— Ainda é cedo para negar essa possibilidade, creia-me. Tremaine não estava em busca de uma nova amante, nem mesmo de amor. — Piscou. — Uma vez, ouvi algo que pode ser verdade...

— O quê?

— É quando não estamos buscando que o amor chega.

Lottie ficou parada na entrada da casa, vendo a Lady e a costureira entrarem em um coche, com as palavras dela na memória e a enorme vontade de que pudessem ser verdadeiras.

21

Uma nova palavra: saudade

Tremaine já tinha resistido ao máximo e já não podia mais aguentar ir de baile em baile — sem contar os detestáveis saraus — e acompanhar seu pai no Parlamento durante o dia. Aquela era a vida da maioria dos nobres, estava ciente, mas ainda não havia se acostumado a não ser dono de seu próprio tempo.

Antes de aceitar levar a sério o título que carregava, ele frequentava apenas os bailes de amigos, ia a outros tipos de festa muito mais divertidos que as que aconteciam nos salões das casas respeitáveis. A única vantagem era que seus amigos estavam sempre com ele, seja para fazer-lhe companhia — o que economizava horas de conversação fútil com qualquer outro nobre de fora de sua convivência — ou para ajudá-lo a escolher uma jovem dama que fosse, nas palavras de Braxton e Hawkstone, aprazível aos olhos e não sofrível para o cérebro.

Contudo, no final de uma semana intensa em que conhecera mais jovens mulheres do que algum sultão do oriente, ele estava sem a paciência que andava exercitando e já começava a responder às pessoas pelo canto da boca ou olhá-las com seu notável olhar de tédio.

— Desse jeito não haverá uma futura Duquesa em Allen Place tão cedo — comentou Hawkstone, em um tom bem debochado, no baile dos Avery... *ou seria dos Winsbury?* Tremaine nem se lembrava mais em qual baile estava. — O que lhe está aborrecendo tanto assim?

— Sinto-me num mercado de cavalos, cheio de bons puros--sangues, mas sem vontade de montar em nenhum deles.

Hawkstone primeiro se engasgou com a bebida e em seguida riu tentando não gargalhar para não chamar atenção.

— Você e suas comparações, Seb. — Tentou ficar sério. — Soube que uma Lady em específico havia chamado sua atenção e que você dançou com ela praticamente em todos os bailes nessa semana.

— Ela estava em todos os bailes a que eu fui, como não dançar com ela? — Deu de ombros, irritado, mas depois respirou fundo. — Na verdade é uma dama que sabe conversar. — Encarou seu amigo de olhos distintos. — É a irmã do Avery.

— George? — Hawkstone olhou em volta. — Não sabia que ela tinha desistido do hábito.

Tremaine tossiu.

— Hábito? A Lady ia ser freira?! — A voz do Marquês tinha soado mais alta do que gostaria.

— Psiu, fale baixo. Sim, desde pequena, pelo que sei. Eu não sabia que tinha regressado. Ela deve ter a idade de Lily e Blanchet.

Sim, era o que ele pensava sobre a idade dela também e, como achava sua irmã e a irmã de Hawkstone maduras e inteligentes, acabou supondo que Lady Lauren era assim porque era da mesma idade, mas, ao que parecia, era porque tinha sido educada em um convento, por isso sabia tanto sobre livros e mitologia.

— Ela toca violino. — O comentário saiu meio sem sentido e ele logo explicou: — Instrumento interessante para ser tocado em um convento.

— Ah, não! Eu lembro que ela já tocava desde bem pequena. — Riu. — O Conde de Avery tem uma propriedade perto da minha no campo. George e eu não éramos amigos por causa da diferença da idade, mas eu me lembro das irmãs dele. Está pensando em cortejar Lady Lauren?

Tremaine estava olhando para o nada e continuou assim, sem querer responder à pergunta, pois era a mesma que vinha se fazendo desde que conhecera a dama. O Conde de Avery era um visionário e um nobre muito respeitado. Investira pesado em títulos da ferrovia, tinha investimentos antigos e novos no mundo todo. Além do ótimo tino para os negócios, era letrado e entusiasta das ciências. O único senão que Tremaine tinha era que, por causa de todas essas qualidades, o homem era aborrecidamente sério, e ele tinha pavor de gente que não sabia fazer ou rir de uma piada. Era certo que não teria que fazer a corte para o Conde, mas ele estaria sempre por perto, caso fosse visitar Lady Lauren. E Tremaine temia morrer de tédio.

— Ainda não sei se devo — respondeu a Hawkstone.

— Talvez por estar distraído com uma certa invasora de carruagens?

Tremaine encarou o amigo com a cara fechada.

— Charlotte não me distrai em nada. Além do mais, desde que esse inferno chamado temporada começou, eu não a vejo.

— Hum... agora sei o motivo do mau humor.

— Hawkstone, não se meta em meus assuntos, sim? A menos que seja incluído neles.

— Você me incluiu, caro Tremaine. — Terminou sua bebida. — E, como bom amigo que sou, vou lhe dar um conselho: às vezes é melhor termos o que nos faz feliz antes de enfrentarmos o que nos aborrece.

Ele foi até onde estavam Helena, sua Condessa, e Lily, deixando Tremaine com aquela reflexão. O Marquês tentou não dar atenção ao conselho, dizendo a si mesmo que Hawkstone só havia jogado uma isca para dimensionar o real interesse dele por Charlotte. Provavelmente, se desaparecesse daquele baile, entrasse em uma carruagem e aparecesse no meio da madrugada na casa do bosque, provaria ao Conde que seu interesse na moça fugida tinha mudado. *Foda-se.* Deu a volta e, fazendo exatamente o que dissera que não faria, saiu da casa em busca de um coche de aluguel.

Não foi fácil, levou mais de dois quartos de hora para conseguir localizar um que estivesse disponível e, quando disse o endereço, percebeu que o motorista titubeou, talvez temendo ter de passar a noite inteira à espera enquanto um nobre se satisfazia com sua amante.

— Só preciso que me deixe lá, não precisa esperar. — O argumento foi o suficiente para o cocheiro aceitar.

Estava ansioso, querendo saber como Charlotte o receberia depois de tantos dias sem vê-lo, e isso fez com que a viagem — que não era tão longa — se tornasse a mais demorada de sua vida. Não se lembrava de já ter estado nervoso daquele jeito, nem mesmo quando ia encontrar-se com... Tremaine balançou a cabeça, não querendo pensar em Philomena e notando que a presença dela em sua memória tinha deixado de ser constante. Ficou curioso com isso e concluiu que se devia ao fato de estar com tantas questões novas para lidar que não tinha tido tempo de sofrer por seu grande amor.

Quando o cocheiro abriu a portinhola e avisou que já haviam chegado, Tremaine não hesitou em saltar para fora do veículo e, após o gordo pagamento com gorjeta, entrou na propriedade usando a chave da porta da frente.

Tudo estava escuro, por isso deu um jeito de acender um castiçal com velas antes de ir buscar por Charlotte na área dos criados. Não fazia ideia de que quarto ela usava e, por isso, teria que entrar em todos. Ainda bem que o pessoal que ele havia contratado ainda não tinha se mudado, senão poderia ser constrangedor.

Tremaine adiara a mudança dos novos criados exatamente porque queria ter tempo para resolver sua questão com Charlotte. Mas havia protelado quebrar a promessa de não ter uma amante lhe distraindo do objetivo de se casar naquele ano e ficara se enganando ao pensar que poderia voltar a pensar na moça apenas como uma criada. Se já não dava antes, muito menos depois que a teve em sua cama.

Estava pronto para ir atrás de onde ela dormia quando, munido com o castiçal a iluminar seu caminho, percebeu a iluminação alaranjada proveniente de labaredas brilhando debaixo da porta da biblioteca. Sorriu ao pensar que ela estivesse ali, lendo, sem se dar conta de que já era alta madrugada. Mas não, Charlotte não estava ali, só deixara a lareira acesa, como se estivesse esperando por algo... ou por ele.

Entrou em cada um dos quartos de serviço da casa, contudo não a achou também. Subiu as escadas, olhou nos quartos do segundo andar, inclusive onde ela havia dormido na primeira noite em que chegaram ali, e nada. Tremaine já estava ficando preocupado quando, ao entrar em seu próprio quarto, notou o volume do corpo de uma pessoa debaixo das cobertas e a lareira acesa. Sorriu ansioso, colocou o castiçal em cima de um móvel e se aproximou devagar, conseguindo ver os cabelos dela espalhados pelo travesseiro. Sentou-se ao seu lado e acariciou-lhe o rosto, sentindo um aperto no peito que não queria entender nem sentir.

Tinha sentido sua falta. O corpo dele estava acordado e aceso apenas pela proximidade. Tremaine se continha e, chamando-a, baixinho, começou a despertá-la:

— Charlotte?

Ela abriu os olhos, sonolenta, e sorriu.

— Que bom que está aqui... — sussurrou, voltando a dormir.

— Eu queria saber seu nome... — Ele riu, percebendo que ela falava dormindo. — O seu nome... talvez seja um segredo, mas eu gostaria de saber.

— Ei, Charlotte, sou eu, Tremaine.

Ela soltou um longo suspiro.

— Tremaine. — Não parecia satisfeita e isso o deixou tenso. *Será que esperava outra pessoa?* — Esse nome todo mundo sabe, eu queria o outro... — Bocejou. — O nome que vou sussurrar quando estiver em seus braços de novo.

O coração dele disparou. Ele esperou, mas ela se aquietou e parou de falar, ressonando baixo. Tremaine sorriu e ficou um tempo olhando-a dormir, enquanto se decidia se ia ou não acordá-la. Tinha ido até lá com o firme propósito de fazer sexo com ela e expurgar a vontade que o estava seguindo feito uma sombra daqueles dias. Ainda a queria, desejava Charlotte ardentemente, mas era tarde e ela devia ter passado o dia todo ocupada. Além disso tudo, ele sabia que precisavam conversar.

 Decidiu que falaria com ela pela manhã, antes de voltar para Allen Place e seguir o pai até uma reunião que ocuparia todo o seu dia. Refugiou-se na biblioteca, porque estava ciente de que, devido ao estado de seu corpo, não conciliaria seu ânimo com o sono, e surpreendeu-se ao ver pilhas e pilhas de livros em cima da mesinha. Leu os títulos, achando graça, mas curioso, pois a maioria era sobre comportamento e etiqueta. Olhou para o teto do cômodo e pensou na mulher que dormia no piso superior. Charlotte estava estudando e isso o enchia de orgulho.

Um barulho o assustou e Tremaine percebeu duas coisas ao levantar-se rapidamente da poltrona: adormecera e estava atrasado. O relógio no console da lareira não deixava dúvidas de que ia ouvir um longo sermão por não estar pronto para a reunião, e a roupa amassada do baile da noite passada lhe renderia olhares reprovadores.

 — Foda-se! — falou para si mesmo, saindo da biblioteca e indo diretamente para a cozinha a fim de encontrar Charlotte.

 Não a encontrou.

 Tremaine xingou mais uma vez ao se virar para seguir até o segundo andar, quando ouviu a voz dela, falando com alguém.

 — Isso, mais para lá. — Ela apontou para a esquerda, e ele pôde divisar Tom no alto de uma grande escada com uma tesoura de podar na mão. — Corte exatamente aí!

 Charlotte estava de costas para a casa, tinha os cabelos presos e usava o detestável vestido marrom com direito a avental e uma touca. Tremaine franziu a testa, confuso, pois, pelo que sabia, a entrega de parte do enxoval havia sido feita havia alguns dias. Então por que ela estava vestida daquele jeito?

— Bom dia! — Saudou-os com voz firme.

Tom terminou de cortar o galho e desceu da escada, e Charlotte virou-se tão rápido que se desequilibrou e ele teve de auxiliá-la para que não caísse.

— Mi... Milorde. — Seu sorriso acalmou o coração de Tremaine. — Bom dia.

Ele sentiu a enorme vontade de beijá-la e apertá-la em seus braços, mas sabia que, se o fizesse, certamente não conseguiria interromper as coisas antes de arrastá-la para o quarto e cumprir o desejo de seu corpo de se enterrar no dela.

— Bom dia, Milorde — Tom o cumprimentou, quebrando levemente o clima entre Charlotte e Tremaine.

— Bom dia, Tom. — Ajudou a moça a ficar de pé e ordenou: — Prepare a carruagem porque preciso ir para Allen Place imediatamente.

— Pois não, Milorde.

Ele esperou que Tom se afastasse e fez uma carícia no rosto de Charlotte.

— Como tem passado?

Ela o encarava de uma forma estranha, como se estivesse confusa.

— Sozinha — respondeu com sinceridade. — Por que a pressa em retornar se acabou de chegar?

Tremaine respirou fundo.

— Vim ontem à noite, mas você já estava dormindo e eu não quis molestá-la. — Charlotte abriu a boca, mas não falou nada, apenas assentiu. — Vim por impulso e já tenho que ir porque tenho um compromisso que...

— Por que veio?

Ele ergueu as sobrancelhas e coçou o nariz.

— É minha casa, preciso de motivo? — Charlotte baixou os olhos com sua resposta, e ele quis morder a língua para frear seu jeito sarcástico de ser. Não era preciso ser assim com ela. — Eu queria vê-la. — Não houve resposta ou reação. — Não consegui mais ficar longe, Charlotte, precisava ver você.

Finalmente, ela levantou o olhar.

— Então por que não me acordou?

Tremaine sorriu e, jogando fora todos os argumentos que o mandavam ficar longe, a abraçou.

— Precisamos conversar. — Ouviu o som dos cascos dos cavalos nas pedras do pátio e soube que Tom já o aguardava. — Vou cancelar os compromissos desta noite e virei para o jantar. — Beijou-a levemente, apenas um roçar de lábios que o fez estremecer inteiro. — Vai me esperar?

Charlotte suspirou.

— É tudo o que tenho feito, Milorde.

Ele a abraçou apertado antes de sair com passos apressados para encontrar-se com Tom na carruagem e seguir para os infindáveis compromissos do dia.

22

Aperitivo

— Milorde? — Albert interrompeu a leitura que Tremaine fazia do periódico durante o chá da tarde, já que não pudera ler de manhã.

Chegara atrasado em Allen Place, mas seu pai também não estava pronto, o que o deixou alarmado, visto a pontualidade do Duque. Seu pai e seus aliados estavam articulando apoio para as eleições da Câmara dos Comuns a fim de conseguirem manter ou eleger alguém de sua confiança nos condados onde ficavam cada propriedade principal do título de cada nobre.

— Ainda faltam Winsbury e Clare para tratarmos das regiões ao Norte do país — tinha avisado um dos aliados do Duque de Stanton.

No mesmo instante, Tremaine havia se posto em atenção para rever o homem que fora indiretamente responsável pela morte e por todos os infortúnios que Philomena passara em seus últimos anos de vida. O homem que criava sua filha, achando que ela era sangue de seu sangue.

— Winsbury avisou que chegará mais tarde e Clare não vai se unir a nós — informara outro homem. — Ele acaba de chegar à cidade e têm negócios pessoais a tratar. — Rira. — Acho que o Conde sairá em busca de uma nova esposa.

Tremaine respirou fundo para afastar as lembranças da conversa daquela manhã e encarou Albert.

— Diga.

Ele olhou em volta, certificando-se de que estavam a sós.

— Seu advogado está aqui para tratar... — Tremaine assentiu e se colocou de pé, já sabendo qual era o assunto. — Levo-o até o escritório do Duque?

— Sim, Albert.

Seguiu para lá, ciente de que o pai não estava em casa — pois costumava tomar o chá com os amigos em seu clube —, a fim de fechar a contratação da equipe de criados que ficaria na casa do bosque com Charlotte. Não evitou sorrir nem mesmo se esquivou de sentir o frio na barriga diante da expectativa de passar a noite com ela novamente. Esperava encontrá-la com um dos vestidos que Lily havia encomendado, ainda que fosse durar sobre seu corpo apenas o tempo de conversarem e jantarem.

— Doutor Lundstrom, como vai? — cumprimentou o homem assim que entrou em seu escritório.

— Vou bem, Milorde. — Os dois se cumprimentaram como sempre faziam, com um aperto de mão. — Vim entregar pessoalmente os contratos dos criados que me pediu. — Entregou as folhas para que Tremaine examinasse.

— Todos estão cientes de onde fica a casa e qual a sua finalidade? — Lundstrom assentiu. — Sabem da cláusula de discrição?

— Certamente, Milorde. Eu mesmo selecionei cada um deles de acordo com as entrevistas, menos a governanta, que foi uma indicação de vossa senhoria. A casa do bosque conta agora com duas criadas para serviços gerais, uma lavadeira, a governanta e o cocheiro.

— Perfeito. — Sorriu, imaginando a contrariedade de Charlotte ao saber que passaria a ter pessoas para servi-la e que já não faria mais o serviço da casa. — Quando eles terão início?

— Vão se apresentar amanhã na primeira hora, Milorde.

— Certo, eu estarei lá. — Tremaine titubeou para solicitar a feitura de um novo contrato de prestação de serviços entre ele e uma amante, sem saber se deveria contar com a anuência de

Charlotte. Concluiu que era melhor conversar com ela primeiro e despediu-se do causídico. — Obrigado pelo trabalho, Lundstrom.

— Sempre às ordens, Milorde.

Acompanhou-o até a porta do escritório, onde um lacaio o aguardava para levá-lo até a saída. Tremaine consultou o relógio, contando os minutos para que pudesse ir ao encontro de Charlotte.

— Tremaine. — Fechou os olhos ao ouvir a voz de sua mãe, mas não teve como se furtar de lhe dar atenção. — Que bom encontrá-lo antes de sairmos para o baile desta noite, queria trocar umas palavrinhas sobre ontem à noite.

— Mãe, eu realmente tenho muitas coisas a...

— Prometo não demorar. — Apontou para dentro do escritório, e ele, resignado, a seguiu. — Lady Lauren não tinha seu nome na caderneta de baile dela.

— Eu não a vi noite passada!

Ela riu.

— Talvez porque não tenha ficado tempo suficiente no evento para vê-la. — Cruzou os braços. — Achei que realmente estivesse empenhado em fazer isso desta vez.

Tremaine respirou fundo.

— E estou!

— É mesmo? Já a visitou na casa de Avery?

Ele franziu a testa.

— Lady Lauren? Não. A temporada mal começou, ainda não conheci todas as...

— Ontem ela parecia feliz dançando com o Conde de Clare. — A Duquesa não o olhava, pois tirava um pelo de seu impecável vestido. — Soube por fonte confiável que ele veio à cidade para fazer um novo casamento, então, meu querido, acho bom você se apressar, porque, apesar de o homem ser apenas um Conde, tem dinheiro e prestígio para concorrer com um título de cortesia. — Bateu no ombro dele. — Você ainda não é Duque, não se esqueça.

Ele riu, mesmo fervendo por dentro com a ideia de Clare se casando novamente.

— Tenho dificuldade para lembrar que sou um Marquês. Talvez seja pelo fato de este ser só uma cortesia.

— Tremaine! — Ela o repreendeu.

— O quê? Não consegue sustentar o jogo que Vossa Graça mesmo criou? — Sua voz soou mais áspera do que gostaria, por isso fez uma reverência e saiu do escritório, deixando a mãe sozinha no cômodo.

Sentia o sangue ferver por saber que Clare estivera no baile na noite anterior e que não o tinha encontrado talvez por questões de minutos. Talvez devesse cancelar o encontro com Charlotte naquela noite e comparecer ao baile para tentar encontrá-lo frente a frente. Entrou em seu quarto batendo a porta, bufando de raiva como um touro, quando se lembrou de Charlotte e sentiu o mau humor amenizar e seu corpo aquecer.

Não, não ia cancelar o encontro.

Clare e ele teriam muitas oportunidades para estarem no mesmo ambiente, e, não só isso, poderia tentar descobrir se Marigold viera a Londres com ele e, quem sabe, vê-la, nem que fosse de relance na casa de Hawkstone. Sobre o Conde ter se aproximado de Lady Lauren, era só mais um bônus que teria ao cortejar a dama. Sim. Decidiu que, se realmente percebesse o interesse de Clare na lady, investiria nela com todas as suas armas.

O relógio em um móvel chamou sua atenção e seu coração disparou ao perceber que já era hora de se reunir com Charlotte.

Cada coisa a seu tempo. Pensaria em Clare e em Lady Laren quando retornasse do encontro com a mulher que não saía de sua mente.

———•———

Tremaine entrou pela porta da frente da casa e foi recebido não só pelo delicioso aroma de comida que vinha dos fundos, como também pelo de flores que enchia toda a sala. Sorriu, reconhecendo as espécies que havia encomendado, admirando o jeito como Charlotte as dispusera pela casa. Tirou as luvas, o chapéu e a casaca, colocando todos no closet da entrada.

— Charlotte? — chamou-a, indo para a sala de jantar.

— Boa noite, Milorde.

Tremaine virou-se para vê-la descer as escadas e perdeu completamente a fala. Desde o primeiro momento, achara Charlotte linda, seu rosto expressivo, sexy, verdadeiro, porém nunca poderia imaginar o que um belo vestido poderia fazer com ela. A seda era de um tom vermelho intenso e, ao contrário do que ditava a moda, ele não tinha gola alta, mas um decote ousado com mangas abaixo dos ombros, que ressaltava a delicadeza de seu pescoço e deixava a imaginação aguçada ao dar um vislumbre do volume dos seios. A saia era ampla, com detalhes na barra, mas ela parecia não levar nenhuma armação por baixo, talvez apenas anáguas.

O vestido, certamente, era um pouco exagerado para um jantar a dois, sendo mais apropriado se, por acaso, quisesse fazer a exposição de sua nova amante na ópera, como já tinha ocorrido antes. Contudo, Tremaine não tinha a menor intenção de mostrar Charlotte, mesmo que ao lado dele, pois não gostaria de pensar em todos os homens de Londres olhando a verdadeira joia rara que havia encontrado. Ele estava ciente de que não podia — nem deveria — mantê-la para sempre cerrada dentro da casa e que, em algum momento, Charlotte precisaria circular pelas ruas e fazer amizades, mas, por aquela noite, ela era dele e apenas dele.

Estendeu-lhe a mão quando alcançou o último degrau da escada e sorriu, gostando que, mesmo diante de uma peça tão sexy quanto o vestido, ela não se pintara, deixando a inocência de seu rosto delicado intacta.

— Você está maravilhosa — elogiou-a com sinceridade.

Charlotte enrubesceu.

— Que bom que gostou, Milorde. — Lottie alisou o vestido com a mão livre, como se estivesse nervosa. — Este foi o único vestido que Lady Lily disse ser para a noite. — Sorriu. — Os outros, segundo instruções dela, são para passeios durante a tarde.

Tremaine tentou não rir e fez uma nota mental para ter uma conversinha com Cecily Moncrief sobre os vestidos que encomendara para Charlotte. Não que ele não gostasse do perfil sexy e elegante do flamejante vestido, mas, definitivamente, não queria que qualquer outro homem que a visse naquele traje tivesse os mesmos pensamentos que ele. *Sexo quente, safado, e uma noite de pecados.*

— É realmente um vestido feito para ser usado à noite. — Tremaine olhou-a profundamente. — Um vestido que me faz pensar em cama, lençóis embolados e prazer.

Charlotte arregalou os olhos.

— É um vestido de pu...

— Não! — ele riu. — É um vestido de uma mulher que pretende seduzir. — Ela ficou surpresa com o que ele disse. Tremaine decidiu continuar a provocação: — Era essa sua intenção, Charlotte? Impedir-me de me concentrar no jantar para só pensar em deitá-la sobre a mesa e cumprir todas as promessas deste vestido?

Ela ficou sem jeito e tentou desviar o olhar, no entanto ele a segurou pelo queixo.

— Você me tem nas mãos esta noite. — Aproximou-se e esfregou seu nariz no pescoço exposto. — Peça qualquer coisa e serei seu mais humilde servo para atender.

Sentia a respiração entrecortada dela, assim como a forte pulsação de sua artéria do pescoço. A pele de Charlotte estava tão quente quanto a dele, e o ar da sala parecia vibrar ao redor dos dois.

— Eu quero... — ela começou, mas parou, e ele a encarou.

— Diga o que quer.

Charlotte fechou os olhos.

— Eu quero um... beijo.

Ele sorriu, malicioso, e não encostou nela.

— Onde?

Charlotte voltou a abrir os olhos, assustada com a pergunta.

— Onde Milorde quiser.

Ele sacudiu a cabeça.

— Você pede, eu faço. A escolha é sua. — Decidiu então agir, talvez achando que estivesse indo rápido demais com aqueles tipos de jogo. Afinal, até alguns dias antes, a mulher era virgem. — Aqui? — Tocou seus lábios, ela suspirou e concordou com a cabeça. — Talvez aqui... — Esfregou o dedo sobre o contorno de seus seios escondidos pelo decote ousado. — Ou quem sabe... — Acariciou a barriga plana, sentindo-a estremecer, e parou exatamente na união de suas coxas. — Escolha.

Ele podia ouvir Charlotte respirando, tremendo, ardendo com a pequena brincadeira.

— Eu escolho... — gemeu baixo quando ele a segurou pela cintura — tudo.

O beijo aconteceu em meio a um sorriso vitorioso dele, molhado, cheio de desejo e saudade. Sim, ele estivera sofrendo por não ter podido tê-la mais uma vez depois da noite e do dia inteiro que haviam passado juntos. Tremaine a segurou firme pela nuca, devorando-a sem nenhum tipo de inibição e gemendo ao encontrar sua língua já querendo a sua, sentindo cada terminação nervosa responder aos estímulos de ter Charlotte em seus braços de novo.

Queria-a naquele instante, não podia mais se conter.

Levou-a até um dos sofás e a deitou de costas, postando-se em cima dela, e cobriu-a com seu corpo sedento pelo interior quente e úmido. Beijou seu pescoço, abaixou um pouco o decote e o espartilho para ter acesso aos bicos escuros de seus seios e se dedicou a eles até ouvi-la gritar. Buscou a barra do vestido, embolou-o o máximo que pôde, e, quando as pernas de Charlotte estavam completamente desnudadas, Tremaine as beijou, subindo na direção da roupa branca. Então desamarrou os laços do saiote e tocou sua intimidade com a ponta da língua.

Gostou quando ela não se assustou ou tentou se afastar e lembrou-se de como a tinha feito gozar com a boca durante o tempo que haviam passado juntos. Mesmo diante da sua inocência, percebera que Charlotte tinha adorado a carícia e se deleitado com o prazer que proporcionava. Era isso o que queria. Precisava encher a boca com o orgasmo dela e saber que aquela mulher tão sexy e doce ao mesmo tempo conseguia alcançar os píncaros do prazer com suas carícias. Sentia prazer com o prazer dela e, a cada gemido alto, cada vez que ela lhe apertava a cabeça com as pernas ou se contorcia no sofá, mais excitado ficava e, consequentemente, mais profundamente ia com a língua.

Charlotte demorou pouquíssimo tempo para chegar ao êxtase e o anunciou entre gemidos, gritos e arfadas. Ele esperou que ela se acalmasse, secou a boca com as costas das mãos e, então, declarou:

— Agora estou pronto para descobrir o que cozinhou para nós esta noite.

23

Sem dúvidas!

Lottie não sabia como estava conseguindo se manter calma depois do que Tremaine lhe fizera sentir sobre o sofá da sala. Ainda estava trêmula, sensível, e bastava um olhar mais demorado que trocavam para prender a respiração e começar a sentir aquela vontade desconhecida que já estava se tornando recorrente.

— A comida está excelente. — Ele elogiou com um sorriso e ela ficou vermelha como se tivesse ouvido algo íntimo e proibido. *O que aquele homem tinha que provocava o lado mais devasso dela?*

— Vou sentir saudades dos pratos que prepara...

Lottie parou de comer imediatamente.

— Saudades? — Seu coração disparou com o medo do que aquilo poderia significar. — Por quê?

— A nova equipe de funcionários da casa chega amanhã — informou antes de beber um gole de vinho. — Você terá a companhia de mais cinco pessoas.

Lottie arregalou os olhos.

— Isso tudo? Não era necessário, eu posso...

Ele pareceu se segurar para não rir e limpou a boca com um guardanapo.

— São só duas criadas, uma lavadeira, a governanta e Tom. Não é um serviço grande, é proporcional ao tamanho desta propriedade.

Ela ainda se achava sem palavras, principalmente por não saber qual seria seu papel quando todos chegassem.

— É muito mais do que tinha no bordel e lá eu dava conta sozinha de...

— Eles já estão contratados, Charlotte — falou firme, mas depois deu um sorriso. — Essas pessoas necessitam de trabalho para manterem a si mesmos e às suas famílias, não quer lhes dar uma oportunidade?

O Lorde era inteligente e sabia como tocar o coração dela, percebeu. Lottie assentiu, sem ter o que argumentar contra a ida de todas aquelas pessoas à casa.

— E o que eu devo fazer? Já terei uma função ou precisarei aguardar a governanta para que me atribua algo?

— Não precisa esperar por ninguém. — Tremaine tomou fôlego e alcançou a mão dela. — Você pode fazer o que quiser. Era sobre isso que eu gostaria de...

— Que fique claro que não vou passar meu dia à toa dentro desta casa.— Ela o interrompeu para marcar sua posição. — Não sou nem pretendo ser um projeto de caridade de ninguém, Milorde. Posso trabalhar, nunca tive medo da vida dura... — Encarou-o bem. — O que acontece entre nós não muda nada.

Ele franziu a testa, parecendo não ter entendido. Então respirou fundo e voltou a pegar a taça, tirando a mão de sobre a dela.

— Se é assim que prefere, então converse com a governanta quando ela chegar e ajustem o que for melhor.

— Farei isso amanhã mesmo.

Tremaine tomou mais um gole de seu vinho e, quando ela ofereceu mais comida, negou, alegando que já estava satisfeito. Lottie ergueu-se para tirar a mesa e, quando ela estava indo para a cozinha com os pratos sujos, o Lorde a segurou pelo braço.

— Pretendo vir vê-la mais vezes. — Ela sorriu, feliz em saber que ele também sentia sua falta. — E não pretendo ficar de segredos dentro desta casa e esconder dos criados que compartilhamos nossa cama.

Lottie assentiu, entendendo o que ele estava dizendo, principalmente sobre as consequências para ela.

— E como vamos fazer?

— Não vou vê-la no alojamento das criadas, então sugiro que, a partir de hoje, mude suas coisas para o andar de cima.

Ela suspirou.

— Minhas coisas já estão lá, Milorde. Elas não couberam na cômoda do alojamento.

— Mas você continua a dormir lá?

Lottie ficou vermelha, lembrando-se das noites que passou dormindo na cama dele, desejando sentir-se menos sozinha com a companhia do seu cheiro na fronha do travesseiro.

— Às vezes.

Ele sorriu e se ergueu também, aproximando-se dela.

— Não na noite passada, como descobri. — Ela confirmou.

— Eu quero que se mude para o quarto maior e...

Ela o olhou assustada e sacudiu a cabeça em negativa.

— Não quero dormir lá. — A recusa saiu tão automaticamente que, quando pensou no que diria a ele, ficou sem jeito. Não gostaria de dormir e usar o quarto que todas as amantes dele usaram. Já estava usando o guarda-roupas para colocar os vestidos e mesmo assim se sentia uma intrusa. — É que eu não gosto muito daquele quarto.

Tremaine pareceu avaliar o que ela lhe disse.

— Podemos mudá-lo a seu gosto... — Lottie estava pronta para negar, mas ele prosseguiu: — Ou você pode usar o meu.

Definitivamente, a moça não esperava por aquela alternativa e a surpresa ficou estampada em seu semblante.

— Mas não vai atrapalhá-lo e...

— Não. Pelo contrário, será conveniente. — Sorriu e a abraçou pela cintura, pegando os pratos com a outra mão e colocando-os sobre a mesa novamente. — Vou adorar chegar à noite, depois de algum compromisso, e já encontrá-la na minha cama.

Beijou seu pescoço e ela gemeu, fechando os olhos, deixando-se guiar pelas deliciosas carícias.

— Vai me acordar ou apenas me ver dormir? — perguntou baixinho, referindo-se à noite anterior.

Ele riu.

— Não tenha dúvidas de que vou acordá-la. — Lambeu sua orelha. — A partir de hoje, nenhuma oportunidade de ouvir seus gemidos de prazer será desperdiçada.

Lottie arrepiou-se e sentiu o corpo aquecer e se contrair.

— Eu também gostaria disso...

— De ouvir seus gemidos? Dê-me mais alguns e...

— Não! — Riu e acariciou o rosto dele. — Eu gostaria de ouvir *os seus* gemidos. — Sentiu quando ele estremeceu, e desceu a mão, tocando-lhe o peito e, em seguida, o cós da calça. — Eu gostaria de fazer o mesmo que fez comigo.

Seus olhos azuis se dilataram, as narinas queimavam a cada inalação e o maxilar se tencionava.

— Tem mesmo vontade?

— Sim. — Lottie enrubesceu, mas continuou mantendo o olhar. — Não sei como é, mas, se tiver paciência, posso aprender a dar tanto prazer quanto você dá a mim.

Ele sorriu e beijou sua testa.

— Você já me dá, Charlotte. Eu não preciso ter paciência com você, pelo contrário... Se me tocar daquela forma, se beijar meu corpo como beijo o seu, eu terei que ter paciência comigo mesmo.

— Não me importo se não tiver. Quero muito ter você em minha boca e provar seu...

Ela gritou de surpresa quando ele a ergueu pela cintura e a carregou escada acima, entrando como um furacão no quarto, batendo a porta atrás de si, antes de deitá-la na cama e tomar sua boca em um beijo sôfrego.

Para Charlotte, o sexo nunca tivera muitos segredos, ela entendia a dinâmica, pois tivera que presenciar algumas vezes durante o tempo em que vivera no bordel. Mas sentir um homem totalmente entregue, refém de seu desejo, compartilhando prazer com ela, só descobrira ser possível depois da primeira noite com o Marquês.

Era por causa do modo como ele a fazia se sentir, pelas emoções que brotavam dentro de seu coração que ela tinha se esmerado naquela noite, não só na sua própria preparação para recebê-lo em seu corpo, como também para lhe retribuir todo o prazer que ele já havia proporcionado a ela. Podia sentir a excitação dele, mesmo tendo tecidos e anáguas entre eles. E, por causa da forma como a beijava, Charlotte sabia que estava no limite da razão e que, se não tomasse as rédeas do desejo naquela hora, não conseguiria fazer o que tinha se programado. Por isso, quando a intensidade do beijo diminuiu e ele ficou apenas com os lábios encostados nos dela, olhando-a com seus lindos olhos azuis, ela aproveitou para empurrá-lo de leve para o lado, fazendo com que se deitasse de costas.

— Quero fazer algo — informou quando ele pareceu confuso. Tremaine riu.

— Quer mesmo? — Fez aquela careta que ela já aprendera a reconhecer e que significava que estava pronto para ser provocado.

— Quero. — Saiu da cama e alisou o vestido. — Volto já.

O Marquês estranhou e se sentou, pronto para questionar para onde ela ia, mas Charlotte moveu-se rápido e entrou no quarto de vestir para pegar as coisas que havia deixado separadas para a noite deles.

Quando retornou, encontrou-o já totalmente despido e com um sorriso malicioso. Ela teve que prender o fôlego ao olhar para o homem sentado na cama, cujo corpo a deixava ansiosa, não só pelo tamanho, mas principalmente pela perfeição. Já tinha visto muitos homens nus no bordel e ela podia afirmar sem nenhuma sombra de dúvida que Tremaine era diferente de todos eles. O Lorde não tinha uma sobra de gordura em lugar algum, parecia forte e... seu membro era longo e grosso, e Charlotte mal podia imaginar como o corpo dela conseguia recebê-lo tão bem.

— Se continuar me olhando desse jeito, não vou conseguir ficar aqui esperando pelo que quer que tenha planejado. — Ele a desafiou e Charlotte apressou-se em colocar a bacia e os frascos que havia encontrado no banheiro no chão ao lado da cama e se levantou para buscar o balde cheio de água e a toalha. — Para que tudo isso?

Ela não respondeu, voltou para a casa de banho, pegou a água limpa que tinha reservado e, passando pela lareira do quarto — que estava acesa desde que ela havia se trocado —, tirou com auxílio do atiçador de lenha e uma toalha a pedra que havia deixado esquentando.

— Charlotte, estou começando a ficar nervoso aqui — disse Tremaine entre risadas.

Ela, então, colocou a pedra dentro da água e se ajoelhou no chão, perto das coisas que havia disposto, aos pés dele.

— Shanti recebia meu pai assim quando ele voltava do trabalho — contou. — É uma das poucas recordações daquele tempo que eu ainda guardo.

Despejou a água, já morna, na bacia e o fez mergulhar seus pés. Tremaine a olhava, sério, atento ao que ela queria fazer e, talvez, tocado com sua história. Charlotte colocou um pouco de sais perfumados na água e os lavou, massageando-os devagar, concentrada na tarefa que faria caso ele fosse seu marido e ainda vivessem em sua terra natal.

— É uma delícia! — confessou ele, soltando um suspiro.

Ela sorriu, gostando de agradá-lo, embora ele ainda nem suspeitasse de todas as suas intenções. Terminou de lavar seus pés, secou-os com cuidado e, afastou a bacia, pegando o frasco que ativou todas aquelas memórias e a fez desejar mostrar a ele todo o seu amor em forma de cuidado.

Abriu o vidrinho e despejou o óleo essencial de lavanda em suas mãos. Talvez não fosse o que escolheria para ele, pensava que, se tivesse opções, escolheria algo com um toque de sândalo, como Shanti dizia que seu pai gostava.

Porém, como era o que tinha achado na casa, pensou imediatamente em usá-lo. Assim que o sentiu quente, através da fricção entre suas mãos, ela o espalhou pelos pés e tornozelos de

Tremaine, repetindo os movimentos que se lembrava de ter visto Shanti fazer. Ele suspirou e reclinou o corpo, jogando a cabeça para trás, envolvido pelo delicioso cheiro do óleo e pelo relaxamento da massagem.

Charlotte aproveitou para subir pela perna, sempre mantendo a massagem, e, posicionando-se entre as pernas do Marquês, chegou exatamente aonde ela pretendia e tocou-o, inicialmente com suavidade, em suas partes íntimas. Ele voltou a olhá-la e seus olhos não escondiam a excitação que sentia com aquele toque, com a maneira como ela o acariciava intimamente, sem deixar de tocar nada.

— Charlotte... — gemeu, fechando os olhos quando ela finalmente segurou com firmeza seu sexo.

Ela adorou a sensação de tê-lo em sua mão, assim como não se surpreendeu com a textura de veludo, mas com a dureza de um ferro. E era quente também! Instintivamente, Charlote molhou os lábios com a língua, enquanto manipulava o grosso membro, sentindo que ele ficava mais e mais duro no processo.

Uma gota brilhou quando brotou da ponta do sexo de Tremaine e foi exatamente o incentivo de que ela precisava para recolhê-la.

— Puta merda.

Ela sentiu o Marquês estremecer quando fechou os lábios sobre sua intimidade e sugou, desejando conhecer o sabor do prazer dele, a gotinha que havia surgido. Era salgada, mas não muito, e ela prosseguiu fazendo exatamente aquilo que seu instinto mandava. Tremaine a segurou pelos cabelos e a ajudou a entender melhor como ele gostava de ser beijado. Charlotte engoliu-o ao máximo que pôde e, quando já não podia mais, tirou-o da boca, tomou fôlego e voltou a tomá-lo novamente.

Descobriu, então, que seu corpo respondia às carícias feitas no corpo dele da mesma forma. Ela conhecia a sensação de ter a boca de Tremaine em si e achava que era exatamente a mesma coisa que o Lorde estava sentindo, e isso a deixava com vontade e pronta para ele.

— Não dá mais, Charlotte. — Ouviu-o gemer alto. — Preciso de você.

Ele a ergueu e, sem cerimônia alguma, virou-a de costas, a fim de desabotoar o vestido e deixá-la nua como ele estava. Charlotte o ajudou com os laços das anáguas e, assim que ele desamarrou o espartilho, ela tirou a regata pela cabeça e voltou a encará-lo.

— Gostou? — perguntou, com uma leve insegurança.

Ele sorriu e apontou para seu membro, que permanecia totalmente ereto.

— Foi perfeito.

Ela sorriu e ele a beijou, encaminhando-a para a cama, onde não só retribuiu todos os beijos que ela dera, fazendo-a alcançar o orgasmo várias vezes, como lhe ensinou novas posições, mostrando que poderia ter o poder da relação física e imprimir seu ritmo quando quisesse.

— Pode-se morrer ao sentir tanto prazer? — Ela arfava, já deitada no peito dele, os dois suados e exaustos.

Tremaine gargalhou.

— Nunca ouvi falar, mas, se você continuar se esmerando da forma que fez hoje, certamente corremos o risco.

Ela sorriu e sentiu o rosto queimar. Em vez de sentir vergonha, ficou feliz. Não por agradá-lo apenas, porque gostou e gozou cada etapa do que fizeram juntos, mas por descobrir que, ao contrário do que as pombinhas de madame Marthe diziam, o ato sexual também podia ser incrível para uma mulher. Charlotte suspirou e acariciou o peitoral firme do Marquês, chegando à conclusão de que o sexo em si podia ser bom para todos que sabiam fazê-lo, mas que só poderia ser perfeito se houvesse amor no meio.

E ela, sem dúvida, estava completamente apaixonada por Tremaine.

24

Fatos são fatos...

— Acabei de ouvir o som da carruagem entrando no pátio — informou o Marquês, enquanto terminava de se arrumar.

Lottie olhou-se no espelho mais uma vez, conferindo se seu penteado estava bem preso e se não havia nada fora do lugar em sua roupa. Colocou a mão na frente da boca para tampar o bocejo e olhou séria para o Lorde quando ele riu.

— Já pensou receber a governanta desse jeito? — Ela parecia desanimada.

— Diga a ela que a culpa foi minha. — Ele abraçou-a pelas costas, olhando-a através do reflexo no espelho. — Que mal conseguiu dormir à noite, pois Sebastian Allen desenvolveu um novo vício chamado Charlotte.

Ela franziu a testa e seu coração disparou.

— Sebastian Allen?

Tremaine ficou sério e beijou o pescoço dela.

— Sim, esse é o meu nome. — Cheirou-a, arrepiando sua pele. — Achei que já era hora de usar meu nome quando você me chamar no ápice do prazer, aquele que é somente meu e que não foi usado por vários outros antes de mim.

Ela ficou confusa.

— Houve outros Tremaine?

Ele riu.

— Vários outros. Inclusive, eu não nasci Tremaine. — Deu de ombros, voltando a se concentrar em fechar a casaca. — Nasci apenas Sebastian Allen, o segundo filho. Meu irmão mais velho, Luke, era Tremaine.

— E o que houve para que o título passasse a você?

— Ele morreu — respondeu o Marquês, sem olhá-la. — Tremaine morreu há mais de dez anos e eu o substituí, como manda a regra, mas nunca estarei aos pés dele, que nasceu e foi criado para ser o futuro Duque de Stanton.

Lottie percebeu que o assunto o magoava, embora ele não demonstrasse e seguisse terminando de se arrumar como se falasse do clima lá fora. Tocou-o sobre a mão, impedindo-o de continuar fechando as abotoaduras do punho da camisa, e terminou de fazer o trabalho por ele.

— Obrigado. — Beijou-a e ela sorriu.

— Pelo menos isso poderei continuar fazendo, agora que me substituiu por uma equipe de criados.

Ele sorriu, malicioso.

— Gosto que pense assim, não quero mais que você se arrisque pendurada numa dessas janelas. — Abraçou-a. — Gosto de seu corpo bem inteirinho e sem nada quebrado.

Beijaram-se longamente e só interromperam o beijo porque ouviram a porta dos fundos da casa se fechar, anunciando que Tom havia chegado com os outros empregados.

Desceram juntos as escadas e Lotti alisou o vestido verde, conferindo se não havia nenhuma dobra ou algo que a desabonasse diante da governanta. Queria ter vestido o traje marrom de trabalho, mas Tremaine a tinha aconselhado a não o usar pois não estava bem ajustado ao seu tamanho e poderia passar a imagem de desleixo da parte dele com os funcionários. Lottie sabia que era uma desculpa. Ela mesma era quem deveria ter feito os ajustes necessários, mas, como trabalhava sozinha, resolveu deixar como estava.

— Bom dia, Milorde — Tom o saudou assim que os dois entraram na cozinha.

— Bom dia, Tom. — Tremaine cumprimentou-o com a cabeça. — Bom dia a todos e bem-vindos.

A senhora mais velha, e nitidamente parente do cocheiro, foi a primeira a se apresentar.

— Sou Gilda Simpson. Fui contratada para o posto de governanta, a seu dispor, Milorde.

— Bem-vinda, Sra. Simpson. — Tremaine olhou para Lottie. — Esta é a senhorita Charlotte e é ela a responsável, até o momento, pela casa. Espero que as duas possam unir esforços para deixar a residência agradável e funcional.

Lottie sorriu para a Sra. Simpson e a cumprimentou humildemente com um aceno.

— É um prazer, Srta. Charlotte. — Olhou em volta. — Fiquei surpresa com a organização da casa, já que nos foi dito que ainda não havia serviço no local. Tenho certeza de que trabalharemos bem juntas.

— Estou à disposição para o que precisar.

Depois disso, a própria governanta apresentou as duas criadas e a lavadeira, que também ajudaria no jardim, e explicou que, como ainda não havia uma cozinheira contratada, ela se encarregaria dos preparos e Lottie rapidamente se ofereceu para ajudá-la.

— Não sei muito ainda, mas tenho tentado aprender.

— E tem se saído bem, Srta. Charlotte — pontuou Tom para a tia. — É ela quem tem preparado minhas refeições todos os dias, além das de Milorde.

Lottie se prontificou a levar todas para seus aposentos, uma área com três quartos com duas camas em cada um, e um único banheiro; e um quarto bem maior, com uma cama e banheiro próprio, que foi destinado à governanta. As duas criadas, Rosie e Isla, decidiram dividir o mesmo cômodo por serem irmãs, e a lavadeira, Margot, ficou sozinha no outro até a cozinheira ser contratada. Ela gostou de todas as funcionárias, principalmente da lavadeira, que logo a encheu de perguntas sobre o jardim e a horta, parecendo verdadeiramente interessada nos cultivos.

— Vim do campo, Srta. Charlotte, sempre plantei — explicou seu interesse. — Mas então minha família sofreu com as últimas colheitas, que foram bem ruins, e decidiram que eu viria para a cidade para ganhar meu próprio sustento. — Deu de ombros como se não fosse nada de mais, mas Lottie sentiu que aquilo a machucava. — Uma boca a menos para se preocuparem, não é?

— Pois vou adorar ter alguém cuidando da terra aqui na propriedade. Andei mexendo nos canteiros, mas ainda é muito cedo para plantar qualquer semente, pois o chão ainda está gelado demais.

— Sim, mas em breve poderemos começar, logo chega a primavera.

Lottie conversou com as criadas e descobriu que a história delas não era muito diferente da de Margot. As duas deixaram o campo para arranjar emprego e mandar dinheiro para os pais e os irmãos que haviam ficado na fazenda. Ela se lembrou da conversa que tivera com Linnea sobre o perfil de mulher que era contratado para servir as casas mais elegantes e constatou que a amiga tinha razão ao dizer que dificilmente uma londrina era escolhida, ainda mais sendo do East End. Lottie pensou se isso não era um dos motivos para tanta prostituição naquele lugar, tantas mulheres em situação de rua e sofrendo abusos constantes apenas por terem nascido ali, sem chance alguma de melhorar a vida através do trabalho.

Depois que acomodou as três moças, voltou para a cozinha, onde encontrou a governanta, que tinha acabado de conversar com o Marquês em privado.

— Já estão todas acomodadas, Sra. Simpson — informou-a Lottie.

— Ótimo, Srta. Charlotte. — Ela, então, mostrou um pacote que segurava. — Vou entregar o uniforme a elas e já começamos a trabalhar. — Fez uma mesura a Tremaine e se foi pelo corredor que a levava até os quartos.

— E aí? Teve uma boa primeira impressão?

Lottie suspirou, ciente de que, em breve, elas não a olhariam como uma igual, e sim como a amante do Lorde. Isso a constrangia, mas resolveu não expor aquele sentimento.

— Sim, elas parecem ser boas pessoas. — Encarou-o. — Há algum uniforme para mim?

Negou.

— Nada faria jus a você, Charlotte. — Olhou-a da cabeça aos pés. — Sinto que você nasceu para se vestir assim, exatamente como está.

Ela balançou a cabeça.

— Nunca tinha me vestido assim. Antes nem imaginava que usaria um vestido tão lindo. Mas ele é inadequado para o trabalho.

— Mas não para um passeio.

Lottie sorriu e aceitou apoiar-se no braço que ele lhe oferecia. Tinha consciência, no entanto, de que Tremaine apenas queria tirá-la da casa para que não inventasse de ajudar no serviço, o que ela realmente pretendia fazer.

Caminharam até o bosque e ela sentiu a delícia de ter todo o ar puro ao seu redor e um pouco do sol, que já estava ameaçando esquentar mais com a proximidade da mudança de estação.

— É uma delícia poder vir aqui fora — confessou. — Faço muito isso, sabia? Entre uma atividade e outra, venho aqui no bosque e fico quieta apenas ouvindo o som dos pássaros ou mesmo sentindo a brisa.

— Queria poder levá-la para passear. — Tremaine a surpreendeu com o que disse. — Londres tem parques belíssimos, além de museus e teatros que certamente a encantariam, mas não posso nos expor, pelo menos não por agora.

Ela sentiu o coração acelerar, pois sabia que ele se referia ao fato de todos os seus conhecidos deduzirem — com certa exatidão — que eles eram amantes.

Não sabia como funcionavam as coisas na sociedade da qual ele fazia parte, mas, em qualquer lugar do mundo, ela sabia que mulheres que se deitavam com homens sem terem a bênção de um casamento eram conhecidas como levianas, adúlteras e vagabundas, como as pombinhas de madame Marthe.

— Eu entendo. — Tentou sorrir, mesmo que não entendesse absolutamente. — Poder caminhar até aqui e ter este lugar tão especial é mais do que eu tinha antes...

— Mas não é o que você merece, Charlotte. — Ele parou e a encarou. — Quero que você tenha muito mais do que já teve, prometo que vamos dar um jeito de isso acontecer.

Ela assentiu, mesmo não sabendo se ele conseguiria cumprir a promessa. Lottie poderia pedir a Tom para levá-la a algum lugar, mas sentia medo, ainda tinha os velhos fantasmas da infância atormentando-a, lembrando-a dos perigos das ruas de Londres. Ademais, não saberia para onde ir.

Respirando fundo, mudou de assunto para não criar nuvens que escurecessem aquele dia que estava sendo tão especial. Tivera uma noite incrível ao lado de Tremaine, e a manhã havia começado promissora quando ele lhe revelara seu nome.

Sebastian! Ela já estava ansiosa para dizê-lo entre gemidos de prazer.

— Srta. Charlotte? — Rosie a chamou, enquanto aprendia com a senhora Simpson como desossar um frango.

— Sim, Rosie?

— Acaba de chegar uma carruagem e duas senhoritas estão à espera na sala de estar. — Estendeu um cartão para Charlotte.

O cartão de visitas, lindamente pintado à mão, era de Lady Cecily Moncrief, e um enorme sorriso brotou em Lottie por saber que a dama havia voltado.

— Vou preparar o chá e em breve sirvo às visitas.

A governanta logo tomou a frente do preparo do lanche e Lottie lhe agradeceu, limpando as mãos e tirando o avental que usava para proteger seu vestido desde que começara a aula com o frango.

Lorde Tremaine partira não havia muito tempo, talvez tivessem se passado três quartos de hora, e por pouco Lady Lily e ele não tinham se encontrado.

— Boa tarde! — Lottie saudou as jovens assim que entrou na sala, reconhecendo a companhia de Lily como a ajudante de costura do ateliê onde seus vestidos tinham sido feitos.

— Ah, Charlotte, está linda com esse vestido! — Lady Lily a cumprimentou. — Sabe por que viemos? — Não esperou resposta e mostrou uma quantidade enorme de pacotes e caixas. — Seu enxoval ficou completo, além de trazermos todos os acessórios. Pronta para provar tudo?

Lottie ficou animada, ainda que um pouco constrangida por pensar na fortuna que havia sido gasta com aquilo tudo, e logo pediu ajuda às criadas para que subissem as coisas para o quarto que não usava, mas que tinha um enorme espelho e onde estava guardando as coisas que Lady Lily já havia trazido na outra visita.

O tempo passou voando, entre cada prova, marcação e costuras. Lottie ficou encantada com cada novo vestido, deslumbrada com os sapatos, luvas, meias e chapéus, e apaixonada pela roupa íntima — algumas bem mais ousadas do que imaginava que uma dama usaria —, todas de muito bom gosto e de extrema elegância. Quando fizeram uma pausa para tomar o chá, ela aproveitou o momento para tirar suas dúvidas com relação a todas as coisas que não havia entendido na conversa com o Marquês mais cedo.

— ... Ele disse que não poderia nos expor — contou a Lily sobre o que falaram. — Fiquei pensando que a sociedade não deve aceitar um homem e uma mulher que... — olhou para suas próprias mãos e baixou o tom de voz — dormem juntos sem serem casados.

Lily riu.

— Não a nossa sociedade.

Lottie voltou a olhá-la, assustada.

— Quer dizer, depende... Se for um homem, solteiro ou casado, não há nada que o impeça de desfrutar suas amantes abertamente. Muitos, inclusive, são mais vistos com elas do que com as esposas.

Lottie arregalou os olhos.

— Quer dizer que é comum isso acontecer?

— Entre os Lordes, sim, mas é claro que o mesmo não se aplica a uma dama. Eu nunca poderia assumir um amante, andar com ele ou mesmo morar com um homem sem sermos casados ou ele ser um familiar. — Lily bufou, contrariada. — Não entendo por que para eles é normal e para nós, um pecado mortal.

— Então, se Lorde Tremaine e eu passearmos juntos pela cidade, vão saber que... — a palavra lhe causava certo amargor na boca — somos amantes e para ele vai estar tudo bem, enquanto para mim...

— Você estará perdida, Charlotte. — Lily foi certeira ao chegar à conclusão a que ela já havia chegado. — Sua reputação estará manchada, e você, estigmatizada, fazendo com que todos os demais Lordes a olhem como uma propensa futura amante. — Lottie estremeceu ao pensar naquilo. — É muito injusto, mas é assim que funciona. Se, um dia, você quiser se casar, constituir uma família, terá de fazer isso longe de Londres, com alguém que aceitará seu passado ou que não saiba dele.

Ela assentiu, sabendo que, por mais dura que fosse a realidade, preferia saber e agradecia por Lily ter sido sincera.

— Então o que ele quis dizer é que não podia me expor e acabar com minha reputação?

Lily ficou um tempo quieta. Em seguida suspirou e balançou a cabeça.

— Não só a sua, ele estava falando dele mesmo também. — Ela pegou sua mão. — Não sei o que vocês conversaram, do que trataram, deve haver um contrato ou algo assim entre vocês, mas eu posso ver nos seus olhos que Lorde Tremaine é importante e arrisco o palpite de que está apaixonada por ele, estou certa?

Lottie não tinha por que mentir ou esconder algo de Lady Lily, que a estava tratando como uma amiga a deveria tratar.

— Eu o amo, sim.

Lily sorriu.

— Lorde Tremaine é o herdeiro de um Duque, Charlotte, e, apesar de ser homem e ter toda essa liberdade que nós mulheres não temos, ele também tem deveres. Um desses deveres é o de produzir um herdeiro para que o título permaneça em sua família.
— Lottie assentiu, entendendo. — É por isso que ele precisa se casar com uma dama que deve ter, além de uma reputação ilibada, algum tipo de influência e um belo dote.

A Lady deu um sorriso triste e Lottie tentou conter as lágrimas, pois a dama havia descrito tudo o que não tinha. Então, ainda que o Marquês viesse a sentir algo por ela, não seria uma pessoa elegível para o cargo de esposa.

— E ele já tem essa dama? É por isso que eu não posso aparecer?

— Não, ele não está comprometido, mas creio que não permanecerá solteiro por muito mais tempo, pois seu pai já tem certa idade e...

— Quer um neto.

— Um herdeiro, sim. — Lady Lily a corrigiu. — Charlotte, sei que a situação não é favorável para você e, acredite, nunca o é para uma mulher em qualquer hipótese. Não temos voz, nem liberdade, muito menos poder de decisão sobre nossa própria vida. Eles que criam essas regras que os beneficiam e nos aprisionam. E sabe por que isso? Porque eles reconhecem a nossa força mais do que nós mesmas e sabem que, se começarmos a percebê-la, nada mais será como eles querem.

— O que fazer, então?

— Apoiarmos umas às outras, nos unirmos quando necessário, e é isso que eu quero que você não esqueça. — Virou-se totalmente de frente para Lottie, segurando suas mãos com firmeza. — Caso você não queira mais estar com o Marquês, saiba que pode contar comigo. Não precisa se prender a uma situação a qual não pode sustentar mais por medo de não ter para onde ir. Você tem, é só me procurar.

Lottie não aguentou mais segurar as lágrimas e abraçou Lady Lily com força, sentindo-se feliz por ter alguém que se preocupava com ela e a queria bem. Era reconfortante, algo que nunca tinha experimentado em sua vida, e a emocionava muito.

— Obriga...

— Não me agradeça. — Fungou, tão emocionada quanto Lottie. — Espero de verdade que Tremaine perceba o tesouro que você é e o privilégio de ser amado por alguém com seu coração. Se há um homem que pode virar às costas para todas essas regras idiotas da sociedade, é ele, Charlotte. Mas, caso não consiga se ver livre das amarras que estão aí há séculos e faça a idiotice de se casar com outra, a decisão será sua sobre ficar aqui e assumir o papel de dona desta casa de vez ou me procurar para que possamos colocá-la numa posição mais humilde, porém respeitável.

Lottie assentiu.

— Isso é mais do que eu sempre sonhei — confessou. — Nunca pensei em títulos e riquezas, apenas em uma vida respeitável em que pudesse andar de cabeça erguida e ter dignidade.

— Você pode! Não é porque vive com ele que perdeu tudo isso! Você o ama, Charlotte, e nós fazemos muitas concessões por amor. Fique com ele independentemente de seu estado civil, se achar que deve ficar, ou deixe-o. Mas tenha em mente que nada disso define quem você é e muito menos seu caráter.

A ajudante de costureira, que havia tomado seu chá e retomado o serviço de ajustar algumas peças do enxoval, anunciou que tinha terminado uma e precisava que Charlotte experimentasse, pondo fim à conversa das duas mulheres.

Lottie ficou de coração partido depois de tudo o que Lady Lily havia dito, mas reconhecia também que ela ia se recuperar e se tornar mais forte. Ter o conhecimento de como as coisas eram a deixava preparada para enfrentar o que viesse e dava-lhe condições para que, no devido tempo, tomasse suas próprias decisões sobre qual rumo tomar. E isso era mais do que tinha tido a vida toda.

25

Sorte no jogo

O salão estava cheio, talvez não tanto quanto o do baile da Duquesa de Needham, ainda assim era um dos mais concorridos em que Tremaine já tinha estado nos últimos tempos. Os casais praticamente se acotovelavam dançando, e a temperatura subia vertiginosamente, não apenas por causa do calor humano, como também pelas centenas de velas acesas nos candelabros e do lustre a gás no centro da sala. Tremaine suava, e seu humor, a cada minuto que passava naquele inferno barulhento, azedava. Já tinha começado a cumprir sua obrigação e dançado com duas damas que ainda não tivera o desprazer de conhecer, e só não ia embora para a casa do bosque, onde poderia passar a noite nos braços de Charlotte, porque ainda tinha alguns deveres que não podia abandonar.

Charlotte... Sentiu que o azedume em sua alma aplacava.

Nada do que tinha acontecido na noite anterior seguira conforme havia planejado, mas não estava frustrado. Tinha sido um alívio descobrir que ela não exigia nenhum tipo de promessa de sua parte, nem mesmo as que normalmente as amantes requeriam: segurança financeira. Não por ele não poder dar a ela — e certamente o faria — tudo que quisesse, mas por evitar que quebrasse sua palavra sobre não ter uma amante estabelecida enquanto procurasse uma esposa. Se não havia um contrato, não havia amante. Então o que Charlotte significava?

Tremaine evitava pensar no assunto, pois havia muito decidira que preferia não analisar algumas situações com detalhes mais profundamente escondidos. Ele gostava de Charlotte, sentia algo especial por ela, uma vontade enorme de protegê-la e proporcionar-lhe o que nunca tivera. Isso era tudo o que importava no momento, pois não queria entender por que era levado a essas vontades.

Ela era uma mulher maravilhosa. Sincera, aberta, ardente e, o que mais o agradava, sedenta por descobrir as coisas, o mundo. "Babava" quando a via desbravar os livros, aprender algo novo, ter êxito em alguma nova receita. Era fascinante a maneira como Charlotte encarava a vida, mesmo as coisas mais simples às quais, por ele ser quem era, talvez nunca tivesse dado importância.

Aquela mulher o fazia lembrar-se de que, antes de ser Tremaine, muito antes de ser o sucessor de um Duque, ele era uma pessoa que nascera pelada e faminta como qualquer outra. Charlotte o lembrava de sua essência, desconstruía os muros que o título havia erguido e o fazia enxergar além dos interesses da sociedade em que vivia. Ela fazia com que Tremaine se sentisse muito bem. Não tinha receio de conversar com ela e nem de se expor. Nunca tinha concedido a uma amante o direito de lhe chamar por seu nome de batismo. Então, ao revelar para Charlotte que desejava ouvi-la chamando por Sebastian, em vez de Tremaine, abrira uma porta para ela que não imaginava que ainda existia. Ele queria ser visto e desejado por quem era, não pelo título que carregava.

Quando se cassasse, sua futura esposa o aceitaria pela posição que já ocupava e pela que ocuparia um dia. Talvez ela nem se importasse com ele, ou sentisse atração, ou mesmo algum carinho. Para ela, o que seria importante naquela união eram todas as vantagens do título que ele tinha. Isso realmente nunca o afetara, apenas aumentava seu cinismo com relação aos relacionamentos de conveniência que eram tão superestimados por seus pares.

Um dia, ele tinha pensado diferente, era verdade. Quando ainda era o filho reserva, aquele que viveria da mesada de seu irmão intitulado, pensava que se casaria por amor. Não teria título, vantagens ou qualquer coisa que interessasse a uma mulher além dele mesmo. Então, não só o destino lhe provou que nem o amor era suficiente, como riu dele ao transformá-lo em herdeiro depois que já não havia esperança de ter consigo a mulher que amava.

Suspirou, irritado por pensar naquelas coisas tão antigas naquele momento. Não sabia o porquê de tantas reflexões acerca do que seria o amor ou um casamento perfeito. Estava feliz por saber que eram possíveis, tinha a prova disso com seus amigos Hawk, Kim, Braxton e Catherine, mas compreendia que eram a exceção que confirmava a regra do casamento-negócio.

— Estava questionando por que o salão cheirava a coisa queimando... — Hawkstone se aproximou rindo. — Aí, o avistei pensativo neste canto.

Tremaine bufou.

— Sinto-me completamente desmotivado a enfrentar essa manada — apontou erguendo o queixo —, para dançar com mais uma debutante alienada.

Hawkstone riu.

— Acho melhor você não ir mesmo. Não por conta deste mar de gente se espremendo na pista de dança, mas para não ser expulso do salão por ter rosnado e mordido alguma dama. — Aproximou-se para sussurrar: — E não do jeito de que elas gostam.

Tremaine ergueu a sobrancelha e encarou Hawkstone com seu biquinho de puro tédio.

— Está jocoso hoje. — Não havia um pingo de elogio na constatação.

Hawkstone suspirou, ignorando o mau humor do amigo.

— Samuel dormiu a noite inteira. — O sorriso do Conde deixou bem claro que, embora seu filho tenha dormido, ele não pregara o olho. — Depois de seis meses, não tivemos que nos interromper ao ouvir um choro.

Tremaine rolou os olhos e balançou a cabeça.

— Poupe-me dos detalhes, por favor.

— Você não merece esses detalhes, amigo. Não quero que sinta inveja... — O Marquês rangeu os dentes. — Ah... nem daria tempo! — Hawkstone cutucou Tremaine. — Tem uma dama o olhando e acho que seu nome deve ser o próximo no cartão dela.

Ele ergueu os olhos e viu Lady Lauren, que o encarava abertamente. Olhou em volta à procura do Conde de Clare, mas não o avistou. Sorriu de lado dizendo a si mesmo que não precisava vê-lo, apenas queria ser visto com a dama.

— Com licença, Hawk, o dever me chama.

— É ela, então? — questionou o Conde. — Não me refiro à sua próxima parceira de dança, mas...

— Penso que sim. — Bateu no ombro do amigo com a ponta do dedo indicador. — Prepare o fraque.

— É verdade que teremos um casamento em breve? — Braxton disparou a pergunta assim que Tremaine sentou-se à mesa do clube para jogar.

O Marquês virou-se com expressão irritada para Hawkstone, que deu de ombros, mas não escondia que dera com a língua nos dentes sobre as possíveis intenções de Tremaine para com Lady Lauren.

— Eu conheço a felizarda? — perguntou Kim, sorrindo.

— Creio que não. — respondeu Braxton. — Ela é irmã de...

— Nada está certo ainda! — Tremaine interrompeu o Visconde boquirroto. — A dama em questão é, sim, de conversa agradável, gosta do campo, parece se interessar por muitos assuntos que também me interessam. Então é uma forte candidata a Marquesa. Mas ainda é cedo para afirmar que seja a única.

— Entendo. Você quer explorar mais suas opções. — Braxton piscou.

Tremaine respirou fundo e pediu ao garçom uma dose de conhaque. Estava frustrado por não ter conseguido se ver livre do baile para ir ao encontro de Charlotte e um tanto irascível por também não ter podido ir vê-la durante aquele dia que já se findava novamente.

Tivera que acompanhar Lady Blanchet e a Duquesa até uma exposição e estava morrendo de tédio até se encontrar com Lady Lily, que o salvou de cochilar de pé como um sexagenário.

— Acho que Charlotte ia gostar de ver essa exposição, não acha? — perguntara a impertinente dama.

— Acho que a teria considerado tão entediante quanto eu. — Resolvera ser sincero. — Penso que Charlotte prefere estar em espaços abertos, caminhar, ver novidades, e não ficar aqui tentando adivinhar se o artista em questão quis passar alguma mensagem em cada obra ou se tem problemas motores sérios.

Lady Lily não tinha conseguido conter a risada, o que acabou por lhe render olhares severos dos apreciadores das artes abstratas que estavam expostas.

— Ela não conhece a cidade, não é? Estive pensando em levá-la em alguns passeios para mostrar-lhe a Londres que não conhece.

Tremaine assustara-se com a ideia.

— Hawkstone já vai me matar se souber que você a tem visitado, mas queimará meus ossos se suspeitar que pretende passear com ela.

Lily revirara os olhos.

— Ninguém sabe quem ela é. A cidade está cheia de debutantes. Duvido que uma moça a mais no Hyde Park cause algum estranhamento. Além do mais, você não pode querer que ela viva presa naquela casa. — Tinha encarado Tremaine de um jeito sério que ele nunca vira antes. — Qual seria o diferencial entre Milorde e a mulher que a manteve presa por tantos anos?

Tremaine deixara de respirar ao ouvir a pergunta de Lady Lily e a amaldiçoara baixinho, percebendo que a ardilosa dama tinha atingido o alvo.

— Como pretende apresentá-la às pessoas que certamente vão querer cumprimentá-las?

— Deixe esses detalhes comigo. Não precisa se preocupar com Charlotte, pois, como entendi que Milorde não pode se expor com ela nem a levar para conhecer nada, serei sua companhia e a apresentarei a essa Londres privilegiada.

Tremaine ainda se lembrava de como engolira em seco as verdades que Lady Lily lhe jogara na cara. Não podia acompanhar Charlotte e não porque não quisesse, mas para não a expor como amante e assim acabar com sua reputação. E também para proteger o segredo de que, de certa maneira, havia quebrado sua promessa.

— ... Não queria deixar Marieta com nossa menina ainda, mas creio não haver alternativa.

Tremaine voltou a prestar atenção na conversa à mesa, enquanto Kim embaralhava as cartas.

— E por que teria de deixá-las?

Kim franziu o cenho e Hawkstone o olhou sério.

— Está com a cabeça onde, Seb? Kim acaba de nos comunicar que tivemos um problema em um dos armazéns em Dover e que, embora Gil esteja fazendo de tudo para resolver, nosso amigo decidiu que seria melhor ir também.

Dover... mar, nenhum Lorde naquela época do ano, liberdade!

Tremaine sentiu o coração disparar diante da oportunidade maravilhosa que se apresentou:

— Não precisa ir, eu vou.

Ofereceu-se imediatamente, causando uma pequena comoção em seus amigos, porque quase nunca se envolvia nos problemas da empresa e frisava sempre que era apenas um investidor. Ele riu da expressão de assombro no rosto de Hawkstone, sentindo-se estranhamente bem-humorado ao pensar apenas na reação de Charlotte quando soubesse que teriam uns dias para fazerem juntos o que quisessem, sem precisarem se esconder.

— Não sei, Tremaine, Gil já está lá e eu só iria para fazer pressão e...

— Ninguém melhor que eu para fazer isso, não acha? Para alguma coisa deve servir ser um Marquês em uma empresa.

Hawkstone parecia não comprar suas desculpas, e Tremaine tinha consciência de que o Conde o conhecia bem demais e por muitos anos para achar que, de repente, se interessava por assuntos comerciais.

— Sinceramente, para mim é um alívio não ter de ir — confessou Kim.

— Então estamos acordados. Amanhã mesmo parto para Dover para tentar resolver as questões pendentes na zona portuária.

Kim sorriu satisfeito, Braxton parecia confuso, mas logo começou a contar as cartas — como sempre fazia tentando trapacear no jogo —, e Hawkstone o encarava com seu típico olhar de falcão.

— Pretende ir sozinho?

Tremaine teve vontade de xingá-lo por ser tão astuto, mas evitou os impropérios para não chamar a atenção dos outros homens à mesa.

— Não — respondeu, seco.

O Conde sorriu e balançou a cabeça.

— Braxton, todos estamos vendo o que está fazendo e, lamento informar, mas já se perdeu na contagem.

— Merda! — O Visconde bateu na mesa e todos riram.

— Conforme-se em perder no jogo, meu caro. — O Conde encarou Tremaine novamente. — É como dizem por aí. Não se pode ter tudo... Concorda, Seb?

— Depende. Se você for incapaz de dar conta de tudo, sim. — Aproximou-se mais do Conde e sussurrou. — O que não é o meu caso. Então, meta-se na sua própria vida.

Hawkstone pegou as cartas que Kim lhe dera.

— Pimenta nos olhos dos outros dói tanto quanto no nosso.

— Vá se ferrar, Hawk!

Pegou as cartas e, assim que viu a mão perfeita que havia recebido, não conseguiu pensar no mau agouro do ditado "sorte no jogo, azar no amor".

26

Entre atos

O mar não trazia boas recordações a Lottie, e isso se devia aos relatos de Shanti sobre a viagem que haviam feito, da Índia até a Inglaterra. Ao longo dos anos, desenvolvera um grande pavor com relação a tudo que a remetesse ao oceano. Muitos marinheiros haviam frequentado o bordel quando os preços da casa ainda eram acessíveis àquele tipo de trabalhador. A impressão que tinha deles era que estavam sempre sujos, bêbados e ansiosos por uma mulher. Tudo isso piorara quando um desses homens abusara de Shanti, causando ferimentos que a deixaram de cama por dias.

O mar não chegava a Londres, mas o vasto Tâmisa levava os londrinos até ele e trazia todo e qualquer tipo de pessoas que o navegavam. Ela não suportava os frutos e os peixes trazidos da água salgada, o cheiro deles a deixava nauseada, porém todas as outras pessoas que conhecia diziam se tratar de verdadeiras iguarias. Contudo, nem mesmo a fome a fizera provar qualquer coisa que viesse do mar. Então, quando o Marquês chegou bem cedo, ainda no começo da manhã e a acordou informando que iam viajar, ela se animou, até sentir-se murchar quando ele disse para onde iriam:

— Você vai gostar de rever o mar — disse ele, animado. — Eu particularmente gosto muito do cheiro, do som, da culinária marítima e... — Teve que parar de falar ao perceber que Lottie não havia se movido. — O que houve?

— Vamos entrar em algum tipo de barco? — perguntou, receosa.

— Claro que sim. Iremos por água até a cidade, é a forma mais rápida e... — Ele franziu a testa olhando para Lottie e ela soube que havia deixado transparecer seu desgosto por ter de navegar. — Charlotte, há algum problema?

Ela respirou fundo.

— Não tenho boas memórias sobre barcos. Ficamos doentes quando viemos de Bombaim e eu piorei quando passamos a viver nas ruas de Londres, depois que nossas coisas foram roubadas.

Tremaine sentou-se ao seu lado.

— Eu não sabia. — Pegou sua mão e a apertou como consolo. — Vamos de coche, melhor, não?

Ela assentiu.

Foi assim que acabou dentro da luxuosa carruagem do Marquês outra vez, porém agora não era mais uma intrusa, e sim sua convidada.

Lottie alisou o vestido de listras creme e lavanda e sorriu nervosa para o belíssimo homem sentado ao seu lado. Agradecera à Lady Lily por ter ido levar o restante de seu enxoval, porque isso possibilitara a ela uma enorme quantidade de roupas à disposição para o pequeno tour que faria com o Lorde. Ainda estava receosa sobre tornar a ver o mar, mas acreditava que, com Tremaine a seu lado e já adulta, a experiência não ativaria nenhuma memória traumática dela. Pelo menos, assim esperava.

O fato é que terem escolhido ir por terra fez com que praticamente perdessem o dia para passar na cidade, pois teriam que fazer uma parada para descanso ou troca dos cavalos, antes de voltarem para a estrada.

— A inauguração das linhas de trem para passageiros vai facilitar muito a ida de Londres até Dover — explicou Tremaine, como se lesse seus pensamentos. — Você vai se encantar com a cidade. Dover é um balneário lindo e muito diverso, tanto em atrações quanto em pessoas. — O Marquês se virou para ela. — Sabia que fica na parte mais próxima da ilha com o Continente? — Lottie negou. — É a maneira mais rápida de se chegar à França, entrando por Calais, atravessando o canal.

— França é a terra de onde madame Marthe diz ter vindo — comentou ela, rindo. — O engraçado é que alguns familiares dela apareceram por lá uma vez e eles eram mais ingleses que as suas pombinhas do interior.

— Eu sempre soube que ela não era uma autêntica francesa — cochichou Tremaine. — O sotaque dela é muito ruim e o inglês tem acento provinciano. — Riu. — Mas eu nunca quis acabar com a fantasia que ela criou para ganhar prestígio.

— Milorde é um homem gentil.

— Charlotte, você sabe meu nome de batismo. — Deslizou o indicador da testa até os lábios dela, fazendo com que estremecesse. — Quando estivermos a sós, na intimidade, não precisa mais me tratar com tanta formalidade.

Ela o encarou, ofegante, inebriada por causa de um simples toque dele.

— Foi assim que pediu que o chamasse naquela primeira noite...

Tremaine ficou mais próximo dela no banco e o coração de Lottie disparou.

— Naquela noite ainda não nos conhecíamos... agora... — Cheirou seu pescoço e colocou a boca em sua orelha. — Nós nos conhecemos biblicamente.

Lottie não entendeu o que ele quis dizer com aquilo, mas sabia que se referia à intimidade que os dois vinham partilhando. Fechou os olhos e gemeu quando ele mordiscou o lóbulo de sua orelha, que na ocasião levava uma linda joia ofertada por Lady Lily.

— Mil... Sebastian, o que você está fazendo? — Tentou raciocinar e chamá-lo também à razão quando sentiu suas mãos abrindo os botões do vestido nas costas.

— Se ainda me pergunta, Charlotte, acho que tenho te despido pouco. — Sorriu, safado, sem esconder suas intenções.

Ela tomou um susto e arregalou os olhos.

— Aqui? Na carruagem?

— Precisamos ocupar nosso tempo até a parada. — Piscou. — E não há nada melhor para fazer o tempo passar rápido do que querer que ele congele e que as sensações durem para sempre.

Ela o ajudou a livrá-la do vestido de mangas compridas, ficando apenas com a roupa íntima. Ele tocava-a como se isso o ajudasse a enxergá-la melhor, pois o interior do veículo estava quase escuro, com apenas duas lanternas acesas de um lado e de outro perto da porta, por causa das cortinas cerradas nas janelas. Lottie foi erguida pela cintura e colocada sobre o colo do Marquês e, no exato momento em que seus corpos se encontraram, sentiu o quanto ele a queria.

Ela ajeitou as saias do vestido de modo a não ter nenhum pedaço de pano entre os dois, e suspirou quando sua boca foi tomada pela dele. Charlotte contorceu-se sensualmente sobre Tremaine, e a resposta dele à sua provocação foi agarrá-la com mais força, empurrando seu corpo mais de encontro ao dele. Ela arfou assim que ele começou a beijar seu pescoço, deixando uma trilha de beijos molhados até o espartilho. Pensou que ele ia desabotoar a peça e foi surpreendida com a impetuosidade do Lorde, quando simplesmente a puxou para baixo e tomou um de seus mamilos túrgidos por cima da fina regata.

Era desesperador e ao mesmo tempo muito excitante estar sentindo os movimentos da carruagem, sentada no colo dele, vestidos e excitados. Deixou-se levar pelo desejo, entregando-se sem reservas a tudo que Tremaine fazia com seu corpo. Ele a tocava por cima do vestido, mas Lottie sentia suas mãos como se estivessem sobre a pele dela nua. Arrepiava-se, arfava, balançava os quadris desejando mais e mais sentir o contato de seus sexos. Então ele pôs a mão sob suas saias e, entrando pela abertura da roupa íntima, tocou-a exatamente onde desejava.

— Está como eu imaginava. — Tremaine deslizou um dedo dentro dela. — Molhada, mas quente... muito quente.

— Sebastian, por favor! — Lottie implorou.

— O que você quer, Charlotte?

Ela o encarou com os olhos semicerrados.

— Você em mim, agora!

Tremaine sorriu e assentiu.

— Gosto de você assim, querendo e exigindo. — Ela sentiu os movimentos dele para abrir a braguilha da calça. — Eu vou estar todo em você, mas o controle é seu.

O Lorde mal acabou de proferir essas palavras e Lottie sentiu a ponta com toque de seda sobre seu sexo, excitando-a como ele fizera anteriormente com os dedos. Deixou-se sentir, enlevada, olhos fechados, enquanto ele devorava sua boca. O movimento foi dela, totalmente dela. Lottie se posicionou e sentou-se sobre o membro de Tremaine, recebendo-o por inteiro. Gemeram juntos, deliciados com o contato e com a vibração de todas as terminações nervosas de seus corpos apenas com aquela penetração. Lottie se moveu, guiada inicialmente pelas mãos de Tremaine, até descobrir seu próprio ritmo, aquele que mais lhe proporcionava prazer e que, consequentemente, o fazia urrar e travar os dentes para se controlar.

— Se continuar assim, Charlotte, vamos durar pouco!

— É gostoso assim... Eu... não sei... Parece que vou enlouquecer se não continuar.

Ele riu e gemeu.

— É isso que importa, o seu prazer.

— O nosso prazer — murmurou ela, pouco antes de ser tomada por uma sensação tão intensa que a impossibilitou de continuar falando ou pensando.

Lottie sentiu-se como se tivesse sido levada pelo vento, como as folhas secas no inverno, rodopiando, sendo alçadas para longe, sem destino, até retomar o controle de seu corpo, exaurida e satisfeita, ainda trêmula, sem fôlego, mas com um enorme sorriso.

— Linda! — elogiou-a Tremaine. — Nunca pensei que ver uma mulher alcançar o prazer poderia deixá-la ainda mais bonita. Com você isso acontece. — Ela sorriu sem jeito e encostou a testa na dele. — Nada de ruge para embelezar Charlotte, apenas orgasmos sem fim!

Ela se mexeu e sentiu que ele ainda estava rijo dentro dela.

— Apenas eu senti todo esse prazer? — questionou, sem entender.

— Não, eu sinto mais prazer só de estar dentro de você do que já senti na vida inteira, mas não fui até o fim. — Provavelmente ela não escondeu a expressão de frustração e ele se apressou em explicar: — Não que eu não quisesse. Maldição, como eu quis! — Riu de si mesmo. — Só que me controlei para não derramar minha semente dentro de você.

Lottie arregalou os olhos, entendendo o significado do que ele lhe dizia, pois cansara de ver no bordel o resultado das sementes derramadas dentro das prostitutas que, na maioria das vezes, terminava em sangue e dor.

— Mas eu gostaria que sentisse o mesmo que me fez sentir.

Ele sorriu e depois fez o típico biquinho provocador.

— Você aprendeu um outro jeito uma noite dessas, lembra?

Lottie não pensou muito e, ansiosa por retribuir o prazer que sentira, pôs se a refrescar sua memória e a executar novamente o que tinha aprendido a fazer com a boca.

— É aqui que são feitos os reparos nas embarcações? — perguntou assim que entrou no estaleiro.

— Sim. — Tremaine a acompanhava apoiando-a em seu braço.

Lottie ainda não tinha se acostumado a se sentir tão feliz. Porém, desde que haviam chegado a Dover, fora tomada por tantos sentimentos que parecia estar vivendo um conto de fadas que nem mesmo ousara inventar. Se hospedaram em um hotel suntuoso, embora ela tenha se sentido constrangida por não saber o que o Lorde dissera sobre ela na recepção, afinal não eram casados. Contudo, logo que se instalaram, todo e qualquer tipo de mal-estar pela sua condição foi posto de lado.

A construção era moderna, possuía água encanada — e quente — saindo das torneiras, iluminação a gás que deixava o ambiente como se estivesse em plena luz do dia e tantos confortos que ela não podia sequer pensar que existiam antes de vê-los. A cidade também era incrível, como Tremaine a havia descrito. Muitas pessoas passavam por eles e o Lorde esclareceu que ali ficava um dos maiores portos de passageiros da Inglaterra.

— Claro que também chegam muitos produtos e boa parte do que as indústrias produzem também escoa para o Continente por aqui, porém o transporte de pessoas ainda é o grande negócio de Dover.

Avistaram o enorme castelo no alto de uma colina, construído séculos antes, ainda imponente e guardando a cidade. Fizeram passeios por mercados e, quando passearam à beira-mar, Lottie percebeu que o medo que tinha de sentir-se mal perto do oceano era apenas sombras de um mundo que tinha deixado para trás havia muito tempo.

Ela amou ver o mar.

— É possível nadar? — perguntou, e Tremaine engasgou.

— Em público? Dificilmente. — Riu. — Os banhos são recomendados como forma de terapia e raramente há mulheres, por conta das vestimentas. — Ela assentiu, mesmo achando injusto, e não pôde deixar de imaginar o que Lady Lily falaria sobre aquilo. — No verão a cidade ferve e muitas pessoas caminham na praia, fazem piquenique, as crianças brincam...

— Deve ser maravilhoso.

Foram dormir quase na hora do alvorecer e tiveram que ser acordados para que não perdessem o desjejum, que foi outro ponto que encantou Lottie.

— Deus do céu, nunca vi tanta comida! — comentou, rindo.

Saíram antes do almoço para visitar o vapor da companhia de navegação na qual o Lorde tinha participação, e lá encontrariam o homem que havia sido enviado antes para resolver outra questão na cidade.

— O nome dele é Gilbert Milles e ele é o braço direito do dono da companhia, Joaquim Ávila.

— Tem certeza de que não haverá problema por ele saber que nós...

— Somos amigos, Charlotte. Além do mais, Gil é um homem discreto e moderno, não se preocupe.

Ela sorriu e seguiu até o local onde deveriam encontrá-lo.

— Milorde! — Um homenzarrão de fartos cabelos escuros e com os olhos castanhos mais claros que Lottie já tinha visto saudou Tremaine.

— Gil, como vai? — Eles se cumprimentaram com um aperto de mão, sem formalidade. — Alguma notícia dos produtos na alfândega?

— Infelizmente, não. O pessoal da Coroa está fazendo questão de cada centavo. — Balançou a cabeça em reprovação e então reparou em Lottie. — Senhorita, perdoe-me o mau jeito.

— Eu que peço perdão. — Tremaine olhou para Lottie e sorriu. — Srta. Charlotte, este é o Sr. Milles, um bom amigo.

— É um prazer conhecê-lo, Sr. Milles.

Ele sorriu e a cumprimentou como um cavalheiro, inclinando-se na direção de sua mão como se fosse beijá-la, mas sem encostar realmente.

— O prazer é meu, Srta. Charlotte.

Ela não pôde deixar de perceber a curiosidade brilhando no olhar do homem quando voltou a encarar o Marquês. Sabia que Tremaine havia percebido também, porém ignorou qualquer tipo de explicação sobre sua companheira e começou a mostrar para ela o estaleiro em detalhes.

Foram almoçar os três juntos em um restaurante, e Lottie finalmente pôde quebrar mais uma má impressão sobre o mar ao experimentar o peixe. Deliciou-se com a refeição e com a sobremesa, tentando descobrir cada ingrediente adicionado através do paladar, memorando o sabor para tentar fazer alguma receita parecida. Pensou na casa onde vivia e em qual deveria ser a repercussão da repentina viagem dela com o Marquês, mas preferiu encarar as consequências de seu envolvimento com ele apenas quando retornasse à realidade.

O que, infelizmente, não demoraria muito a acontecer.

27
Algumas verdades que fazem pensar

Tremaine desceu as escadas de Allen Place estranhamente de bom humor, animado até, depois dos deliciosos dias que passara na companhia de Charlotte.

Dormiram apenas uma noite em Dover, mas conseguiram passear pela cidade, e testemunhar a empolgação dela descobrindo coisas novas foi como um sopro de renovação para ele mesmo. Tremaine nunca pensou que fosse gostar tanto de ensinar alguém e estava adorando poder compartilhar seus conhecimentos com Charlotte. Sentia, em contraponto, que ela também o fazia descobrir novidades. Ficou deliciado ao vê-la provar uma refeição com frutos do mar e perceber que tinha gostado. Envaideceu-o o modo como ela parecia absorver cada curiosidade que ele lhe contava sobre a cidade e o interesse dela por Paris e pelos países do Continente. Durante a viagem de volta, notara que ela estava cansada, afinal mal tinham dormido à noite e ainda haviam passado o dia inteiro andando pelas ruas da cidade. Tinha agradado a ele emprestar-lhe o ombro para que dormisse. Charlotte o fazia se sentir diferente e ele gostava de como era quando estavam juntos.

Sentia que uma parte de suas sombras, do peso que carregava por tudo que acontecera no passado, se arrefecia. Elas continuavam ali, marcadas como uma cicatriz, porém estancadas, sem causar dor quando eram acessadas. Apenas aquela triste melancolia pelo acontecido, e não mais a frustração do que poderia ter sido.

Ela despertara apenas quando fizeram a parada para descansar os cavalos e para comerem algo. Foi num relance, quando estavam sentados à mesa compartilhando impressões do passeio e Charlotte lhe contava do pouco que lembrava da Índia, que ele percebeu que algo havia mudado. Desejava-a como não pensava mais poder desejar a alguém, preocupava-se com ela, com seu futuro, e queria que ela tivesse acesso a todo o conhecimento que lhe fora negado durante os anos em que vivera cativa naquele bordel. Mas não era apenas isso, não era caridade ou vontade de recompensá-la, ele queria viver com ela todas as descobertas que faria. Falara do quão próximo estavam da França, do porto de Calais, e sentira uma enorme vontade de atravessar o canal e mostrar aquele país fantástico para Charlotte. Depois, quem sabe, poderiam ir até a Itália — outro lugar pelo qual ele tinha afeição — e para a Grécia, onde ela poderia descobrir a mitologia e a filosofia. Kim sempre falava de sua Quinta em Portugal, das coisas que produzia nela, do verão maravilhoso à beira do rio, cujas águas translúcidas e frias refrescavam o calor. Tremaine imaginara Charlotte banhando-se nele, assim como manifestou vontade de fazer no mar, sorrindo, chapinhando na água e fazendo amor com ele.

Ela amava banhar-se e merecia todo um rio para satisfazê-la. O Marquês desejava também mostrar-lhe Londres e retirar-lhe a impressão tenebrosa que tinha da cidade. É claro que Charlotte conhecera o submundo, a parte ignorada pela maioria dos nobres, pelos políticos e, óbvio, pela Coroa. As pessoas nascidas nas áreas mais pobres de Londres só eram trazidas à memória quando se falava de violência e em como mantê-los longe das áreas privilegiadas. Havia duas cidades em uma, ele reconhecia, e Charlotte conhecera apenas a que a amedrontava. Ele poderia não só mudar isso como levá-la ao interior, ao campo. Talvez à Escócia e, quem sabe, à Cornualha, a fim de ver o mar do alto de um dos grandes penhascos.

Tremaine sentira-se apavorado ao final do descanso e, quando entrou na carruagem, não sabia mais o que fazer para frear as ideias e as imagens que se formavam em sua mente cada vez que pensava em mostrar algo ou algum lugar novo para Charlotte. Quando chegaram na casa do bosque, pensou seriamente em não passar a noite por lá, pois necessitava de algum distanciamento para pensar. Só que não havia conseguido resistir à ideia de tê-la mais uma noite em seus braços.

Tinham dormido nus, abraçados, exaustos após o sexo. Ele demorara a conciliar o sono, acariciando as madeixas escuras dos cabelos dela que se espalhavam por seu peito, olhando para o teto e tentando entender o que estava acontecendo. Pela manhã, saiu enquanto ela ainda dormia, mas beijou-lhe a testa, murmurando palavras doces e confessando o quanto havia sido bom passar aqueles dias e aquelas noites ao seu lado. Sentia-se um covarde por não dar a ela a chance de ouvir o que sentia, contudo achou mais prudente guardar aquelas sensações para si, pelo menos enquanto ainda resolvia o que ia fazer.

Os dois não tinham estabelecido nenhum acordo, coisa que nunca havia acontecido até então entre ele e alguma amante, e ele gostava de que as coisas tivessem ficado daquela forma, deixava tudo mais... verdadeiro. Não sentia que Charlotte apenas desempenhava seu papel quando se entregava para ele e nem se sentia dono do tempo dela, como um patrão.

Tremaine a queria, assim como Charlotte o queria. O que realmente o estava incomodando era não poder proporcionar a ela todos os benefícios aos quais tinha direito por isso. Charlotte não lhe pedia nada e sentia-se bem com tudo o que já tinha. Não reclamava sobre não poder passear com ele ou ir à ópera ou ao teatro, mas ele queria levá-la. Por isso, ao chegar em Allen Place mais cedo naquele dia, sentia-se bem-humorado e já tomava providências para que, assim que a temporada acabasse, pudesse fazer as malas e levá-la para conhecer o mundo.

O que ele não lembrara era que não seria tão simples assim.

— Ah! Exatamente quem eu queria ver. — O Duque o encontrou ao sopé da escada e apontou para o escritório. — Sua mãe já o está aguardando, precisamos conversar.

Tremaine respirou fundo, seu dia estava se tornando ligeiramente cinzento.

— Tenho um compromisso por agora e...

— Qualquer compromisso pode esperar, porque vamos tratar do mais importante deles: seu casamento.

Stanton virou-lhe às costas e seguiu andando altivo para o escritório com a segurança de que o filho lhe seguiria, como deveria ser. Tremaine esperou alguns segundos enquanto lidava com a frustração de atrasar seu encontro. Seu secretário, a quem em raríssimas vezes via, pois ele tratava dos assuntos do Marquês com suma eficiência, precisava receber as instruções para que programasse a viagem ao Continente. Entrou resoluto e quieto no escritório, cumprimentando a mãe com uma leve inclinação de cabeça, e sentou-se ao lado dela, em uma das poltronas que ficavam em frente à escrivaninha do pai.

— Aqui estou eu, Vossa Graça.

O pai respirou fundo e deu uma olhada séria na direção da Duquesa.

— Hyacinth procurou-me para me contar sobre seu progresso e manifestou sua aprovação em relação a uma das damas, a que primeiramente lhe interessou, e que, segundo a Duquesa, é a melhor aposta desta temporada. — A mãe de Tremaine concordou com um gesto de cabeça. — A irmã do Conde Avery, Lady Lauren.

Chegara o temido momento em que começaria a ser pressionado.

— Vossa Graça há de convir que ainda estamos no começo da temporada, mas, sim, tive a companhia da referida Lady algumas vezes e, em todas elas, resultou ser muito agradável, porém...

— Não há porém, Tremaine. — A Duquesa finalmente se manifestou. — O acordo era ter um casamento nesta temporada e, conforme minhas pesquisas, não haverá melhor debutante neste ano do que Lady Lauren. — Ela voltou a encarar o Duque. — Já havia conversado com seu herdeiro acerca do interesse de outros nobres pela dama, inclusive de Lorde Clare, quem sabemos ter grande prestígio entre nossos pares. — O Duque concordou, o que deixou Tremaine ainda mais furioso, pois o pai sabia que Clare fora casado com Philomena, bem como conhecia o interesse de seu filho nela. — Por isso, busquei vossa intervenção para que Tremaine oficialize suas intenções com a irmã de Lorde Avery, a fim de garantir cumprir sua promessa para conosco.

— Mãe... — Ele deixou a formalidade de lado por um momento, não completamente convencido de que gostaria de se casar com Lady Lauren.

Na verdade, não quero me unir a nenhuma dama... Tremaine interrompeu o pensamento e, excluindo Charlotte de suas divagações, reformulou: *Não quero me casar com ninguém.*

Sabia que deveria, contudo. Realmente, havia gostado da companhia de Lady Lauren, notara que a moça era inteligente, agradável, divertida, mas não era Char... mas não o atraía! Seria um acordo agradável casar-se com ela apenas para terem o bendito futuro herdeiro e cada um seguir com sua vida, sendo amigos e apenas isso. A grande questão acerca daquele plano era que não havia tido tempo para conversar com a Lady e expor sua proposta, pois a última coisa que ele pretendia era iludi-la e magoá-la, o que tornaria a convivência entre eles, ainda que fosse mínima, um inferno.

— Com licença. — A Duquesa se levantou e saiu do escritório, deixando claro que já havia passado o "problema" para o Duque e que não ia mais ter participação naquela discussão.

Tremaine bufou, sentindo-se frustrado, e surpreendeu-se quando o pai foi até o aparador, serviu duas doses de uísque e entregou uma a ele.

— Acha que esta é uma decisão difícil só para você? — O Duque sentou-se na beirada da escrivaninha. — Não é, creia-me. Só conheci sua mãe no dia em que nos casamos e foi estranho e constrangedor por muitos meses ainda.

Tremaine tentou usar a tática do olhar entediado para fazer com que ele parasse de tentar contar sua história para consolá-lo — ou o que quer que estivesse tentando fazer —, porém não deu certo.

— É um sacrifício e entendi isso desde meu nascimento, que o título na família era o mais importante. — O Marquês bufou e o Duque riu. — Tive essa mesma reação quando chegou a minha vez, talvez um tanto pior, porque realmente estava apaixonado por outra pessoa e...

— Apaixonado? — A atenção dele foi captada, pois nunca poderia imaginar seu pai apaixonado por quem quer que fosse.

— Sim, eu também fui jovem, sabia? — Bebeu o resto do uísque e ofereceu outro ao filho, que declinou. — Minha amante era um espetáculo em todos os sentidos — riu —, e eu não queria ter de deixá-la após as núpcias.

O coração de Tremaine disparou.

— E a deixou?

O Duque deu de ombros.

— Aconteceu outra coisa...

— O quê? — Cruzou os braços. — Se começou o "era uma vez", siga até o fim.

O Duque gargalhou.

— Deus do céu, como você e eu somos parecidos.

Tremaine riu, sarcástico.

— Sou o Tremaine da vez, pai, mas não sou Luke.

O Duque ficou sério.

— Eu sei disso, nunca achei que fosse ele, nunca os confundi.

O Marquês engoliu em seco.

— Não sou digno de ser...

— Não diga bobagens, você é um Allen. — Tornou a se sentar. — Deus sabe como eu gostaria de ter tido um irmão reserva para poder passar a responsabilidade para ele.

Tremaine arregalou os olhos.

— O que foi? Acha que só porque nasci Tremaine não desejei não o ser? — Balançou a cabeça. — Como disse, já fui jovem.

Ele nunca havia tido uma conversa assim com o pai e estava ficando bem difícil conseguir relaxar para poder entender o que o Duque pretendia. Tremaine sempre foi um ótimo leitor de pessoas, reconhecia as artimanhas e, geralmente, as virava contra a própria pessoa, mas, naquele momento, seu pai e aquela falação toda sobre o passado eram uma incógnita para ele.

— O que aconteceu? Quando mudou? Quando desistiu de ser apenas você para assumir o papel que lhe deram?

— Você acha que é isso? Acha que deixei de ser quem era? Não, Tremaine, eu apenas amadureci, assumi minhas responsabilidades, minha família, priorizei o que era importante para mim.

— E sua paixão não era importante?

— Claro que era, mas tratava-se apenas disso: paixão. É um estado passageiro, arrebatador e muito gostoso, por isso nos apegamos a ele, mas passa. Talvez, se tivesse aberto mão da minha paixão naquela época, eu não soubesse disso que sei agora, e não saberia diferenciar uma coisa da outra. Então eu teria vivido a frustração de ter negada a oportunidade de aquela chama se autoconsumir.

— Quer dizer que, mesmo depois de casado com mamãe, você...

— Sim. Mantive-a por quase um ano ainda. Seu irmão estava prestes a nascer e eu achava que, se fosse um varão, eu estaria liberado para viver minha vida ao lado dela e deixar sua mãe com a criança no campo.

Tremaine franziu a testa, pois era exatamente o que pretendia fazer.

— E por que não o fez?

O Duque suspirou.

— Sua mãe quase morreu ao dar à luz Luke. Ela não parava de sangrar e, quando o médico apareceu com o menino e me disse que talvez a Duquesa não aguentasse aquela noite, meu mundo caiu. — Tremaine sentiu um frio na barriga, podia claramente ver a emoção causada pelas lembranças no semblante do pai e isso o desconcertava, pois nunca o vira daquele jeito. — Estava com meu herdeiro nos braços, e talvez com um "passe" para a liberdade, e me senti desolado.

O Marquês tremia, nunca tinha sequer ouvido qualquer coisa acerca daquela história, de como a mãe quase morrera. Muito menos havia se dado conta de que o casamento de seus pais — tão formais — era mais do que um acordo.

— Passei a noite ao lado dela — prosseguiu o Duque. — E, quando coloquei nosso bebê sobre seu peito, ela me olhou, fraca e muito pálida, e revelou que estava feliz por ter cumprido nosso acordo e que também se alegrava por saber que eu poderia ser feliz como eu sonhava.

— Ela sabia da...

— Nunca escondi. — Balançou a cabeça. — Hyacinth se casou comigo sabendo da minha paixão e o que nossas famílias esperavam de nós. Ela engravidou na primeira tentativa. — Ele ficou levemente corado ao dizer aquilo. — E eu me desobriguei a estar em sua cama virginal depois disso. Gostava da experiência de minha amante.

— Sei como é... — Tremaine pensou em si mesmo e no quanto tinha verdadeira repulsa por virgens até conhecer Charlotte.

— Mas, mesmo sem dormirmos juntos, convivemos, nos tornamos amigos. Ela era compreensiva, carinhosa, e eu a admirava como esposa, dona desta casa, senhora dos criados. Hyacinth era uma Lady exemplar e fazia de tudo para que o nosso lar fosse agradável e tomado de tranquilidade. — Riu. — Não percebi quando nossa amizade se tornou algo mais, mesmo porque ainda estava com a mente nublada por conta da atração sexual que sentia pela minha amante.

— E o senhor quase a perdeu — concluiu Tremaine, lembrando que vira o mesmo acontecer a Hawk e a Kim.

— Sim. A morte quase a levou e percebi que minha vida não seria a mesma sem ela. Eu a queria ao meu lado. Queria que visse nosso filho crescer e, por mais louco que pudesse parecer, queria ter uma família de verdade, dedicar-me a ela. Passei dias de puro sofrimento, condenando-me, julgando-me, até que ela se restabeleceu.

— Assim, vocês puderam ter um casamento por amor.

O Duque riu.

— Não prestou atenção à história? Eu disse que descobri que a amava, mas não disse que ela me amava também.

Tremaine arregalou os olhos, verdadeiramente interessado.

— E como foi que...

— Tive que cortejá-la, seduzi-la, encantá-la... Não foi fácil fazê-la me aceitar em sua cama e, mesmo depois disso, não foi fácil ter sua confiança.

O Marquês entendia, pois conhecia bem sua mãe e tinha noção de sua personalidade e força de vontade.

— Mas... conseguiu? — perguntou, desconfiado.

O Duque suspirou.

— Somente quando soubemos de você — revelou ao filho. Tremaine arregalou os olhos em surpresa. — Já tínhamos Luke, Adriana e Alicia, mas ela não havia se declarado ainda para mim. Quando engravidou pela quarta vez, riu e disse que era um escândalo termos tantos filhos seguidos daquela forma, e voltei a dizer a ela o quanto a amava. Então finalmente me retribuiu a declaração. — O Duque sorriu, como se tivesse acabado de ouvir as palavras, com o olhar satisfeito. — Sua mãe é uma mulher forte e muito decidida, e é por isso que eu ainda a amo. Pena que, depois de um tempo, os filhos deixaram de vir, mas se dependesse do nosso esforço...

— Pai! — Tremaine fez careta e o Duque gargalhou.

— Não queremos apenas um herdeiro, Tremaine, queremos que se dê a chance de conhecer alguém e ser feliz.

Ele ficou tocado, mas o passado o impedia de deixar passar a pergunta que lhe veio à mente no mesmo instante que ouviu as palavras do pai.

— Então por que não me apoiou com Lady Philomena?

O Duque suspirou.

— Você era jovem demais e, além de tudo, era meu segundo filho e a família dela nunca o aprovaria, apesar de ser um Allen. Eles precisavam de mais do que dinheiro, precisavam de um título e você não tinha nenhum.

— Eu a amava...

O Duque ergueu a sobrancelha.

— Mesmo? Ou amava a ideia de tê-la em sua cama?

Tremaine ficou nervoso e levantou-se, andando de um lado para o outro.

— Mesmo depois de tê-la em minha cama, eu continuei amando-a.

— Sim, você a teve em sua cama, mas ela não podia ser sua, pois já estava casada com outro homem.

Ele encarou o pai, estupefato, pois imaginara que ninguém, fora os amigos, soubesse do caso.

— Como?

— Sou seu pai e já tive sua idade, já estou cansado de lhe dizer isso. Eu sabia que a Condessa de Clare passava tempo na sua cama e, se vocês o faziam discretamente e o marido dela não se importava, problema dos dois e...

— Clare nunca soube.

O Duque riu.

— Crê realmente nisso? — Não esperou a resposta do filho e, clareando a garganta, ergueu-se da poltrona. — Quando pretende oficializar suas intenções com Lady Lauren?

Tremaine, ainda mexido com todas aquelas revelações, precisou de alguns segundos antes de responder:

— Quando a Duquesa achar conveniente.

Tremaine seguia para a residência do Conde de Avery, um endereço conhecido na Grosvenor Square, não muito distante da casa do Conde de Hawkstone.

Logo depois da conversa com o pai, havia mandado um bilhete solicitando a permissão do Conde para acompanhar Lady Lauren em um passeio no Hyde Park e, por causa da resposta positiva, havia se programado para buscá-la de cabriolé. Parou o veículo, aberto e informal, na porta da residência, mas, assim que desceu para a calçada, encontrou-se com o homem a quem vinha buscando em todos os bailes.

O Conde de Clare estava mais velho, os olhos castanhos escuros ainda mais profundos, embora suas pálpebras estivessem mais caídas, os cabelos levemente grisalhos, mas não a ponto de disfarçar a enorme mecha branca que sempre lhe fora característica desde o nascimento.

Tremaine ficou parado, olhando-o caminhar em sua direção, e preparou-se para qualquer embate — ou cumprimento — que pudesse surgir daquele encontro. Contudo, o Conde passou por ele, empertigado do alto dos seus mais de um metro e noventa, sem sequer o olhar. Ele franziu a testa sem entender, porque mesmo os inimigos declarados se cumprimentavam naquela sociedade deveras hipócrita, e os dois nunca tinham tido nenhum tipo de confronto que justificasse a falta de educação do Conde.

— Boa tarde, Milorde — falou às costas do Conde e novamente foi sumariamente ignorado.

Aquele gesto apenas confirmou o que seu pai havia lhe dito naquela manhã: Clare sabia sobre seu caso com Philomena. Ficou parado no mesmo lugar, acompanhando o nobre caminhar, atravessar a rua e, finalmente, desaparecer de sua visão. O ódio que alimentara durante anos ao pensar naquele homem obrigando Philomena a deitar-se com ele, maltratando-a quando era rechaçado ou quando tinha sua vontade negada, queimou seu peito e o fez cerrar as mãos.

Ciúme... ou revolta? Não sabia identificar o que sentia. Repudiava qualquer tipo de maus-tratos, principalmente os de homens contra mulheres, e sentia nojo de seus pares que se achavam superiores e no direito de fazer o que quisessem com as esposas, filhas e amantes. Odiaria Clare da mesma maneira se não amasse Philomena?

A dúvida se instalou pela primeira vez na cabeça do Marquês, mas ele a ignorou quando ouviu a voz de Lorde George, irmão de Lady Lauren, que saía de casa.

— Tremaine! — cumprimentou-o assim que o viu. — Minha irmã está à sua espera.

— Avery, como vai?

— Bem, apenas apressado para uma reunião com Wentworth e Winsbury. — Olhou para o veículo do Marquês. — A dama de companhia de Lady Lauren pretende ir junto, caberá no cabriolé?

Tremaine riu.

— Se formos apertados, sim.

Avery sacudiu a cabeça.

— Você tem irmãs, então espero que trate a minha como gostaria que as suas fossem tratadas.

Tremaine reconheceu o conselho como uma leve reprimenda.

— Iremos todos a pé. — Mudou de ideia e viu que ao Conde a mudança agradou muito.

— Bom passeio. Espero vê-lo em breve para uma conversa.

Tremaine tentou não rir.

— Será um prazer, Milorde.

Bateu à porta da residência e, depois de ser recepcionado pelo mordomo, aguardou que a Lady aparecesse com a mulher que ia acompanhá-los. Lady Lauren não tinha mais os pais vivos, seu irmão assumira o título e também sua criação quando ainda era muito pequena, o que a fizera ficar muito tempo no campo. Tremaine sorriu quando as viu e reconheceu que, mesmo não havendo nenhuma centelha de atração entre eles, poderia ser um acordo que daria certo. *Então por que sentia um amargor na boca e um aperto no peito ao pensar em desposá-la?*

— Boa tarde, Miladies — cumprimentou, reconhecendo uma parente de Avery como a acompanhante. — Prontas para fazer uma caminhada até o Hyde Park?

— Claro, Milorde. — Lady Lauren sorriu, animada. — Ficamos sabendo que este é o horário em que o parque está repleto de pessoas, e eu adoro ver gente.

Ele assentiu, acompanhando-as até o local, ainda que não o agradasse o mínimo a ideia de cumprimentar alguém a cada metro percorrido.

28

Dois mundos

Lottie nunca imaginara ser possível tanta beleza! Estivera encantada, prestando atenção em cada detalhe, sem deixar passar nada. Ficara deslumbrada em Dover com a cidade que, mesmo sendo portuária, não tinha a sujeira e a violência do porto de Londres, que ela conhecia e do qual se lembrava.

Claro que o Marquês devia tê-la levado apenas aos melhores lugares, escolhidos com bastante cuidado para a segurança deles. E também porque estava acostumado a transitar por ruas varridas, livres de esgoto, sem lixo e resto de qualquer coisa que um dia já vivera.

Quanto a ela, tudo de que se lembrava de sua chegada a Londres eram imagens escuras, cheiros fétidos e medo, muito medo. Talvez por ainda ser criança ou mesmo por causa das circunstâncias, afinal haviam sido roubadas e não sabiam a quem recorrer na cidade. O fato era que Lottie não esperava, mesmo depois do que o Marquês lhe havia contado, que Londres pudesse ser tão linda.

— Parece um sonho — comentou, olhando em volta. — Quando escuto algumas pessoas falando sobre o paraíso, talvez pensem neste lugar.

Lady Lily pegou sua mão.

— Sabia que ia gostar mais daqui do que do museu. — Riu.

— Ah, mas gostei muito do museu e de toda a história que me contou, tanto que, logo que chegar em casa, vou procurar livros sobre o assunto na biblioteca. — Respirou fundo. — Mas é que passei tantos anos confinada entre paredes que quando encontro um lugar assim, cheio de espaço, com natureza, sem nada limitando minha visão, é que me sinto à vontade.

— Sinto que você vai amar o campo. Nossa propriedade em Whilshire é linda. Podemos ir até lá quando se apresentar oportunidade.

— Mesmo? — Lottie se virou para a dama a quem já considerava uma grande amiga.

— Claro. Eu ia amar sua companhia!

Ela piscou para ter certeza de que estava realmente acordada, coisa que vinha fazendo com alguma frequência. Tudo parecia irreal. A casa confortável, os criados que a tratavam bem, suas roupas novas, a viagem para Dover, a amizade com Lady Lily e, claro, ter se apaixonado por Tremaine.

Sebastian. Pensou no nome dele com um sorriso nos lábios.

Lottie gostaria de fazer aquele passeio ao lado do Marquês e entendeu, mesmo com o coração partido, o motivo pelo qual não poderiam estar ali juntos. Esse entendimento doera-lhe muito e desde então vinha pensando em como agir. Não poderia viver daquela forma para sempre, escondida como um segredo sujo, pois, em sua concepção, o amor era como uma bela flor que precisava de água, bom solo, cuidado e, principalmente, luz do sol. Como manter no escuro algo tão lindo quanto o sentimento que possuía pelo Marquês? Ela não poderia nem queria.

A viagem tinha tido efeito calmante em seus pensamentos sobre a questão, mas estar de volta a Londres, passeando com Lady Lily sem poder nem mesmo se encontrar com ele, não era algo que a deixava confortável. Fora por isso que, quando a Lady se apresentara na casa do bosque mais cedo, relutara em acompanhá-la.

— Preciso ajudar a governanta — desculpara-se, tentando se livrar do passeio.

— Não vou aceitar um não como resposta. Além do mais, foi o próprio Lorde Tremaine quem sugeriu que eu a apresentasse aos locais mais bonitos da nossa cidade.

Lottie havia se surpreendido.

— Ele realmente fez isso?

— Mais ou menos, mas o sentido é o mesmo. — Rira quando Lottie a olhara desconfiada. — Suba logo e escolha um dos vestidos para um passeio vespertino.

Ela havia buscado a ajuda da governanta com o olhar, mas a senhora sorrira e assentira, como se a estivesse encorajando a ir. Escolhera, então, um vestido de fundo marfim todo salpicado com florezinhas amarelas. Havia colocado chapéu, e nele uma fita que combinava com o vestido, para mantê-lo preso à cabeça, e calçara sapatilhas claras. Saíram rumo ao bairro de Mayfair na carruagem da família de Lady Lily.

— Agradeço a Deus todos os dias por Hawkstone ter me dispensado de ter uma dama de companhia. Já pensou nisso? Uma solteirona de 23 anos acompanhada como uma debutante?

— Você não é uma solteirona — rebatera Lottie, e Lady Lily explicara que já tinha passado por muitas temporadas. — Mas não pensa em se casar?

— Não! — Lily fizera uma careta. — Penso em fazer algo mais útil com minha vida.

— O quê, por exemplo?

Deu de ombros.

— Ainda estou avaliando as opções, mas, para realmente escolher, preciso que Hawk desista de querer me casar com alguém. — Revirara os olhos. — Ele vai me fazer passar por mais algumas temporadas antes de se conformar que não vou me apaixonar por algum daqueles Lordes enfadonhos.

— E Milady está avaliando opções para seu futuro?

— Essa é a ideia.

Haviam ido primeiro visitar museus, mas a dama logo percebera que Lottie parecia se sentir aprisionada dentro dos locais escuros e cheios de paredes. Então fizera uma proposta que devia ter vindo à sua cabeça de supetão:

— Vamos ao Hyde Park. Não há melhor lugar para falarmos sobre moda e comportamento, você vai aprender muitas coisas nesse passeio, mais até do que aqui.

Lady Lily estava certa. Lottie ficou encantada com o cuidado que o parque recebia, a grama aparada, os caminhos limpos, as árvores podadas e prontas para florescerem na primavera que se acercava. Certamente o parque deveria explodir em cores e aromas durante a estação da renovação. As plantas castigadas pelo frio do inverno iam se recuperar, e quem sabe surgiria algum tipo de animal para ser observado da ponte do lago Serpentine.

— Ah, olhe só quem está aqui também! — Lady Lily interrompeu seus pensamentos e acenou.

Lottie olhou fascinada para as duas mulheres que seguiam em sua direção conversando.

— São suas amigas?

— São mais que isso, são da minha família.

Lottie sentiu o coração disparar sem saber o que fazer, como falar e agir.

— Lily, que surpresa agradável. — A mulher menor, de cabelos avermelhados e lindos olhos cor de mel, a saudou com beijos na bochecha. — Pensei ter ouvido que ia visitar museus hoje.

Lottie sentiu seu olhar passar curiosamente por ela.

— Ah, sim, fui apresentar algumas curiosidades da nova curadoria para minha amiga que não conhece bem a cidade. — Virou-se para Lottie e sorriu como se quisesse acalmá-la. — Helena e Marieta, esta é Charlotte, uma amiga minha que nasceu na Índia. Charlotte, essas são a Condessa de Hawkstone, minha cunhada, e a Sra. Ávila, uma grande amiga.

Lottie as saudou rapidamente, sem deixar de perceber que os olhos claros da Sra. Ávila pareciam fixos nela como se quisessem ver sua alma.

— É um prazer conhecê-las.

— Índia? — questionou a mulher de pele escura. — Deve ser um belo lugar. Meu marido e eu o temos em nossa lista de viagens, mas teremos de esperar um pouco até que nossa Mara cresça.

Lottie apenas sorriu, sem saber o que dizer, mesmo porque ela mal se lembrava de sua terra natal.

— Já estão pretendendo nos deixar novamente? — perguntou a Condessa à amiga. — Não gosto de estar tanto tempo separada de vocês, ainda mais agora que Samuel se apegou tanto a Mara.

Lady Lily começou a rir e cochichou com Lottie.

— Samuel e Mara são seus bebês e devem estar passeando em seus carrinhos com os pais.

— Você já é tia. — Lottie suspirou sem ter noção do que era ter um bebê próximo, pois ela nunca tivera a oportunidade de segurar nenhum nos braços.

— Já, há muitos anos. Minha irmã mais velha tem um menino e está na iminência de ganhar outro, bem como temos o bebê de Hawk e Helena e a lindeza de menina de Kim e Marieta.

Lottie suspirou.

— Não tenho experiência com bebês. — Olhou-a para que entendesse que, de onde viera, não era algo comum, e Lily assentiu, parecendo ler seus pensamentos.

— Diga-me, Srta. Charlotte, está gostando da cidade? — perguntou a Condessa, de repente. — Sei como é chegar em Londres, vinda de uma terra distante. Mari e eu somos do Brasil.

Lottie sorriu, lembrando-se de ter visto no mapa aquele nome, bem como desenhos de muitas árvores, indígenas e algumas culturas como a cana, que produzia o açúcar, e o café, que ela tanto apreciava.

— São... como dois mundos muito diferentes. — Tentou ser sincera, embora não se referisse à Índia, mas sim ao East End.

— Imagino que seja. — Marieta sorriu. — Levei muito tempo para me adaptar, principalmente porque não falava o idioma.

— Mesmo? — Lottie pegou-se surpresa. — Acho seu inglês melhor do que o meu.

Marieta sorriu, lisonjeada.

— Realmente você tem um acento diferente. — Helena olhou-a com mais atenção e ela ficou nervosa.

— Ah, olhe lá, Charlotte! — Lily apontou para dois homens que caminhavam empurrando carrinhos de bebê pela grama. — Não disse que eles estariam se pavoneando com seus filhos pelo parque?

Marieta e Helena riram, também olhando para seus maridos, que vinham trazendo os bebês.

— Dizem que são as crianças mais lindas do mundo. — Helena riu ao dizer isso.

Lottie puxou Lily pela manga do vestido e cochichou ao seu ouvido:

— Não sei como cumprimentar um Conde.

— Não se preocupe, eles não vão notar isso, ainda mais quando lhes disser que você não é daqui.

— Lady Lily, eu não me sinto confortável fingindo ser quem não sou.

— De verdade? Eu achava que você era Charlotte e que tinha nascido em Bombaim!

— Eu sou, mas estou aqui desde os nove anos de idade, não cheguei agora.

— Mesmo? E quando foi que veio a Mayfair? — Lottie abriu a boca para responder, mas não pôde, devido à proximidade dos homens.

— Ah, vejo que encontraram Lady Lily! — O homem com cabelos e olhos escuros abraçou Marieta e lhe beijou a testa, um gesto carinhoso que Lottie ainda não tinha visto nenhum casal fazer igual ali no parque. — Como vão?

— Sim! E também a Srta. Charlotte...

O outro homem, cujos olhos de cores diferentes surpreendera Lottie, pareceu engasgar quando a Condessa disse o nome da acompanhante de sua irmã. Ela ficou tensa, percebendo que talvez ele soubesse quem ela era e o que era de Lorde Tremaine.

— Srta. Charlotte... — Apertou os olhos, perscrutando-a como uma verdadeira ave de rapina faria à sua presa. Um falcão, igual seu título sugeria. — Desculpe, não ouvi o sobrenome.

Lottie arregalou os olhos e olhou para Lily em busca de ajuda.

— É minha amiga que veio da Índia, Hawk. Acho que você já ouviu falar dela.

O Conde não demonstrou nenhuma reação, apenas assentiu, sério.

— É um prazer conhecê-la, Srta. Charlotte.

Ela abaixou a cabeça em um cumprimento simples e fez o mesmo quando Joaquim se apresentou.

Começaram a conversar entre eles sobre a chegada do filho da viscondessa de Braxton, Elise, irmã de Lily e do Conde. A gravidez já estava avançada e o bebê poderia nascer a qualquer momento, por isso o marido dela não estava com o filho mais velho acompanhando o passeio naquela tarde.

Enquanto ouvia a conversa, Lottie olhou à sua volta e seus olhos encontraram os de um homem que a encarava abertamente, parado no meio do gramado. Desviou a vista no mesmo instante, mas algo a incomodou naquele olhar. Tocou o braço de Lily novamente para perguntar-lhe quem poderia ser.

— Há um homem que não para de olhar para nós... — Lottie olhou ela mesma de soslaio e percebeu que ele vinha caminhando em sua direção. — Lily, quem é...

— Ah, olha, chegou quem faltava! — A Condessa de Hawkstone a interrompeu ao sorrir e indicar o outro lado do parque. — É Lady Lauren com o Tremaine?

Lottie esqueceu-se do homem estranho e virou-se para a direção que a Condessa indicava. Sentiu o coração levar um soco ao ver o Marquês caminhando com duas moças, sendo que uma delas tinha o braço apoiado no dele.

— Eles fazem um belo casal, tomara que dê certo.

Ouviu a opinião de Marieta e não restou dúvidas de que aquela dama talvez fosse a mulher com quem ele se casaria. Sua respiração ficou pesada e seus olhos se marejaram, dificultando-lhe a visão. Ao que parecia, o Marquês estava concentrado em alguém além do grupo e, quando finalmente focou neles, Lottie viu brilhar rapidamente a surpresa no semblante dele, pois provavelmente não esperava encontrá-la ali.

— Charlotte? — Lady Lily a chamou baixinho. — Se quiser ir embora eu posso...

— Por favor! — implorou com a voz entrecortada.

Lily então se moveu, retirando um delicado relógio da bolsinha.

— Nossa, Charlotte, me esqueci do horário que combinamos para voltarmos! — Ela ouviu Lily se desculpar por terem de ir embora tão apressadamente, mas não conseguia enxergar mais nada, querendo que um buraco se abrisse no chão a seus pés e a tragasse. — Deixem nossos cumprimentos ao Marquês e suas companhias.

Sentiu-se ser puxada por Lily e a acompanhou, sem nem mesmo se despedir de ninguém do grupo, andando apressadamente e temendo que não conseguisse chegar à carruagem antes que suas lágrimas descessem.

— Estamos quase lá. — Lily a confortava. — Eu não imaginava que...

— Você sabia? — perguntou Lottie com a voz baixa.

Lady Lily suspirou e ela já entendeu a resposta apenas com esse gesto.

— Eles nunca passearam em público, acho que é a primeira vez, mas ouvi uma coisa ou outra sobre o Marquês talvez propor a Lady em casamento até o final da temporada.

— Ao que parece, não é mais um talvez!

Dizer aquelas palavras, tendo a certeza de que ele não estaria ali naquele parque com aquela mulher se não tivesse intenções sérias, terminou de partir o coração de Lottie.

29

Um encontro inesperado

A primeira coisa que Tremaine viu, ao entrar no parque, foi o grupo formado por seus amigos. Os carrinhos de bebê os tornavam inconfundíveis, assim como o jeito orgulhoso de seus pais. Como ainda não queria introduzir Lady Lauren em seu círculo de amigos, pensou em fazer um desvio antes que o vissem, mesmo porque havia mais pessoas entre eles que o Marquês não havia reconhecido de imediato, pois usavam chapéus e estavam de costas. De onde estava, ele não conseguia ainda ter certeza de que se tratava de Lily e algumas de suas amigas. Estava pronto para se desviar, ouvindo a conversa leve e animada entre as duas damas que o acompanhavam, quando reconheceu, orbitando próximo a seus amigos, Lorde Clare. Diminuiu o passo e ficou encarando o Conde, que parecia hipnotizado por algo ou alguém. Ele começou a andar na direção de seus amigos, quando, de repente, ao olhar para eles, reconheceu a moça que acompanhava Lady Lily.

— Charlotte!

Seu coração disparou como se tivesse começado a praticar corrida, embora não houvesse mudado em nada a velocidade de seus passos. Notou que ela ficara surpresa e constrangida e não soube o que fazer. Não queria que ela tivesse visto Lady Lauren com ele; não queria estar naquele parque com Lady Lauren, mas sim com ela. Tentou raciocinar, encontrar uma maneira de lhe pedir desculpas por reuni-las, e se acalmar, até poder explicar a ela que seu interesse pela Lady era exclusivamente um acordo de negócios, um casamento de conveniência. Não queria magoá-la, mas sentia que a estava magoando, e isso lhe feria o espírito.

— Ah, olhe, Lady Lauren, não é Lorde Clare ali? — A voz de Minerva, a dama que lhes fazia companhia, fez com que ele desviasse os olhos rapidamente na direção do Conde e, enfim, percebesse que o homem estava indo ao encontro de Charlotte ou de Lily.

Franziu a testa sem entender, principalmente quando as duas deixaram o grupo, apressadas, em direção a uma das saídas do parque, e o Lorde seguiu atrás. Tremaine sentiu o sangue ferver ao pensar que o Conde pudesse ter se encantado com Charlotte, que pudesse abordá-las no caminho, e o pior, temeu que ele soubesse quem ela era para o Marquês e tentasse prejudicá-la. Balançou a cabeça, percebendo que não estava raciocinando direito, pois ninguém ali a conhecia ou sabia da ligação que tinham, a não ser Lady Lily e Hawkstone.

Merda. Xingou-se quando encarou seu amigo e percebeu nele o olhar de quem o estava condenando por ter feito uma grande besteira.

— Lorde Tremaine, que prazer encontrá-lo. — Helena o saudou sorrindo, mas o clima entre as pessoas do grupo era tenso, como se desconfiassem de algo. — Lady Lauren, como vai?

Tremaine não escutou a conversa entre a Condessa e a dama que o acompanhava, pois, desvencilhando-se dela, seguiu para perto de Hawkstone e Kim.

— O que ela fazia aqui? — inquiriu ao Conde.

— Veio com minha irmã. — Ele cruzou os braços, aborrecido. — Agora me pergunto como Lily a conheceu.

Kim franziu a testa.

— De quem estão falando? Da moça que estava com... — Arregalou os olhos. — É a dama que o acompanhou a Dover? Gil me disse que...

Hawkstone pareceu ainda mais surpreso.

— Levou sua amante para Dover?

— Amante?! — sussurrou Kim, olhando para os lados a fim de ter certeza de que nenhuma das mulheres presentes os ouvia.

— Charlotte não é... — Tremaine começou a falar, mas se calou.

Bufou, pois tudo o que ele não queria que acontecesse havia acontecido, e agora que a tinha exposto, mesmo que confiasse em seus amigos para que aquele fato não abalasse sua reputação caso os dois resolvessem... Ele interrompeu o pensamento na hora. Não queria pensar na reputação de Charlotte naquele momento, porque isso o fazia conjecturar sobre a possibilidade de perdê-la, e Tremaine não conseguia nem pensar que algo assim pudesse suceder. Imaginar ter de separar-se de Charlotte o fez sentir uma dor tão grande quanto a que sentira quando soube da morte de Philomena, talvez até maior. Ele não podia ficar sem ela e precisava fazer algo que garantisse que Charlotte, mesmo depois que ele se casasse, continuaria ao seu lado.

— ...Tremaine? — Hawkstone o chamou e ele encarou o amigo.

— Preciso ir atrás dela — declarou, de repente.

— Está louco? — Kim segurou seu braço. — E as Ladies que o acompanham?

O Marquês deu um longo e irritado suspiro.

— Vou salvá-lo desta vez porque percebo que a moça é importante para você de alguma forma, mas depois quero conversar sobre como minha irmã a conheceu.

Sem entender do que Hawkstone falava, Tremaine ouviu o Conde convidando, em nome da Condessa, as damas para um chá e desculpando o Marquês e Kim, que teriam que sair para resolver um assunto da companhia de navegação. O alívio de Tremaine por ter se visto livre para ir até Saint John's Wood ficou quase evidente, pois ele apenas cumprimentou a todos e saiu apressado com Kim em seu encalço.

— Marieta vai me pedir explicações depois. Ainda bem que ela entendeu que algo aconteceu e concordou que eu viesse contigo. Mas, porra, Sebastian, o que você está fazendo? Pensei que tinha rompido o contrato com sua amante para se dedicar a encontrar uma esposa.

Tremaine riu.

— Eu rompi, não tenho amante.

Kim quase perdeu o passo a caminho de sua carruagem, que levaria o Marquês até onde desejava ir.

— Então quem é a tal Charlotte para você?

Tremaine detestava se expor, mas, naquele momento, não conseguiu se conter.

— Charlotte importa para mim e eu não pretendo perdê-la. — Sentiu um bolo subir pela garganta. — Isso é tudo que ouso dizer agora.

Ouviu seu amigo rir, mas não se virou para olhá-lo.

— Então, desejo-lhe boa sorte para sair da encrenca na qual se meteu.

Chamou seu cocheiro e o instruiu a levar o Marquês.

Tremaine passou a viagem toda sacudindo as pernas, nervoso, culpado e com uma sensação que comprimia seu peito. Tentou em vão se acalmar e percebeu que não ter tido uma conversa às claras com Charlotte e explicado a ela suas responsabilidades havia sido um erro. Não seria possível correr mais riscos. Precisava ser sincero com ela, dizer-lhe que, muito embora precisasse se casar com uma Lady, esse casamento seria apenas uma transação comercial para engendrar novos sucessores para o título, nada mais.

Ela vai entender. Era o mantra que repetia, embora supusesse que as coisas não seriam tão simples. Sentia um frio na barriga amedrontador, seu estômago estava nauseado e o coração parecia a ponto de atravessar o peito de tanto que batia forte. Não conseguia pensar sequer em perdê-la, não imaginava mais seus dias sem a presença de Charlotte, sem pensar nela ou mesmo fazer planos.

A conversa que tivera com seu pai mais cedo lhe voltou à memória, e ele tentou fazer uma rápida avaliação sobre o que sentia. Não estava somente encantado pela experiência sexual de Charlotte como amante, pois adorava as conversas, entusiasmava-o vê-la aprender, descobrir e pesquisar coisas novas dentro e fora do quarto. Gostava do cuidado que percebia que ela tinha para com ele, o esmero em preparar suas refeições, a maneira como cuidava de suas coisas, o jeito delicado como massageara seus pés com o óleo perfumado e depois o fizera ter um dos orgasmos mais incríveis de toda a sua existência. Gostava dela, não só de seu corpo ou do prazer que lhe proporcionava. Sentia-se feliz agradando-a, cuidando dela, retribuindo seus carinhos, observando-a dormir em seu peito, entregue e confiante.

Sentiu uma ardência estranha nos olhos, algo que não acontecia havia anos com ele, e fungou alto, sufocando um soluço. Tampou o rosto com as mãos e respirou fundo várias e várias vezes, lembrando-se da promessa que fizera tempos antes de não ser mais levado por lágrimas. *Não ia chorar. Ia consertar as coisas.*

Repassou mentalmente tudo que falaria para ela quando chegasse na casa do bosque. Substituiu e excluiu algumas palavras, reformulou sentenças, tentou amenizar o tom para não transparecer o quanto estava desesperado. Acertariam as coisas. Sabia que Charlotte tinha sentimentos por ele, era impossível que não tivesse. Senão não teria se entregado a ele, não o olharia ou o tocaria como o fazia e, principalmente, ele não se sentiria tão querido.

Quanto a ele... achou que amaria para sempre Lady Philomena, mas o que sentia desde que conhecera Charlotte era algo diferente, forte e que lhe dava medo nomear. Desejava vê-la florescer ainda mais como mulher, acompanhar-lhe as descobertas que ainda teria para fazer, cuidar dela, protegê-la e am...

A carruagem parou e ele, interrompendo qualquer tipo de pensamento, saltou do veículo — não sem antes notar o outro, com o brasão de Hawkstone parado no pátio — e correu para a casa. A governanta foi quem o atendeu e quem o fitou com olhos arregalados quando ele subiu as escadas de dois em dois degraus, sabendo onde encontraria Charlotte. Entrou no quarto que dividiam sem bater ou sem se anunciar e o encontrou vazio. Atravessou a casa de banho e, quando ingressou no quarto usado por suas amantes anteriormente, estancou ao ver Charlotte dobrando vestidos dentro de um baú, tendo Lady Lily como ajudante.

— Saia, Lily! — Tremaine não conseguiu amenizar sua frustração e irritação diante da cena.

— Seb, acho que seria melhor se vocês conversassem depois e...

— Pedi para que saísse, Lily!

Viu quando Charlotte suspirou e fez um gesto de cabeça, concordando.

— Espere-me lá embaixo, Lily, por favor.

As palavras de Charlotte foram como uma apunhalada no peito dele. Permaneceu calado enquanto a Lady saía do quarto, deixando-o a sós com Charlotte, e só falou quando ela voltou a se mover e a guardar seus pertences.

— Eu não sabia que pretendia ir ao parque hoje.

Ela não o olhou, apenas assentiu.

— Imaginei.

Tremaine bufou.

— Por que está guardando essas coisas no baú, Charlotte?

Ela parou e ele começou a alimentar alguma esperança. Então, quando finalmente Charlotte o encarou, ele desmoronou ao perceber que ela havia chorado, pois seus olhos vermelhos e inchados não escondiam o fato.

— Talvez não deva levar nada. — Soltou a camisola que segurava. — Cheguei aqui sem nada e seria o certo ir do mesmo jeito.

Tremaine se apressou e a alcançou em poucos passos, segurando-a pelos braços.

— Precisamos conversar! Eu sei que deveríamos ter falado sobre isso antes, mas... — Suspirou. — Charlotte, nada precisa mudar entre nós, mesmo depois que me casar, podemos seguir aqui, não temos por que nos separar.

— Sei disso. Lady Lily já havia me explicado como as coisas funcionam na sua sociedade. Amantes são suportadas e algumas até aceitas.

Ele franziu a testa.

— Não sabia que tinham conversado sobre isso. Por que não me disse nada? — Charlotte deu de ombros. — Meu casamento não significará nada, será apenas por conveniência, um acordo de negócios para que haja um sucessor futuramente para o ducado.

— Você se casará com ela e terão filhos, mas será apenas um acordo?

— Exatamente! É assim que as coisas são por aqui, salvo raras exceções. Terei contato com minha esposa apenas para que ela conceba um filho varão. Depois, nem precisaremos mais nos ver.

Charlotte o encarou.

— É assim que deseja viver? Casado e com um filho, mas sem estar com eles?

O coração de Tremaine disparou e ele congelou ao pensar no que ela dizia. Imediatamente se lembrou de seus amigos, completamente apaixonados por seus bebês, loucos para voltarem para casa e ficarem com suas esposas. Engoliu em seco, não querendo pensar no que realmente desejava, porque não seria possível.

— É assim que as coisas são.

Ela se desvencilhou dele.

— E eu? Ficaria aqui escondida, esperando-o aparecer para me fazer companhia quando pudesse?

— Não! Quer dizer, depois do nascimento... — Até para ele era difícil ter aquela conversa, mesmo depois de ter ensaiado tanto. — Você não precisará viver escondida. Vamos viajar, conhecer outros lugares e...

— E se eu tiver um filho? — Ela o interrompeu, séria.

Tremaine estremeceu. Não de pavor, mas de emoção apenas em pensar que Charlotte pudesse carregar um filho seu. Infelizmente, aquilo também traria amargas consequências, pois a criança seria estigmatizada como bastarda.

— Podemos evitar.

Ela sorriu, amarga.

— Também sei disso. Trabalhei em um bordel, sei que há maneiras de evitar conceber ou impedir o nascimento de uma criança. — Balançou a cabeça de um lado para o outro. — Preciso de mais do que isso, Milorde.

Tremaine não entendeu a colocação e pensou rápido, a fim de convencê-la.

— Podemos fazer um contrato! Deixarei esta casa para você, assim como tudo que tem dentro, além de quantias mensais e algum investimento para o futuro...

— Pare! — Charlotte falou alto, as grossas lágrimas escorrendo. — Eu não estou à venda, Milorde. Não teria fugido daquele lugar se quisesse algo assim para mim. — Sua voz falhava e ele percebia o quanto ela tremia. — Nunca quis um contrato ou dinheiro em troca de estarmos juntos. Não fui para sua cama por causa dessas coisas.

Tremaine desejava abraçá-la e pedir — talvez implorar — para que não o deixasse. Fez um movimento, mas ela se afastou e ele permaneceu onde estava. Era difícil enfrentar aquela situação, saber que a estava perdendo, sentir a dor que isso lhe causaria e não poder fazer muito mais para impedi-la de ir embora. Tinha assumido um compromisso com sua família, e isso estava lhe arrancando a alma.

— O que deseja, então? O que eu posso fazer para que fique?

Charlotte meneou a cabeça.

— Pelo que pude entender até agora, nada. — Observou-a caminhar na direção da porta. — Não desejo nada do que me ofereceu e sei que o que quero não poderá ser meu, então não vejo motivos para ficar aqui.

Charlotte colocou a mão na maçaneta da porta.

— E suas coisas? — perguntou Tremaine, querendo qualquer pretexto para impedi-la de sair daquele quarto enquanto pensava em como poderia fazê-la ficar.

— Não creio que vá precisar delas.

Ele arregalou os olhos e pensou que ela deveria já estar pensando em encontrar outra ocupação, talvez até aceitasse a proposta de um outro homem. Tremaine lembrou-se de Lorde Clare e do jeito interessado como ele a olhava. Sabia que o Conde estava em busca de uma nova esposa e que não fazia ideia de que Charlotte não era uma Lady. E se ele a abordasse? Clare vivia praticamente recluso no campo, era rico, tinha prestígio e ninguém para impor sua vontade a ele, afinal já era um Conde.

— Pretende buscar outro amante? — perguntou de supetão, mal conseguindo respirar.

Charlotte virou-se para encará-lo. Parecia ainda mais triste e magoada, fazendo com que ele se arrependesse da pergunta.

— Nunca busquei nenhum, Milorde!

Abriu a porta e saiu, deixando-o completamente sozinho dentro do quarto repleto de suas coisas.

Merda.

O queixo de Tremaine começou a tremer, assim como todo o seu corpo, e já não conseguia mais manter os olhos secos. Piscou, sentindo o líquido quente escorrer por suas bochechas e olhou em volta, como se o cômodo tivesse perdido toda a luz de repente. A escuridão o sufocava, tremeu de frio, não entendia o que estava acontecendo, sentia-se vazio como nunca havia se sentido. Olhou para a porta aberta e subitamente despertou da letargia na qual se encontrava. Saiu correndo, descendo as escadas como um louco, arreganhando a porta da sala, que bateu com um estrondo, e parou quando chegou ao pátio e avistou apenas uma carruagem.

Charlotte se fora, deixara-o.

30

Se a bebida não derrubar, o soco derruba

— Ele está aqui!

Mesmo em seu estado ébrio, Tremaine reconheceu a voz de Hawkstone e xingou. Não queria ver ninguém, apenas ficar ali na melhor companhia que tinha para aqueles momentos, a bebida. Sentiu quando alguém tocou seu ombro e rechaçou o contato movendo-se o mais rápido que conseguia, embora tenha notado que seus reflexos havia muito estavam prejudicados. Resmungou quando o tocaram de novo, dessa vez levantando sua cabeça de sobre o tampo da mesa.

— Porra, Seb.

Tremaine tentou sustentar seu corpo, mas não conseguia controlar seus músculos. Não sentia mais nada, apenas uma insuportável dor no peito que prejudicava sua respiração e formava um bolo em sua garganta que só passava quando despejava conhaque goela adentro.

— Vá embora! — rosnou, pouco antes de bater a cabeça novamente contra o tampo de madeira da mesa.

— Não vamos coisa nenhuma. — Foi puxado outra vez. Tentou abrir os olhos, mas a tarefa parecia ser pesada demais para ser executada. — Braxton, pegue-o pelo outro lado, vamos tentar levantá-lo.

— Deixem-me em paz! — Sua voz saía embolada, mas ele esperava fazer os amigos entenderem.

Xingou seguidas vezes quando se sentiu içado como uma coisa e quase tombou para a frente quando seus joelhos cederam. Foi amparado por mãos firmes que o seguravam com força, impedindo que fosse ao chão.

— Vamos levá-lo para onde? Não acho prudente levá-lo até Allen Place no estado em que se encontra.

Tremaine tentou protestar e dizer que não queria ir a lugar algum, que estava ótimo onde estava e, principalmente, que queria permanecer sozinho. Mas sua boca não acompanhou o cérebro.

— Vamos levá-lo para minha casa. — Distinguiu a voz de Kim e percebeu que seus amigos estavam todos lá.

Que merda.

— Acho que é o melhor lugar, visto que Elise poderá dar à luz a qualquer momento na casa de Braxton, e na minha... — Hawkstone se interrompeu. — Bem, vocês sabem.

Assim que sentiu que o estavam arrastando para fora da taberna onde bebia, tentou resistir, mexeu-se como pôde para se livrar das garras de seus amigos, mas parecia que nada os impediria de arrancá-lo daquele lugar. Tremaine abriu os olhos e viu tudo rodar. Um calafrio percorreu sua coluna e seu estômago retesou.

— Parem... — pediu, reunindo todas as suas forças para falar.

— Não, Seb! Você irá conosco — Hawkstone disse, firme.

O Marquês sentiu o estômago contrair novamente e usou o que restava de energia para fincar os pés no chão.

— Tremaine, você está...

O vômito interrompeu as palavras de Braxton, que pulou para trás para não ser atingido pelo jato que vertia da boca de Tremaine. Ele começou a tossir assim que expulsou todo o líquido de seu interior e recebeu tapinhas nas costas como se fosse um bebê.

— Ótimo que foi aqui na rua, senão eu ia ficar muito irritado de ter de ir para casa com a carruagem fedendo. — Kim riu. — Sente-se melhor?

Tremaine sentia-se morto, destruído. Embora já tivesse tomado muitos porres em sua vida, nada se comparava àquele. Não tinha ideia de quanto tempo fazia que estava bebendo dentro daquela espelunca. Parara de se preocupar com o tempo depois que o dono da taberna o deitou no banco para dormir, enquanto fechava para descansar um pouco, por duas vezes.

— Não quero me sentir... — tossiu, ainda com a garganta irritada pelo vômito — melhor. Eu quero a porra de um cigarro...

Ouviu Hawkstone respirar fundo.

— Compreendemos, amigo.

Deixou-se levar sem protestos até a carruagem de Kim e, durante o trajeto até Kensington, parou o veículo algumas vezes para aliviar o estômago. Chegou à mansão do amigo e protestou quando lhe deram um banho, descartando sua roupa suja e vestindo-o com um roupão antes de colocá-lo na cama do quarto de hóspedes. Tremaine sentia todo o corpo anestesiado. A única parte de si que ainda doía a ponto de lhe fazer ranger os dentes e derramar lágrimas era o coração. Quando enfim conseguiu dormir, não sonhou, foi inundado pelas sombras e teve seus pensamentos calados. Acordou sentindo uma forte dor de cabeça e quase não podia abrir os olhos, pois pareciam estar sofrendo um ataque de adagas.

— Tome isto.

Ouviu a voz de Marieta e sentiu um copo ser colocado em sua mão. Levou o líquido à boca e, assim que sentiu o amargor, afastou-o dos lábios.

— Beba tudo, Lorde Tremaine — voltou a falar Marieta, empurrando de novo o copo até sua boca. — Mãe Maria diz que remédio bom é aquele que é ruim de beber.

— Este é ruim demais! — protestou, baixinho. — É ainda pior que o tônico de Thomas.

Ela riu.

— Ainda não descobri o que aquele valete põe naquela bebida nojenta, mas Kim jura que faz efeito. Sei que tem álcool. — Deu risada de novo. — Neste só tem ervas e água. Pode tomar, vai se sentir melhor.

Tremaine sabia que Marieta tinha muito conhecimento acerca das ervas medicinais e que, ao voltar do Brasil, viera carregada com algumas que não conseguia achar em solo inglês. Ele prendeu a respiração e bebeu o líquido amargo de uma só vez e, em seguida, entregou o copo a Marieta, sorrindo-lhe em agradecimento.

— Perdoe-me o estado em que cheguei aqui.

— Tudo bem, essas coisas acontecem e os amigos servem para apoiar sempre. — Sorriu. — Precisa de algo mais?

Tremaine tampou os olhos com a mão.

— Não, obrigado.

— Se quiser tomar um banho, a banheira já está cheia de água morna. Vai ajudar. Logo trarei algo para comer, deve estar de estômago vazio de alimentos há muito tempo.

Ele concordou, porque, muito embora estivesse nauseado, sentia fome. Esperou que Marieta o deixasse sozinho e suspirou, fechando os olhos com força, desejando que aquilo tudo fosse um pesadelo. Nem mesmo quando perdera Philomena para Clare ou quando ela falecera ele se sentira tão... Sacudiu a cabeça e interrompeu os pensamentos, desejando esquecer tudo aquilo, se recuperar da bebedeira e pensar com calma.

Tinha feito uma ótima proposta a Charlotte. Oferecera a ela bem mais do que já havia ofertado a qualquer outra mulher em sua vida, e, ainda assim, ela não tinha entendido sua situação e preferira deixá-lo. Ele não tinha ideia do que precisaria ser feito para tê-la de volta, mas não poderia seguir sem que ela estivesse ao seu lado. Não se imaginava mais sem ter Charlotte, não só em sua cama, mas principalmente em sua vida.

Tremaine resolveu aceitar a sugestão de Marieta e se enfiou na banheira com água quente. O banho lhe trouxe de volta as recordações daquela mulher que, devagar e despretensiosamente, tornara-se tão importante para ele, a ponto de fazê-lo pensar em quebrar sua palavra para com o Duque. *Será que seu pai o entenderia ou julgaria que estava tomando o mesmo caminho errado que quase tomara na juventude? Será que o Duque conseguiria ver a diferença entre o que viveu com sua amante e o que Tremaine vivia com Charlotte?* O Marquês saiu da banheira e tornou a vestir o roupão com o qual dormira. Quando retornou ao quarto, encontrou Kim.

— Sente-se melhor?

Ele riu, sem saber como agir sendo alvo de toda aquela atenção.

— Fisicamente, sim. — Resolveu ser sincero.

— Sei como é. — Sorriu, compreensivo. — Hawk está lá embaixo, no escritório, resolvendo uns assuntos com Gil. Já faz uns dias que estamos sem trabalhar.

Tremaine olhou-o, surpreso, pois tanto Kim quanto Hawkstone eram viciados em trabalho.

— Aconteceu alguma coisa? Elise já deu à luz?

— Não, Braxton está com ela. Decidiu que não sairá de perto da esposa até que ela ganhe o bebê. — Riu. — Vamos descer? Pedi que nos servissem algo para comer e supus que estivesse com fome.

Tremaine concordou e colocou suas roupas, que já estavam lavadas, secas e passadas. Seguiram para o escritório e, mesmo ainda com um pouco de dor de cabeça, conseguiu cumprimentar Hawkstone e Gilbert com um humor melhor.

— Está se sentindo bem?

Ele bufou diante da pergunta e apenas assentiu.

— Por que resolveram trabalhar do escritório de Kim? — Mudou o foco da conversa, pois não tinha disposição para falar de si mesmo ou para dar explicações.

Hawkstone olhou para Kim e então se aproximou de Tremaine.

— Não sabe mesmo quanto tempo ficou lá bebendo?

O Marquês apertou os olhos, tentando recordar.

— Dois dias?

Kim riu e Gilbert pigarreou.

— Sim, dois dias e três noites! — respondeu Hawkstone, sério. — Ficamos loucos procurando-o pela cidade, revirando cada clube, cada bordel, e o encontramos naquele lugar...

— Estava fedendo, e o taberneiro disse que você não conseguia nem se levantar para urinar.

Tremaine fechou os olhos sem entender como chegara àquele estado. Passara quase sessenta horas sentado no mesmo lugar, apenas bebendo e desejando que a dor que sentia o abandonasse. Agira como um irresponsável, como um covarde, mas não sabia como fazer para convencer Charlotte a voltar. Já havia usado todos os seus argumentos naquela última conversa, não tinha mais nada a lhe oferecer.

— Lamento que os tenha deixado preocupados.

— Meu cocheiro disse que o havia deixado em Mayfair depois que saíram de Saint John's Wood e que estava preocupado, pois você não parecia bem. Contou-me também sobre as damas que viu sair da casa e que uma delas chorava muito.

— Droga!

Ele tentou se levantar, mas Hawkstone o impediu.

— Ela está com Lily em minha casa — informou, e o Marquês o encarou, surpreso. — Minha irmã quer que eu a receba como sua dama de companhia, embora ela sempre tenha sido contrária a ter uma.

Tremaine engoliu em seco simplesmente pela ideia de vê-la com Lily sem poder tê-la em seus braços, beijá-la e dizer a ela que... Gemeu alto, assustando a todos. Sentia-se sufocado com o que trazia dentro de si, querendo dar nome ao sentimento que nascera sem que ele percebesse, mas recusando-se a nomeá-lo por não se sentir merecedor.

— Hawk me contou sobre a moça — Kim começou. — Disse que você a resgatou de um bordel e...

— Não. — Bufou. — Ela fugiu do bordel onde trabalhava como criada em troca de um teto e comida — explicou, exasperado, e olhando para Hawkstone com evidente fúria. — Charlotte nunca foi prostituta! Era uma moça inocente e que não sabia nada da vida, pois vivera quase uma década presa no La Belle Marthe. Eu nunca teria permitido que Lily a conhecesse se não fosse assim.

Hawkstone assentiu.

— Helena gostou muito dela. Disse-me se tratar de uma moça doce, simples e disposta a aprender. A Condessa é a favor de que a contratemos.

Tremaine não sabia se sentia alívio por saber que Charlotte, além de ter um lugar para ficar, estaria amparada por seus amigos ou se gritava para todos ali naquela sala que ela não seria criada de ninguém. Charlotte era dele, a mulher que queria ao seu lado, a pessoa que o fizera sentir-se vivo e voltar a ver a vida como um presente e não mais como um castigo.

— Seb? — Hawkstone o chamou para que voltasse sua atenção a ele. — Ainda não dei meu aval, pois, antes, gostaria de saber de você o que deseja que eu faça com relação ao futuro da moça.

Ele deu um sorriso amargo.

— O que eu gostaria em relação a isso ninguém pode fazer. — Levantou-se e começou a andar pela sala. — Charlotte tomou uma decisão, recusou todas as propostas que fiz, não vejo como a ter de volta.

— E você a quer tanto assim? — perguntou Kim no exato momento em que um lacaio entrava com uma bandeja cheia de aperitivos.

Ficaram em silêncio enquanto ele ordenava as coisas sobre a escrivaninha, com o auxílio de Gilbert, e somente quando o homem saiu, deixando-os novamente apenas entre amigos, Hawkstone foi quem respondeu à pergunta de Kim.

— Você tem dúvidas depois do que presenciamos ontem? — Riu. — Olhe para ele. Quando foi que viu Tremaine assim?

Ele se irritou, sentindo-se como um bicho em exposição.

— Minha história com Charlotte não interessa a ninguém.

Gilbert riu.

— Se me permitem opinar, a dama deu um belo chute no traseiro do Marquês, mesmo depois de tê-lo de quatro por ela.

Kim e Hawkstone riram, fazendo com que Tremaine se sentisse ainda mais irritado.

— Parem de...

— Vi os dois juntos! — Gilbert o encarou. — Milorde, um homem apaixonado reconhece outro. Não precisa se envergonhar por amar sua amante.

— Ela não era minha amante — rosnou.

Hawkstone colocou a mão em seu ombro.

— Tenho a mesma opinião de Gil.

— Eu também — reafirmou Kim.

Tremaine se afastou.

— Não éramos amantes, não tínhamos um contrato. As coisas só aconteceram — justificou-se. — Quando ela me contou sua história e disse que não tinha ninguém para ampará-la, não pensei em me aproveitar da situação. Queria apenas ajudá-la. — Encarou seus amigos. — Pedi que procurassem alguma informação sobre o pai dela para que localizássemos alguém de sua família, mas, segundo o detetive que contratei, os arquivos relacionados aos oficiais da extinta Companhia das Índias Orientais estavam uma bagunça.

Ele tomou fôlego.

— Não estávamos falando sobre o fato de serem amantes, mas sim de você estar apaixonado pela moça — explicou Kim, contendo o riso.

Tremaine o encarou, assustado.

— O pai dela era um oficial da Companhia? — perguntou Gil de repente, e Tremaine, querendo fugir do assunto sobre seus sentimentos, assentiu. — E você pediu a alguém da Bow Street para colher informações sobre ele?

— Sim. Ela não sabia muito sobre o pai. Perdeu-o ainda pequena e...

Gilbert socou a mesa.

— Filho da puta!

O xingamento assustou a todos, porém não tanto quanto a atitude de Gilbert ao cruzar a sala e pegar o Marquês pelo colarinho.

— Qual era o nome do pai dela?

Kim e Hawkstone tentaram apartar os dois, mas o homem alto e corpulento não soltou Tremaine.

— Gil, o que pensa estar fazendo? — Kim inquiriu o amigo.

— Um detetive da Bow fez algumas perguntas acerca de um oficial da Companhia que havia morrido na Índia, e como eu estou há quase uma década à procura da família de meu irmão...

Tremaine viu quando Kim arregalou os olhos castanhos e abriu a boca.

— *Cacete!* — o português xingou em sua língua materna.

— Qual era o nome do pai dela? — Gilbert cuspiu a pergunta na cara de Tremaine.

— Gerald — respondeu, achando impossível que aquela história fosse verdadeira. — Ela não se lembra de seu sobrenome, apenas que ele se chamava...

— Gerald Milles, meu irmão!

Hawkstone xingou alto quando puxou o irritado Gilbert de cima de Tremaine, após ele ter jogado o Marquês no chão com um soco no rosto. Kim e o Conde tentavam impedir que uma briga mais séria acontecesse.

— Acalme-se, Gil. — Kim se colocou entre o enfurecido homem e Tremaine, que se levantava do chão. — Ainda não podemos ter certeza de que Charlotte é sua...

— Claro que sim — respondeu Gilbert, transtornado. — Minha sobrinha chegou aqui logo após a morte do meu irmão e nós estávamos em Portugal, lembra?

Kim assentiu, aproveitando para acalmar o amigo, enquanto Hawkstone ia ao socorro de Tremaine, que, além de estar se recuperando da bebedeira, tinha acabado de levar um murro.

— Nós estávamos articulando tudo para conseguir investidores para a primeira viagem do Lusitana — lembrou-se. — Foi pouco antes de Antônio me propor o negócio com o café brasileiro.

— Quando voltamos para cá, eu soube da morte de Gerald, bem como que sua família tinha vindo para Londres, mas já haviam se passado dois anos. — Ele balançou a cabeça e olhou para o

Marquês, que estava sentado novamente na poltrona e esfregava o queixo. — Meu irmão e eu não nos falávamos, tínhamos pensamentos diferentes. Eu segui para a marinha mercante, enquanto ele queria comprar uma patente no exército de Sua Majestade. Quando soube que ele tinha conseguido ir para a Índia, a serviço da Companhia, eu me senti finalmente livre. Gerald era mais velho e queria me pôr rédeas como se eu fosse um potro, e isso me deixava louco.

— Você esteve procurando por ela? — Tremaine arriscou perguntar.

— Ele não fez outra coisa esses anos! — Kim foi quem respondeu. — Diversos detetives procuraram pela garota e por sua babá.

Tremaine franziu a testa.

— Charlotte diz que Shanti era sua madrasta.

Gilbert sacudiu a cabeça em negativa.

— Nunca soube disso. Na carta que recebi contando sobre a morte dele, estava escrito que a menina estava de partida para a Inglaterra na companhia de uma criada nativa das Índias. — Riu de si mesmo. — Achei que isso era o suficiente para encontrá-las. Averiguei com cada local onde havia indianos, certo de que a babá teria procurado ajuda com seu próprio povo.

— Charlotte diz que, quando chegaram, foram assaltadas, passaram fome nas ruas, até Shanti conseguir trabalho no La Belle Marthe. Ela tinha pavor das ruas, a primeira vez que saiu do bordel foi para fugir, e foi quando nos conhecemos.

Gilbert xingou novamente e se deixou cair numa poltrona.

— Todos esses anos eu a procurei e ela estava presa dentro de um maldito bordel. — Olhou-o e Tremaine pôde ver a dor e a culpa em seus olhos. — E a tal Shanti?

— Morreu anos depois de terem chegado aqui, e Charlotte assumiu seu lugar como criada. — Ele sentou-se mais na ponta da poltrona. — Gil, você tem certeza de que ela é sua sobrinha?

— Tem como não ser? Foi você quem mandou o detetive da Bow procurar os documentos do meu irmão, não?

— Sim. Eu não sabia muito, apenas o nome e que era oficial até mais ou menos o ano em que Charlotte chegou em Londres.

— Não tenho nenhuma dúvida de que ela é minha sobrinha. — Olhou, então, para Hawkstone. — Milorde não precisará contratá-la, ela ficará comigo.

— Não! — Tremaine colocou-se de pé. — Charlotte não é mais uma criança e...

— Sabemos disso, Milorde. — O tom de desprezo de Gil era evidente em sua voz.

Tremaine respirou fundo.

— Gil, nada disso foi planejado. Eu pretendia escolher uma esposa e me casar dentro dos padrões da sociedade, sem amor, apenas um acordo que favoreceria a ambas as famílias. — O homenzarrão não parecia interessado, e ele prosseguiu: — Charlotte apareceu e me mostrou que não é isso que eu quero.

Ouviu-se o profundo suspiro do Conde.

— Finalmente.

Kim riu, mas Tremaine não tirava os olhos dos de Gilbert.

— O que quer dizer com isso, Milorde? — perguntou, desconfiado.

Tremaine sentiu seu coração acelerar e, como se fosse mágica, o bolo que apertava sua garganta desde que ela o havia deixado pareceu sumir.

Tinha algo novo a oferecer a ela.

— Se a Srta. Milles me aceitar como marido, estarei muito feliz em transformá-la em minha Marquesa.

31

Sua não, NOSSA!

Lottie caminhou por entre as flores e arbustos do jardim dos fundos de Moncrief House, admirada com a variedade de espécies que havia plantadas naquele lugar tão lindo. Olhou para as roseiras, ainda sem nenhuma flor aberta, e tentou adivinhar de qual cor seriam as rosas que desabrochariam dali a alguns dias, durante a primavera. Seu próprio aniversário — ou o dia em que comemorava seu nascimento — já estava próximo e, como sempre acontecia, sentia-se um tanto melancólica com a proximidade da data.

Mais do que isso, ousou admitir. *Estava em pedaços.*

Chegara na residência do Conde de Hawkstone amparada por Lady Lily. Não vira os donos da casa pelos locais por onde passaram e ela sentiu um grande alívio por isso. Foi acomodada no quarto da Lady, usando a camisola dela, e teve sua companhia enquanto derramava tantas lágrimas que achava poder encher um rio. Sua amiga não dizia nada, nem perguntava como tinha sido a conversa com Lorde Tremaine, apenas a deixava chorar, enquanto ia afagando seus cabelos. Tinha dormido, por fim, exausta e sem forças, e acordara com o cheiro de comida no quarto. Lady Lily tinha uma bandeja com uma comida leve e insistia para que ela se alimentasse.

— Não tenho apetite — resmungou, querendo voltar a dormir para amenizar a dor que sentia.

— Pode não sentir fome, mas seu corpo precisa da força desta refeição — insistiu Lily, puxando suas cobertas para que se levantasse. — Não posso dizer que compreendo sua dor. Nunca tive meu coração partido, mas já vi acontecer com pessoas que amo e tudo o que posso fazer é torcer para que você fique bem como elas ficaram.

Lottie secou o rosto.

— Elas ficaram bem mesmo?

— Sim, deu tudo certo.

Lottie, enfim, sentou, mas não pôde comer tudo, pois sentia-se nauseada de tristeza.

— Seu irmão sabe que estou aqui?

— Sabe — Lily respondeu sucintamente. — Conversei com Hawkstone ainda ontem e pedi à Condessa que a aceitasse como minha criada pessoal e dama de companhia.

— E o que disseram?

Lily não pôde conter o suspiro.

— Não deu tempo de pensarem sobre o assunto, porque meu irmão teve que sair para tratar de outra questão.

Lottie então achou que eles a tinham rejeitado e que Lady Lily não queria lhe dizer para evitar magoá-la.

— Se eu não puder ficar, só preciso conseguir trabalho em qualquer outra casa — afirmou. — Não tenho medo de trabalhar pesado e não precisa ser como dama de companhia, posso fazer faxina e...

— Acalme-se, Lottie. — Usou o apelido carinhoso, sorrindo. — Tenho certeza de que você não irá para casa alguma trabalhar.

— Eu preciso. Não posso viver de sua bondade para sempre.

— Besteira, claro que pode. Somos amigas e eu tenho dinheiro suficiente para sustentar nós duas e mais uma pequena multidão.

Lottie se sentiu constrangida.

— Não posso aceitar isso, não se não puder trabalhar em troca.

Conversaram mais tempo dentro do quarto, até que a Condessa apareceu, convidando-as para descerem, a fim de partilharem o chá da tarde.

— Estou nervosa — confessou Lottie. — Não me sinto bem, tenho medo de começar a chorar a qualquer momento na frente de sua cunhada e...

— Helena é maravilhosa, certamente entenderá, não se preocupe.

— Ela é uma Condessa. Vai ficar escandalizada quando souber que estive dividindo a cama... — Soluçou e não conseguiu prosseguir.

— Ninguém nesta família pode se escandalizar com isso. Seja apenas você mesma.

A conversa com a Condessa mostrou-se ótima e, mesmo com o estado de espírito abatido, Lottie sentiu-se bem na presença dela e até pôde brincar um pouco com o pequeno Samuel. À noite, enquanto dormia em uma cama que fora instalada no quarto de Lady Lily, chorou todas as lágrimas que tinha represado durante o dia. Não conseguia se manter forte quando tinha apenas seus pensamentos como companhia. Amava Tremaine, sentia falta dele e rompia-lhe o coração relembrar a conversa derradeira que tiveram. Ainda não podia crer que ele tinha oferecido dinheiro e um imóvel quando ela só queria a ele.

Lottie suspirou ao reconhecer que realmente não poderia se igualar a qualquer mulher do mundo dele. Tinha observado a Condessa, a maneira como ela se portava, como falava, e seus bons modos ficaram evidentes diante de seu jeito tosco de segurar a xícara.

Tremaine certamente sentiria vergonha dela, porque nem mesmo com muito empenho de professoras Lottie poderia vir a ser como a Condessa. Entendia o porquê de ele preferi-la como amante, escondida e isolada naquele bosque. Só que isso, ainda assim, não invalidava os motivos dela para ter rejeitado a proposta dele.

Desejava ser amada, constituir uma família, ter bebês tão lindos quanto Samuel ou a pequena Mara. Mas nunca havia pensado sobre essa possibilidade, pois sempre fora sozinha, e pensava que acabaria seus dias da mesma forma. Conhecer o Marquês fizera tudo mudar. Seus sonhos, que eram tão singelos, tornaram-se grandes, e ela ousara sonhar com o amor dele, sem pensar que ele não se importava com o sentimento, apenas com seu senso de dever para com o título que possuía.

É assim que as coisas são.

Ela ouvia aquela frase se repetindo em suas lembranças e sentia o corpo revoltar-se. Queria ter gritado que as coisas não precisavam ser daquele jeito, que ela o amava e que poderiam ficar juntos, ter uma família, construir uma relação baseada no amor. Fora ingênua, claro. O Marquês conhecia a sociedade na qual vivia e ela, não. Nunca seria aceita com seus modos de criada, seu sotaque estranho, típico dos subúrbios, e a falta de familiares importantes. *Seria sempre a garota do urinol.* Todas as suas suspeitas sobre o modo como seria tratada foram confirmadas apenas pelo jeito como alguns criados a olhavam, principalmente quando estava conversando com Lady Lily ou com a Condessa à mesa. Percebera que não servia nem mesmo para integrar a equipe que atendia àquela casa, quanto mais para tornar-se esposa de um Marquês.

Não se encontrara com o Conde em nenhum dos dias em que permanecera na casa aguardando alguma resposta sobre o posto de trabalho que Lady Lily pleiteara para ela. Chegara a imaginar se o nobre não a estava evitando por saber exatamente o que ela tinha sido para seu amigo Marquês. Tinha desejado poder ir embora dali, mas não havia para onde ir. Voltar às ruas era algo que ela havia prometido a Shanti que jamais faria, mesmo se não aguentasse mais os maus-tratos de madame Marthe. Todavia, era difícil estar naquela casa e não sentir o coração disparar toda vez que o mordomo atendia à porta.

Queria ficar aliviada por Tremaine não ter ido atrás dela, mas tudo o que sentia era decepção, frustração e dor. Tentava compreendê-lo, dizia a si mesma que ela se apaixonara e ele, não. O fato de terem passado momentos maravilhosos juntos não o obrigava a albergar nenhum tipo de afeição por ela. O Lorde tivera outras amantes antes. Certamente se casaria com sua Lady e depois iria atrás de alguém para esquentar sua cama. *É assim que as coisas são.*

— Lottie.

Virou-se, parando de encarar a roseira sem flores e deixando de lado todos os pensamentos que estava tendo. Tentou sorrir, mas desistiu, tomada por uma imensa tristeza.

— Eu a estava procurando.

— Precisei tomar um pouco de ar. — Desculpou-se. — Precisa de algo?

— Não. Apenas de sua companhia, desde que também deseje a minha.

Lottie suspirou e Lady Lily a abraçou.

— Você é tudo que tenho para me manter firme. — Soluçou em seus braços. — Nunca serei capaz de agradecer por...

— Amigos não fazem as coisas esperando agradecimento, fazem porque amam e se preocupam. Desejo vê-la feliz e aí, sim, sentirei que sou feliz também.

— Ah, Lily! Eu não tive irmãos, mas, se tivesse, gostaria de ter uma irmã como você.

— Pois, olhe, acho que é um privilégio maior ser escolhida como irmã do coração do que nascer irmã de sangue. — Piscou, sorrindo. De repente, no entanto, ficou séria. — Acho que tem alguém entrando em nosso jardim pela cerca viva. — Colocou a mão sobre os olhos para fazer sombra. — É o Conde de Clare?

Lottie se virou apenas para ver o tal homem, pois não sabia quem era o Conde, mas, assim que o avistou, arregalou os olhos, reconhecendo-o.

— É o homem que não deixava de olhar para nós ontem, Lily. — avisou a amiga. — Você o conhece? É amigo de sua família?

Lily negou.

— Ele é proprietário da casa vizinha, mas não tem nenhuma intimidade conosco. Apenas o conhecemos de vista e sabemos quem é pelo título que tem.

Lottie estranhou e conteve um suspiro quando o Lorde caminhou na direção delas, depois de finalmente ter atravessado os arbustos que dividiam os jardins.

— Devemos entrar? — perguntou, nervosa, temendo que o homem fosse louco.

— Não. É a minha casa e ele não deveria tê-la invadido desta forma. — Lady Lily soou revoltada.

— Não é melhor chamarmos alguém para que...

— Posso lidar com ele sem ajuda. — Começou a caminhar ao encontro do Lorde, e Lottie a acompanhou, pensando no que fazer caso precisasse defender sua amiga do louco que invadira a propriedade.

— Lorde Clare, fique onde está! — ordenou Lady Lily, e o homem parou. — O que quer entrando aqui deste jeito?

Ele a cumprimentou formalmente.

— Boa tarde, Milady. — Olhou para Lottie. — Boa tarde.

Lady Lily cruzou os braços, na defensiva.

— Há algo urgente acontecendo em sua residência para que entre na minha desta maneira?

Ele respirou fundo e, novamente, desviou os olhos da dama para Lottie.

— Há algo urgente que preciso tratar aqui... — Abaixou o olhar, parecendo constrangido. — Lorde Hawkstone está em casa?

Lady Lily riu.

— Se queria falar com meu irmão, não seria mais educado bater à porta principal e deixar um cartão com nosso mordomo?

— Meu assunto não é com Lorde Hawkstone, embora ache que ele possa me explicar algumas coisas.

— Explicar? — Lottie não deixou de perceber a postura altiva que sua amiga adquiriu. — O que o Conde de Hawkstone tem para explicar a vossa senhoria?

Lorde Clare não olhou mais para Lily, parecendo hipnotizado por Charlotte, que sentiu o corpo inteiro arrepiar-se e gelar, temendo o motivo pelo qual ele a olhava com tanto interesse.

— Como se chama, senhorita? — inquiriu ele a Lottie.

— Perdão? — Lily o interrompeu, entrando na frente de sua amiga. — O que quer, afinal?

Clare bufou.

— Eu gostaria de ser apresentado à dama que está atrás de Milady. — Encarou-a, sério. — Por favor.

Lottie não podia mais ver as expressões de Lily, mas estranhou quando sua amiga ficou muda por um momento.

— Por quê? — O tom dela suavizou ao se dirigir ao Lorde.

— Porque penso conhecê-la de algum lugar.

Lottie soltou um leve gemido e baixou a cabeça, temendo que aquele homem tivesse sido frequentador do bordel e a estivesse reconhecendo do tempo em que vivera lá.

— Minha amiga não conhece ninguém de Londres. Ela veio das Índias e...

— Deus do Céu! — O Conde empalideceu. — Como se chama, senhorita?

Lottie sentiu um bolo na garganta, mas, por algum motivo, sentiu pena do homem à sua frente. Lady Lily virou-se em sua direção, como se quisesse consultá-la, a fim de saber se poderia ou não revelar seu nome.

O que tem de ser será. Ergueu a cabeça, olhando-o de frente.

— Sou a Srta. Charlotte. — Apresentou-se como Lady Lily havia feito com os outros nobres que conhecera no dia anterior. — E creio que não o conheço, Milorde.

O homem ficou paralisado como se fosse uma estátua. Lottie tocou no braço de Lady Lily, temendo que o Conde passasse mal e caísse morto, como ela vira acontecer algumas vezes no bordel.

— Seu broche. — Ele apontou. — É uma joia de família, não?

Ela arregalou os olhos e o tampou para escondê-lo.

— Era de minha mãe, Milorde, não o roubei de ninguém.

Ele assentiu e voltou a encarar Lady Lily.

— Preciso conversar com a senhorita Charlotte a sós e...

— Nem pense nisso. — Lily pegou Lottie pelo braço. — Passar bem, Milorde. — Apontou para a cerca. — Volte pelo mesmo caminho por onde entrou.

Deu dois passos na direção da casa, porém Lottie sentiu-se ser agarrada e ambas pararam.

— Por favor, eu preciso conversar com...

— Tire já suas mãos imundas dela.

A voz de Lorde Tremaine encheu todo o jardim, e Charlotte sentiu o coração disparar. Olhou na direção de onde o som tinha vindo e o viu, enfurecido, acompanhado de Lorde Hawkstone, do pai da pequena Mara — cujo nome não lembrava — e de Gilbert Milles, que conhecera em Dover.

— Quem é você para me mandar fazer algo? — reagiu Clare, segurando Charlotte com mais força.

Tremaine abriu a boca para dizer algo, porém foi impedido por Gilbert Milles, que se aproximou rapidamente.

— Eu sou o tio desta moça e exijo que a solte.

Lottie arregalou os olhos, sem entender por que aquele homem mentia.

— Eu sei quem é, Gilbert Milles. — Clare encarou o marinheiro. — Mas creio que não saiba quem eu sou, não é?

— Um Conde qualquer que...

— Não. — Clare riu, parecendo chateado, e relanceou para todos que estavam no pátio, demorando-se em Tremaine, que estava sendo contido por Kim. — Eu sou irmão de Lady Victoria Lewis, a mulher que fugiu com seu irmão, Gerald Milles. — Lottie o olhou, sentindo tudo rodar. — Ela não é só sua sobrinha, ela é minha sobrinha também.

Lottie tentou falar algo, olhou para o Marquês, que parecia em estado de choque, e desfaleceu.

32

Difícil decisão

Era como estar dentro de um pesadelo, pensou Tremaine, andando de um lado para o outro dentro do escritório de Hawkstone, enquanto Charlotte estava no andar superior sendo socorrida pelas mulheres da casa.

— Não seria melhor chamar um médico? — inquiriu pela milésima vez.

— Ela desmaiou devido à emoção. — Hawkstone entregou um copo de água para o Marquês e um copo de conhaque para o Conde de Clare.

— Também quero conhaque — pediu Tremaine, irritado, tentando devolver a água.

— Já teve o bastante — lembrou-lhe Hawkstone, e foi servir aos outros ocupantes do escritório.

Gilbert parecia um coelho preso em uma armadilha, sem saber o que fazer, olhando para a porta como se quisesse derrubá-la a qualquer momento. O Conde não estava muito diferente. Tremaine notava como suas pernas tremiam, e que ele nem mesmo tocou na bebida que Hawkstone lhe serviu.

— Isso não pode ser verdade — declarou em voz alta, tirando a todos do topor em que se encontravam. — Você está inventando esta história, Clare.

O Conde se ergueu, pronto para um embate com o Marquês.

— O assunto não é de seu interesse. — Olhou para Hawkstone. — Peço que retirem esse homem deste escritório, pois a conversa não é concernente a ele.

Tremaine bufou de raiva, pronto para dizer que ele é quem não tinha nada a ver com Charlotte, mas Hawkstone se colocou entre os dois.

— Eu não vou suportar ter que separar outra briga. Contenham-se, por favor. — Estava visivelmente irritado. — Gil, você pode confirmar que a mãe de Charlotte era Lady Victoria?

— Não — respondeu, sério. — A única coisa que soube, na época em que meu irmão saiu da ilha, foi que tinha fugido com uma Lady.

Tremaine rangeu os dentes, raivoso, lembrando-se do nome da mãe de Charlotte, que ela havia mencionado na mesma conversa em que falou do pai. Não ia confirmar a história de Clare, mas já não tinha dúvidas. O destino não podia ter feito uma trapaça pior que aquela com ele.

— Eu não tive dúvidas assim que a vi no parque ontem — explicou Clare. — Charlotte é um nome de família. Tenho uma carta de minha irmã me participando do nascimento de sua filha e contando que a havia nomeado em homenagem à nossa falecida mãe! Além disso — continuou ele —, ela levava no vestido um camafeu que está com os Lewis há gerações. Mamãe deu a Victoria quando morreu, e minha irmã deve ter feito o mesmo com sua filha.

Tremaine fechou os olhos e engoliu em seco, lembrando-se do dia que encontrara a joia costurada na bainha do vestido esburacado de criada que Charlotte usava no bordel e de seu desespero procurando a peça e alegando que era a única lembrança que possuía de sua mãe.

— Ela não se lembra da família — contou Gilbert, desolado. — Foi por isso que ficou tantos anos perdida aqui nesta cidade.

— Como assim, perdida? — O Conde ficou confuso. — Não recebi mais nenhuma notícia dela depois que soube do falecimento de minha irmã, mas supus que fora porque seu irmão fazia-o por vingança, por meu pai não o ter aceitado como noivo para Victoria.

Gilbert balançou a cabeça.

— Meu irmão faleceu há dez anos. — O Conde ficou pálido com a notícia. — Charlotte veio para cá, a fim de ficar comigo, mas eu não estava no país na época e só retornei anos depois.

Clare voltou a se sentar.

— Onde ela esteve todo esse tempo?

Ninguém respondeu, todos se entreolharam, e a Tremaine ocorreu que Clare se escandalizaria ao saber que sua sobrinha viveu e trabalhou em um bordel e que, assim, o afastaria dela.

— No La Belle Marthe — informou, seco, recebendo um olhar apavorado de Hawkstone, que não esperava que alguém revelasse o passado de Charlotte.

Clare o encarou.

— E o que é isso?

Tremaine bufou diante da hipocrisia do homem que gostava de bater em mulheres mas se fingia de puritano.

— Um bordel no East End.

Gilbert xingou, mas Clare não expressou nenhuma reação, parecendo digerir a informação.

— Alguém mais sabe disso? — questionou, de repente.

— Pode ser que...

— Não! — Hawkstone interrompeu Tremaine, provavelmente sabendo o que seu amigo pretendia. — Ela não trabalhava lá como prostituta, disso temos certeza. — Olhou sério para o Marquês. — Era criada, encarregada da limpeza do local.

— Deus do Céu! A filha de uma Lady vivendo como uma criada.

— A filha de um oficial... — Gil fez questão de frisar.

— Que não teve o mínimo cuidado ao pensar no futuro da filha. — Clare explodiu pela primeira vez. — Por que esse homem não lhe disse quem era sua mãe, quem eram seus parentes nem instruiu alguém para trazê-la até mim?

— E por que ele faria isso depois do modo como seu pai o tratou?

Clare se colocou de pé.

— Eu não sou meu pai. Sempre os apoiei. Quem você acha que ajudou Victoria a fugir de casa para ir ao encontro do homem o qual amava? — Tremaine riu, achando aquilo impossível, e Clare fuzilou-o com o olhar. — Ainda não entendi sua participação nesta conversa.

— Eu não devo nenhuma...

— O Marquês de Tremaine ajudou a Srta. Milles quando ela fugiu do bordel onde trabalhava — revelou Hawkstone. Depois olhou para Gilbert. — É por causa dele que sua sobrinha está em minha casa.

— Trabalhando como dama de companhia de sua irmã?

Hawkstone negou.

— Hospedada como amiga de Lady Lily. Ela não é uma criada nesta casa.

O Conde não parecia convencido.

— Ainda não entendo como...

Ele se interrompeu quando a porta foi aberta e as damas entraram, trazendo consigo Charlotte, que parecia estar melhor, pelo menos era o que Tremaine esperava com todo o seu coração. Lady Lily e a Condessa foram para o fundo do escritório e ficaram próximas ao Conde e a Kim.

— Como você está? — Tremaine não esperou que alguém falasse algo e se aproximou da mulher que amava, morto de preocupação.

Ela abriu a boca para dizer algo, mas foi tomada em um abraço forte de Lorde Clare. Tremaine cerrou os punhos e só não o afastou dela a socos porque Kim o segurou pelos ombros.

— Não é hora para isso.

Teve que concordar com o amigo. Precisava manter a cabeça fria se quisesses convencê-la de que, independentemente de quem era, ele a amava e queria que fosse sua esposa.

— Eu... — ouviu a voz baixa de Charlotte — sou mesmo sua sobrinha?

Tremaine fechou os olhos e se afastou dos dois, mas ainda atento à conversa.

— Sim, Charlotte. — O Conde sorriu, emocionado. — Não imagina o quanto você lembra sua mãe. Ela era uma jovem formidável que não fazia questão de títulos ou riqueza, apenas queria ser livre para amar seu pai. — Tremaine teve vontade de chamá-lo de mentiroso, pois apostava que estava inventando aquilo tudo. — E ela estava muito feliz quando você nasceu.

— Mesmo? — Charlotte soluçou e Tremaine quis tomá-la nos braços. — Eu não me lembro dela, só sabia seu nome. — Fungou. — Victoria, como a Rainha.

Gilbert xingou baixinho ao lado do Marquês e ele aproveitou para apoiá-lo.

— Não devemos deixar que Clare a convença a ir com ele.

Gilbert deu de ombros.

— O que eu posso fazer se ela desejar ir? Ele é um Conde, eu sou um marinheiro que nem sequer falava com seu pai.

— Mas a procurou por anos.

Gilbert concordou.

— Porque eu soube que ela tinha vindo para cá. — Fez um gesto de cabeça na direção de Clare. — Ele nunca soube. Talvez, se soubesse, a tivesse encontrado antes.

— Não, Gil, não o deixe intimidá-lo com seu título...

— Tremaine, ela estará muito melhor com ele.

O Marquês arregalou os olhos, apavorado.

— Não! Clare não vale nada. Charlotte estaria em perigo perto dele.

Gilbert franziu a testa.

— Milorde, entendo que deseja se casar com minha sobrinha e, sinceramente, acho que ela ser filha de uma Lady facilita ainda mais as coisas para vocês. Eu nunca soube nada que desabonasse o Conde, e olha que sei de cada um dos podres de sua sociedade.

Não, ele não sabia. Clare conseguia enganar a todos com seus bons modos e a fama de nobre sério e virtuoso que cuidava sozinho de sua filha pequena no interior. O que ninguém sabia era a tortura pela qual fizera a esposa passar e que isolara a própria filha do mundo para que ninguém pudesse perceber que a criança não era dele. Philomena compartilhava seus temores sobre isso com Tremaine o tempo todo. Dizia que a criança, conforme ia crescendo, se parecia menos com Clare e mais com ele. O Marquês a tinha visto rapidamente até os três anos de idade e achava que ela era muito parecida com a mãe. Clare era um monstro, e Tremaine não queria pensar em Charlotte perto dele.

Viu quando Gilbert se aproximou dela e se apresentou, pedindo-lhe perdão por não estar em Londres quando ela chegara. Ouviu quando Charlotte afirmou que não tinha nada a perdoar, que Shanti e ela haviam sido assaltadas assim que aportaram e que não tinham ideia de como procurá-lo.

— Eu não tinha ninguém e agora tenho dois tios.

Ele olhou magoado na direção dela e seus olhos se encontraram. Tremaine desejava estar ao lado dela, declarar-se e, enfim, dizer a ela que ser sobrinha de Gilbert ou de Clare não mudava nada, porque ela já o tinha, que a amava e não queria perdê-la.

Não podia ser tarde demais.

— Eu gostaria muito que se mudasse para minha casa.

Empertigou-se ao ouvir Clare e olhou para Hawkstone, o único ali que tinha conhecimento do passado dele e do segredo que o ligava ao Conde.

Tenho cartas de sua mãe, pinturas dela e, claro, sua prima ficará feliz em conhecê-la.

Charlotte sorriu.

— Eu tenho uma prima?

O coração de Tremaine deu uma leve parada quando pensou que Charlotte ia conhecer Marigold.

— Sim, ela tem doze anos e é uma criança muito alegre e doce. Vai adorar conhecê-la.

— Ou você pode se hospedar no chalé comigo e com minha esposa — sugeriu Gilbert, para alívio de Tremaine. — Não é uma casa grande e passamos a maior parte do dia no trabalho, mas ficaremos felizes em compartilhá-la com a senhorita.

Clare suspirou.

— Sei que tem esse direito, Milles, mas ficando comigo posso cuidar de devolver a Charlotte o lugar que sempre lhe pertenceu, afinal ela é neta e sobrinha de um Conde e merece fazer parte da sociedade como uma Lady.

Tremaine viu os olhos dela se abrirem, tamanha sua surpresa, e então procurar os dele. Sentiu seu corpo ser sacudido, acordado, apenas com o que viu passar pelo semblante dela.

— Charlotte não vai a lugar algum. — Atravessou o escritório com passadas decididas e a pegou pelo braço, puxando-a na direção da porta a fim de saírem do recinto.

— O que pensa que está fazendo? — protestou Clare.

Tremaine o encarou, quase encostando no outro homem, e declarou, entre os dentes:

— Ela só sairá daqui para ir morar comigo. — Ouviu Hawkstone xingar e Kim usar outra expressão portuguesa, enquanto Clare e Gilbert pareciam congelados. Tremaine voltou sua atenção para Charlotte: — Precisamos conversar.

Os olhos dela se encheram de lágrimas e, negando com a cabeça, puxou o braço para se libertar.

— Não temos nada para conversar — sussurrou.

— As coisas mudaram, Charlotte, preciso dizer que...

— Não, não mudaram, eu continuo a mesma. — Puxou o braço com mais força e se libertou dele. — Pelo que entendi ontem, eu não servia para ser sua esposa e continuo não servindo, mesmo agora que descobri que sou neta de Conde. — Soluçou e isso o destruiu. — Não quero alguém que me queira por causa da minha posição social, e sim alguém que me ame pelo que sou. — O Marquês abriu a boca para dizer a ela que ele era esse homem e que se apaixonara por ela sem saber nada sobre seu passado ou sua família. — Sr. Milles, eu ficaria honrada com seu convite, seria ótimo conhecê-lo e à sua esposa melhor, mas, no momento, desejo saber mais da minha mãe, a quem mal conheci...

— Charlotte, não faça isso. — Tremaine tentou implorar, mas ela não lhe deu atenção.

— Irei com o Conde de Clare.

Tremaine deu um passo em sua direção, mas a Condessa de Hawkstone pegou sua mão.

— Acalme-se, Seb — pediu baixinho, com a voz emocionada. — Foram muitas emoções hoje. Deixe-a ir com o tio e depois vocês conversam.

Ele soluçou.

— Você não entende.

— Ela não, mas eu, sim! — disse Hawkstone. — Precisa agir com calma, porque, querendo você ou não, ele é o tio dela e pode levá-la com ele.

Tremaine concordou, sentindo o peito doer e as lágrimas prontas para rolar face abaixo. Com um último olhar na direção de Charlottte, virou-se e saiu do escritório, inconformado com o destino dos dois.

— Ele não me permite vê-la, Hawk. — Tremaine sentia-se desesperado, sem saber o que fazer. — Já mandei vários cartões solicitando uma audiência e o desgraçado não me responde!

— Soube que ele pretende voltar para o campo para prepará-la para a próxima temporada — contou Hawkstone, e Tremaine desabou no sofá da sala onde conversavam. — Lily tem ido visitá-la diariamente... — respirou fundo — e conheceu Marigold.

Tremaine sorriu pela primeira vez em dias.

— Então ela está aqui com ele? — O Conde confirmou. — Lily disse algo sobre ela?

Hawkstone ficou mais sério.

— Disse que é uma menina doce, feliz, rodeada de carinho. — Tremaine não podia acreditar naquelas palavras, mas conhecia Lily e sabia que ela não mentiria. — A menina tem um pequeno problema com os pulmões, Lily não soube precisar o que era, mas parece que é por isso que ele decidiu viver com ela no interior.

— Mentira. Philomena nunca relatou nenhum problema em Marigold.

Hawkstone deu de ombros.

— Pelo que Lily pôde averiguar — riu —, e você sabe que ela é boa nisso, parece que a história é verdadeira, e não só isso, também é hereditária. — Hawkstone pigarreou. — Tem mesmo certeza de que a criança era sua?

Tremaine colocou-se de pé, indignado.

— Claro que tenho. Philomena não teve nenhum contato com aquele... — evitou o xingamento — na época em que ficou grávida. Ela estava na cidade, lembra?

Hawkstone aquiesceu.

— A mãe de Clare tinha a mesma doença pulmonar de Marigold e, de acordo com Charlotte, sua própria mãe também a tinha, mas não se cuidava, por isso faleceu cedo.

Tremaine balançou a cabeça.

— É um absurdo o que está me dizendo! Philomena tinha certeza de que eu era o pai. — Tremaine estava ainda mais irritado com Clare por estar inventando tantas mentiras e enganando Lily. — Preciso conversar com Charlotte, Hawk.

— Você precisa se acalmar! Meteu os pés pelas mãos naquele dia no escritório, expondo-a daquela maneira.

— Eu estava desesperado — rosnou. — Eu a amo, Hawk, não posso imaginar...

— Eu sei, senti-me exatamente assim quando achei que ia perder Helena. — Colocou-se de pé. — Vou tentar conversar com Clare e falar a seu favor.

— Ele sabe — confessou Tremaine. — Sempre achei que não sabia, mas sabe.

— Isso complica mais as coisas. — Hawkstone fez uma careta.

Tremaine concordou.

— Ainda assim vou falar a seu favor. Gilbert já concordou em conceder a mão de Charlotte. Basta você conseguir convencer Clare a deixá-lo se aproximar dela para que possa provar seu amor e pedi-la em casamento.

Tremaine balançou a cabeça.

— Ele não vai permitir isso. O desgraçado a manterá separada de mim por vingança. Eu devia ter chegado aqui mais cedo naquele dia e o impedido de dizer qualquer coisa a ela.

— O que já aconteceu não volta mais. Você precisa se concentrar em como fará para convencê-la a dar-lhe outra chance. — Hawkstone pegou o jornal que estava lendo e o enrolou para levar consigo até o trabalho. — Resolveu suas pendências com Lady Lauren e com o Duque?

Tremaine assentiu.

— Comuniquei aos meus pais que não me casaria sem amor, o que os surpreendeu, mas pareceu agradar. E logo depois disse que, por isso, não ia me casar com Lady Lauren.

— Fez bem.

— Sim, e depois fui conversar com a dama e explicar que, por mais que eu tenha apreciado sua companhia, meu coração já pertencia a outra. — Hawkstone riu. — É, falei assim mesmo, quem diria. — O Conde gargalhou. — E ela me desejou boa sorte e disse que também não estava interessada em se casar na primeira temporada e que já havia dito isso ao irmão.

— Então tudo deu certo. — O Marquês balançou a cabeça, olhando na direção da casa de Clare. — Eu vivi para ver o irascível Marquês de Tremaine apaixonado. Obrigado, meu Deus!

— Vá se foder, Hawk.

O Conde gargalhou.

— Estou indo. O trabalho está uma loucura. Fique à vontade em sua vigilância à porta do meu vizinho. Pedi a Ottis que estivesse sempre lhe servindo algo para que você não morra de inanição.

O Marquês não respondeu, mas estava grato ao amigo por deixá-lo passar dias e noites ali naquela sala, em constante vigília, esperando por qualquer aparição de Charlotte. Estava a ponto de enlouquecer por não conseguir falar com ela.

— Sabe que isso não é uma atitude inteligente, não sabe? — Ele ignorou as palavras de Lady Lily. — Já ouvi falar de mula empacada, mas de Marquês empacado é a primeira vez.

Tremaine bufou, pois ainda não havia esquecido que fora Lily quem apoiara a decisão de Charlotte em deixá-lo.

— Muito ajuda quem não atrapalha.

Ela gargalhou.

— Você realmente está deprimido. Até seu sarcasmo baixou de nível...

Tremaine a encarou.

— O que quer? Atormentar-me mais? Já o estou o suficiente.

Ela suspirou.

— Eu sei, posso ver. Charlotte está sendo bem-cuidada, mas, apesar disso, parece um trapo humano. — Tremaine sentiu o ar lhe faltar ao ouvir a descrição. — Ela sente sua falta, apesar de tudo.

— Eu a amo, Lily.

— Eu sei, nunca tive dúvidas. Desde o dia em que o vi em uma modista, sem graça e mentindo, sabia que era por causa de uma mulher especial. Mas não é para mim que você precisa se declarar.

— Eu sei. Lamento ter dito a você antes de poder dizer a ela, mas Clare não me permite sequer entrar em sua casa.

— A ele não foi permitido entrar na minha... — disse de maneira displicente. — Simplesmente invadiu e causou toda essa confusão.

Treamaine franziu a testa.

— Está me sugerindo fazer o mesmo?

Ela sorriu, conspiradora.

— Uma das janelas do quarto dela dá para o jardim dos fundos e tem — riu sem poder se conter — uma treliça com um tipo de trepadeira ao lado. Quer coisa mais romântica do que o ser amado escalando uma treliça e invadindo seu quarto? — Fez uma careta, como se odiasse a ideia. — Esta noite, o Conde vai sair para um compromisso, mas nem Charlotte nem Marigold vão acompanhá-lo.

Tremaine riu, balançando a cabeça, como se não pudesse acreditar que faria exatamente o que aquela maluquinha o havia incentivado a fazer. Nunca escalara uma treliça em sua vida, mas, se fosse para dizer a Charlotte que a amava e que não podia viver sem ela, invadiria até mesmo as profundezas do inferno.

33

Um novo Romeu

Lottie tivera sua vida virada de cabeça para baixo de uma hora para outra e não sabia como deveria reagir às novas circunstâncias. Deveria se sentir feliz por ter descoberto que tinha família, dois tios e também uma prima, mas nada conseguia erguer seu ânimo por causa de seu coração.

Foi duro para ela voltar a ver Lorde Tremaine naquelas circunstâncias. Estava assustada com o modo como ele havia reagido ao chegar na casa do Conde de Hawkstone e encontrar o Conde de Clare segurando-a pelo braço. Fuzilou os dois com o olhar quando gritou e ela pensou que novamente ia ouvir sua acusação sobre procurar outro "protetor". Talvez por causa da interferência de seu tio Gilbert, o Marquês não tivesse conseguido chegar a ofendê-la novamente, e o que se seguiu a impediu de voltar a pensar sobre aquela possibilidade.

A revelação foi um choque. Já seria se apenas o senhor Milles tivesse revelado seu parentesco, mas quando o Conde, que ainda lhe agarrava o braço, disse que era irmão de sua mãe, ela desmaiou. Lottie lembrava-se bem de ter acordado na cama do quarto de Lady Lily, sob os olhares preocupados da Condessa e de sua amiga, perdida e sem saber se havia sonhado ou se tudo aquilo tinha mesmo acontecido.

— Está tudo bem, Lottie. — Lady Lily pegou em sua mão. — Os homens estão lá embaixo conversando no escritório.

Foi então que percebeu que tinha sido real.

— O Sr. Milles e Lorde Clare são meus parentes?

— Ao que parece, sim — respondeu a Condessa. — Quero que saiba que, independentemente de aqueles senhores serem da sua família, se quiser ficar conosco, será bem-vinda.

Lottie sorriu em agradecimento, mas sua cabeça estava dando voltas.

— Acho difícil que Lorde Clare permita que ela fique conosco, Helena. Ele parecia desesperado para conversar com Lottie hoje. E, além disso, há o Sr. Milles, amigo de Kim.

— Sim, conheço o Sr. Milles e sua esposa, Maude — assentiu a Condessa. — Mas não sei nada sobre o Conde de Clare.

— Ele parece ser boa gente, pelo menos seus criados o admiram muito e dizem que é um ótimo patrão.

A Condessa a olhou, surpresa.

— E como você sabe disso tudo? — Lady Lily abriu a boca para explicar, mas Helena logo começou a rir. — É melhor eu não saber, assim não preciso mentir para Hawk quando ele questionar algo para mim. — Suspirou e pegou a mão de Lottie. — Você é filha de uma Lady, neta de Conde, pertence à sociedade, e acho justo, depois de tudo que passou, tomar posse do lugar que é seu por direito.

Lottie viu Lily concordar.

— O Sr. Milles é um bom homem também. Acho que você poderia passar um tempo com os dois antes de decidir com quem vai querer viver.

— Será que eles vão mesmo querer que eu...

— Certamente. Nenhum dos dois teria vindo atrás de você se não quisesse assumir o parentesco e cuidar de seu futuro.

Lottie suspirou, pensando em Lorde Tremaine e em tudo que os dois haviam vivido. Não queria ter que ir com ninguém além dele. Não se importava com sua posição na sociedade, queria apenas que ele a tivesse querido por quem era, que ele a amasse. *Mas não era assim.*

O Marquês ia se casar com outra mulher para agradar aquela mesma sociedade da qual, como havia descoberto, ela também fazia parte, e isso a machucava profundamente.

Ficaram conversando por mais algum tempo, enquanto Lily e a Condessa ponderavam os prováveis desdobramentos das revelações, mas a Lottie pouco importava ser apresentada à sociedade, ter proteção e dinheiro, além da influência do tio.

— Não é bem assim... — Lily pareceu sem jeito ao retrucar o que Lottie havia dito sobre nada daquilo ser importante. — Se seu passado for descoberto, pode ser complicado para você e para o Sr. Milles, porque mesmo não atuando como uma das... trabalhadoras sexuais — Helena arregalou os olhos, surpresa, pois não sabia das condições nas quais Lottie havia crescido — você cresceu em um bordel.

Lottie sentiu o coração disparar.

— Acha que isso poderá ser descoberto?

— Sim. — Lady Lily suspirou. — A própria madame poderá espalhar o boato. Contudo, se você estiver sob a proteção do Conde de Clare, mesmo que alguém se atreva a contar sobre seu passado, ele terá condições de abafar os boatos. — Lily balançou a cabeça. — Infelizmente, é assim que as coisas são. Não passamos de peões nas mãos dos homens e, ainda assim, sem eles ficamos mais à mercê da intolerância apenas por sermos mulheres. Nossa palavra não vale nada e...

— Lily — Helena a interrompeu. — Acredito que Charlotte já entendeu.

A Lady respirou fundo e assentiu.

— Perdoe-me pelo discurso, é que... só não é justo.

Aquela conversa, aliada à curiosidade que Lottie sentia acerca da mãe que nunca conhecera, a fez decidir que gostaria de conhecer melhor o Conde de Clare, mas sem descartar a possibilidade de também dar a mesma chance ao relacionamento dela com o Sr.

Milles. Tinha dois tios, por que só podia escolher conviver com um deles?

Desceu para reunir-se aos homens no escritório e foi tomada pela emoção ao descobrir-se realmente querida pelos dois. Ficou feliz quando ambos abriram suas casas e suas vidas para ela, mas a alegria durou pouco, pois Lorde Tremaine fez algo impensável.

— Ela só sairá daqui para ir morar comigo. — Lottie sentiu como se seu coração tivesse parado por alguns segundos logo que ouviu a declaração dele e, em seguida, sentiu o toque de sua mão em seu braço. — Precisamos conversar.

Ele não pode fazer isso. E notou que todos ali iam saber que tinha sido amante, pois o Marquês a estava expondo como prometera uma vez que não faria. Tentou se livrar da mão dele, ao mesmo tempo que queria abraçá-lo e dizer a ele o quanto o amava, além de perguntar por que não podia amá-la de volta. *Não farei isso! Não implorarei por amor.*

— Não temos nada para conversar — sussurrou, então, tentando não alongar mais o assunto.

— As coisas mudaram, Charlotte, preciso dizer que...

Lottie arregalou os olhos sem poder acreditar no que tinha ouvido. *As coisas haviam mudado?* Então a compreensão de que todos já sabiam que ela tinha sido sua amante e que, provavelmente, ele havia oferecido uma reparação, após saber que ela era neta de um conde, lhe doeu mais do que o adeus.

— Não, não mudaram, eu continuo exatamente a mesma. — Conseguiu se libertar dele, magoada e zangada por ele achar que seu valor se resumia a ser uma Lady. — Pelo que entendi ontem, não servia para ser sua esposa e continuo não servindo, mesmo agora que descobri que sou neta de Conde. — Não conseguiu conter o soluço. — Não quero alguém que me queira por causa da minha posição social, e sim alguém que me ame pelo que sou. — Voltou sua atenção para os tios. — Sr. Milles, eu ficaria honrada com seu convite, seria ótimo conhecê-lo melhor e à sua esposa, mas, no momento, desejo saber mais da minha mãe, a quem mal conheci...

— Charlotte, não faça isso. — O Marquês tentou interrompê-la.

Lottie respirou fundo e tomou a decisão.

— Irei com o Conde de Clare.

Dito isso, acompanhou tudo como se estivesse acontecendo com outra pessoa, não com ela mesma.

Lady Lily lhe emprestou alguns vestidos, cujas bainhas a criada de quarto da Condessa havia ajustado, e os colocou dentro de malas para levar para a casa ao lado. O Sr. Milles acompanhou-a durante a mudança, ao lado do Conde de Clare, e, enquanto a governanta do Conde a ajudava a se instalar, os dois passaram um bom tempo conversando no escritório, antes de irem até os aposentos que seriam usados por Lottie.

— Está tudo a seu gosto, Milady? — perguntou Clare com um sorriso, e ela deixou de pensar no que já havia passado para se concentrar no momento que estava vivendo.

Assentiu, sem forças para falar, temendo desmoronar na frente dos tios e ter de explicar a eles o motivo de estar naquele estado de ânimo.

— Virei visitá-la todos os dias — anunciou o Sr. Milles. — Trarei Maude na próxima vez que vier.

Ela engoliu o choro e respirou fundo, grata por ter encontrado sua família, algo que achava que nunca ia acontecer em sua vida.

— Eu adoraria conhecê-la. — Lottie sorriu, mesmo ainda triste. Virando-se para o Conde de Clare, quis saber: — E sua filha?

O Conde sorriu.

— Está terminando uma lição com a preceptora, mas já foi informada da sua chegada. Espero que vocês duas se tornem amigas, mesmo com a diferença de idade.

Foi deixada a sós de novo no quarto, a fim de "descansar", mas não conseguia nem se deitar na cama. Ao contrário disso, ficou parada, em pé, sem se mover, olhando pela janela que dava para o jardim dos fundos, o qual era bem parecido com o de Moncrief House, e ficou tentando imaginar se Lorde Tremaine ainda estava por lá.

— Sebastian... — murmurou, deixando as lágrimas rolarem para aliviar o nó que tinha na garganta.

Tinha visto algumas das pombinhas do La Belle Marthe sofrerem por amor, enganadas por algum homem que prometia tirá-las daquela vida, mas que, na verdade, só queria tirar proveito, tendo encontros gratuitos.

Lembrava como ficavam devastadas por um tempo e como logo engoliam o choro e voltavam ao trabalho alegando que a vida tinha que continuar. Passando agora por uma situação de coração partido parecida, Lottie não sabia como elas tinham forças. Tudo o que sentia vontade de fazer era chorar sozinha, encolhida em um canto, tentando entender tudo o que tinha acontecido.

Lorde Tremaine não a amava e havia deixado claro que ela só servia para ser sua amante, escondida até que ele tivesse um filho com outra mulher mais apropriada. Lottie ficara magoada, mas tentara entender os motivos dele, principalmente depois de ter conversado com Lily. Então, depois que foi revelado que Lottie tinha família e sangue nobre, ele dissera que as coisas tinham mudado, e isso a havia magoado ainda mais.

Um barulho a tirou do estado de contemplação, e Lottie olhou na direção da porta de seu quarto, onde uma jovem dama, com um enorme laço de fita no alto da cabeça, a olhava com curiosidade.

— Posso entrar? — perguntou, insegura.

Lottie sorriu.

— Sim, por favor! — Fez um gesto para que avançasse. — Você deve ser Marigold, minha prima?

A menina abriu um enorme sorriso.

— Sim! E você é Charlotte, minha prima. — Riu, animada. — Nunca tive primos, não sei como é!

Lottie a achou uma fofa e se aproximou para abraçá-la, ficando feliz quando a menina retribuiu o carinho apertando-a bem forte.

— Eu também não, mas acredito que vamos descobrir juntas, não?

—Sim! — gritou de alegria.

Aquele pequeno raio de luz pareceu amenizar sua dor, e Lottie entregou-se à tagarelice da mocinha, que parecia querer contar-lhe seus doze anos de vida, detalhe por detalhe. Ela prestou atenção em cada um deles, principalmente no amor incondicional que a pequena Marigold professava pelo pai. Descobriu que a mãe da garota havia morrido quando ela ainda era pequena, tal qual como a de Lottie, e que fora criada no interior.

— Você trouxe alguma boneca para lhe fazer companhia à noite? — perguntou a menina, de repente. — Sempre que vou dormir pela primeira vez em alguma casa nova, levo Josephina, pernas finas. — Riu. — É como chamo minha boneca favorita.

Lottie sentiu o coração apertar.

— Nunca tive uma boneca. — Marigold arregalou os olhos com a revelação. — Na verdade, tinha uma que fiz de palha e...

A menina saiu apressada do quarto, deixando Lottie sem saber o que havia acontecido. Ao retornar, segurava uma linda boneca de cabelos e olhos castanhos.

— Ela se parece com você. — Riu e entregou o brinquedo para Lottie. — O nome dela é Violet, mas se quiser lhe dar outro nome não tem problema. — Apertou a boneca contra o peito da prima. — Ela é sua agora, para que nunca mais se sinta sozinha, aonde quer que vá.

Lottie olhou para a boneca e então para a menina risonha, que usava uma touca de renda branca e vestido florido, e soluçou antes de abraçar a prima aceitando o presente tão singelo.

Não estava mais sozinha.

— Preciso ir a esse evento, mas tentarei não me demorar — avisou Lorde Clare, trajado de gala, já no hall de entrada da casa. — Ficaremos apenas mais uma semana em Londres e, então, viajaremos para casa. — Sorriu para Lottie. — Ano que vem, quando retornarmos, você será a Lady mais bela e refinada de toda a sociedade.

O coração de Lottie deu um salto, ainda assustada com aquilo tudo. Não sabia se queria estar longe de Lady Lily ou do Sr. e da Sra. Milles, que a haviam visitado a semana toda.

— Há mesmo necessidade de irmos tão pronto? — inquiriu.

— Tio Gilbert e eu estamos apenas nos conhecendo. Além disso, Milorde veio até a cidade com um propósito, não?

O Conde de Clare ficou sério.

— A única dama por quem me interessei e considerei propor preferiu a companhia de outro Lorde — disse apenas. — Posso esperar mais um ano, ainda mais agora que Marigold tem sua companhia. — Sorriu. — Isso era tudo o que eu desejava, uma pessoa que fizesse companhia para minha filha.

— Marigold é uma criança maravilhosa, tio.

— Eu sei e a amo demais, mas sei que sente falta de uma figura materna. — Deu de ombros. — Ela vai entrar em uma fase em que as meninas necessitam conversar com a mãe.

Lottie baixou os olhos.

— Entendo. Eu tive Shanti quando isso aconteceu, mas confesso que, mesmo sem tê-la conhecido, necessitava da minha mãe.

O Conde pegou o pequeno medalhão que estava pendurado no pescoço de Lottie e o abriu, olhando para a pintura de sua jovem irmã Victoria.

— Sua mãe sentiria orgulho da dama que você se tornou — declarou.

Lottie sentiu os olhos se encherem de lágrimas.

— Acha mesmo? — Encarou-o. — Mesmo depois de...

— Esqueça tudo o que passou. Foram circunstâncias infelizes que fizeram seu caminho cruzar com o daquele maldito. — A voz dele estremeceu e Lottie fechou os olhos, ciente de que, por algum motivo que não sabia, seu tio odiava Lorde Tremaine. — Ele, se for um cavalheiro, nunca mencionará nada e fingirá que não a conhece.

Lottie segurou um soluço e assentiu, sem coragem de olhar para o Conde, pois não conseguiria esconder o quanto amava o Marquês. Já tinham conversado sobre tudo o que acontecera a ela durante o tempo em que esteve sozinha. O Conde sabia que tinha crescido no La Belle Marthe, bem como que havia algo mais do que amizade entre Lorde Tremaine e ela.

— Ficou claro quando ele a pegou pelo braço daquele jeito dizendo que iria com ele. — O tio justificou suas suspeitas. — Mas nada disso importa mais. Você não está mais sozinha e desamparada, ninguém poderá se aproveitar de...

— Ele não se aproveitou de mim! Eu...

— Não vamos falar mais do assunto, Charlotte.

Não falaram mais do Marquês, embora ela tivesse esperado que, em algum momento, ele pudesse aparecer para fazer uma visita, a fim de conversarem. *Não há mais nada para falarmos.* Ela se lembrou do que dissera a ele e temia que o Lorde tivesse concordado.

Lottie seguiu para o piso superior depois que o tio saiu para seu compromisso noturno, mas, antes, passou pelo quarto de Marigold, a fim de chamá-la para lerem juntas antes de dormir.

— A menina acabou de sair do banho, estou secando seus cabelos — informou a babá. — Nunca vi minha pequena tão feliz. Milady tem sido muito atenciosa com ela!

— Marigold é um amor e tenho certeza de que muito disso é graças à sua dedicação a ela.

A babá ficou sem jeito.

— Vi a menina nascer, cuidei dela desde que deu o primeiro choro. — Sorriu. — Lady Philomena e eu éramos parentes distantes e, assim que se casou com o Conde, ela me contratou para fazer-lhe companhia. Depois, quando Marigold nasceu, passei a me dedicar somente à bebê.

— Marigold teve sorte em tê-la, assim como eu tive em ter Shanti. — Então contou a ela um pouco sobre Shanti, mas sem citar o fato de que ela tinha se tornado mulher de seu pai, pois as inglesas não reagiam bem àquele tipo de arranjo. — Assim que minha prima estiver pronta, peça a ela que me encontre em meu quarto.

— Pode deixar, Milady, eu mesma a levarei.

Lottie ainda sorria, pensando na história que iam ler juntas, quando entrou em seu quarto e logo foi segurada pelas costas, tendo sua boca tampada.

— Não grite, por favor.

Arregalou os olhos assim que reconheceu a voz e o cheiro de Lorde Tremaine. Seu corpo pareceu acordar em contato com o dele, e Lottie fechou os olhos, tentando se controlar. Assentiu e ele tirou a mão de sua boca, mas sem soltá-la.

— Eu estava desesperado de saudades.

— O que faz aqui? — sussurrou. — Como entrou?

O Marquês finalmente a soltou, e Lottie pôde virar-se para ficar de frente para ele. Tremaine a olhava tão intensamente que ela sentiu o corpo aquecer e a pele se arrepiar de prazer.

— Precisamos conversar e, desta vez, não quero ser interrompido por ninguém.

Ela franziu a testa.

— Era só ter vindo fazer uma visita como qualquer outra...

Ele riu.

— Acha que não tentei? Deus do Céu, Charlotte, estou tentando vê-la desde o maldito dia em que veio para cá com ele. — Bufou e ela percebeu que Tremaine tentava se conter. — Clare rejeitou todos os meus cartões e a única maneira que tive para estar aqui foi escalando uma treliça podre. — Sorriu e balançou a cabeça. — Não temia quebrar o pescoço na queda, só temia não conseguir vê-la mais.

Seu coração disparou e Lottie sentiu os olhos marejarem de emoção. Podia ver e sentir o desespero de Lorde Tremaine. Embora ainda estivesse magoada com a proposta dele, sentia saudades, muitas saudades.

— Meu tio não deve demorar a voltar e...

— Quando eu disse que as coisas haviam mudado, não estava falando do fato de você ser sobrinha de um Conde. Não era isso. — Respirou fundo e ela pôde ver seus olhos azuis cheios de lágrimas e os cílios escuros úmidos. — Achei que realmente o melhor fosse me casar por conveniência, arranjar uma esposa que aceitasse meus termos, apenas para continuar com o legado da minha família.

— Lady Lauren... — sussurrou Lottie.

Tremaine assentiu.

— Servia qualquer uma, Charlotte. — Deu de ombros. — Ela foi uma escolha mais da minha família do que minha.

— Ainda assim, ia se casar com ela, enquanto eu...

— Eu só não queria perder você. — Falou alto e parou para respirar fundo antes de continuar, mais calmo: — Eu não queria perder você, mas ainda não entendia o que sentia. — Segurou-a pelos braços. — Descobri o que era antes de saber de Gil ou de Clare, antes mesmo de saber que sua mãe era filha de um Conde, ou de tomar um gancho de direita de Gil por ter me aproveitado de sua inocência.

Lottie arregalou os olhos.

— E o que descobriu?

Tremaine sorriu.

— Que não posso viver sem você, independentemente de ser uma Lady ou a garota do urinol. — O coração de Charlotte disparou diante da confissão dele. — Para dizer a verdade, e sendo bem egoísta, preferia que você tivesse continuado apenas a ser minha Charlotte e que eu pudesse ter tido a coragem de propor a você o que meu coração mandava que eu propusesse ali, naquele quarto da casa do bosque. — Lottie soluçou e ele acariciou a linha do queixo dela. — Não posso voltar o tempo e apagar o infame pedido que lhe fiz, mas eu gostaria que acreditasse que o que sinto por você é verdadeiro e não tem nada a ver com meus planos de casamento por conveniência, tem a ver com o que achava que não sentiria de novo: amor.

Lottie perdeu o fôlego diante da declaração, mas não conseguiu dizer nada, pois, assim que abriu a boca, a porta de seu quarto se abriu também e uma saltitante menina adentrou, anunciando:

— Olha, Lottie, quem voltou para...

Ela fechou os olhos, mas nem precisava tê-los mantido abertos para saber de quem Marigold falava.

— O que este homem faz aqui? — esbravejou o Conde de Clare.

34

À luz da verdade

O plano elaborado por Lady diabrete — como Tremaine apelidara Lady Lily naquele momento — parecia simples: apenas pular a cerca viva que dividia os jardins, correr pelo gramado no escuro e escalar a treliça. Mas o que ela não dissera — ou propositalmente escondera — era que, além de a planta trepadeira ser cheia de espinhos, a treliça estava danificada e sua madeira, podre.

A cada centímetro que subia rumo ao segundo andar da mansão, Tremaine sentia que a qualquer instante poderia ir de encontro ao chão. Ouvia a madeira ranger, sentia o leve balanço das folhas da planta e tentava desviar dos pequenos e afiados espinhos. Levou mais tempo do que gostaria e, ao alcançar finalmente o parapeito da janela, forçou-a o suficiente para que abrisse, respirando aliviado por ter conseguido chegar inteiro.

Somente quando estava dentro do quarto é que riu de si mesmo e da cena que havia protagonizado. Estava parecendo um herói romântico de Shakespeare. Só esperava que o final daquela aventura tivesse um rumo bem diferente dos desastrosos finais do dramaturgo.

O quarto estava praticamente escuro, apenas a luz da lareira mantinha o breu afastado. Olhou com cuidado cada canto do cômodo, principalmente a cama, e não encontrou nenhum indício da presença de Charlotte. Muito diferente do quarto que dividiam na casa do bosque, não havia o perfume de lavanda no ar, nem mesmo um frasco de óleo de flores, ou o roupão que ela amava colocar depois que saía do banho. O quarto parecia estéril, neutro, e podia ser de qualquer um daquela casa.

Ouviu vozes no corredor e ficou atento, pronto para se esconder se outra pessoa aparecesse. Passos soaram, a maçaneta começou a girar e, ao abrirem a porta, antes mesmo de ver quem era, ele soube que se tratava de Charlotte. O perfume de que tanto sentia falta o alcançou e ele inspirou profundamente, querendo captá-lo para sempre. Moveu-se como um gato, rápido e silencioso, e antes que ela o visse tampou sua boca para que a jovem não gritasse.

A adrenalina de apenas encostar nela foi maior do que a que experimentou ao invadir a mansão do Conde de Clare. Seu corpo reagiu imediatamente àquele toque, queria abraçá-la forte e nunca mais a soltar. Fechou os olhos enquanto a pedia para ter calma, revelando-se, e desfrutou do contato por algum tempo, em silêncio, reverenciando o forte sentimento que tomava conta de si quando estavam juntos. Tinha uma missão muito mais difícil do que escalar treliças espinhosas e podres. Precisava convencê-la de que a queria e que não iria embora de sua vida se ela ainda o quisesse.

Sussurrou o quanto sentia sua falta e, claro, ela o encarou questionando sua presença e avisando que o Conde de Clare não ia demorar. Mal sabia ela que Lady Lily já havia investigado sobre o compromisso noturno do Conde e calculado o tempo que o nobre deveria ficar fora de casa.

Percebia em Charlotte alguma desconfiança, ou talvez uma reserva, a cada palavra que dizia. É verdade que também podia vislumbrar o brilho de seus olhos emocionados, e isso lhe trazia a esperança de convencê-la de seus sentimentos.

— E o que descobriu?

Tremaine sorriu ao ouvir a pergunta, pois era exatamente do que precisava para desnudar sua alma e derramar o que estivera guardando havia tanto tempo sem querer admitir em seu coração:

— Que não posso viver sem você, independentemente de ser uma Lady ou a garota do urinol. — Seu peito parecia querer explodir, tamanha a pressão das batidas do coração. Precisou de um tempo para tomar fôlego antes de prosseguir e dizer o que realmente pensava sobre toda aquela situação: — Para dizer a verdade, e sendo bem egoísta, preferia que você tivesse continuado apenas a ser minha Charlotte e que eu pudesse ter tido a coragem de propor a você o que meu coração mandava que eu propusesse ali, naquele quarto da casa do bosque.

Tremaine a acariciou no momento em que ela soluçou, emocionada, e teve que usar de toda a sua força para não a abraçar e chorar, implorando para que acreditasse nele. Sabia que a havia magoado com a proposta e, ainda que não houvessem declarado sentimentos, tinha certeza de que ela o amava como ele a ela.

— Não posso voltar o tempo e apagar o infame pedido que lhe fiz, mas eu gostaria que acreditasse que o que sinto por você é verdadeiro e não tem nada a ver com meus planos de casamento por conveniência, tem a ver com o que achava que não sentiria de novo. — Encarou-a e revelou: — Amor.

Ela não teve reação e isso o deixou desarmado. Estava ali de peito aberto, completamente entregue, vulnerável e pronto para se declarar com todas as palavras, quando, de repente, a porta atrás dos dois se abriu e uma menina entrou falando:

— Olha, Lottie, quem voltou para...

Marigold. Tremaine arregalou os olhos, prestando atenção na criança, mesmo depois de uma sombra alta aparecer atrás dela.

— O que este homem faz aqui?

Nem mesmo o grito do Conde de Clare o fez desviar os olhos da jovem dama que estava à sua frente. Marigold. Não a via há mais de dez anos, e mesmo assim parecia que nunca a tinha visto antes.

Os olhos ainda guardavam o leve tom claro dos de Philomena e ela era alta para uma menina de doze anos, além de ser bem magra. Os cabelos estavam soltos, pareciam recém-lavados, e flutuavam sobre seus ombros em cachos perfeitos. Marigold se tornaria uma bela moça, certamente, e possuía muitos traços de sua mãe, porém o que mais se destacava nela era a enorme mecha de cabelos brancos que emoldurava seu rosto.

— Ela é sua! — balbuciou, desconcertado, olhando para o Conde e para a mesma mecha que, embora os cabelos grisalhos tivessem disfarçado, sempre fora a marca de Clare.

O Conde parou de bufar como um touro bravo, franziu a testa e, como se quisesse proteger a menina, segurou-a pelos ombros.

Tremaine olhou para Charlotte, que parecia não entender o que estava testemunhando naquele quarto. Ele gostaria de ter lhe contado sobre Philomena e sobre o desespero que passara nesses anos por saber que sua suposta filha estava sendo criada longe e por um homem que, até então, acreditava ser um canalha agressor.

— Nunca tive dúvidas — declarou Clare, e Tremaine voltou a olhá-lo. — Mas este não é o momento de falarmos disso. — Ele percebia, pelo modo como o Conde contraía a mandíbula, que o homem estava contendo sua fúria. — Neste momento, desejo saber o que faz aqui em minha casa e como entrou.

Tremaine não conseguia responder. Sentia as pernas bambas e um enjoo que fazia com que tudo rodasse e lhe desse a impressão de estar em um barco num mar bravio. Não conseguia deixar de olhar para Marigold, que demonstrava em suas delicadas feições o quanto estava assustada.

Lembrou-se dela ainda bebê, sempre de touquinha ou de qualquer coisa que lhe tampasse a cabeça, sob a alegação de ser para protegê-la do sol. Sabia que aquela mecha não havia aparecido com o tempo — ela devia ter nascido com a menina, uma herança de seu pai, e não teria como Philomena ter se enganado.

Fechou os olhos, sentindo o enorme peso daquela traição, a intensa dor de ter passado anos e anos se culpando por não ter enfrentado Clare e exigido que Marigold ficasse ao seu lado. Anos e anos se sentindo um verdadeiro covarde por deixar aquela que pensava ser sua filha padecendo com um homem que fazia tanto mal à mulher que amava.

De repente, outra pessoa entrou no quarto, e Tremaine a reconheceu imediatamente. Tratava-se da Srta. Foster, uma prima distante de Philomena e sua melhor amiga.

A mulher congelou ao vê-lo, surpresa com sua presença, e olhou apavorada para o Conde.

— Esther, leve Marigold para o quarto — ordenou Clare, e rapidamente a mulher pegou a menina pela mão e a levou consigo, fechando a porta do quarto ao sair. — Agora, novamente, Lorde Tremaine, o que faz em minha casa?

— Tio, posso explicar... — Charlotte tentou interferir, mas o Conde não lhe deu atenção.

— Vejo que continua tão biltre quanto era no passado. — Tremaine encarou o Conde, disposto a aceitar qualquer ofensa, desde que pudesse esclarecer as coisas e conseguir permissão para visitar Charlotte. — Como se atreve a invadir o quarto de uma Lady solteira e...

— Eu a amo, Lorde Clare — declarou de queixo erguido. — Eu quase a perdi por medo de admitir isso, mas não serei um covarde e não a deixarei ir sem lutar.

Ouviu os soluços de Charlotte e deu um passo na direção dela, porém o Conde o parou, espalmando a mão em seu peito.

— Não me interessa o que sente por ela, nem mesmo como se aproveitou dela. Sabemos que Milorde é contumaz em se aproveitar de mulheres. — Cuspiu as palavras em sua cara. — Eu o quero fora daqui e longe de minha sobrinha.

Tremaine sacudiu a cabeça em negativa.

— Não sei o que sabe sobre mim! — Resolveu falar às claras. — Não sei o que Lady Philomena disse sobre mim, mas, acredite, o que sei sobre Milorde é de revoltar o estômago.

O Conde riu, aproximou-se mais do Marquês e falou em tom baixo e ameaçador.

— Acha que vai me chantagear como fazia com minha falecida esposa? — Tremaine enrugou a testa. — A Condessa ficou doente por sua culpa, por causa das ameaças que fez a ela...

Ele estava surpreso com o que ouvia.

— Que ameaças?

— Não se faça de desentendido. — Olhou de soslaio para Charlotte e voltou a dizer: — Saia desta casa e não volte...

— Ela dizia que era espancada frequentemente quando se recusava a atender aos seus desejos — disparou Tremaine, e ele percebeu quando o Conde tomou um susto, parecendo ter levado um soco. — Eu mesmo a vi roxa, arranhada, e a amparei em meus braços enquanto ela chorava por ter sido forçada a fazer algo que não queria em sua cama.

As feições de Clare se contorceram.

— Espancada?! Não invente as coisas...

— Eu a via, Clare. Machucada, magoada, desesperada para se livrar daquele casamento...

O Conde balançou a cabeça, rindo.

— Philomena querendo se livrar de mim? Está louco. Saímos de Londres porque ela era constantemente perseguida por você, que ameaçava contar a todos sobre o passo em falso que haviam dado e...

— Passo em falso? Nunca encostei em Lady Philomena antes de ela ter se casado — gritou Tremaine, já não se importando em se conter e falar baixo. — Ela foi para a sua cama virgem, e você a machucou de tantas formas que ela não pôde sair mais de lá de tão doente.

Clare franziu a testa novamente e olhou para Charlotte. Tremaine acompanhou o olhar e a encontrou pasmada, olhos arregalados e boca aberta.

Estava começando a se arrepender, temendo que depois que descobrisse que tinha sido amante de uma mulher casada, cujo marido era seu tio, ela não quisesse mais ouvi-lo.

— Charlotte... — ele a chamou, mas ela apenas balançou a cabeça. Seu rosto estava totalmente molhado de lágrimas. — Achei que a amava, resisti o quanto pude, mas depois de ver o que o Conde fazia com ela e como estava desesperada...

— Eu não fazia nada com ela! — esbravejou Clare. — Philomena não era mais virgem e disse que tinha sido seduzida pelo Marquês de Tremaine, que ele havia se negado a reparar o erro e que se divertia ameaçando-a.

O Marquês sentiu os cabelos de sua nuca se arrepiarem e voltou a atenção ao Conde.

— Ela disse que havia sido seduzida pelo Marquês de Tremaine e que ele não quis se casar com ela? — Clare assentiu, cruzando os braços. O Marquês voltou a sentir as pernas bambas. *Não podia ser verdade.* — Eu não era Tremaine na época de vosso casamento — revelou, sentindo-se enojado com que o estava pensando. — Meu irmão mais velho faleceu um tempo depois que vocês se casaram, e aí o título passou...

O Conde arregalou os olhos.

— Seu irmão? — Tremaine assentiu, sentindo-se emaranhado em uma rede de mentiras. — Então você nunca ameaçou expô-la?

Tremaine negou.

— Eu a protegeria com minha vida. Nem mesmo quando ela disse que eu era o pai de Marigold...

— Isso é impossível, nunca restou dúvidas sobre a paternidade de minha filha.

— Descobri quando a vi. — Tremaine respirou fundo e novamente olhou para Charlotte. — Perdoe-me por tudo o que ouviu. Vim aqui para lhe dizer que a amava e que faria tudo para tê-la ao meu lado, mas devido às circunstâncias entenderei se não me achar digno para ter seu amor.

Charlotte começou a falar, porém foi interrompida por Clare:

— Você nunca esteve nem estará à altura do amor de minha sobrinha, Tremaine.

Ele assentiu, tomando sobre si toda a culpa por ter caído no engodo de uma mulher que, aparentemente, pretendia apenas brincar com ele ou se vingar por ter sido usada por seu irmão.

Passou por Charlotte, a caminho da porta, sentindo-se, e quando colocou a mão na maçaneta ouviu-a chamando:

— Sebastian!

Ele olhou para trás e a viu chorando, o que partiu ainda mais seu coração e fez com que suas próprias lágrimas rolassem.

— Charlotte, deixe-o ir.

Ela negou e se aproximou dele.

— Não. — Enxugou suas lágrimas. — Eu não o acho indigno por ter amado alguém que o enganou dessa forma. Pelo contrário, acho-o digno porque imagino que, mesmo sofrendo, resguardou e protegeu um segredo que nem existia.

— Eu fui um covarde — retrucou.

— Não vejo assim. — Ela olhou para o Conde. — Nenhum dos dois merecia isso.

— Charlotte, deixe-o ir — insistiu Clare, aborrecido.

— Não posso, tio. — Sorriu entre lágrimas. — Eu o amo e não conseguirei ser feliz, mesmo com todo o conforto que me proporcionará, sem que ele seja feliz também.

Tremaine soluçou e a abraçou forte, ouvindo o suspiro de Lorde Clare.

— Eu a amo demais, Charlotte. Amo como nunca imaginei ser possível amar alguém!

Ela aquiesceu.

— Eu invadi sua carruagem e virei sua amante — disse, soluçando. — Agora, você invadiu meu quarto e eu espero que seja para fazer uma proposta bem melhor do que a que ouvi antes.

Tremaine riu e beijou sua testa.

— Pode ter certeza de que sim. — Olhou para o Conde, sentindo-se amado e feliz. — Espere minha visita em breve. — Segurou a mão de Charlotte com força e a puxou para fora do quarto. — Você, Milady, vem comigo.

35

Destino

Lottie deixou-se levar pelo corredor, entre risadas e pressa, acompanhando Tremaine escada abaixo da mansão onde estivera vivendo nos últimos dias. Demorara anos para sair do bordel, mas em poucos meses já havia morado em três lindas residências. Entretanto, nenhuma delas se tornara realmente seu lar. Tinha esperança de que, muito em breve, pudesse ter seu cantinho ao lado do homem que amava, fosse onde fosse, não importava o tamanho ou localização, porque tudo que queria já estava acontecendo.

Sebastian me ama. Ela sorria enquanto saía da casa, deixando boquiaberto o mordomo de seu tio, e entrou na carruagem, sob o sorriso sincero de Tom, que rapidamente abriu a portinhola assim que os viu na rua.

— Já tinha certeza de que eu sairia desta casa com você? — perguntou ela assim que se acomodaram no veículo. — O Sr. Tom estava aqui de prontidão.

Tremaine fez aquela típica careta arrogante que ela adorava e com a qual já estava acostumada.

— Charlotte, invadi a casa de um nobre e não sairia de lá com as mãos abanando. A ideia era levá-la comigo para a Escócia e nos casarmos no primeiro lugar que encontrássemos. — Ela arregalou os olhos. — Mas acho que não será mais necessário sermos tão drásticos.

Seu coração disparou e Charlotte o desafiou com um olhar.

— Você ia me raptar para nos casarmos sem me pedir em casamento?

O olhar atrevido que ele lhe devolveu foi resposta suficiente. Instantes depois, a boca de Tremaine estava sobre a dela, devorando seus lábios, enquanto a língua dele explorava o interior, roçando na dela a todo instante. Imediatamente, todo o fogo que Lottie sentia cada vez que se tocavam voltou e ela o agarrou com força, temendo que tudo aquilo que estava acontecendo fosse mentira e que, de repente, acordasse do sonho para se ver sozinha, deitada num colchão de palha infestado de insetos, com os cabelos engordurados e a roupa puída e fedorenta. Estremeceu quando as mãos dele deslizaram por suas costas e, pegando-a com força pelos quadris, ele a ergueu e a sentou em seu colo.

— Hum... sem anáguas... — sussurrou Tremaine ainda com a boca colada na dela.

Lottie riu.

— Eu estava em casa e o clima já começou a esquentar, então dispensei o uso delas.

— Gostei disso... Acho que na nossa casa você poderia abolir também o uso do espartilho, assim fica mais fácil eu pegar você em qualquer cômodo e a qualquer hora.

Lottie sorriu, adorando a ideia.

— Nossa casa? — Seu coração deu um salto. — Vamos voltar para a casa do bosque?

— Esta noite, sim, mas será a última vez que usaremos aquele lugar. — Passou a mão pelos cabelos dela. — Vou vender a propriedade, não precisarei mais de uma casa em Saint John's Wood.

Ela o encarou.

— Nem em nenhum outro lugar onde eu não possa ir com você.

Ele gargalhou.

— Esses são seus termos?

— Meus termos? — Lottie fingiu-se de desentendida, afinal ainda não tinha ouvido nenhuma proposta.

— Fidelidade. — Tremaine a olhava, sério. — Sei que não quero outra pessoa em minha vida, pois você satisfaz todas as minhas necessidades, físicas e emocionais. — Ela sorriu, derretida. — Mas também não poderia suportar saber que outro homem poderá te tocar e...

— Sebastian. — Ela o interrompeu. — Estamos discutindo as cláusulas do nosso novo acordo?

Ele deu de ombros.

— Não acha melhor já deixarmos acertado? — disse, ansioso.

— Certamente. Mas falta algo, não acha? — Ele franziu a testa. — Como posso discutir os termos de um acordo se não sei que acordo é esse.

Ele riu e então, sério, segurou o rosto dela e olhou-a no fundo dos olhos.

— Lady Charlotte Lewis Milles... — Lottie arregalou os olhos, por saber que ele já tinha conhecimento de como ficara seu nome completo. — Acho que uma carruagem não é o local ideal para fecharmos o novo acordo.

Lottie abriu a boca, pronta para protestar, mas, novamente, foi tomada por um beijo selvagem e completamente arrebatador, que afastou qualquer outro pensamento que não fosse a vontade enorme de matar a saudade que sentia do corpo, do toque e do prazer que Lorde Sebastian Allen lhe proporcionava.

Só pararam de se beijar quando entraram no pátio da casa do bosque e, de mãos dadas, seguiram direto para o piso superior, no quarto onde haviam passado vários momentos preciosos que, para Lottie, sempre estariam guardados em sua memória. Ele estava afoito para livrá-la do vestido, arrancando os botões na pressa de tirá-los das casas para desnudá-la. Xingou, abrindo os laços do espartilho, e ela gargalhou com sua impaciência, até ele beijar sua nuca de um jeito tão safado que Lottie se sentiu contagiada pela ansiedade de estar nua.

— Ande logo com isso! — ordenou, arrancando dele as gargalhadas que antes eram dela.

— Estou indo o mais rápido que consigo, Milady.

Quando sentiu a peça cair aos seus pés, ela mesma tirou a regata de linho, jogando-a para um lado e virando-se de frente para Tremaine a fim de beijá-lo. Ele deu um passo para trás, deixando-a confusa com sua reação. Então, sem nem ao mesmo dar uma palavra, fincou um dos joelhos no chão e pegou a mão dela.

— Você vai... — Lottie olhou para si mesma, nua como no dia em que nasceu, e depois para o Lorde ajoelhado a seus pés, completamente vestido. — E sobre aquela coisa de local ideal? Eu estou nua.

Tremaine a olhou de cima a baixo, devorando-a com os olhos, e sorriu.

— Tem razão, não é o momento ideal.

Mal terminou de falar, puxou-a para a frente e, sem nenhum aviso, lambeu suas coxas antes de se dedicar a beijar sua intimidade. Lottie gemeu alto, arqueando o corpo, buscando equilíbrio na cabeça dele, enquanto sentia todos os músculos de seu corpo se contraírem a cada movimento da língua quente e molhada que explorava os recônditos mais secretos de sua anatomia. Fechou os olhos, perdeu o fôlego, moveu-se contra ele, remexendo-se no mesmo ritmo em que ele a beijava. Puxou os cabelos de Tremaine, gemendo mais alto ao sentir o clímax começar a invadi-la. Então, sem mais, ele parou e ela o olhou surpresa.

— Lady Charlotte Lewis Milles... — Lottie sentiu vontade de gritar, mas se conteve, seu corpo implorando por satisfação. — Eu a amo e gostaria muito que me desse a honra de se tornar minha esposa, minha Marquesa, a mulher da minha vida, a quem pretendo amar e respeitar até meu último suspiro.

Ela riu.

— Você... parou...

— Estou esperando sua resposta, Milady.

Lottie começou a rir.

— Eu não consigo nem pensar. Eu estava a ponto de...

— Sei disso e estou louco para levá-la às alturas, mas preciso de uma resposta, não posso mais esperar.

— Sebastian! — Ela implorou, mas ele não se moveu. — Eu aceito, claro que aceito, agora termine o que começou.

Ele gargalhou e balançou a cabeça, pegando-a pela cintura e levando-a para a cama.

— Terminar? Nós nem começamos ainda. — Deitou-a de costas sobre a colcha suave. — Preciso ter certeza de que não vai mudar de ideia depois de conseguir o que quer.

Lottie arregalou os olhos, achando-o impossível. Abriu a boca para ralhar com ele, então sentiu os dedos dele estimularem a carne já sensível e gemeu alto.

— Gostaria de sentir isso todas as noites? — perguntou, sabendo o quanto ela apreciava seu toque.

— Sim...

— E durante o dia também?

Lottie gemeu e sorriu, sentindo cada terminação nervosa responder às carícias dele.

— Sim.

— Vai retribuir todo o prazer que eu lhe proporcionar?

Ela o encarou e assentiu, contorcendo-se sobre o colchão.

— Claro...

Tremaine sorriu satisfeito e inseriu seu dedo no interior de Lottie, que o recebeu contraindo sua carne de prazer.

— E promete que será só minha para sempre?

Lottie sentiu lágrimas em seus olhos, emocionada.

— Prometo. E você?

O Marquês voltou a se posicionar entre as coxas dela e, antes de concluir o que havia começado, respondeu com a voz embargada.

— Já sou seu desde o instante em que vi seus olhos assustados dentro da minha carruagem. — Suspirou. — Até poderia não ter sabido naquela hora, mas eu já estava completamente perdido por ter achado o que me faltava na vida.

Lottie não teve tempo de responder, invadida por uma onda de prazer que a submergiu, afogando-a no maior orgasmo que já havia sentido.

Muito tempo depois, quando os dois estavam ofegantes e satisfeitos, abraçados na cama, ela se sentiu a pessoa mais afortunada do mundo, porque, mesmo depois de tantos percalços, o destino lhe havia proporcionado uma chance: amar e ser amada.

Epílogo

Uma família para o Marquês

ALLEN PLACE, UM ANO DEPOIS

Tremaine serviu-se de mais uma dose de conhaque, antes de voltar a se sentar ao lado de Hawkstone, que deu alguns tapinhas em suas costas, a fim de acalmá-lo.

— Como você conseguiu passar por isso? — inquiriu ao amigo.

Ele sorriu.

— Todos passamos. — Sorriu. — Em breve passarei de novo.

Tremaine arregalou os olhos.

— Quer dizer que Lady Helena...

— Sim. — Abriu outro sorriso. — Mas ainda não anunciamos.

Tremaine assentiu, orgulhoso por saber que era o primeiro a ter conhecimento da boa notícia do Conde e da Condessa de Hawkstone. Olhou em volta da sala, contemplando os amigos e familiares que estavam ali com ele apoiando-o e torcendo para que tudo desse certo.

Num canto estavam o Visconde e a Viscondessa de Braxton com seus dois filhos, o pequeno Charlie e a pequena Louise. Próximos a eles se encontravam Kim e Marieta Ávila, com a pequena Mara, e Gilbert e Maude Milles.

A Sra. Maria também se encontrava na casa, mas não estava na sala. A mulher, a quem Marieta considerava como uma mãe, chegara a Londres havia alguns meses, junto de um de seus filhos, Zuma, que ia concluir seus estudos para ingressar em uma universidade, a fim de se tornar doutor.

— Tio Tremaine, o senhor está bem?

O Marquês olhou para a menina que lhe interrompia os pensamentos e sorriu, tentando parecer relaxado, assentindo.

— Estou, sim, Marigold, obrigado por perguntar.

— Papai está nervoso, sabe? — cochichou, divertida. — Disse que não ficava assim desde quando eu nasci.

Tremaine olhou para Lorde Clare andando em círculos e concordou.

— Posso imaginar.

Ela então beijou sua bochecha e disse:

— Vai dar tudo certo.

Sebastian fechou os olhos e pediu a Deus que, se não pudesse lhe perdoar as faltas para ouvi-lo, que ouvisse aquela menina tão pura e bondosa. Marigold era a criatura mais sensível que ele já havia conhecido.

Apesar de estar em uma idade em que, geralmente, meninos e meninas se tornam mais difíceis, a garota não perdia a candura e a inocência próprias de uma criança.

Tivera o prazer de conviver com ela nos últimos meses, quando Marigold retornara a Londres depois de um período longo no campo recuperando seus pulmões. Clare havia desistido da temporada e da ideia de buscar uma esposa para ficar retirado com a filha até que ela melhorasse o suficiente para estarem de volta à cidade.

O Conde se aproximou, disse algo para Marigold, que saiu da sala, e sentou-se ao lado do Marquês.

— Pedi a ela que fosse buscar informações. — Sorriu. — Eu não tenho mais idade para passar por isso.

Tremaine lhe ofereceu sua bebida intocada e o Conde aceitou, tomando um longo gole.

— Não diga bobagens, Milorde ainda é jovem.

O homem suspirou.

— Como está se sentindo?

— Morto de preocupação e medo.

O Conde assentiu e não disse mais nada, porém Tremaine sabia que ele sentia o mesmo.

Aprendera a conviver com Conde de Clare, a gostar e a confiar nele, depois de desfazer todas as injustas impressões que tinha do nobre. Tiveram tempo para conversar longamente e puderam esclarecer as coisas. Sentia-se mal por tê-lo magoado, mantendo um caso com Lady Philomena, mas os dois entenderam que ela gostava daquele jogo de intrigas e que mentira para ambos.

O Conde afirmou que não mais a tinha tocado, nem com agressão nem com carinho, depois que ela praticamente rejeitou a menina que havia nascido com sua marca nos cabelos. Ele havia concordado com a ideia dela de voltarem a morar em Londres, pois achava que isso levantaria seu ânimo, mas apenas contribuiu para deixá-la ainda mais distante da pequena Marigold, de cuja existência ela só lembrava quando precisava usar a menina como moeda de troca para conseguir algo.

Tremaine concordou, lembrando-se de que já havia se conformado com o fim do relacionamento e que só voltara a se aproximar de Lady Philomena quando ela alegara que ele era o pai de sua filha. Contudo, apesar de saber que fora induzido, tinha plena consciência de que ela não o obrigara a nada e que eles voltaram a ter contato porque ele também queria.

Foi um longo caminho até o Conde aceitá-lo na família, mesmo não tendo como negar o pedido da mão de Charlotte em casamento, ainda mais depois de Tremaine tê-la arrastado de sua casa da forma que fizera, comprometendo-a mais do que já havia feito antes. A única coisa que Clare pôde fazer foi exigir que cumprissem os trâmites e que realizassem um casamento digno de uma futura Duquesa, coisa da qual a mãe de Tremaine também fazia questão.

Suspirou e olhou para seus pais, que conversavam animadamente com Blanchet, Lady Lily e a Condessa de Hawkstone, provavelmente discutindo as bodas de sua irmã, que ficara noiva, não fazia muito tempo, do herdeiro de um Barão. Seus pais aceitaram Charlotte assim que a conheceram, mas Tremaine sabia que ser sobrinha do Conde de Clare ajudou-os a apoiar o casamento. Claro que ele enfrentaria os pais caso se opusessem, e estaria disposto até mesmo a abdicar de seu título por causa da mulher que amava, porém nada disso havia sido necessário.

Charlotte conquistou a Duquesa e transformou o Duque em seu eterno admirador, tanto que, quando propuseram que eles morassem em Allen Place, sua esposa não tardou em aceitar, alegando que adorava estar com os sogros e ter uma família.

A Marquesa era incrível e não havia no mundo alguém que a conhecesse e não a admirasse. Sedenta por conhecimento, cheia de amor e solidariedade, não demorou a integrar o grupo de mulheres que lutavam por direitos igualitários.

O sonho de Charlotte era poder ajudar as mulheres que trabalhavam em bordéis e que não queriam mais aquela vida. Fizera isso por Linnea, conseguindo um novo posto de trabalho para a moça que a ajudara a fugir na noite em que eles se conheceram. Mas queria poder fazer muito mais. Ela era incansável e adotou todos os deveres que vieram com o título, ajudando também a Duquesa, aprendendo com a mãe dele para que um dia pudesse assumir suas funções.

Quando, depois de dois meses de casados, ela deu a notícia de que esperava um bebê, Tremaine achou que ia se resguardar, mas Charlotte pareceu ter suas energias renovadas. Ele precisava insistir para que ela descansasse ou parasse de ler para dormir. E, não que ele reclamasse, até a vontade de fazer amor aumentou durante aquele período. Ele fechou os olhos, pensando que, talvez, devesse tê-la freado um pouco e não terem feito sexo tão próximo do nascimento do bebê. Olhou na direção da porta, onde esperava que alguém chegasse para dar notícias sobre o parto que já se arrastava por quase doze horas.

Deus, por favor, não pedirei mais nada, mas guarde minha Charlotte.

Ele mal tinha acabado de fazer a prece quando a porta abriu. Tremaine se pôs de pé. Ao ver Marigold, já ia voltar a sentar-se, mas ficou como estava ao ver a senhora Maria entrando com um pacotinho embrulhado em tecido branco no colo.

— É uma menina! — anunciou Marigold. Então parou, olhando para trás, de onde surgiu uma das ajudantes do médico que acompanhou o parto, e concluiu: — E um menino!

Tremaine arregalou os olhos e olhou assustado para os pais, que se aproximavam das crianças. Viu a cara pasmada de Hawkstone, momentos antes de não ver mais nada.

— Imagina só se o tivéssemos deixado acompanhar o parto como queria! — Ouviu a voz divertida de Marieta assim que voltou a ter consciência do que estava acontecendo à sua volta.

Tremaine franziu o nariz, que coçava ao captar um cheiro estranho, e tentou se lembrar do motivo pelo qual estava zonzo como se tivesse bebido um barril inteiro de conhaque. Sua memória foi clareando e ele recordou que estava em casa, cercado de amigos e familiares, aguardando Charlotte dar à luz. Levantou-se de repente, pulando do divã onde o haviam deitado, dando uma trombada em Kim, que o fazia cheirar algo em um pote.

— Como está a Marquesa? — perguntou, apavorado, olhando para os lados.

Viu quando Marieta segurou o riso.

— Ela está ótima, Lorde Tremaine.

Ele suspirou, como se uma montanha de pedras fosse tirada de suas costas.

— E as crianças? — perguntou com a voz fraca, pois ainda não tinha certeza de que realmente eram dois bebês ou se apenas delirara sobre isso durante o desmaio.

— Estão com a mãe. — Kim bateu em suas costas sorrindo. — Demorou a se casar, mas não economizou ao fazer filhos.

Tremaine não conseguiu pensar em nenhuma de suas respostas arrogantes ou sarcásticas para provocar o amigo. Queria apenas ver como estava sua família, por isso saiu correndo da sala íntima onde o haviam colocado e subiu as escadas como um louco, atraindo a atenção das outras pessoas que celebravam os nascimentos.

Voou até o quarto onde estava Charlotte e, assim que entrou, precisou parar ao ver a linda cena que se desenrolava. A Duquesa segurava orgulhosa e contente uma das crianças, enquanto a Condessa de Hawkstone ajudava a apoiar a outra, que procurava o seio de Charlotte para se alimentar. Sua esposa o olhou, emocionada e com um enorme sorriso, e o chamou para perto.

— Parabéns, Seb — cumprimentou-o Helena, afastando-se da cama.

— Obrigado, mas todas as honras se devem a Charlotte — disse, sentando-se ao lado da esposa na cama e observando, pela primeira vez, o pequeno bebê que mamava feliz. — Você está bem?

Charlotte sorriu.

— Foi mais difícil do que imaginei, mas... — olhou para a sogra que segurava seu outro filho — foi por um motivo especial. — Sorriu e encarou o marido. — Dois, Sebastian.

Ele sorriu de lado e piscou:

— Costumo me dedicar ao que amo e o resultado sempre é melhor do que o esperado. — Charlotte riu e ele a beijou de leve, tocando no bebê com reverência. — Quem é este?

Os dois haviam passado muito tempo discutindo possíveis nomes tanto para meninas quanto para meninos, por isso ele estava achando graça em ter que escolher um de cada.

— Este é seu filho mais velho, o pequeno Noah Allen.

Tremaine sentiu um bolo na garganta que o impediu de falar qualquer coisa. Seus olhos marejaram e uma forte emoção tomou conta dele ao ver ali nos braços da mulher que amava o fruto do amor dos dois.

— Noah como meu avô — falou a Duquesa, emocionada. — Vocês não sabem a alegria que me dão fazendo essa homenagem.

Ele sorriu, mas não tirou os olhos de Charlotte, pois a ideia tinha sido dela, depois de ter conhecido a história do Barão que havia raptado a mulher que amava e a levado para Gretna Green, a vila escocesa onde era possível casar sem a permissão dos pais, enfrentando a família dos dois. Tremaine sentiu o toque de sua mãe no ombro e ficou trêmulo quando ela lhe estendeu o outro bebê, que dormia placidamente.

— Pegue-a um pouquinho, enquanto está calma, aguardando sua vez de mamar. — Sorriu, visivelmente encantada com a neta. — Esta pequena já é uma dama, pois enquanto seu irmão berrava exigindo alimento ela continua calma esperando sua vez.

Tremaine riu.

— Deve ter puxado a Charlotte, porque eu nunca fui calmo assim.

A Duquesa confirmou.

— Não mesmo.

Ele pegou a menina e, assim que olhou para os enormes olhos azuis, protegidos por longos cílios escuros, a pele rosada como a de uma bonequinha de porcelana e o pequeno nariz acima da boca desenhada e vermelha, sentiu que nunca mais seria o mesmo. Seu coração disparou ao ter a filha nos braços, e um enorme sentimento de proteção e cuidado o inundou, desejando estar sempre por perto para guiá-la, ensiná-la e, principalmente, amá-la.

— Esta é Elizabeth? — perguntou para Charlotte, e ela assentiu. — Ah, minha Lizzie. — Sorriu, sentindo as lágrimas encharcarem suas bochechas, e não se importou por estar tendo aquela reação ante as outras mulheres no quarto.

Tremaine tocou seu rostinho, ela fechou os olhos ao carinho do pai, e ele fez uma promessa de sempre priorizar a felicidade da filha acima de tudo. Não importavam as decisões dela, quem gostaria de ser nem que caminho ia seguir, a amaria para sempre.

Alguém bateu à porta, mas ele não prestou atenção em mais nada a não ser na esposa e em seus dois filhos, sentindo-se finalmente completo e abençoado como nunca se sentira antes.

— Querem saber se a Marquesa já está pronta para receber as visitas, mas pedi para esperarem mais, afinal a pequena Elizabeth ainda não se alimentou — contou Helena.

— Não seria melhor você ter ajuda de uma ama de leite? — sugeriu a Duquesa. — A maioria das mulheres, mesmo com um só bebê, faz uso de...

— Eu gostaria de eu mesma me encarregar disso. — Charlotte interrompeu. — Claro que a sugestão é boa, e podemos pensar nisso caso seja necessário e eu não tenha leite suficiente para os dois.

Ela olhou para o filho, que não sugava mais, apenas dormia com a boquinha em volta do seio, e o tirou do colo, estendendo-o para Helena.

— Pode deixar que eu o pego. — Tremaine rapidamente se prontificou, colocando a pequena Lizzie no outro braço da mãe e pegando Noah.

O menino, percebendo que já não estava mais no aconchego do colo da mãe nem sugando seu seio, abriu os enormes olhos castanhos e berrou bem alto, arrancando um enorme sorriso de seu pai.

— Ei, rapaz, fique calmo, é a vez da sua irmã. — Aconchegou-o em seu peito, mantendo-o de pé, como vira Hawk, Kim e Charles fazendo com seus filhos. — Você é o irmão mais velho dela, precisa amar e cuidar de sua irmãzinha.

O bebê parou de chorar e Tremaine olhou para a esposa e as outras mulheres que os acompanhavam, satisfeito com seu poder de persuasão. Porém a cara arrogante, a sobrancelha erguida e o característico bico que fazia se desfizeram em uma altíssima gargalhada quando seu herdeiro arrotou tão alto quanto chorava.

Sebastian Allen pensou, naquele instante, rindo e cercado de sorrisos, que ia guardar para sempre aquela lembrança e que dali a muitos anos poderia contar aquela história aos seus filhos, fazendo o jovem Noah morrer de constrangimento, afinal aquele era um dos deveres de um bom pai.

Aproximou-se de Charlotte e cochichou algo em seu ouvido:

— O próximo Tremaine nasceu. Se eu tivesse me casado por conveniência, isso significaria...

Charlotte balançou a cabeça.

— Você não se casou por conveniência. Então, lembre-se do que me prometeu e que fez com que todos os nobres presentes no nosso casamento ficassem um pouco loucos. — Eles riram juntos com a lembrança de Tremaine prometendo fidelidade e dedicação eterna diante de Deus, na Igreja de St. Paul, o que rompeu com o protocolo da cerimônia, pois isso era parte dos votos apenas da noiva. — Eu te amo, Sebastian.

— Não mais do que eu, Charlotte.

Primeira edição (julho/2022)
Papel de Miolo Pólen Soft 70g
Tipografias Adobe Devanagari e Butler
Gráfica LIS